오국지

3

오국지 3
백제, 싸울아비의 길

초판 1쇄 발행 | 2014년 6월 19일
초판 3쇄 발행 | 2014년 7월 11일

지은이 정수인
발행인 이대식

책임편집 김화영 **편집** 이숙 나은심
마케팅 윤여민 정우경 **관리** 홍필례
디자인 모리스

주소 서울시 종로구 평창길 329(우편번호 110-848)
문의전화 02-394-1037(편집) 02-394-1047(마케팅)
팩스 02-394-1029
전자우편 saeum98@hanmail.net
블로그 saeumbook.tistory.com
페이스북 facebook.com/saeumbooks

발행처 (주)새움출판사
출판등록 1998년 8월 28일(제10-1633호)

ⓒ 정수인, 2014
ISBN 978-89-93964-80-6 04810
    978-89-93964-77-6 (세트)

정수인
역사소설

오국지

3

백제, 싸울아비의 길

새흥

차례

일러두기

1. 이 책에서는 연대를 계산하는 기준을 단기(檀紀)로 삼고 서기(西紀)는 괄호 안에 병기했다. 예수 그리스도가 태어난 서기 원년은 단군왕검이 고조선을 세운 지 2334년 되는 해다. 우리나라는 5·16군사쿠데타 이후 단기를 버리고 서기를 사용했다. 우리 역사소설이기에 당연히 소설 전개를 위해서도 단기를 사용하는 것이 맞다는 저자의 생각에 따른다.

2. 중국이라는 국호는 1911년 쑨원(孫文)이 신해혁명을 일으켜 청을 없애고 중화민국을 세우면서 처음으로 사용되었다. 따라서 수·당 시절을 중국이라 칭해서는 안 된다. 이 책에서는 그 땅을 서토(西土)로 칭했다.

3. 이 책에서는 가능한 한 한자를 병기하지 않았다. 대신 되도록 우리말을 살렸다. 예컨대 여름지기(농부), 안해(아내), 바오달(군영) 등을 그대로 썼다.

4. 삼국 시기에는 고구려, 백제, 신라 공히 화랑제도가 있었다. 김부식에 의해 신라에만 있었던 것으로 잘못 전달되었을 뿐이다. 신라는 화랑, 백제는 배달, 고구려는 선배로 그 이름만 달랐을 뿐, 제도 자체는 크게 다르지 않았다. 이 책에서는 당시의 풍습을 따라 각각의 호칭을 살렸다.

어떤 아버지와 아들

단기 2958년(625), 연이어 딸을 얻었던 김유신이 아들을 보았다는 소리에 샘이 나서였던가, 반년쯤 후 춤새는 임신한 것을 알게 되었다. 아들일 거라는 확신도 들었지만 춤새는 유신에게 임신 사실을 말하지 못했다. 아이를 핑계로 빌붙는 여자로 오해받는 것이 싫었던 것이다. 할 수 있다면 끝까지 감추고 싶었지만 요즘 들어 김유신이 벗골을 찾는 일이 잦아졌기 때문에 언제 들통이 날지 그것이 걱정이었다.

나이 많은 진평왕의 건강이 점점 쇠하면서 덕만공주가 조정에 나와 국사를 처리하는 일이 잦아졌는데, 덕만공주는 춘추와 유신을 누구보다 신임하고 있었다. 그 좋은 기회를 놓칠 수 없는 유신은 덕만공주의 지원을 받아 벗골의 규모를 키우고 사업을 확장하는 등 이런저런 일로 자주 벗골을 드나들었다.

벗골의 주인인 춤새 또한 장기간 자리를 비우기가 어렵다. 그렇다고 뻔질나게 드나드는 김유신의 예리한 눈을 피하는 것도 한두 달이지 해산까지는 상상조차 할 수 없는 일이었다.

"걱정 마. 내가 맘 편히 몸을 풀고 아이를 맡아 길러줄 곳을 알아볼 터이니."

역시 꾀주머니 옥두리다. 춤새의 걱정을 듣자마자 단박에 해결해주겠다고 한다.

"그보다는 유신공이 눈치채지 않을까 걱정입니다. 한두 달도 아니고, 몸조리까지 하려면 열 달은 걸릴 텐데, 무심히 지나칠 분이 아닙니다."

"이렇게도 남자를 모르는 아우님이 아이는 어떻게 만들었는지 모르겠네."

"예?"

"제아무리 똑똑한 척해도 남자는 여자가 아니야. 여자만의 일이라고 하면 꼼짝없이 당하게 되어 있어. 특히 유신공처럼 똑똑하고 대범한 남자는 자진해서 속아넘어가기 마련이지. 여자를 사랑한다고 믿는 남자는 속았다는 것을 뻔히 알면서도 또 속으려고 덤비는 법이고."

옥두리는 그 자리에서 해결책을 내놓았다. 매사에 의욕을 잃은 듯 시큰둥하게, 유신이 뭐라고 해도 들은 척 만 척하라는 것이었다.

춤새는 그날부터 옥두리가 지어온 탕약을 달여 마시며 크게 아픈 사람처럼 행동했고, 며칠 뒤 유신이 찾아왔을 때는 아예 내다보지도 않았다. 밤에는 기운이 없다며 색사마저 거절했다.

"그동안 먹은 탕약만 해도 못을 이룰 거야. 의원이건 약이건 꼴도 보기 싫어."

진맥을 하고 약을 먹어보는 게 어떠냐고 묻던 유신이 멋쩍은 얼굴이 되었다. 아닌 게 아니라 방 안에는 약냄새가 가득했다.

유신이 며칠째 은근히 애를 태우고 있을 때 옥두리가 나타났다. 춤새의 상태를 설명하며 도움을 청하자 길게 생각하지도 않고 겁나는 소리부터 해댔다.

"벌써 갱년기가 온 모양인데, 큰일났네. 우리 아우님같이 전에 버림받은 상처가 깊은 여자는 우울증에 시달리다가 자살할 수도 있어. 우선 목을 매지 못하게 끈 같은 것은 다 치우고 변소에 가거나 잠을 잘 때에도 절대 눈을 떼지 말아야 돼."

춤새가 자살을 할 수도 있다니, 유신은 더럭 겁부터 났다. 여자들은 꿈을 먹고 과거를 회상하며 살아간다. 이미 치유되었다고 믿은 묵은 상처가 새로 얻은 상처보다 더욱 아플 수도 있고 더욱 깊은 절망감에 빠뜨릴 수도 있다는 설명에 그저 고개를 주억거리기만 했다. 춤새에게 그런 병이 생기게 만든 것이 바로 유신 자신이었기 때문이다.

"그러면 어찌해야 되는 것이오? 뭔가 방법이 있지 않겠소?"

"사람은 누구나 바깥바람을 쐬면 정신이 맑아져. 특히 아우님한테는 유신공의 얼굴을 보고 목소리를 듣는 것만으로도 큰 독이 될 수 있어."

"당분간 도당산 집에 가서 지내면 어떨까?"

"도당산? 유신공이 베어버린 말의 무덤이나 지키라고? 심신이 허약해진 아우님한테 화병까지 도지면 사흘도 못 넘기고 죽을 텐데?"

큰 잘못을 저지르고 큰누이한테 혼나는 막둥이처럼 쩔쩔매던 유신은 옥두리가 춤새를 데리고 여행을 다니며 우울증에서 놓여나게 하겠다고 하자 감지덕지하며 달라는 대로 재물까지 아끼지 않고 내주었다. 춤새 또한 말타기를 즐겼음에도 꾀병을 앓는 중이라 별수 없이 수레를 타고 여행길에 올랐다.

춤새는 옥두리와 함께 부산(경남 고성)에 머물게 되었다. 깊은 산골마을에서는 종실의 여자거나 그에 버금가는 귀부인이 말 못할 사정이 있어 구석진 곳으로 몸을 풀러 온 것으로 알았다. 일절 함구하라는 부탁도 흔쾌히 들어주었고 혹시 좋은 일이라도 있을까 싶어 대접이 후했다.

춤새는 아들을 낳고 '군승'이라고 이름 지었다.

배불러 아이를 낳고 몸조리하느라 한 해를 다 보내고 돌아왔으나 춤새가 무사히 건강하게 돌아온 것에 감격한 유신은 아무런 눈치도 채지 못했다. 몸에 살이 오르고 부석부석해진 것도 우울증에 시달리는 갱년기 증상이란 말에 쉽게 속았다.

춤새는 1년에 두세 번 부산에 드나들며 아이의 안부를 챙기고 어미의 정을 쏟았다.

어려서 벚골에 들어온 아이들은 부모가 없는 아이들이다. 아이들은 자라며 춤새를 '내주님'이라고 했지만 열 살 무렵까지는 경쟁적으로 '엄마'라고 부르며 친어미처럼 따랐다. 인정이 많고 아이들을 좋아하는 춤새는 틈나는 대로 어린아이들을 껴안고 다독이며 놀았다. 부리는 사람들에게 다 맡기지 않고 옷을 버려가며 아이들을 목욕시키기도 하고 아이들의 옷을 손수 빠는 일도 많았다.

아이들은 밥을 먹고 크는 것이 아니라 정을 먹고 자란다고 했다. 어려서 들어온 아이들이 '엄마'라고 부르며 떨어지지 않으려고 하는 것이 오히려 당연했다. 그러나 맹랑한 아이들은 본능적으로 이 벚골의 주인이 누구인지 알아차렸으며 대장군 김유신에게 잘 보이려고 곁을 맴돌았다. 그럴수록 엄하게 구는데도 눈웃음을 보내고 다가와 옷자락을 만지거나 응석을 부리다가 철든 언니들이나 스승들한테 혼나기도 했다. 드물게 드나들고 있지만, 그래서 그 적은 기회를 놓치지 않으려고 애써 자신에게 가까이 다가오고 싶어 하는 아이들의 모습을 보면서 유신은 만족했다. 버릇이 될까 봐 껴안아주지는 못했지만, 그래도 아이들을 사랑하는 자신의 마음이 그대로 전해지고 있다고 믿었다.

아침에 일어나면 기수련으로 하루를 시작하는 것이 보통이다. 이른 아침, 유신은 이슬이 발에 걷어채는 숲으로 들어가 소나무 그루터기에 앉았다. 가벼운 기운동으로 몸을 풀고 자리에 앉아 명상에 들어갔다. 그런데 언제부턴지 지켜보는 눈이 있었다. 수련에 크게 방해되는 건 아니지만, 여기는 벗골이다. 감히 대장군 김유신의 권위에 도전하는 자, 벌하지 않을 수가 없다.

단검이 날아가고, 돌아앉으며 두 번째 비수를 치켜든 유신이 날카롭게 외쳤다.

"썩 나오지 않으면 이번에는 목을 꿰뚫을 것이다."

놀랍게도 아름드리 소나무 뒤에서 모습을 드러내고 주춤주춤 다가오는 것은 예닐곱 살밖에 안 된 어린아이였다. 대장군 김유신을 엿보려고 한 것이 아니라 새벽부터 천방지축 숲속을 싸돌아다니다가 이곳까지 오게 되었을 것이다.

그러나 여기는 벗골, 멀리서부터 일반 백성의 출입이 철저히 통제되는 곳이다. 아이의 복장도 벗골에서 흔히 보는 차림이었다. 물정 모르는 철부지지만, 벗골의 아이라면 더더욱 그냥 지나칠 수가 없다. 여기서는 보고 듣는 모든 것이 철저한 교육이어야 하니까.

"너 이놈, 너는 누구냐? 누구기에 감히 나를 엿보고 있었느냐?"

제 목 바로 곁으로 비수가 날아와 꽂히는 꼴을 당한 아이다.

새파랗게 질린 아이가 대꾸도 못하고 울상이 되었다. 겁먹은 얼굴이지만 보면 볼수록 예쁘고 정이 가는 얼굴이었다. 벚골에서 기르는 아이들은 첫째가 총명한 두뇌고 둘째가 용모니, 거의가 어디 내놓아도 사람들이 돌아다볼 만큼 예쁜 용모를 지니고 있었다. 눈앞에 다가온 아이는 그중에서도 돋보이게 예쁜 얼굴이었고, 이상하게도 꼭 껴안아보고 싶게 호감이 갔다. 유신은 아이가 무서워하지 않도록 낯빛을 부드럽게 했다.

"혼내지 않을 터이니 말해라. 너의 이름이 무엇이냐?"

"군승입니다."

"군승이라, 씩씩한 이름이구나. 그런데 어째서 '신, 군승'이라고 하지 않는 것이냐?"

"신 군승이 아닙니다. 그냥 군승입니다."

장남삼아 물었다가 볼멘소리가 돌아와서야 유신은 아이가 아직 신(臣)을 지칭할 줄도 모르는 철부지라는 것을 깨달았다. 아니면 눈앞에 앉아 있는 무서운 사람이 이 벚골의 실제 주인임을 모르거나. 아이가 드물게 예쁜 데다가 자꾸 마음이 끌리는 만큼 계속 장난기가 돌았다.

"너 이놈, 너는 내가 누구인 줄 아느냐?"

눈을 부릅뜨고 짐짓 무섭게 물었다.

"말해보아라. 내가 누구냐?"

어떤 아버지와 아들

너무 무서웠던가? 울먹울먹, 말문 대신 아이는 울음보가 먼저 터질 것 같았다. 지나쳤다 싶은 유신이 다시 얼굴을 부드럽게 하고 다정한 목소리로 달랬다.

"괜찮다. 혼내지 않을 터이니 말을 해보아라. 내가 누구냐?"

"아빠, 우리 아빠!"

간신히 대꾸한 아이가 '아앙!' 울음보를 터뜨렸다.

누가 가르쳐준 것이 아니다. 젖먹이 때부터 세상에서 가장 고운 사람이 우리 엄마고, 가장 훌륭한 사람이 우리 아빠라고 믿으며 자란 아이. 어쩌다 한 번씩 벚골에 나타나는 훤칠한 사내한테 모두가 절절매는 것을 보고 어린마음에 우리 아빠일 것이라고 믿어버린 아이.

"푸하하하하!"

아이의 울음보를 따라 유신의 웃음보가 폭발해버렸다.

"아, 하하하하!"

날더러 아빠? 우리 아빠?

"아, 하하하하! 으하하하하!"

아이한테서 전혀 상상도 못했던 대꾸가 돌아왔지만 유신은 더없이 만족스러웠다. 세상의 어떤 말을 들었어도, 어떤 칭찬을 들었어도 이보다 기쁘지는 못할 것이다. 어린아이들이 천관녀 춤새를 엄마라고 부르며 정말 친어미처럼 따르는 것이 자신도 모르게 내내 부러웠던 모양이다. 처음 보는 어린아이가 '장군님' 대신 '아빠'라고 부르자 유신은 날아갈 듯 기뻤다.

그랬다. 춤새를 엄마라고 부르며 자란 아이들은 결코 어미 춤새를 배신하지 못한다. 드문드문 드나들어도 벚골의 실제 주인은 유신이다. 그러니 '아빠'라고 불리지 못할 까닭이 없다.

덥석 끌어안아주고 싶었다. 볼을 맞대고 '그렇다. 내가 네 아비니라!' 하고 다정하게 속삭여주고 싶었다. '너는 참으로 예쁘고 기특한 아이다. 열심히 배우고 익혀서 신국의 훌륭한 서까래가 되거라!' 하며 다독여주고 싶었다. 그러나 눈물 콧물 훌쩍이는 아이를 함부로 안아주었다가는 저 아이는 평생 울보가 되고 말 것이다. 아무리 능력이 뛰어나도 물러터져서 결국 아무짝에도 쓸모가 없는.

"너. 이놈! 너는 이 아비가 너 같은 울보를 싫어한다는 것도 모르지 않겠지?"

아직도 겁이 가시지 않은 아이가 고개만 주억거렸다.

"썩 물러가거라. 그리고 이 아비한테 함부로 다가왔다가는 이 비수가 네 목을 꿰뚫을 수도 있으니, 명심하거라."

그렇게 엄하게 훈계해서 아이를 돌려보냈다. 훌쩍이며 돌아가는 아이의 뒷모습을 보며 유신은 정말 이곳의 모든 아이에게 아비라고 불리고 싶었다. 아니, 반드시 그렇게 해야 했다.

유신은 그날부터 아빠로 부르라는 명을 내렸다. 적어도 열 살이 되기 전에는, 스스로 신이라 칭할 때까지는 자신을 아빠라고 부르도록 한 것이다. 보통 백성들 중에는 성씨가 없는 사람이 많았는데, 특히 고아가 많은 이곳에서는 거의 모든 아이가 성씨가 없었다. 그런 아이들에게 김유신은 아예 자신의 성씨인 김씨 성까지 내리는 은혜를 베풀었다.

아픈 것도 아닌데 며칠째 밥도 제대로 먹지 않고 시무룩해 있다는 아이를 따로 불렀으나 아이는 대뜸 할머니한테 가겠다고 하는 것이었다.

"군승이도 엄마하고 사는 것이 좋다고 했잖아? 이리 와, 엄마가 안아줄게."

"싫어!"

"그러면 우리 군승이는 오늘부터 엄마하고 잘까?"

"싫어. 엄마도 우리 엄마 아니야!"

스스로도 놀랄 만큼 파격적인 제안을 했으나, 아이는 오히려 우리 엄마가 아니라는 엉뚱한 소리까지 지껄이며 할머니한테 보내달라고 울기만 했다. 반년이 되도록 아무 문제 없이 새로운 생활에 잘 적응한다고 믿었는데, 역시 어린아이한테는 늘 함께 있어준 할머니가 더 좋은 모양이었다.

미운 일곱 살이라더니! 춤새는 갑작스럽게 행장을 차리고 길을 떠났다. 어쩌다 한 번씩 얼굴을 보는 어미보다는 갓난아기 때부터 곁에서 길러준 사람들에게 더 정이 가는 것이 어쩌면 당연한 일이었다.

　부산 바닷가는 아이가 태어난 곳이기도 했다. 다시 부산에
서 자라게 된 아이는 갑작스럽게 철이 들어 엄마 아빠를 찾지
도 않고 동무들과 어울려 잘 지낸다고 했다. 춤새는 군승을 몇
년쯤 더 지난 후에 데려오기로 작정했다.

서곡성 싸움

2966년(633) 7월, 은솔 정무는 6천 군사를 이끌고 길동군(충북 영동군)에 있는 신라의 서곡성을 치고 있었다. 서곡성이 그리 큰 성은 아니나 거북의 등껍질처럼 단단했다. 돌로 쌓은 성벽의 높이가 여섯 장이나 된다. 참호가 없는 성이어서 가까이 다가가기는 쉽지만 성벽이 높아 기어오르기가 쉽지 않았다. 소나기처럼 화살을 퍼부어 적을 잠깐 성가퀴 뒤로 숨게 하고 군사를 올려보냈지만, 백제 군사들이 사다리를 다 오르기 전에 돌이나 화살이 우박처럼 쏟아졌다. 아무리 날랜 군사도 성가퀴에 닿아보지 못했다.

열흘이 지나도록 신라의 구원군이 오지 않는 것도 서곡성이 중요하지 않아서가 아니다. 서곡성 군사만으로도 얼마든지 성을 지킬 수 있다는 뜻이다. 아니면 백제군이 지치기를 기다렸다가 앞뒤에서 한꺼번에 몰아치기 위한 것일지도 모른다. 어쨌거나 질질 끌어서 좋을 일은 없다.

"조금 더 쉬지 그러느냐? 오늘도 밤새워 공격하려면 힘이 들

것이다."

"한잠 자고 왔습니다. 밤에는 덥지 않으니 그다지 힘들지 않습니다."

군사를 지휘하고 있던 정무가 어느새 다가온 계백에게 말했다. 계백은 아침나절에 성을 공격하고 쉬었으니 저녁밥을 먹은 다음 다시 성을 공격하게 될 것이다.

"그늘에 서 있어도 땀이 줄줄 흐르는데 저 군사들은 오죽 힘들겠느냐? 그렇다고 밤에만 공격할 수도 없으니, 걱정이다."

옳은 소리다. 이 7월 땡볕도 아랑곳없이 성을 공격하는 것은 적이 먼저 지치기를 기다렸기 때문이다. 그러나 백제 군사들이 쉬지 않고 공격을 퍼부어도 성을 지키는 신라 군사들은 언제나 기운이 펄펄 넘쳐 보였다. 성안에 군사가 많아서 마음껏 쉬어가며 싸우고 있는 것이다. 적이 지치지 않고는 성벽을 기어오를 수가 없다. 아무리 생각해보아도 이대로 싸워서는 서곡성을 손에 넣을 수가 없다. 신라 구원군의 움직임이 전혀 보이지 않는 것도 못내 근심거리다.

"오늘로 열이틀이 되었으나 성은 좀처럼 떨어질 것 같지가 않다. 무슨 구멍수가 없겠느냐?"

잠자코 성벽만 바라보고 있는 계백에게 정무가 물었으나 계백은 열없는 듯이 웃기만 할 뿐 대답이 없다.

정무는 답답하기 그지없었다. 참으로 계백에게 무슨 뾰족수를 바라서 해본 소리가 아니었다. 밤낮없이 퍼붓는 공격에 오히려 백제군이 먼저 지쳤다. 벌써 500이 넘는 군사가 크게 다쳤을 뿐만 아니라, 더위에 지친 군사들은 마지못해 공격하는 시늉만 내는 것처럼 무척이나 굼뜨게 움직이고 있다. 장수들도 이제 그만 돌아가고 싶지만 대장 정무의 물러서지 않는 성격을 잘 알고 있어 쉽게 입을 열지 못할 뿐이다.

"어떠냐? 혹, 군사들이 돌아가고 싶어 하지 않더냐?"

정무도 자신의 성격을 모르지 않았다.

"……"

계백이 입을 다물고 있는 것은 그렇다고 대답하는 것이나 마찬가지다.

"네 생각은 어떠냐? 애꿎은 군사들만 잃고 있다고 생각하지 않느냐?"

"……"

"네 생각을 물었다. 말해보거라."

"어떤 일이 있어도 대장님은 물러서지 않을 것입니다."

정무가 고개를 가로저었다.

"아니다. 군사들이 싸울 뜻을 잃고 있으니 물러설 수밖에 없다. 그러나 내가 대장으로서 싸움터에 서는 것이 처음이라 그런지 물러가야겠다는 소리가 나오지를 않는다."

뜻밖에 정무에게서 물러서겠다는 소리가 나오니 무어라 대꾸할 말이 없었다. 하릴없이 물러간다면 신라군은 언제나 오늘 일을 기억해내고 다짐을 새롭게 하여 성을 지킬 것이다. 그뿐 아니라, 막상 돌아가자니 아까운 물건이라도 두고 가는 것처럼 서운했다.

"무슨 수가 없지도 않을 것입니다. 먼저 군사를 물린 다음 어둠을 틈타서 성벽을 기어오르면 뜻을 이룰 수 있지 않겠습니까."

"저들이라고 그것을 모르겠느냐? 어디서 뭘 하다가 캄캄한 밤중에 담을 넘느냐고 볼기를 칠 것이다."

스스로도 객쩍은지 정무가 껄껄 웃었다.

그러나, 계백에게는 따로 생각이 있었다.

"우리가 바로 물러서면 저들이 의심할 것이나 소라성으로 군사를 돌리면 이를 믿고 경계를 풀 것입니다. 돌 틈을 회로 메워가며 빈틈없이 쌓은 성이나, 저들의 눈을 잠깐 속일 수만 있다면 몰래 기어오르지 못할 것도 없습니다."

"어떻게?"

"모두 회칠을 하여 돌 틈을 메웠으나 위쪽은 오래도록 손을 보지 않았습니다. 두어 길만 올라서면 돌 틈에 손끝을 넣을 수 있을 것 같았습니다. 오늘 밤 제가 기어올라가보겠습니다."

"좋다. 네 말을 믿겠다. 우리가 소라성으로 군사를 돌리면 저들이 속을지도 모른다."

소라성은 북동쪽으로 20리 떨어진 소라현(영동 황간)에 있는 작은 성이다. 지키는 군사도 100여 명에 지나지 않는 작은 성이니 굳이 빼앗아도 그다지 쓸모는 없었다.

"군사들이 몹시 안쓰럽다만, 너무 일찍 군사를 물렸다가는 자칫 저들이 낌새를 챌지도 모른다."

정무는 해가 서산으로 기우는 것을 보고야 싸움을 멈추고 군사를 모두 물리라는 명령을 내렸다. 지루한 싸움보다 땡볕더위에 지쳐 있던 군사들이다. 냇가로 몰려가 물을 둘러쓰자 비로소 기운이 나는지 시끌벅적 매우 떠들썩했다. 성을 들이칠 때도 저런 기운을 낼 수 있다면 좋으련만.

"내일은 소라성을 치러 갑시다."

"예?"

"지금 소라성을 치겠다 하셨습니까?"

장수들은 정무의 말을 믿을 수 없었다.

"그 작은 성을 빼앗아봤자 아무런 쓸모도 없을 텐데요."

"서곡성을 남겨두고 갔다가는 오히려 뒤를 끊길 것입니다."

여기저기서 반대하는 소리가 터져나왔다. 군사를 소라성으로 돌려도 신라군은 서곡성에서 군사를 끌어내리려는 수작으로 알 것이다. 차라리 소라성을 내주더라도 백제군의 꾐에 넘어가 서곡성에서 군사를 빼내지는 않을 것이나, 신라군이 서곡성에만 있는 것이 아니다. 지금도 어디서 구원군이 몰려오고 있는지도 모른다. 함부로 깊숙이 들어갈 일이 아니다.

은솔 정무는 하루 내내 시원한 그늘 아래서 그따위 쓸모없는 생각이나 하고 있었는가? 땡볕 아래서 성을 공격하느라 지친 장수들은 더 짜증이 났다.

"서곡성에 대한 분풀이를 하려는 것이라 해도 그렇습니다. 이곳을 남겨둔 채 소라성을 치는 데는 아무도 따르지 않을 것이오."

비록 작게 중얼거리는 볼멘소리였지만 가려거든 정무 혼자 가라는 말까지 나왔다. 그런데 정말 더위라도 먹었는가? 정무의 큰소리는 끝이 없었다.

"소라성이 작기는 하지만 그래도 쓸모없다는 말은 하지들 마시오. 서곡성이 우리 손에 들어오면 소라성도 그런대로 쓸 만한 성이오."

너무도 터무니없는 헛소리에 장수들은 아예 할 말을 잃었다. 문득 배가 고프다는 생각도 들었다. 저녁을 먹는 군사들의 떠들썩한 소리와 함께 구수한 된장국 냄새가 코를 찌른다.

장수들도 이미 서곡성 공격에 자신을 잃고 있었다. 대장인 은솔 정무의 성격 때문에 돌아가자는 말을 하지 못하고 있을 뿐이었다. 서곡성이 떨어질 조짐은 어디에도 없다. 젠장, 밥이나 먹으러 가자!

"우리가 소라성을 빼앗기 전에 서곡성이 먼저 우리 손에 들어올지도 모르오. 지나봐야 아는 것이니, 이루고 못 이루는 것은 미리 따지지 맙시다."

그러나 정무는 저 혼자 껄껄 웃더니 또 못 믿을 소리를 지껄였다.

"일이 잘못된다면 더 고집하지 않고 곧바로 군사를 되돌려 돌아가겠소."

"정말이시오?"

느닷없는 소리에 놀란 장수들이 한목소리로 물었다. 큰소리를 치는 정무의 말에서 자신감을 느껴서가 아니다. 돌아가겠다는 말이 반가워서다.

"그렇소. 한 번 시험 삼아 해보고 안 되면 곧바로 군사를 되돌려 돌아갈 것이오."

이어서 정무는 장수들에게 계백의 계책을 차근차근 일러주었다. 돌아가겠다는 말에 즐거워서인가. 장수들은 한 마디도 티를 잡지 않고 머리를 끄덕였다.

"모두가 한마음으로 따라주니 고맙소. 저들이 조금이라도 낌새를 채지 못하게 내일 첫새벽에 길을 떠나도록 합시다. 그동안 수고가 많았소. 오늘 밤에는 푹 쉬시오."

이튿날 백제군은 횃불 아래서 밥을 지어 먹고 짐을 챙긴 다음 날이 밝기를 기다려 소라성으로 떠났다.

"저놈들이 소라성으로 가고 있다."

"큰일이다. 저 많은 놈들이 몰려갔으니 소라성은 하루도 견디기 어려울 것이다."

"어서 봉화를 올려라."

서곡성에서는 봉화가 오르고 여러 성으로 전령이 말을 달려나갔다.

소라성에 도착한 백제군은 대를 나누어 성을 둘러쌌다.

"군사들이 다치지 않도록 하시오."

정말 성을 치려는 것이 아니다. 군사들은 북을 두드리고 소리만 크게 지를 뿐 사다리 하나도 걸지 않았다. 빈 시위만 당기기가 멋쩍어 드문드문 화살이나 날려보낼 뿐이었다.

드디어 저녁놀이 붉게 물들고 어둠이 내렸다. 대덕 계백의 군사들은 모두 갑옷을 벗고 검은 전포 차림이었다. 투구도 벗어 숯검댕을 칠해서 허리에 찼고 창날까지 검은 헝겊으로 감았다.

"조심스럽게 움직여라."

정무의 명령에 따라 300명의 군사들이 어둠 속으로 숨어들었다. 군사들은 아침에 왔던 길을 멀리 돌아서 조심스럽게 서곡성으로 달려갔다.

계백과 함께 앞장선 일곱 장수도 모두 검은 전포에 숯검댕을 칠한 투구를 허리에 찼다. 정무가 뽑은 장수들로, 계백과 함께 성벽을 기어오를 것이다.

성이 가까워지자 군사들은 더욱 숨소리를 죽이고 발밑을 살폈다. 그들은 서곡성 북동쪽 숲에서 걸음을 멈췄다.

"천만다행으로 아무 탈 없이 도착했소. 여기서 달이 지기를 기다립시다."

아무리 살펴도 널따란 빈터에는 사람 그림자가 없다. 서곡성은 절처럼 고요하고, 숲에서는 늙은 소나무 가지가 삐그덕 삐그덕 바람을 일으켰다. 소라성에서 일어나는 북소리, 함성소리가 풀벌레 울음소리에 잠깐잠깐 끊기기도 했다.

마침내 아흐레 반달이 졌다. 떠들썩하게 소라성을 공격하던 정무는 뒤에서 기다리는 2천 군사들에게 갔다. 군사들도 이미 길 떠날 채비를 마친 뒤다. 함께 달려갈 말에게도 천으로 감은 재갈을 물리고 발굽까지 천으로 감쌌다.

"남은 군사들은 계속 적을 공격해 저들이 눈치채지 못하게 하라."

뒤를 당부한 정무는 서둘러 군사를 이끌고 서곡성으로 달렸다. 정무의 군사가 막 움직이기 시작했을 때, 계백도 군사들에게 명령을 내리고 있었다.

"이제부터 성벽 아래로 다가간다. 저들은 절대 우리를 알아채지 못한다. 모두들 마음을 편히 먹어라. 기침이 나오지 않도록 함부로 침을 삼키지 마라."

어둑한 별빛이라도 끝까지 조심해야 한다. 군사들은 모두 엉금엉금 기어서 성벽 아래로 갔다. 계백이 북동쪽 성벽을 택한 것은, 등잔 밑이 어둡다고 멀리 불빛이 밝은 소라성 하늘을 지켜보는 신라 군사들의 밤눈이 어둡기를 노린 것이었다. 소라성 쪽에만 정신이 팔려 있는 신라 군사들은 발밑에다 눈을 박아두지는 못했으니 눈뜬장님일 수밖에 없었다.

이때 백제군이 코밑에까지 기어들고 있는 줄 까맣게 모르는 신라군은 불빛으로 붉게 물든 소라성 쪽 하늘을 바라보며 그저 애만 태우고 있었다. 밤이 되니 백제군의 북소리가 더 크게 들리고 군사들의 함성소리까지 바람결에 실려왔다.

"아직 소라성은 떨어지지 않았다. 그러나 저들의 공격이 저렇듯 드세니 아마 이 밤을 넘기기 어려울 것이다."

"저놈들이 소라성에서 얼마나 많은 피를 뿌리고 얼마나 많은 사람을 붙잡아 갈까?"

성벽을 지키는 군사들은 달이 지자 더욱 환해지는 소라성의 하늘을 바라보며 어쩔 줄을 몰라 했다. 바람결에 언뜻언뜻 묻어오는 백제 군사들의 고함소리는 신라군의 가슴을 저며냈다.

서곡성 군사들이 소라성을 걱정하는 소리를 들으며 백제군은 성벽 기어오를 준비를 마쳤다. 허리에 찬 칼을 풀어 등에 묶은 계백이 먼저 성벽에 달라붙었다. 처음에는 세 발쯤 되는 나무를 걸쳐놓고 오르다가 나무 끝에 닿아서부터는 돌 틈에 손끝을 박으며 성벽을 탔다.

제발 성공하거라! 군사들이 간절하게 비는 가운데 마침내 성벽에서 줄이 내려왔다.

성공이다! 장수들이 먼저 네 개의 줄을 잡고 거미처럼 줄지어 기어오르기 시작했다. 성가퀴에 줄을 걸고 성벽에 붙어 있던 계백은 장수들이 성벽 위까지 오르자 숨을 크게 들이쉬었다. 성벽 위로 몸을 솟구치자마자 곧바로 토끼를 덮치는 수리매처럼 날아갔다. 칼을 뺄 틈도 없이 날아간 계백은 '엇!' 하고 돌아서는 두 군사를 주먹으로 내질러버렸다.

그제야 곁에 있던 신라 군사들이 '악!' 소리를 지르며 놀랐으나 미처 정신을 차리기도 전에 계백의 억센 주먹질과 발길질에 비명을 올리며 나자빠졌다. 잠깐 여유가 생기자 계백은 등에 짊어진 칼을 뽑아들었다.

계백이 칼바람을 휘몰아가는 사이, 성벽에 오른 장수들은 부지런히 성가퀴마다 밧줄을 늘어뜨렸고, 기다리던 많은 군사들이 성벽을 기어올랐다.

느닷없는 비명소리가 어둠을 가르자 둥, 둥, 둥, 어지럽게 북이 울렸다. 소라성 걱정에 무겁게 가라앉아 있던 서곡성이 발칵 뒤집혔다. 잠들었던 군사들까지 벌떡 일어나 창을 들고 내달아왔으나 때는 이미 늦었다. 이미 수십여 명의 백제 군사가 성벽에 올라 칼을 빼들고 먼저 신라군을 휩쓸어가고 있었다.

"북동쪽 성벽에 적이 올라왔다!"

"어서 막아라!"

신라 군사들이 고함을 지르며 벌떼처럼 모여들었으나, 성벽 위는 폭이 2장 정도에 지나지 않았다. 한꺼번에 적을 밀어붙일 수가 없는 데다 오래지 않아 백제군 선발대 300명이 모두 북동쪽 성벽 위로 올라와버렸다.

"적은 얼마 되지 않는다. 힘껏 밀어붙여라!"

장수들이 소리치며 양쪽에서 밀어붙였으나 신라 군사들은 한 발짝도 나가지 못했다.

계백의 300 군사는 모두가 가려뽑은 날랜 이들이다. 손에 침 바르며 쥐고 있던 창칼을 휩쓸어가니 딴 정신을 팔다 달려온 신라 군사들은 도저히 상대가 되지 못했다.

"횃불을 밝히고 화살로 공격하라!"

신라군은 자꾸 뒤로 밀려났으나, 그래도 시간이 지남에 따라 성안 성벽 아래에 군사들이 많이 모였다. 그들은 서곡성주의 명령에 따라 성벽 위로 화살이 날려 올렸다.

"몸을 낮춰라!"

외침이 터지고 백제 군사들은 몸을 숙여 밑에서 날아오는 화살을 피했다. 빗발치듯 날아드는 화살에는 눈이 없다. 성벽 위 신라 군사들도 재빨리 화살을 피해 뒤로 물러났다. 서로 고함을 지르며 맞싸우던 싸움판이 조용해지고 화살 나는 소리만 어둠을 갈랐다. 그러나 그도 잠깐, 난데없이 북소리가 울리며 군사들의 함성이 일어났다.

"와, 와."

성벽 위에 웅크리고 있던 백제 군사들도 마주 함성을 올렸다.

"우리 군사들이 오고 있다. 조금만 더 견뎌라."

비록 멀기는 했으나 느닷없이 일어난 함성 소리에 신라 군사들은 정신을 차리지 못했다.

2천 군사를 이끌고 발소리를 죽이며 조심스럽게 달려오던 정무는 서곡성을 10리쯤 앞둔 곳에서 언덕길을 올라서다가 서곡성에서 울리는 요란한 북소리를 들었다. 계백의 군사들이 성벽에 올라서 싸우고 있는 것이다.

"횃불을 밝히고 북을 크게 울려라. 북을 든 군사들은 힘껏 말을 달려라."

정무의 명령에 따라 요란한 북소리와 함성이 일어났다. 50명의 군사가 힘껏 북을 두드리며 앞으로 달려갔다. 나머지 군사들도 크게 함성을 지르며 내달렸다.

"저들은 아직 먼 곳에 있다. 저들이 다다르기 전에 성벽 위에 오른 자들을 없애야 한다."

성주가 가까스로 정신을 추슬렀으나 둥, 둥, 둥, 어지럽게 두들겨대는 북소리가 급작스럽게 다가왔으니 또다시 놀라지 않을 수가 없었다.

벌써 달려왔는가? 아아, 늦었다! 성주는 어찌해야 할지 몰랐다. 활을 쏘던 군사들도 급작스럽게 다가오는 북소리에 정신을 놓고 있었다.

"빨리 활을 쏘아라. 성벽에 오른 놈들을 모조리 죽여라."

군사들이 다시 활을 들어 쏘아댔으나 성벽 가까운 곳에서 쏘는 화살은 성벽 가장자리를 스치며 높이 치솟아 밤하늘로 묻혀버린다. 도저히 성벽 위에 있는 백제군을 맞힐 수가 없다.

"뒤로 물러나서 활을 쏘아라."

명령에 따라 활 든 군사들이 뒤로 물러나 화살을 쏘아댔다. 화살이 조금 낮게 날긴 했으나 성벽 위에 납작 엎드린 백제군에게는 아직 무용지물이었다.

"안 되겠다. 모두 지붕으로 올라가서 활을 쏘아라."

다시 명령이 내리고, 활 든 군사들이 지붕으로 올라가 활을 쏘자 화살이 성벽 위를 스치듯이 낮게 날아갔다. 화살이 성벽 위에 납작하게 엎드려 있는 백제 군사들의 머리와 등을 스쳐 지나갔으나, 그저 그뿐이었다. 적을 꼼짝 못하게 묶어둘 수는 있어도 다치게 할 수는 없다. 조금 더 높은 곳에서 내려다보며 화살을 쏘아야 했으나, 그렇다고 갑자기 지붕 위에 사다리를 세울 수도 없는 노릇이었다.

"큰일이다. 저들을 어찌해야 한단 말이냐?"

성주가 발을 굴렀다.

"무슨 수가 없겠느냐?"

성주가 누구에게랄 것 없이 소리쳤다.

"지붕에 올라간 군사들을 성벽 위로 올려보내 활을 쏘게 하십시오."

맞다. 어찌 그 생각을 못하였던고?

"지붕 위 군사들 가운데 반은 빨리 내려와 성벽으로 올라가라."

활을 든 군사들에게 성주가 큰 소리로 명령을 내렸다.

이때, 적의 화살을 피해 성벽 위에 엎드린 계백도 발을 구르고 있었다. 비록 자신들이 성벽 한쪽을 거의 빼앗았다고 해도 적의 화살이 낮게 날아와 일어설 수가 없으니 본진이 달려와도 쉽게 성벽 위로 올라설 수가 없다. 자칫하면 북동쪽 성벽을 빼앗은 것도 헛일이 되어버린다. 어떻게 본진이 모두 성벽 위로 올라선다 해도 많은 군사들이 다치고 말 것이다.

성안에서 활 든 군사들을 성벽으로 올려보내라는 소리가 들리자 눈앞이 캄캄했다. 바로 머리맡에서 화살을 날려보낼 것이니 꼼짝없이 당하게 생겼다. 그러나 걱정한다고 저절로 풀릴 일은 아니었다.

"급할수록 천천히 움직이라고 했다. 하늘이 무너져도 솟아날 구멍은 있는 법, 구멍수를 찾아야 한다."

계백은 마음을 차분하게 가라앉혔다.

싸움새를 바꿀 때면 빈틈이 드러나기 마련이다!

"그렇다!"

번개같이 스치는 생각! 적이 지붕에서 내려가 다시 성벽에 오르기까지는 화살 공격이 뜸할 수밖에 없다! 성벽 안쪽에는 군사들이 쉽게 이리저리 움직일 수 있도록 층계가 있기 마련이다! 계백은 투구를 고쳐쓰고 엉금엉금 가장자리로 기어가서 밑을 내려다보았다. 아닌 게 아니라 층계까지의 높이는 2장쯤이나 되겠다. 넓은 층계에는 400여 명의 신라군이 창칼을 들고 서 있으나 얼마든지 해볼 만하다. 더구나 정무가 이끄는 2천 군사도 모두 성벽 아래까지 와 있지 않은가.

따닥! 소리와 함께 투구에서 미끄러진 화살이 왼쪽 어깨에 꽂혔다. 비명을 지를 새도 없이 계백은 재빨리 뒤로 물러났다. 머리를 움직일 때마다 화살이 투구에 걸려 아팠다. 그렇다고 함부로 뽑았다가는 피를 많이 흘리게 되니 오히려 위험하다. 투구에 거치적거리지 않도록 화살을 잘라야 한다. 계백은 칼날을 대고 옆으로 힘을 주며 앞으로 당겼다. 묵직한 아픔이 느껴졌으나 계백은 큰 소리로 악을 썼다.

"잘 들어라. 이대로 엎드려 있다가는 우리가 애써서 성벽을 올라온 것이 모두 물거품이 되어버린다. 곧바로 성안으로 뛰어내려 적을 치고 성문을 열어야 한다. 안쪽 성벽의 높이는 2장이다. 우리끼리 부딪치지 않도록 조심해라."

말을 마친 계백은 잠깐 숨을 골랐다.

"나를 따라라!"

큰 소리로 외치며 계백이 성안으로 뛰어내렸다. 땅에 내려선 계백은 곧바로 칼을 휘둘러 적을 밀어냈다.

"어서 뛰어내려라!"

성벽 위에 엎드려 있던 군사들이 모두 날아내렸다.

"어서 저것들을 쏘아라!"

서곡성주가 활 든 군사들에게 재촉했으나 군사들은 백제군과 뒤섞여 싸우는 제 편 군사들 때문에 마음대로 시위를 당기지 못했다.

성벽에서 쏟아져내려온 백제 군사들은 어렵지 않게 신라군을 밀어붙이며 남쪽 문으로 다가가 성문을 열었다.

성문이 열리자 2천 군사가 물밀듯이 달려들어오기 시작했다. 그제야 성벽에서 뛰어내리다 발목을 삐고 화살에 맞고 적의 칼에 큰 상처를 입은 군사들이 한쪽으로 비켜나 땅바닥에 주저앉았다. 계백도 왼쪽 어깨에 박힌 화살을 깨닫고 뒤로 물러섰다.

한낮이 되어서야 눈을 뜬 계백은 자신을 내려다보고 있는 정무와 눈이 마주쳤다. 놀라 일어나려는 계백을 정무가 말렸다.

"움직이지 마라. 상처가 크지 않고 다만 고단하여 깊이 잠든 것이라 하기에 걱정하지 않았다."

정무의 눈에는 핏발이 빨갛게 서 있었다. 성을 빼앗았지만 뒷마무리 때문에 아마 한숨도 자지 못했을 것이다.

"우리 군사들은 많이 다치지 않았다. 아무 걱정 말고 푹 쉬거라."

여러 군사들에게도 위로의 말을 건넨 정무가 남은 일이 바쁜 듯 밖으로 나갔다. 비로소 여기저기서 신음소리가 들려왔다. 다친 군사들을 둘러보던 계백은 다시 깊은 잠 속으로 빠져 들어 갔다.

계백의 번뇌

　다음 날 계백이 들어 있는 병실에 귀여운 꼬마손님이 왔다. 아이를 데려온 군사의 말에 의하면, 어느 곱게 생긴 젊은 여인의 주검 곁에서 데려온 아이인데 아마 아이의 어미였을 거라고 했다. 그 주검은 나중에 햇볕 바른 곳에 따로 묻어주었노라고 했다. 아이가 하도 귀엽게 생겼으므로 군사들이 서로 데려다 자기 아이로 삼겠다고 다투기까지 했다는 것인데, 아이는 어미의 죽음에 충격을 받았는지 아무것도 입에 대지 않았다고 한다. 누가 물어도 대꾸를 하지 않고 온종일 멍하니 앉아 있었다는 것이다.

　"아, 그런데 말씀이지요. 이 어린 녀석이 오늘 아침에 갑자기 세워놓았던 창을 들고 찌르는 바람에 한 군사가 등에다 녀석의 창을 받고 말았지요. 쪼그마한 녀석이라 창날이 뼈를 뚫지 못했으니 망정이지 정말 큰일 날 뻔했다니까요."

　어처구니없고 괘씸하기 짝이 없었으나 철없는 서너 살짜리 아이를 어떻게 할 수도 없고 해서 위험한 물건이 없는 병실로

36　　　　　　　　　　　　　　　　　　　　　　　오국지 3

데려왔다는 것이다.

"아이를 데려오너라."

계백은 아이를 곁에 오게 하여 찬찬히 들여다보았다.

"잘 데려왔다. 이 아이는 우리보다 병이 더 무겁구나. 잘 보살펴주어라."

계백이 아이의 머리를 쓰다듬었으나 아이의 까만 눈망울은 멍하니 풀린 채로다.

"어디 보자."

가까이 다가와 둘러선 군사들도 모두 아이가 귀엽다고 야단이었다.

"그놈 참 잘생겼다."

"이름이 무엇이냐?"

군사들이 번갈아가며 안고 얼러도 아이는 아무것도 느끼지 못하는 것 같았다. 심심하던 차에 군사들은 아픔도 잊고 아이를 얼렀으나 아무런 반응이 없자 금세 지쳤다.

아이는 여전히 아무런 표정도 없었다.

"으음."

계백이 다시 신음소리를 냈다. 어느덧 계백의 눈은 감겨 있었다. 매캐한 연기가 감도는 곳에서 계백은 어린아이의 모습으로 아리따운 여인의 품에 안겨 있었다. 하지만 잠든 여인은 아이를 깊게 안아주지 않았다.

"엄마."

아이는 잠든 여인의 품을 파고들기에도 지쳐 멍하니 여인의 얼굴을 들여다보았다. 여인의 얼굴은 다정스러운 어머니였다. 한 번도 기억나지 않던 어머니의 얼굴, 그 얼굴은 어느새 아사녀의 얼굴이다.

"엄마."

어린 계백은 주르르 눈물을 흘리며 잠 속으로 빠져들었다.

"아가, 우리 아가야."

여인이 가랑잎이 바스락거리는 소리로 아이를 불렀다.

"우리 이쁜 계백아, 엄마를 보아라."

아이를 안고 있던 엄마의 얼굴이 모진 아픔으로 일그러졌다.

"엄마는 가슴이 아프다. 이 나쁜 사람."

어린아이의 눈에 엄마의 등에 창을 박고 서 있는 갑옷 입은 군사의 모습이 보인다. 어디선가 자주 만났던, 그리 낯설지 않은 얼굴이다.

이 나쁜 사람은 누구일까? 애써 생각하는 사이 그것은 바로 계백 자신의 얼굴이다.

"아가, 우리 아가야."

여인이 아이를 불렀다.

"이리 오너라. 엄마하고 자야지."

여인이 팔을 벌렸으나 계백은 갈 수가 없다. 창을 빼야 되는

데, 어머니가 아파하는데…….

"아가, 이리 오너라."

문득, 여인의 벌린 팔이 하늘처럼 너무나 넓다.

아니야, 우리 엄마 아니야! 아이는 자꾸 여인에게서 달아난다.

어느새 아이는 여인의 품에 꼬옥 안겨 있다.

"우리 계백이, 우리 아가, 우리 이쁜 아가야."

엄마다, 우리 엄마, 세상에서 가장 고운 우리 엄마다!

그러나 아이는 자꾸 달아난다. 우리 엄마 아니야!

"계백아, 이리 오너라. 달아나지 마."

엄마가 울면서 따라오고 있다. 발이 멈춰지지 않는 것은 앞에서 엄마가 달아나기 때문이다.

"계백아, 우리 아가야!"

엄마는 울면서 따라오는데 왜 또 우리 엄마는 등을 보이고 달아나는가? 엄마를 놓치면 안 돼!

"엄마, 달아나지 마."

아이는 엉엉 울면서 달렸다. 엄마는 앞에서 달아나는데 뒤에서는 엄마 목소리가 울면서 쫓아오고 있다.

"아가, 우리 아가야."

"엄마, 엄마."

"계백아, 우리 이쁜 아가야."

깊은 잠에 떨어졌던 계백은 사흘이 지나서야 깨어났다. 잠에서 깨었으되 멍하니 넋을 놓은 채였다.

계백이 깨어났다는 소리에 정무가 단숨에 달려왔다.

"계백이 일어났느냐?"

으스러지게 손을 붙잡는 정무를 계백은 알아보지 못했다.

"계백아, 계백아."

정무가 숨 가쁘게 불렀으나 한참이 지나서야 계백은 정무를 알아보았다. 그러나…….

"아저씨?"

아저씨라니?

"그래, 아저씨다. 이 녀석아!"

기어이 정무가 눈물을 보였다.

"너마저 잃는 줄 알았다!"

그제야 계백의 눈에 모든 것이 하나씩 자리하기 시작했다. 여기는 병실이다. 이 계백은 어린아이가 아니라 서곡성을 치다가 어깨에 살을 맞았다! 다만 오랜 꿈을 꾸었을 뿐이다.

"은솔님께 걱정을 끼쳐드려 죄송합니다."

"걱정이라니, 무슨 말이냐? 괜찮다. 너야말로 걱정하지 말거라."

정무는 참으로 기뻤다. 사흘 만에 깨어난 계백이 아직 의식이 돌아오지 않은 것을 보고 끝없는 나락으로 떨어지는 것 같았는데, 이제는 이렇게 좋을 수가 없었다.

정무가 돌아간 뒤 계백이 아이를 찾았다.

"아이는 어디에 있느냐?"

그러나 군사들은 뭐라고 대꾸를 하지 못했다.

"내가 사흘 동안 잠들어 있었다니, 아이가 언제부터 밥을 먹더냐? 설마 아직도 굶고 있는 것은 아니겠지?"

방정맞은 생각이 앞섰다.

"왜 대답이 없느냐? 혹 잘못되기라도 했느냐?"

"아이는…… 죽었습니다."

"죽다니? 왜?"

아이는 아무것도 입에 대려고 하지 않았다. 벌써 사흘째다. 물이라도 먹이지 않으면 아이는 기운이 빠져 죽게 된다. 의원이 아이를 무릎에 안아 뉘고 억지로 입을 벌리게 한 뒤 물을 몇 방울 흘려넣었다.

"크, 크."

아이가 가녀린 숨소리로 캑캑거렸다. 멍하게 풀린 눈에서 맑은 눈물이 샘솟아 흘렀다. 참으로 못할 짓이었다.

"으음!"

사무치는 마음으로 지켜보던 이들이 돌아서며 눈물을 흘렸다. 이때였다.

"엄, 마!"

캑캑거리던 아이가 처음으로 소리를 내었다.

"엄마, 엄마."

아이는 제법 똑똑한 소리로 엄마를 불렀다.

"아가, 아가."

의원이 아이를 흔들었으나 아이는 아무런 반응도 보이지 않고 그저 엄마만 찾았다.

"엄마, 엄마."

눈물마저 말랐으나 아이는 가랑잎이 바스러지는 소리로 어미를 불렀다.

"엄마, 엄마."

마침내 기운이 다하여 소리도 내지 못하고 붕어처럼 달싹이던 입술도 멎었다.

"아가야, 아가야."

사람들이 엉엉 소리를 내어 울었다.

"아이에게 엄마를 찾아주어라."

처음에 아이를 데려왔던 군사가 불려왔다.

"아이 엄마는 어디에 묻었다고 했느냐?"

몸을 움직일 만한 사람들은 모두 앞장선 군사를 따라갔다. 흙을 파내고 얼굴 덮은 옷가지를 벗기자 꽃처럼 예쁜 여인의 얼굴이 나타났다.

어느 나쁜 놈이 이다지도 고운 여인을 죽였단 말이냐? 사람들은 저마다 마음속으로 욕을 퍼부었다. 이 아이가 얼마나 어미를 그리다가 기운이 다하여 죽었는지 아느냐? 네놈이 죽어서 저승에 가기는커녕 천 번 만 번 구렁이로 태어날 것이며, 네놈의 새끼들은 앉은뱅이 비렁뱅이가 되어 빌어 처먹지도 못할 것이다. 이 나쁜 놈아!

송장 썩는 냄새가 코를 찔렀으나 사람들은 스스럼없이 여인의 주검을 들어내고 넓고 깊게 무덤을 팠다. 바닥에는 온갖 꽃을 꺾어다 깔았다. 널을 마련할 수 없었으므로 고운 천을 그 위에 깔고 어미와 아들의 주검을 뉘었다.

"고이 가거라."

천으로 덮었다. 그 위에도 갖가지 아름다운 꽃이 수북하게 쌓였다.

"우리를 용서해라."

흙을 넣고 꾹꾹 다져밟으며 사람들은 용서를 빌었다. 이들의 저승길을 비는 마음에 용서를 비는 마음을 더하여 커다란 무덤을 쌓아올렸다.

아이가 죽었다 한다! 어미를 부르다가 기운이 다하여 죽었다 한다!

"으음!"

문득 계백은 여인의 등에 창을 박은 채 서 있는 자신의 모습을 보고 치를 떨었다. 여인의 모습은 어느새 엄마의 모습이었다.

"엄마는 가슴이 아프다. 이 나쁜 사람."

모진 아픔으로 일그러진 얼굴로 엄마는 어린 계백을 불렀다.

"이리 오너라. 아가야. 우리 이쁜 아가야."

창을 빼야 하는데 빠지지를 않는다.

이 무슨 악업인가? 나무아미타불! 창자루가 어느새 염주로 바뀌었다.

나무아미타불! 나무아미타불! 계백은 어느새 스님이 되어 있었다.

"옴 바르마니 다니 사바하."

어느 가여운 여인의 주검 앞에서 주문을 외고 있다. 주문은 진언(眞言)이니 '참말'이다.

보름이 지나자 살을 받았던 어깨의 상처는 다 아물었으나 계백은 자리에서 일어나지 못했다. 억지로 일어나 바깥바람을 쐬기도 했으나 곧 어질어질해져서 자리에 눕고 말았다. 온몸에 기운이 하나도 없었다.

9월이 되었다. 조정에서 성을 지킬 성주와 군사들이 오자 정무는 군사들을 이끌고 사비성으로 돌아왔다.

임금이 서곡성에서 돌아온 군사들을 위로하고 남달리 공을 세운 군사들을 왕궁으로 불렀으나 가장 큰 공을 세운 계백은 나아가지 못하고 정무의 집에서 몸조리를 해야 했다.

"간밤에는 좀 잤느냐?"

"오랜만에 푹 잤습니다. 어머니, 걱정하지 마십시오."

"네가 이렇게 몸을 추스르지 못하는데 어찌 걱정이 아니 되겠느냐? 눈이 빨갛고 기운이 없는 것을 보니 또 밤을 새운 게지."

어머니는 끌끌 혀를 찼다.

아들딸을 앞세운 장연의 어머니는 머리가 하얗게 세었다. 오라비 정무에게서 아무래도 계백이 마음에 깊은 상처를 받은 모양이니 건드리지 말라는 말을 들었으나 걱정이 되어 가만히 있을 수가 없었다.

"이럴 때 무법 스님이라도 오셨으면 좋을 터인데, 그 스님네는 불쑥불쑥 제 마음 내키는 대로 다니시더니 정작 뵙고자 할 때는 오시지를 않는구나. 몽운사에서도 스님이 계시는 곳을 짐작할 수가 없다니, 답답하기 그지없구나."

"……."

계백은 내내 입을 다물었다.

일곱 해 전에 계백은 안해 아사녀를 잃었다. 계백과 맺어진 뒤 겨우 두 해 만에 아이를 낳다가 그만 잘못되어 아이와 함께 저승길에 오르고 말았다. 모산성에서 수자리를 살고 있던 계백에게 아사녀의 죽음을 전해준 사람이 바로 무법 스님이었다. 스님은 계백의 안해가 몸 풀기를 기다려 사비성에 있다가 먼저 벼락을 맞은 셈이다.

아사녀의 비보에 그대로 넋을 놓고 얼간이가 되었던 계백이 달포가 지난 뒤 건강을 되찾고 업무에 복귀하자 그때까지 한시도 곁을 뜨지 못하고 지키며 수발을 하던 무법 스님도 다시 길을 떠나게 되었다.

바위틈에 고인 물이 하늘을 머금는다.
하늘은 바위틈에 고인 물 속에 잠겨서도 고요히 자유롭다.
마음자리를 어디에 두겠는가?
물인가, 하늘인가?

갑작스럽게 무엇에 씌기라도 한 것처럼 화두를 던져주었던 무법 스님이 보고 싶어졌다. 그러나 계백은 곧바로 길을 떠나지 않았다. 비록 절에서 자랐으나 한 번도 불가의 공부를 한 일은 없었다.

"이제 네 나이 열여섯이 되었다. 이제는 두레에 나가 배달의 길을 가거라."

무착 스님과 무행 스님의 말씀에 따라 두레에 나간 계백은 처음으로 말타기를 배우고 창을 잡았으나 언제나 다른 배달의 앞자리를 차지했다.

"그대는 도대체 어디서 무술을 닦았는가? 이 두레에서 처음으로 무술을 배운다 하나 모두가 따를 수 없을 만큼 뛰어나질 않는가?"

장연이라는 젊은이였다.

"어려서부터 두메산골에서 자랐으니 새끼 꿩이나 토끼를 쫓다가 저절로 걸음이 빨라졌을 것이 아닌가."

"어디 달음질뿐인가. 아까도 맞서 겨룰 때 그대 주먹이 어찌나 세던지 어깨뼈가 부러진 줄 알았어."

"그것 참 미안하네. 스승님께서도 나무꾼이 도끼질하는 것이냐고 꾸중하시지 않던가."

계백이 열없어하자 장연이 손을 저었다.

"그대에게 말을 건넨다는 것이 따지는 꼴이 되고 말았군. 나는 몸이 약해서 책이나 들여다보며 자랐으니 아직 벗을 사귀지 못하였네. 어떤가? 이제부터 벗으로 사귀는 것이?"

"그런가? 또 죄를 지었네."

하하하, 함께 웃고 두 사람은 남달리 가깝게 지내는 벗이 되었다.

계백은 마지막으로 두레를 끝내고 무행 스님이 계시는 보림사 무애암에 갔다가 무착 스님이 열반하셨음을 전해들었다. 무행 스님도 계백이 산을 내려온 지 두 달도 안 되어 입적하셨다.

무법 스님은 어느 한곳에 머물지 않았으므로 찾아뵐 수도 없었으나, 자주 계백을 찾아주었었다. 계백이 사비성에 있거나 어느 곳에서 수자리를 살고 있을 때에도 잊지 않고 계백을 만나러 왔으며, 계백이 장연의 누이 아사녀와 잔치를 하자 더없이 기뻐했다.

"이런 고얀 녀석 같으니라고. 어찌하여 이런 처녀를 진작 사형님들께 보여드리지 않고 그리 걱정을 끼쳐드렸느냐? 네놈을 뒤돌아보느라 여태껏 서방정토에 이르지도 못했을 것이다."

그리하여 백중날을 기다려 두 가시버시가 함께 무착 스님이 계시던 몽운사에 가서 우란분제(盂蘭盆祭)를 지내기까지 했던 것이다. 그 때문에 계백은 수자리 살러 가는 것도 뒤로 미루고 여름을 사비성에서 날 수 있었다.

무법 스님은 잔치 두 해를 축하해주려고 계백의 집에 갔다가 아사녀가 아이를 가졌다는 말을 들었다. 아사녀가 몸 풀 날을 어림해 한 달이 넘게 정림사에 머물며 날마다 계백의 집을 찾다가 남 먼저 안타까운 소식을 알게 된 것이었다.

마른하늘에 날벼락도 이렇지는 않을 것이다. 이 무슨 업보란 말이냐? 스님은 아사녀의 주검 앞에서 한 마디 주문이나 염불도 하지 못하고 오열했다. 한없이 슬퍼하던 무법 스님은 한 달이 지나서야 고요한 마음으로 계백을 찾아 아사녀의 죽음을 전할 수 있었다.

그때 모산성에서 무법 스님은 계백에게 만덕산에 있는 토굴에 다녀가기를 권했고, 계백도 그리 하겠다고 다짐했었다. 그러나 계백은 토굴에 가지 않았고 무법 스님도 다시는 토굴 이야기를 꺼내지 않았다. 계백이 아직 무법 스님을 찾지 않은 것은 좀 더 혼자서 자신을 정리해보고 싶어서였다.

정무와 함께 사비성에 돌아온 뒤 계백은 어지간히 몸을 추스를 수 있었으나 늘 기운이 없었다. 신이 내리기 전에 겪는 신병을 앓는 것 같았다.

꿈마다 온 누리가 목탁과 염불 소리로 어우러져 아름다운 노래가 되었다. 계백은 똑같은 꿈을 여러 번 꾸었다. 어린아이가 되어 어미와 아이가 서로 부르거나, 먹물옷을 입은 중이 되어서 여인의 극락왕생을 비는 꿈이었다. 아이가 되어 어미와 서로 부를 때에는 끝없는 목마름에 시달렸으나 여인의 명복을 빌 때에는 그처럼 편안할 수가 없었다.

"야릇한 꿈이다. 도무지 알 수가 없다."

꿈에서 깨어난 계백은 머리를 흔들었으나, 다시 잠들기만 하면 목탁을 두드리며 맑고 또랑또랑한 목소리로 염불을 외고 있는 것이었다.

언제 염불을 외워본 일이 없었다. 스님네들이 자주 염불을 외웠으니 어쩌다 염불 외는 것을 듣기는 했어도 이처럼 뚜렷이 기억될 수도 없는 일이다.

"얄궂은 일이다. 몸에 신이 내려 무당이 되기는 하나 스님이 되는 일은 없지 않은가."

날이 갈수록 꿈속에서의 계백은 어린아이가 아니라 곧바로 스님이 되어 있는 일이 잦았다. 차츰 염불의 내용도 꿈을 깨고 나서까지 뚜렷하게 되새길 수 있었다.

여종무시이래(汝從無始已來)로 지우금일(至于今日)히 무명연행(無明緣行)하고 행연식(行緣識)하며 식연명색(識緣名色)하고 명색연육입(名色緣六入)하며 육입연촉(六入緣觸)하고 촉연수(觸緣受)하며 수연애(受緣愛)하고 애연취(愛緣取)하며 취연유(取緣有)하고 유연생(有緣生)하며 생연노사우비고뇌(生緣老死憂悲苦惱)하나니

무명멸즉행멸(無明滅則行滅)하며 행멸즉식멸(行滅則識滅)하고 식멸즉명색멸(識滅則名色滅)하고 명색멸즉육입멸(名色滅則六入滅)하며 육입멸즉촉멸(六入滅則觸滅)하고 촉멸즉수멸(觸滅則受滅)하며 수멸즉애멸(受滅則愛滅)하고 애멸즉취멸(愛滅則取滅)하며 취멸즉유멸(取滅則有滅)하고 유멸즉생멸(有滅則生

滅)하며 생멸즉노사우비고뇌멸(生滅則老死憂悲苦惱滅)하나니라.

네가 시작됨이 없는 시작으로 오늘에 이르도록
어둠(無知)으로 말미암아 어렴풋이 알며
앎에서 몸이 생기고
몸으로 말미암아 육감(肉感)과 직감(直感)이 생기며
그것에 의하여 감촉이 생기고
감촉에서 아는 것(感知)이 생기며
감지에서 아끼자는 것(사랑)이 생기고
아낌에서 가지자는 것이 생기며
그 가짐에서 (잘못된) 확신이 생기고
그 확신에서 생명이 형성되며
형성된 생명에서 늙고 죽고 근심하고 슬퍼함 따위가
생각이 되어 번민하게 된다.
무지가 없으면 생각이 없으며
생각이 없으면 어렴풋한 앎이 없으며
앎이 없으면 아끼잘 것이 없고
아낌이 없으면 가지자는 것이 없으며
그 가짐이 없으면 잘못된 확신도 없으며
그 확신이 없으면 생명을 형성하지 않으며

(생명이) 형성됨이 없으니 늙고 죽고 근심하고 슬퍼하고
번민하는 살림(사람)이 없어진다.

제법종본래(諸法從本來)로 상자적멸상(常自寂滅相)이니 제행
(諸行)이 무상(無常)이라. 시(是) 생멸법(生滅法)이니 생멸이
멸이(滅已)하면 적멸(寂滅)이 위락(爲樂)이리라.

모든 법의 근본을 헤아리면
늘 스스로 적멸(모든 것이 소멸한 뒤에 오는 고요함)한 모습이며
모든 앎은 늘 변하는 것이다.
이것이 나고 죽는 법이니
나고 죽는 것이 없어지면
고요함이 즐거움이 되리라(열반〈욕망의 불이 꺼짐〉이 되리라).

절에서 자라면서도 불경을 손에 잡아본 일이 없는 계백이었
으나 하도 이상해서 불경을 빌려다 보았다. 이미 불경에 있는
것이었으나 어떻게 하여 한 자도 틀리지 않고 떠올릴 수 있었
는지 알 수가 없었다. 시험 삼아 여러 권의 불경을 읽었으나 언
제나 꿈속에서는 같은 내용만을 되풀이 외고 있는 것이었다.
　아득한 혼돈 속에서 가을이 지나고 겨울이 갔다. 봄이 되자
계백은 안정을 되찾았다. 꿈도 거의 꾸지 않고 차츰 기운을 차

려가는데 정무의 집에 불공을 올리러 왔던 정림사의 한 스님이 계백에게 말했다.

"이제 그런 꿈을 꾸지 않게 되었다니 다행이다만, 언제 어미의 젖을 다 먹고 자랐는고?"

꿈속에서라도 그리던 어미를 보았으면 어째서 어미젖을 먹지 않았느냐는 소리였다. 그러나 그 스님이 우스개로 했던 그 말이 고요한 못에 던져진 돌처럼 파문을 일으키고 말았다. 계백은 다시 끝없는 꿈길에 시달렸다.

"아가, 우리 아가야."

여인이 가랑잎 같은 소리로 아이를 불렀다.

"우리 이쁜 계백아, 엄마를 보아라."

아이를 안고 있던 엄마의 얼굴이 고통으로 일그러졌다.

"엄마는 가슴이 아프다. 이 나쁜 사람."

아아, 엄마의 등에 창날을 박고 있는 갑옷 입은 군사의 모습은 바로 계백 자신이었다.

창을 빼야 되는데, 어머니가 아파하는데…….

"아가야, 이리 오너라."

문득 여인의 벌린 팔이 하늘처럼 너무나 넓다.

아니야, 우리 엄마 아니야! 아이는 자꾸 여인에게서 달아난다.

어느새 아이는 여인의 품에 꼬옥 안겨 있다.

"우리 계백이, 우리 아가, 우리 이쁜 아가야."

엄마다. 우리 엄마. 세상에서 제일 이쁜 우리 엄마다!

그러나 아이는 자꾸 달아난다. 우리 엄마 아니야!

"계백아, 이리 오너라. 달아나지 마."

엄마는 울면서 따라오는데 계백은 앞으로만 달려간다.

엄마가 자꾸 달아나기 때문이다.

엄마를 놓치면 안 돼!

"엄마, 달아나지 마."

아이는 엉엉 울면서 달렸다. 엄마는 앞에서 달아나는데 뒤에서는 엄마 목소리가 울면서 쫓아오고 있다.

"아가, 우리 아가야."

"엄마, 엄마."

"계백아, 우리 이쁜 아가야."

그렇다! 그 여인은 우리 어머니였고 아사녀의 얼굴이었다. 어찌 한낱 꿈으로만 생각했던가. 아직도 어머니의 가슴에 창을 박고 서 있는 것은 바로 나 계백이다! 아사녀의 죽음을 전해 들었을 때 세상이 얼마나 캄캄하고 아득했던가. 피붙이를 잃은 사람들의 아픔을 모르지 않으면서도 내 손에 피를 묻히는 것을 자랑스러워하였으니 도무지 알 수 없는 일이 아닌가.

속함성을 치고 서곡성에서 공을 세웠을 때 이 계백으로 말미암아 얼마나 많은 군사들이 목숨을 잃었는가. 나로 말미암아 죽은 사람이 군사들만은 아니다. 그를 아끼는 사람들의 가슴에까지 시퍼런 창날을 박았으니 그 아픔인들 오죽하였으며 부모 잃고 내팽개쳐져서 죽어간 아이는 또 얼마나 많았겠는가. 여태껏 죄 없이 숨져간 그 많은 목숨들에게 속죄할 생각은 하지 않고 꿈속에서 했던 염불이나 되새기고 있었으니, 이 몸의 죄를 어찌해야 한다는 말이냐?

싸울아비가 되어 나라를 위한답시고 숱하게 많은 겨레붙이의 목숨을 빼앗았으니 하늘이 용서하지 않을 것이다. 목탁을 울려 그 원혼을 위로하지는 못할지라도 다시는 이 손에 창칼을 잡아 다른 이의 목숨을 빼앗아서는 아니 된다.

마침내…… 계백은 싸울아비가 되려는 생각을 버렸다. 무엇을 해야겠다는 생각은 없었으나 무엇을 하든 다른 이의 목숨을 빼앗는 일만은 비켜가고 싶었다. 그러나 마음먹은 것을 불쑥 입 밖에 내었다가는 여러 사람에게 걱정을 듣게 된다.

5월이 되었다.

"무법 스님이 계시는 곳을 알았으니 한번 다녀올까 합니다. 날짜가 오래 걸리더라도 걱정하지 마십시오."

"어디에 계신다더냐? 오랫동안 뵙지 못하였는데 잘 계시는

지 모르겠구나."

"몸 건강히 잘 계신다 합니다. 다만 어디에 계시는지 알리고 싶지 않은가 봅니다."

장연의 어머니가 궁금해했으나 계백은 둘러대었다. 모처럼 토굴을 마련했다지만 평생을 길 위로 떠돌며 수행하던 무법 스님이니 토굴에 찾아가도 만나지 못할지도 모른다. 그러나 그것이 오히려 더 편할 수도 있다.

"알겠다. 무법 스님이 계시는 곳이라면 마음을 놓을 수 있으니 아무 근심 하지 말고 잘 다녀오너라."

"마음을 편히 가져라. 내가 있으니 이곳 걱정은 조금도 하지 말거라."

정무와 장연의 어머니에게 허락을 얻은 계백은 만덕산으로 길을 떠났다.

여름지기의 칼

완산(전주)에서 만덕산으로 가려면 고룡군(남원)으로 가는 길을 따라 30리쯤 가다가 왼편 골짜기로 접어들어 다시 10리쯤 더 가서 산의 서편에 이르는 길도 있다. 하지만 무법 스님이 사는 토굴은 산의 동편에 있으므로 계백은 난진아현(전북 진안군) 쪽으로 길을 잡았다.

40여 리를 걸으니 앞을 가로막아서는 산줄기가 보였다. 난진아현으로 가다가 넘는 곰재. 이곳에서 왼쪽으로 멀리 보이는 산이 운장산이고 오른쪽으로 가깝게 만나는 산이 만덕산이다.

계백은 네댓 채 돼 보이는 화전민 마을 앞을 지났다. 콩밭에서 김을 매는 여름지기를 만난 것은 한참을 더 가서였다.

"미륵사는 저쪽 계곡으로 한참 들어가면 산마루쯤에 있는 벼랑 위에 있습니다만, 거기에는 무슨 일로 가십니까?"

"그냥 가는 겁니다. 아는 스님이 계시는 곳이니 가보는 게지요."

"무법 스님을 찾아오셨습니까?"

"예."

"그렇다면 안되었습니다. 스님은 지난해 봄부터 절에 계시지 않습니다."

소식이 없는 것을 한곳에 잘 계시는 것으로 알았는데 어디로 다시 떠난 모양이었다.

"혹 어디에 계시는지 아십니까?"

"우리는 스님이 떠난 것도 모르고 있었습니다. 오랫동안 보이지 않으시기에 떠난 것으로 짐작하는 것이지요. 아마 다시 돌아오시지도 않을 것입니다."

필요 이상으로 여름지기가 말을 거들고 나섰다.

"부처님도 없는 절인데 별일 없으면 가지 않는 것이 좋을 겁니다."

"안 가는 게 좋다니, 절에 무슨 일이라도 있습니까?"

"일이야 무슨, 그저 그렇다는 것이지요."

여름지기가 말을 흐리자 아까부터 기다렸다는 듯이 아낙네가 나섰다.

"스님이 왜 떠나셨는지 모르니까 하시는 말씀이겠지요. 스님이 여기를 떠난 것은 지난해 봄에 해원 스님인가 뭔가 하는 불한당이 쳐들어왔기 때문이지요."

다른 스님에게 밀려나다니? 당최 믿기지 않는 소리였다.

"불한당이라니, 그 스님이 꽤나 괴팍스러운가 보지요?"

"아, 오죽했으면 우리 무법 스님이 떠났겠어요? 말도 마시오. 스님이란 사람이 완산까지 나가도 시주하는 사람이 없으니까 이제는 제 손으로 밭을 일구고 있답니다. 그래도 곡식은 먹어야 사는 모양이지, 흥!"

"여보, 잘 알지도 못하면서 무슨 말을 그렇게 해?"

아낙네가 입을 삐쭉거리는 것이 듣기가 거북했는지 숫진 여름지기가 말을 막았으나 그 또한 못마땅한 얼굴이었다.

입에 올리는 것조차 싫다는 것인가?

"먼 길을 오느라 시장할 텐데 우리와 함께 점심이나 들고 절에 다녀오도록 하시오. 절까지는 사람 사는 집도 없으니."

"아닙니다. 점심은 절에 가서 먹겠습니다."

계백은 합장하고 돌아섰다. 아까부터 배가 고팠던 계백이다. 점심을 먹는 사이에 해원 스님이 어디로 사라질 것도 아닌데 마음이 바빴다.

무슨 놈의 스님이 이리도 인심을 잃고 산다는 말인가? 스님은 스승님을 줄인 말이다. 사람들이 중을 스님이라며 받드는 것은 높은 수행뿐 아니라 세상을 밝히는 덕화 때문이다.

길은 있으나마나했다. 사람 발길이 끊긴 지 오래인 듯 우거진 숲 사이로 나 있는 길에는 댕댕이덩굴과 맹감나무까지 뻗어 있어 걷기가 사나웠다. 계백은 냇가로 들어섰다. 냇물이 마른 쪽을 밟고 걷는 게 더 쉽고 빨랐다. 산 밑에 이르자 냇물이 둘로 나뉘었다. 길을 따라오지 않았으니 어느 쪽으로 가야 하는지 길을 찾기도 쉽지 않다. 아무래도 내를 벗어난 뒤에야 길을 찾을 수 있겠다. 잠깐 망설이다 몸을 움직이려는데 갑자기 철버덕거리는 물소리가 들렸다.

짐승이라도? 계백은 물소리가 나는 오른쪽 내를 타고 위로 올라갔다.

서른 걸음이나 갔을까? 누군가 웃통을 벗은 채 엎드려 물고기를 움켜잡고 있는 게 보였다. 반가운 마음에 사람을 부르려던 계백은 흠칫 물러섰다. 이내 못 볼 것이라도 본 것처럼 뒤로 돌아서서 맞은편 내를 타고 올라갔다.

스님이다! 단물나게 낡아빠진 바지가 본디 먹물옷이었는지 아닌지 눈여겨보지 못했다. 비록 머리가 쑥대처럼 자랐어도 훅 끼치던 것은 분명 스님의 냄새였다.

"스님이 물고기를 잡다니? 내가 잘못 보았을 것이다."

스스로 제 눈을 못 믿어 고개를 저었다.

정말 불한당인가? 아무래도 형편없는 돌중일 것이라는 생각이 들었지만, 돌아서는 대신 걸음이 더욱 빨라졌다. 여기까지 온 먼 길이 아쉬워서가 아니라 오래 만나지 못했던 무법 스님의 체취가 더욱 그리워서였다.

왼편의 시내는 맞게 들어선 길이었다. 얼마 가지 않아서 통나무 두 개를 칡넝쿨로 묶어서 걸쳐놓은 나무다리가 나타났다. 다리를 건너 산으로 몇 걸음 올라서자 아름드리나무를 베어 낸 빈터가 보였다.

널찍한 빈터 위쪽에는 하루갈이가 됨직한 밭까지 있었는데 무와 밭나락이 파랗게 자라고 있었다. 밭을 지나면서부터는 조금 가파른 비탈길이었으나 널찍하게 손질이 되어 있었다. 길가에 자라는 잡풀을 베고 머리 위로 늘어진 넝쿨과 나뭇가지를 쳐내는 등 애써 길을 만든 자취가 뚜렷했다.

쏴아아- 쿠르르-. 물소리가 나는가 했더니 길은 등성이를 돌아 일고여덟 길은 되어 보이는 폭포 아래로 이어졌다. 낭떠러지에서 떨어지는 물이 제법 많았다. 온몸이 짜릿하게 시원한 물로 손발과 얼굴을 씻고 폭포를 바라보며 땀을 들인 뒤 다시 산길을 걸어올랐다. 토굴에 이르기까지 계백은 내내 감탄하지 않을 수 없었다.

두 사람이 함께 걸을 수 있게 다섯 자 폭으로 길이 훤하게 뚫려 있었다. 산허리를 깎아내어 길을 넓혔는가 하면 움푹 들어간 곳은 돌로 축대를 쌓아 너른 길을 닦았다. 비록 들쭉날쭉 거칠기는 했으나 비탈이 심한 곳에는 모두 섬돌을 쌓았으니 놀라지 않을 수가 없었다. 더구나 아무리 살펴보아도 오래전에 닦은 길이 아니었다. 모두 요즈음에 닦은 길이다.

무법 스님에게 들은 대로라면 만덕산 미륵사는 절이라기보다 작은 토굴이다. 무법 스님 혼자서 머물기 위해 만든 것이니 기껏해야 움막을 벗어난 정도에 지나지 않을 것이다.

누가 이렇게 정성 들여 이처럼 큰길을 닦았단 말인가? 어디에고 매이기 싫어하는 무법 스님 성미에 움막 하나 짓고 간수하기도 벅찼을 것이니 큰길을 만든 사람은 아무래도 해원 스님일 수밖에 없었다. 문득 불한당이라던 그의 정체가 궁금해졌다.

벼랑을 돌다가 문득 막아서는 두어 길 돌계단을 오르자 미륵사인 듯싶은 움막이 한눈에 들어왔다. 움막까지 이르는 길가에는 너비가 좁다란 밭이 스물댓 걸음이나 되게 이어져 있었다. 밭이랑에는 떡잎에서 하나둘 무싹들이 잎을 내밀며 자라고 있었으나, 정작 계백의 눈을 잡아끄는 것은 밭머리에 세워진 쇠막대기였다. 아마 돌계단을 쌓을 때 지렛대로 썼던 것인 듯했다.

잡아보니 손아귀에 꽉 찼다. 제법 힘을 주어서야 쇠막대기가 뽑히는 것을 보니 해원 스님은 팔심이 무척 센 모양이었다. 하긴 웬만한 힘으로는 이처럼 큰 돌들을 가져다 섬돌을 만들 엄두도 내지 못했을 것이다.

다시 보니 미륵사는 열 길이 넘는 절벽 위에 새둥지처럼 얹혀 있었다. 뒤로는 세 길이 넘는 커다란 바위가 토굴을 감싸듯 버티고 서 있었다. 툇마루에 앉으니 아기자기하게 솟아오른 멧봉우리들이 한눈에 들어왔다. 무법 스님은 방문을 열면 그대로 한 마리 독수리가 된다고 했다.

부엌 하나 방 하나짜리 둥지를 틀어놓고 미륵사라는 이름까지 지어놓은 것이다. 토굴이 작은 것이야 그렇다 치더라도 스님네 방에 불상은커녕 불경 한 권 눈에 띄지 않았다. 방 한쪽에 가득히 쌓여 있는 것들도 모두 보리나 조, 콩 등 식량자루인가 보았다. 깊은 산 절벽 위에 있는 집만 아니라면 어디로 보아도 여느 여름지기의 너와집일 뿐이다.

부엌 기둥에 걸려 있는 댕댕이덩굴 결은 밥바구니에는 잡곡밥이 한 그릇 넘게 담겨 있었다. 밭을 일구다 점심을 들기 위해 절에까지 올라올 일이 없을 것이고 보면 저녁거리일 것이다.

반찬이라고는 마늘이나 생강도 없이 소금으로 간을 맞추고 젠피로 맛을 낸 신 김치뿐이었다. 산 밑에서부터 시장하던 참이라 신 김치 하나만으로도 밥맛이 바로 꿀맛이었다.

점심을 들고 난 계백은 굴을 살피는 짐승처럼 토굴 언저리를 둘러보았다. 토굴 뒤 세 길이 넘는 커다란 바위 밑에는 맑은 물이 고인 샘이 있었는데 웬만한 우물보다도 커 보였다. 샘물은 철철 돌확을 넘쳐흐른다. 온몸이 짜릿하게 시원한 것이 맛도 달았다. 바위 뒤로 돌아가니 바위에 걸쳐진 사다리가 보였다.

"좋다! 참으로 좋다!"

바위 위에 올라서니 탄성이 절로 나왔다. 토굴 툇마루에 앉아서 보는 것보다 훨씬 더 시원하고 넓게 트였다.

문득 바위를 내려다본 계백은 머리를 갸웃거렸다.

바위 위는 열 사람이라도 넉넉하게 둘러앉을 만큼 넓었는데 웬 돌들이 차곡차곡 쌓여 있는 것이다. 본디부터 있던 것이 아니고 모두 다른 곳에서 주워 올린 것 같았다. 돌들이 쌓인 품으로 보아서 틀림없이 누가 탑이라도 쌓는 모양이었다. 아직두 자 정도밖에 쌓지 않았으나 납작납작한 돌만 골라 꼼꼼히 귀를 맞추어 쌓았다. 탑이 아니라 바위의 키를 자라게 하는지도 모른다. 어쨌거나 놓인 돌들이 여러 해를 넘기지 않았으니 해원 스님이 쌓고 있는가 보았다.

무슨 까닭으로 이곳에 탑을 쌓는 것인가? 산 아래서 만난 아낙네가 불한당이라던 해원 스님은 여느 스님과 다른 괴짜 중임에 틀림없다. 스님이 물고기를 잡는 것을 제 눈으로 보았다. 스님이 방생 연습을 하느라 고기잡이했을 까닭은 없을 터였다. 그러나 물고기를 먹는다는 것만으로 그를 못된 돌중으로 몰아세울 수는 없다는 생각이 뒤를 이었다.

계백은 건너편 멧봉우리로 햇볕이 몰려간 것을 문득 깨닫고 바위에서 내려왔다. 보릿자루를 찾아 물을 부어가며 절구질을 해서 껍질을 벗긴 보리쌀에 기장과 콩을 넣고 밥을 지었다. 밥이 한 번 끓어넘친 다음 뜸이 들기를 기다렸다가 밥을 재치기 위해 다시 나무를 넣었다. 입으로 후후 불어 불씨를 일으킨 계백은 문득 인기척을 느꼈다. 밖으로 나서려는데 한 사내가 쑥 얼굴을 디밀었다.

"소승은 또 웬 우렁이처녀인가 했지요. 하하하. 어쨌든 이 집에 귀한 손님이 오셨으니 반갑습니다."

카랑카랑한 목소리의 사내는 크지 않은 몸집에 깡마른 얼굴, 머리뿐 아니라 몇 오리 안 되는 수염까지 길게 자라 있었다.

"계백이라 합니다. 무법 스님을 뵈러 왔다가 괴로움을 끼치게 되었습니다."

"무슨 말씀을 그리 하십니까? 처사님의 이름은 큰스님한테서 많이 들었습니다. 이렇게 만나게 될 줄은 몰랐습니다. 그런데 아직 큰스님을 만나지 못하셨단 말입니까? 지난해 봄 산을 내려가실 때 서석산에 들렀다가 처사님을 만나러 가겠다고 하셨는데요."

"뵙지 못했기에 이렇게 찾아온 것입니다. 혹 서석산 어느 곳인지 아십니까?"

"그곳에는 잠깐 들렀다 가겠노라고만 하셨습니다. 스님네의 구름 같은 발길이니 어디서 만행을 하고 계시는지 모르지요."

토굴을 지키는 해원 스님이 모르고 있다면 무법 스님을 찾기는 어려운 일이다.

해원 스님이 아궁이에서 불을 붙여다 바람벽에 붙여 만든 고콜을 밝혔다. 관솔 타는 냄새가 매우 좋았다.

반찬이라고는 무김치 하나뿐인 저녁 공양이었다.

"뒤쪽으로 산을 돌아오셨소? 그쪽은 길이 사나운데."

"아닙니다. 요 앞으로 올라왔습니다."

"언제 올라왔는데 나를 못 보았소? 곡차 한잔 하고 올라왔으면 좋았을 터인데. 아참, 곡차 대접을 잊었구나."

밖에 나간 해원이 작은 술독을 하나 들고 왔다. 밥그릇을 비우고 술을 따르자 방 안 가득히 시고 달콤한 술냄새가 퍼졌다.

"자, 주욱 듭시다. 저 아래 밭가에 커다란 매실나무가 하나 있어서 이렇게 복을 짓고 있다오."

약간 시큼한 것이 떫지 않고 맛이 매우 좋았다. 목 안이 찌릿하더니 곧장 가슴을 덥히고 머리로 올라온다.

"출가한 중이 불경은 외우지 않고 곡차에만 정성을 드렸으니 곡차공부 하나는 제대로 되었을 것이오."

곡차맛이 좋다는 계백의 칭찬에 해원의 우스갯소리였다.

"아까 저더러 우렁이처녀인가 하셨는데, 무슨 말입니까?"

"정말 우렁이처녀를 몰라서 하는 말이오? 하하하."

해원이 길게 웃었다.

옛날옛적 어느 곳에 혼자서 밭을 갈며 사는 총각이 있었다. 부모 형제도 없이 혼자서 사는, 아직 혼인도 못한 외톨이였다.

아침 일찍부터 저녁 늦게까지 열심히 일해 먹을 것은 넉넉했으나 혼자였으므로 마냥 외로웠다. 어느 때인가 밭에 씨를 뿌리고 난 총각이 문득 혼잣소리로 탄식을 했다.

"이 곡식이 자라면 누구랑 먹고 살지?"

말을 나눌 사람도 없는 외돌토리였다. 언제고 그의 말을 듣고 가는 것은 지나는 바람과 말없는 들판뿐이었다. 그런데 어디선가 기다리기라도 했다는 듯이 들려오는 대답 소리.

"나랑 먹고 살지!"

느닷없는 말소리에 깜짝 놀란 총각이 뒤를 돌아보고 놀란 눈을 두리번거렸으나 언제나 다름없는 들판과 바람이었다. 아무래도 잘못 들은 것이었으나 그냥 지나치기에는 너무나 아쉬움이 컸다.

"이 곡식이 자라면 누구랑 먹고 살지?"

혹시나 싶어 다시 한 번 해보는 총각.

"나랑 먹고 살지!"

틀림없는 말소리. 잘못 들은 것이 아니었다. 그러나 아무리 둘러보아도 사람은 눈에 띄지 않았다. 그렇다고 멀리 서 있는 느티나무가 소리를 낸 것도 아닐 테고.

"누구랑 먹고 살지?"

"나랑 먹고 살지!"

마침내 총각은 말소리의 임자를 찾아냈다. 개울가에서 우렁이 하나가 또박또박 말대꾸를 하고 있었다.

"네가 말대꾸를 하였느냐?"

"예. 나를 집으로 데려가셔요."

총각은 우렁이를 가져다 부엌에 있는 물동이에 넣어두었다.

다음 날 밭에서 일을 마치고 돌아온 총각은 깜짝 놀랐다. 누군가가 밥을 지어 저녁상을 차려놓은 것이다. 어찌 된 일인지는 알 수 없었지만 총각은 저녁을 잘 먹었다.

이런 일이 날마다 일어났다. 집안이 깨끗이 치워져 있기도 하고 때로는 입던 옷이 깨끗하게 빨래가 되어 있었다. 궁금함을 견디지 못한 총각이 하루는 밭에 갔다 곧바로 집에 돌아와 숨어서 집 안을 살폈다.

그런데 이게 웬일인가. 부엌의 물동이 안에서 웬 아리따운 처녀가 나오는 것이 아닌가.

총각이 숨어서 지켜보는 줄도 모르고 처녀는 그의 옷가지를 들고 개울에 가서 빨아 오더니 집 청소를 하는 것이었다. 총각은 그제야 모든 것을 알아차렸다. 전에 우렁이는 곡식이 자라면 자기랑 먹고 살자고 했었다.

총각은 저녁상을 차려놓고 다시 물동이 속으로 들어가려는 처녀의 손을 움켜잡았다. 아니라며 버티던 처녀도 못 이기는 척 고개를 끄덕였다. 둘은 부부가 되어 함께 살았다.

"이 깊은 산속에까지 찾아와 돌중한테 공양을 지어줄 사람이 어디 있겠소? 주인이 없는 집에서 절구질 소리가 나는가 했더니 불 피우고 공양 짓는 냄새가 코를 찌르니, 물동이에 넣어두지도 않은 처녀가 나타난 줄 알고 놀랄 수밖에."

"처녀가 아니라서 실망하였겠습니다."

"어디, 어디."

해원이 몸을 들썩이며 손을 저었다.

"빨래하고 공양 짓는 데 꼭 처녀라야 된다는 법은 없지요. 어떻소? 처사님은 아직 홀아비인 줄로 아는데 우렁이총각이 되어보지 않겠소?"

"수행하시는 데 걸림돌이나 되지 않을지 모르겠습니다."

"나무 한 그루, 그저 흐르는 물에서도 도를 배우는 것이 중의 살림살이요. 더욱이 시주같이 훌륭한 사나이에게서는 오히려 이 땡추중이 묻고 배우는 것이 더 많을 거요."

그 자리에서 함께 살겠다고 대답한 계백에게 해원이 낯빛을 고치고 말했다.

"큰스님이 처사님을 칭찬하실 때마다 처사님과 사귀는 것만으로도 복이 될 것 같은 생각이 들었는데, 이렇게 마주하고 보니 더욱 욕심이 드는구려. 여기에 머무르는 동안만이라도 날 형이라 불러주지 않으시겠소? 먹물옷 입은 중이 할 소리는 아니겠지만, 어려서 부모를 여의고 홀로 자라면서 어찌할 수 없는 한 가지 바람이 있었다면 다른 이들처럼 형님 아우 소리 한 번 해보는 것이었다오."

방 안이 문득 깊은 물속처럼 가라앉았다. 해원에게서 한 가닥 쓸쓸한 기운이 먹물처럼 솟아 번졌다.

관솔불에 비쳐 보이는 얼굴은 처음 보는 얼굴인데도 그렇게 가깝게 이끌릴 수가 없다. 그 얼굴 위로 흐르는 세월의 자취. 두 사내가 손을 움켜잡았다.

"형님!"

"아우님!"

이튿날 아침 일찍 일어난 해원과 계백은 서둘러 아침 공양을 마쳤다. 일굼터로 가면서 밭에서 자라는 벼를 대견스레 둘러보았다. 물을 채운 논에서 벼를 기르면 더 많은 여름을 얻을 수 있었으나 밭에다 볍씨를 뿌려서 벼를 키우는 일도 많았다.

"가을이 끝나면 저 아래에 논을 만드세. 나락은 역시 논에서 물을 먹고 자라야 해. 내가 한 자리 보아둔 데가 있는데, 썩 좋은 곳일세."

나락이 잘되었다는 계백의 말에 해원이 개울 아래로 계백을 데리고 내려가면서 말했다.

"어떤가? 이런 산속에 이만한 논을 칠 수 있다는 것도 보통 복이 아니지?"

해원의 말이 아니더라도, 나무를 베어내고 논을 일구기에는 더없이 좋은 너르고 펀펀한 땅이다. 그러나 계백으로서는 여름지기도 아닌 스님이 무엇 때문에 이 많은 밭과 논을 만들고자 하는 것인지 알 수가 없었다.

"아무리 중이라 해도 제 먹을 것쯤은 제 땀을 흘려 땅을 일구고 곡식을 가꾸어야 된다고 생각하네. 땀 흘리지 않고 곡식을 먹는 중의 깨우침이란 뿌리 없는 꽃과 같아. 자기 혼자의 성불이라면 몰라도 여러 중생을 바르게 이끌 수 있다고는 생각지 않네."

"그렇다 해도 형님 혼자서 이 많은 곡식을 다 먹을 수는 없는 일 아닙니까?"

"어제 보아서 알 것이네만, 미륵사는 보기 드물게 매우 좋은 절터일세. 그리고 바위 밑에서 솟아나는 샘물은, 스님네 열쯤은 넉넉하게 살 수 있을 만큼 물이 좋네. 많은 스님이 머물고 싶어도 물이 적어서 어려운 곳이 많음을 생각한다면 넉넉한 샘물에 맞게 스님도 열쯤은 살아야 된다고 생각하네. 이 어리석은 형은 여러 스님이 머물 수 있는 반듯한 절을 짓고 싶어. 절을 지어도 내 손으로 지은 곡식을 기와와 바꿔 내 등으로 져나를 생각이네. 기둥을 세우고 지붕을 얹는 큰 불사야 혼자 힘으로 어렵겠지만, 내 힘으로 할 수 있는 일까지 다른 사람의 도움을 얻지는 않을 생각이네. 그렇게 해서 여러 스님이 살게 되면 이 논밭도 결코 크다고는 할 수 없을 터이지."

일굼터로 올라온 두 사람은 베어 넌 나무를 다시 도끼로 잘라내 밖으로 옮겼다.

"아우하고 같이 일하니까 몇 곱절이나 빠르네그려. 내가 혼자서 이 나무들을 치우는 것이 무엇보다 힘들었는데, 아무래도 부처님이 아우를 보내준 것만 같아."

해원 스님은 계백이 함께 일해주는 걸 어린애처럼 기뻐했다.

한낮이 되자 두 사람은 점심 찬거리를 장만하러 개울을 따라 한참을 내려갔다.

"아무래도 이 해원이 만덕산 물고기의 씨를 말리는 것 같아 죄스럽네. 위쪽에서는 물고기가 거의 보이질 않는다니까."

한참을 내려와서인지 맨손으로 더듬었어도 이내 커다란 붕어를 세 마리나 잡았다. 해원이 단지 두 개를 가져와 신 냄새가 물씬 풍기는 무김치를 솥에 넣고 된장을 풀었다. 구수한 된장냄새와 비릿한 붕어냄새에 절로 군침이 돌았다. 해원이 붕어는 위를 편안케 하고 창자를 이롭게 하며 간의 기력을 북돋운다는 둥, 치질을 고치고 부기를 가라앉히며 현기증이나 설사를 다스린다는 둥, 아는 소리를 하며 군침거리를 했다.

두 사람은 붕엇국으로 맛있게 점심을 들고 누룩을 띄워 만든 막걸리도 한 대접씩 들이켰다. 저녁 새참으로는 점심에 남겨둔 밥과 국을 먹었다.

날마다 잠자리에서 일어나면 밥을 지어 먹고 하루 내내 밭일에 매달렸다.

계백은 해원에게서 스님이 아니더라도 여느 사람들과는 무엇인가 다르다는 느낌을 지울 수가 없었다. 언제고 오줌발을 집 언저리에 내갈기는 것이다. 밭에다 오줌을 누는 것은 알겠는데 집 근처 아무데나 갈기는 것이 궁금해서 물었더니 대답이 그럴듯했다.

"사람의 오줌이 웬만큼 독한 것이 아니지 않은가? 집 언저리에서 오줌냄새가 나야 사람 사는 곳인 줄 알고 뱀 같은 것들이 기어들지를 않는 것이야. 저기 밭 언저리에 세워둔 쇠막대기도 곰 같은 짐승이 쇠를 싫어하니 가까이 오지 말라는 것이지. 쇠냄새가 무엇인지도 모르는 멍청한 짐승은 머리를 갈겨서라도 저것의 무서움을 알게 해줄 수도 있고."

궁금한 것은 또 있었다. 며칠에 한 번씩은 돌을 가져다 집 뒤의 바위에 쌓는 것이다. 그 뜻을 물었더니 해원은 낯빛을 고치고 말했다.

"큰스님은 저 바위에 앉아서 선정에 들고는 하셨지만 나는 저 바위를 처음 보았을 때 꼭 윗부분이 잘려나간 듯한 느낌을 받았네. 그것이 아무래도 마음에 걸려 본디 모습대로 돌을 쌓아주기로 마음먹고, 큰스님이 가신 뒤로 돌을 쌓고 있다네. 저 바위에 돌 쌓기가 끝나면 나도 더 이상 여기에 머무르지 않고 어디로든 떠날 것이네. 우리가 서로 형 아우를 부르는 것도 어디까지나 여기서의 일일 뿐, 밖에 나가서는 깍듯이 장군님으로 부르겠네."

바깥에 나가서 형 아우의 인연을 끊어야 하는 까닭이 궁금했으나 해원의 낯빛이 댕돌같이 굳어 있었으므로 계백은 더 묻지 못했다.

"오래 계실 것도 아니면서 무엇 때문에 길은 저리 닦아놓고 밭은 그리 정성스럽게 일구는 것입니까?"

"중이 중다운 일을 못하고 시줏밥만 축내고 있지 않은가? 무언가 조금이라도 중생에게 도움이 되는 일을 하고 싶어서 그러는 것이네."

겨울이 되자 해원은 바랑을 메고 시주를 다녔다. 들에도 곡식이 잘되었으므로 해원은 다음 날이면 어김없이 바랑이 미어지게 식량을 얻어 돌아왔다.

겨울이 지나고 봄이 되자 밭에 씨를 뿌리고는 다시 논으로 일터를 옮겼다. 두 아름이 넘는 커다란 그루터기 몇몇은 치우기를 포기하고 그대로 남겨놓은 채 일을 마무리짓고, 논에다 물을 끌어넣는 도랑을 만들었다. 그 도랑으로 논에다 물을 넣는 날은 둘이 하루종일 논가에 앉아서 술을 마셨다. 바람에 물결이 일었다. 두 사람의 눈에는 파란 모가 자라 물결치는 것으로 비쳤다. 그리고 어느새 푸른 나락이 자라 황금물결을 출렁이고 있었다.

이튿날부터는 도랑물이 들어오는 위쪽에 못자리를 만들어 볍씨를 뿌렸다. 볍씨를 넣은 뒤에는 물이 고르게 닿도록 논을 위아래 셋으로 나누어 논둑을 만들고 논바닥을 골랐다.

하루는 논에 가기 위해 산을 내려오다 밭에 들른 해원이 무밭에 들어서더니 척 자리를 잡고 앉았다. 계백도 따라 앉아 무를 솎아냈다. 그런데 아무래도 너무 많았다.

"이만하면 충분할 것 같습니다. 그만 내려가시지요."

"아우도 무를 잘 솎아주게. 우리가 논에만 정신이 팔려 밭을 돌보지 않았더니 무가 너무 자랐네."

해원의 말을 계백은 알 수가 없었다.

"더 자라기를 기다렸다가 나중에 한꺼번에 뽑아서 시래기를 만들어도 되지 않습니까? 다 자라지도 않은 것을 뽑아내면 너무 물러서 시래기도 만들지 못할 것입니다."

"먹지 못해 내버리더라도 지금 솎아주지 않으면 무밭을 망치고 말아. 나중에 솎아내면 남은 무들이 제 몸을 가누지 못해 쓰러지고, 솎아내지 않고 그대로 두면 무들이 숨쉬기도 어렵게 되지. 다 먹지 못해 아깝더라도 무밭을 생각해서 때를 놓치지 말고 솎아주어야 하는 것이야."

"……!"

계백의 온몸이 그대로 굳어졌다. 먹지 못해 아깝더라도 무밭을 생각하거든 때를 놓치지 말고 무를 솎아내라?

아아, 이것이다! 계백은 넋이 나간 사람처럼 한참을 멍하니 앉아 있었다. 어쩌면 10년이나 풀리지 않던 화두였다.

산을 내려오는 계백에게 무행 스님은 물계자의 이야기를 해주었다. 물계자는 앉아서 숨을 고른 뒤 노래를 부르고 춤을 추고 나서 칼을 썼는데 항상 "살려지이다!" 하고 빌었다고 했다. 곧바로 칼을 휘둘러 피를 뿜어낼 사람이 "살려지이다!" 하고 빌었다는 이야기가 도무지 이해하기 어려웠다. 지난 10여 년, 물계자의 이야기가 한시도 계백의 머리를 떠난 적이 없다.

그렇다! 물계자의 칼은 여름지기의 칼이었다!

시원한 그늘에 앉아 땀을 들이고 곡차를 마시자 벌써 가을걷이라도 하는 것처럼 가슴이 뿌듯했다. 두 사람은 해가 서산마루에 닿을 무렵에야 모찌기를 끝내고 논에다 모춤을 나누어 넣기 시작했다.

물이 가득 찬 논바닥이 부드럽게 발에 밟힐 때마다 따뜻하게 닿아오는 흙의 기운이 자꾸 사람을 취하게 했다. 모내기하는 어른들 뒤에서 모쟁이를 하는 아이처럼 철벅철벅 물장구를 치며 달리기도 하고 발을 헛디딘 듯 일부러 넘어지기도 했다. 서로에게 모춤을 던져 흙탕물을 흠뻑 뒤집어씌우고 껄껄 웃었다.

꼬박 나흘 동안 모내기를 했다. 어린 볏모는 몸살도 않고 잎줄기가 싱싱하니 사름이 좋았다.

모내기가 끝나자 밭에 잡초가 머리를 들고 일어서고 있었다. 두 사람은 또 밭에 매달려 김매기도 잘 끝냈으나 차츰 새로운 걱정이 늘었다. 달포가 넘게 가뭄이 계속되더니 끝내 개울물이 바닥을 드러낸 것이다. 말라가는 논을 바라보기만 할수는 없는 일, 타들어가는 곡식을 팔짱 끼고 바라보는 것은 하늘에 죄를 짓는 것이다. 내일 아침부터 비가 올지라도 오늘 낮 동안은 한 동이의 물이라도 더 길어다 붓는 것이 여름지기의 마음이다.

개울 바닥에 도랑을 치기가 바쁘게 물이 고였다.

"이만한 복이 어디 있겠는가!"

깊게 도랑을 쳐낸 뒤에는 나무를 자르고 깎아서 두레박을 만들었다. 두레박 네 귀퉁이에 줄을 매고 물을 퍼올렸다. 처음에는 손에 익지 않고 서로 손발이 맞지 않아서 빈 두레박을 들어올리거나 엉뚱한 곳에 물을 쏟았으나, 오래지 않아 서로 손발을 척척 맞춰 제대로 물을 퍼올릴 수 있었다.

"아예 이곳에다 솥을 겁시다."

새살림을 차리는 듯 솥을 내려오고 식량을 가져왔다.

"살림을 차리려면 먼저 집부터 번듯하게 지어야지."

두 사람은 논 어귀에 이슬을 피할 풀막도 얽었다.

모든 준비가 끝나자 밤낮없이 물을 퍼올리는 일에 매달렸다. 두레질로 개울물을 퍼올리기 시작한 지 세 이레가 더 지나서야 비가 내렸다.

"담가놓았던 술을 몽땅 가져오세. 이렇게 반가운 손님이 오시니 큰 잔치를 벌여 맞아야 할 것 아닌가?"

아침부터 구름이 모여들어 내리기 시작한 비가 장마라도 진 듯 사흘을 두고 내렸다. 두 사람도 사흘 내내 풀막에 앉아 술을 마시며 하늘에 고마움을 드렸다.

깊은 산속에 있어서인지, 밭은 가뭄을 모르고 여름을 내었다. 가뭄으로 더욱 통통하고 단단하게 익은 보리를 거두어 낟가리를 쌓았다.

밭곡식을 거둔 두 사람은 논의 김매기까지 끝나자 빗물이 스며들거나 습기가 차지 못하게 밭 한쪽 귀퉁이에다 높게 땅을 돋우고 욕심껏 커다란 광을 지었다. 미륵사에는 광이 없을뿐더러 어차피 해원 혼자서는 다 먹지도 못한다. 먹을 만큼 가져다 먹고 남은 곡식은 기와로 바꾸어 들일 셈이었다.

광을 다 지은 뒤에는 낟가리를 헐어 보리바심을 했는데, 통통하게 잘 여문 보리가 거의 넉 섬이나 나와 광에 들이는 이들의 마음을 뿌듯하게 했다. 밭곡식을 모두 거두어들이고 나니 갑자기 할 일이 없어졌다.

"형님, 내일은 사냥이나 한번 합시다."

"겨울도 아닌데 웬 사냥을? 더구나 우리는 활도 없지 않은가?"

"가을걷이가 끝나면 저도 산을 내려가야 할 것이고, 그까짓 활이야 당장이라도 만들면 되지 않겠습니까?"

사나흘 쉬었더니 계백은 몸이 근질근질해서 견딜 수 없었다. 곧바로 물푸레나무를 덧대 묶은 뒤 시위를 걸어 활을 만들고, 싸리나무의 끝을 뾰족하게 깎아 화살을 만들었다. 생나무로 만들었으니 화살이 묵직하다. 활촉을 달지 않아도 꿩이나 토끼쯤이야 그대로 꿰일 것이다.

"아우는 중더러 살생을 하라고 우격다짐하는 것인가?"

말은 그리 하면서도 해원은 계백이 건네주는 활을 받아들었다. 시위를 가늠하며 활의 탄력을 손에 익히더니 살을 얹고 겨냥까지 해보았다.

"손에 활이 익도록 연습을 해봅시다."

서른 걸음 떨어진 소나무를 과녁 삼아 활을 쏘았다. 처음에는 눈먼 것처럼 빗나가던 화살이 이내 소나무에 푹푹 꽂혔다.

"형님, 아주 잘 쏘십니다."

"어린 날에 활 한번 당겨보지 않은 사람이 얼마나 있겠나?"

해원도 덩달아 기분이 좋은지 껄껄 웃었다.

어려서 중이 된 것이 아니라면 배달이 되어 말을 달리며 활을 쏘고 창칼을 휘둘러보지 않은 사람이 없으리라. 그러나 해원의 활솜씨는 싸울아비인 계백에 견주어도 그다지 떨어지지 않았다. 장난삼아 던지는 칼도 거의 빗나가지 않고 나무에 꽂혀 들었다. 계백의 칼보다 날카롭지 않고 깊숙이 꽂히지만 않았을 뿐 훌륭한 솜씨였다. 날이 어두워질 때까지 두 사람은 신이 나서 활을 당기고 칼을 던졌다.

다음 날 두 사람은 아침을 지어 먹기가 바쁘게 사냥을 나섰다. 그들이 산을 내려가 논에 이르자 장끼 한 마리가 논 어귀에서 얼쩡대는 것이 보였다.

마흔 걸음이나 될까? 맞춤한 거리다!

"형님!"

"함께 쏘지!"

계백이 해원더러 먼저 쏘라고 했으나 해원은 둘이 함께 쏘자고 했다. 계백이 돌을 들어 던지자 놀란 꿩이 푸드덕 날아올랐다.

슉! 슉! 한꺼번에 두 대의 살이 날았다. 살에 힘이 너무 많이 실렸음을 느낀 계백의 눈길이 꿩의 목덜미를 스치며 허공으로 잠겨드는 살을 쫓았다. 몸통을 겨냥한 것이었으니 크게 빗나간 것이다.

그러나……

출렁! 하늘이 흔들리더니 꿩이 떨어져내렸다. 해원이 날린

살, 해원의 틀림없는 솜씨였다. 제대로 된 활과 화살이라도 쉽지 않을 터인데, 두 사람이 엉터리 솜씨로 그저 흉내만 내어 만든 활과 화살이 아니던가?

"대단한 솜씹니다."

"어디, 아우가 맞혀놓고서 나에게 공을 돌리려는가?"

계백의 칭찬에 해원이 딴전을 피운다.

"이따가 살 맞은 것을 보고서도 발뺌을 할 것입니까? 스님이 살생했노라 나무라실 부처님도 없으니 그만 인정하십시오."

계백이 몰아세우자 해원은 마지못한 듯 너털웃음을 쏟아냈다.

"활은 무엇보다 정신을 한곳에 모아야 되는 것 아닌가? 한뉘를 시주밥 먹고 앉아 수도해온 사람이 나을밖에!"

하하하. 하하하. 두 사람은 함께 웃는 것도 즐거웠다. 한낮이 기울 때까지 저마다 꿩을 두 마리씩 잡고 사냥을 마쳤다.

"그보다는 아예 멧돼지나 곰 사냥을 해보세."

눈이 내리면 토끼 사냥을 하자는 계백의 말에 해원이 창을 비껴들고 싸움터를 달리는 싸울아비처럼 호탕하게 웃었다.

가뭄을 잘 넘기자 바람도 크게 불지 않고 장마도 짧았다. 한가롭게 가을을 기다리는 해원과 계백은 날마다 산을 내려가 나락을 들여다보았다.

가을이 되어 통통한 벼이삭이 노랗게 익기 시작하자 나락 이파리들도 연한 풀색으로 바뀌었다. 아무리 곱고 귀한 꽃만을 모아 꽃밭을 가꾸었어도 이만할 수는 없으리라. 논이 온통 황금빛으로 출렁이고 낟알이 단단하게 여물었다.

"게으른 중이 아우한테 죄를 지을 뻔했네. 일이 바쁘다는 핑계로 만덕산의 참모습을 보여주지 못했어."

가을걷이를 하러 논에 가는 길에 해원이 계백을 잡아 이끌었다. 해원을 따라 이슬에 잠방이를 적시며 풀숲을 헤치고 왼쪽 등성이를 넘어선 계백은 입이 딱 벌어졌다.

기슭에는 온통 으름덩굴이었다. 온갖 나무를 감고 울창하게 뻗은 으름덩굴에 주렁주렁 매달린 열매가 하도 많아서 마치 하얀 꽃이 가득 피어난 것 같았다. 잘 익은 으름이 꼬투리가 절로 벌어져 하얀 속살을 드러낸 것이다.

"어서 먹어봐. 기막히게 맛있어."

해원은 부지런히 입을 우물거리며 까만 씨를 뱉어냈으나 멍청하게 서 있던 계백은 엉뚱한 질문을 했다.

"전에도 이렇게 여름이 많았습니까?"

"무슨 소리? 이렇게 열매가 많다니, 나도 믿어지지가 않네."

해원이 어서 먹으라고 손짓으로 권했다.

"제가 무애암에서 자랄 적에 무행 스님께서는 '들에서 여름을 내지 못하면 산에서 여름을 많이 내어 배고픈 목숨을 살리는 것이 자연의 이치'라고 말씀하시면서, 산에 열매가 잘된 해에는 굶주릴 들녘을 걱정하시며 줄곧 나무열매와 풀뿌리를 잡수셨습니다."

"그런가? 미처 모르고 있었네."

"스님께서 그토록 깨우쳐주셨는데도 저는 지난번에 다래가 많이 열린 것을 보고도 미처 생각하지 못했으니 아직도 철이 덜 들었나 봅니다."

"옳은 말씀이네만, 산에서 나는 여름은 짐승들에게 주고 우리는 가을걷이를 하러 가세. 애써 기른 곡식을 놓치는 것도 옳은 일은 아닐 터이니."

죄스러움에서 헤어나지 못하는 계백을 해원이 일깨웠다.

둘이서 나락을 베기 시작하여 꼬박 닷새가 걸렸다. 벼바심까지 마치고 보니 거두어들인 알곡은 스무 섬이 넘었다.

"이 나락을 모두 기와로 바꾼다면 아마 집 한 채는 이을 수 있을 것 같아. 부처님이 빨리 절을 지으라고 보살펴주시는 모양일세."

대견스러운 듯 해원이 허풍을 떨었다.

거둔 곡식을 햇볕에 잘 말려서 갈무리를 하고 나니 어느새 동지가 되었다. 완산으로 가서 기와를 바꿔오겠다는 해원을 계백이 따라나서려 하자 해원이 말렸다.

"기와만큼은 내 등으로 져 나르고 싶네. 중이 밥값을 못하니 이렇게라도 해서 복을 짓고 싶네. 완산에서 저 아래 멧자락까지는 수레에다 실어 나를 수도 있지만 굳이 완산에서부터 등짐으로 져 나르겠다는 내 마음을 헤아려주게."

해원이 산을 내려간 뒤 계백은 혼자 앉아서 지난여름부터의 일을 돌이켜 생각했다. 해원과 땅을 일구고 곡식을 기르고 거두며 지낸 날들은 참으로 행복했다. 싸움터를 달리고 성을 지키는 것보다는 괭이를 들어 밭을 일구는 것이 그렇게 좋을 수가 없었다. 적의 성 하나를 얻는 것도 작은 목숨이 움트고 자라는 것을 지켜보는 기쁨에는 견줄 바가 아니었다.

만덕산에 들어온 뒤로는 견디기 어려운 꿈을 꾸지 않았다. 어느새 아이를 낳던 안해가 먼저 저승길에 들어선 뒤 느껴오던 아픔에서도 벗어나 있는 것이었다. 어쩌면 무애암에서 내려온 뒤 처음으로 느낄 수 있는 편안함인지도 몰랐다.

하늘에 햇살과 비를 빌며 밭을 가는 여름지기가 되고 싶었다. 하루이틀 생각해온 일이 아니다. 그러나…… 그리 할 수도 바랄 수도 없는 일이었다.

호랑이같이 사나운 짐승이 다른 동물의 생명을 가엽게 여긴다 하여 풀을 먹을 수는 없는 일이다. 계백은 타고난 싸울아비다. 계백이 숨어 밭을 갈고 싶어도 나라와 백성들이 계백을 용서하지 않을 것이다.

사람의 목숨을 끊기 좋아해서 싸울아비가 된 사람이 어디 있으랴! 호미나 괭이가 생김에 따라 서로 쓰이는 곳이 다르듯이, 사람도 저마다 타고난 대로 괭이를 들어 밭을 갈고 칼을 휘둘러 피를 뿌려낸다.

"내가 아니면 누가 그 죄업을 맡으랴!"

만덕산에 들어올 적에는 정무에게 말하여 말미를 늘려 눌러앉고, 그러다 보면 나라에서도 뛰어난 싸울아비 계백을 잊으려니 했었다. 그러나 이제는 아니다. 내 한 몸 죄 없고 편안하기 위하여 나라와 백성을 버리고 숨지는 않을 것이다.

'살려지이다!' 하고 빌며 칼을 쓰던 물계자가 어찌 헛된 이름을 얻으려 싸움터에 섰겠는가? 칼을 들어 도마 위의 고기를 다지는 아낙네는 그 품성이 잔인하여 그러는 것이겠는가? 아니다! 어버이를 위하고 어린아이들을 먹일 생각에 고기를 만지고 푸드덕거리는 닭의 목을 비트는 것이다.

계백은 자꾸 밭을 가는 여름지기가 되어 주저앉고 싶은 마음을 다스리기 위해서도 봄이 오기 앞서서 만덕산을 떠나야겠다고 생각했다.

절에 솥을 걸지 마라

해원은 이튿날 해 질 무렵이 되어서야 완산에서 돌아왔다. 동짓달이라 해가 짧은 탓도 있으나 생각 밖으로 늦은 길이었다. 게다가 기와를 지고 오겠다던 말과는 달리 맨몸이었다.

저녁 공양을 마친 해원이 말했다.

"아우, 이 형에게는 미륵사를 중창할 복이 없는 것 같아."

계백은 눈으로 이유를 물었다.

"지난번 완산에 갔을 때는 길을 서두르느라 몰랐지만, 좋은 기와를 얻으려고 이곳저곳 돌아다녀보고서야 비로소 지난여름의 가뭄을 알게 되었네. 이곳은 산이 깊어 밭이 타지 않았고 논에는 아우와 함께 두레질을 하여 곡식이 잘되었지만, 들에서는 밭이 마르고 논에 마음껏 물을 대지 못해 흉년이 들고 말았더군."

"……."

"나라 전체가 아니라 완산 지방에만 흉년이 든 것이라 하니 다행이네만, 어려운 이들은 벌써부터 점심을 거르고 있었네.

추운 겨울을 나기가 무척이나 어려울 것일세. 아직 모시지도 않은 나무부처님보다는 끼니를 거르는 산 부처님들에게 공양을 올리라고 아우와 함께 지은 곡식이 그렇게 탐스럽게 잘되었나 생각하면, 그나마 고마운 일이 아닌가."

이튿날부터 해원은 아침에 산을 내려갔다가 다음 날에야 돌아왔다. 기와를 져 나르겠다던 등으로 배고픈 부처님들의 공양을 져 나르는 것이다.

동지가 지나고 섣달도 다 가 한 해가 저물었다. 해원은 그 해로서는 마지막으로 길을 나서게 되었다.

절을 내려온 해원은 구지산현(전북 김제군 금구면)으로 갈 생각이었다. 비사벌에서 정촌으로 가는 길로 40여 리쯤 가면 나오는 고장이다. 이곳에서 20여 리를 더 가면 2892년(559) 모악산 자락에 세운 큰 가람 금산사가 있다. 해원은 차츰 먼 곳으로 낯선 길을 걸으면서 곳곳에 자리한 마을과 마주치는 얼굴들을 익혀두려는 것이었다.

내일모레가 설이지만 길을 가며 지나치는 마을들에서는 그다지 설을 맞는 모습이 보이지 않았다. 지난여름의 가뭄이 설을 맞는 마음에까지 큰 그늘을 드리우고 있는 것이다.

완산에 들어서서야 이곳저곳에서 떡메를 치는 소리가 들려왔다. 어느 집에선가 쑥떡을 만드는지 쑥내음이 코끝에서 가슴으로 스며들었다. 비로소 설 같은 느낌이 들었다.

해원은 구지산현에서 하룻밤을 묵으며 바랑에 지고 온 쌀을 남몰래 어려운 집에 나누었다. 돌아오는 길에 완산에 다시 들른 해원은 저잣거리로 갔다. 그동안 따로 부처님을 모시지 않았기에 향을 피운 일도 없고 값비싼 촛불을 켜보지도 않았다. 어쩐지 이번 설에만큼은 좋은 향을 사르고 좋은 촛불을 밝혀보고 싶었다.

저잣거리에서 해원은 계백에게 줄 갖신 한 켤레와 설에 쓸 향과 초 등을 사고 인절미도 조금 넉넉하게 사 넣었다. 인절미를 살 적에는 오다가 들은 떡메 치는 소리가 다시 들리는 듯도 했고, 화롯가에 앉아 떡을 구워 먹을 계백의 환한 얼굴이 보이는 듯도 했다.

오랜만에 저잣거리 구경을 하고 아이들 노는 것을 보다 보니 시간 가는 줄을 몰랐던가? 문득 해를 보니 어둡기 전에 미륵사에 들어가려면 길을 재촉해야 했다.

한 동네를 지나던 해원이 바쁜 걸음에 목이 말라서 우물을 찾았으나 웬일인지 두레박이 보이질 않았다. 두리번거리던 해원의 눈에 비딱하게 자빠진 채 열려 있는 사립짝이 보였다. 텃밭으로 보이는 작은 마당을 지나서 낮게 엎드린 초가집 댓돌에 짚세기 두 켤레가 나란히 놓여 있었다.

물 한 그릇인들 거저 얻어먹을 수는 없다. 그러나 그보다도 중이 중생의 집 앞에 선 다음에야 복을 빌지 않을 수 없는 일이었다. 목탁을 울리며 염불을 외는데 머리가 하얗게 센 늙은이들이 나와 합장을 했다.

염불을 마친 해원이 물 한 그릇을 빌었다. 늙은이들은 그러나 목이 말라 들어선 스님을 그렇게만 보낼 수가 없었다.

"날씨가 춥습니다. 스님께서는 어서 안으로 드시지요."

"고맙습니다만 갈 길이 바쁘니 목만 축이고 곧 떠나겠습니다."

"잠깐이라도 추위를 녹이고 가십시오."

할아버지의 뒤를 이어 할머니가 말을 보탰다.

"가뭄 탓으로 시주를 얻기도 어려울 것입니다. 앞날에도 스님께서 우물에서 찬물만 마시고 가시는 것을 보았습니다. 그때 스님을 모시지 못한 일이 두고두고 가슴에 맺혀 먹은 것이 살로 가지를 않았습니다. 오늘 이렇게 우리 집을 찾으신 것도 부처님의 뜻이니 그냥 가지는 못하십니다."

부처님께 큰 죄라도 지은 듯 할머니는 머리를 숙였다. 왜 그때 좁쌀 한 되를 아꼈던가. 해가 얼마 남지 않았는데 스님은 오늘도 빈 바랑을 메셨다!

"마침 손주 녀석의 밥이 남아 있습니다. 녀석은 제 동무 집에서 점심을 먹은 모양입니다."

할머니는 믿었다. 오늘따라 손주아이의 밥을 남기고 스님의 발길을 이끈 것은 바로 대자대비하신 부처님의 보살핌이라는 것을.

해원은 잠깐 망설이지 않을 수 없었다. 어둠을 더듬어 산길을 오르지 않으려면 머뭇거려서는 안 된다는 생각도 없지 않았다. 그러나 이렇게 붙잡는 이들을 뿌리치고 가는 것도 스님네가 할 짓은 아니었다. 밤길을 걸을 작정을 하니 오히려 맘이 편했다. 할아버지가 이끄는 대로 방에 들어선 스님은 자리에 앉았으나 차츰 마음이 편치 못했다. 내일이 바로 섣달그믐인데 집 안 어디에도 따로 음식을 장만해놓은 것 같지 않았다. 쓸쓸하게 설을 맞는 이들의 마음은 얼마나 안타까울 것인가.

할머니가 상을 들여오고 아랫목에 묻어두었던 밥보시기를 꺼냈다.

"스님께 드리기에는 너무 거친 밥이지만 정성으로 아시고 천천히 공양하십시오."

김이 제법 나는 밥은 언뜻 나물밥인 듯도 했으나, 흰쌀과 좁쌀을 조금 넣고 되는대로 이것저것 나물을 많이 넣어서 양을 늘렸을 뿐이었다. 소화가 제대로 되게 하기 위해서라도 주인의 말처럼 천천히 꼭꼭 씹어 먹어야 했다.

천천히 씹으니 미처 이름을 알 수 없는 씁쓸한 나물에서도 단맛이 우러나왔다. 스님은 먹는 음식이 그대로 살이 되고 피가 되는 듯이 정성껏 공양을 했다.

공양을 끝내고 일어서는 스님에게 할머니는 한 되가 좋이 되어 보이는 흰쌀을 시주했다.

"부처님 앞에 공양해주십시오. 이런저런 핑계 삼아 부처님 앞에 나가지도 못합니다."

여느 공양미가 아니다. 해가 저물도록 빈 바랑을 메고 다니는 스님을 위해 부처님 앞에 드리는 간절한 기원. 해원은 차마 절간에 식량이 남아서 나누어주고 다닌다는 말은 못하고 공양미를 받았다.

마을을 나서 길을 걷던 해원에게 절에 솥을 걸지 말라던 부처님의 말씀이 소나기처럼 쏟아졌다. 비구라는 말을 새겨 걸사(乞士)라, 포마(怖魔)라, 파악(破惡)이라, 제근(除饉)이라, 근사남(勤事男)이라 하는 것은 무슨 뜻인가. 얻어먹으니 걸사요, 마군(魔軍)이 두려워하니 포마이며, 모든 사회악을 깨뜨리기에 파악이다. 백성의 굶주림을 없애주니 제근이요, 그러한 일들을 부지런히 해내는 대장부라서 근사남이다.

일찍이 부처님은 악마가 무엇이냐고 묻는 라다에게 '악마란 놈은 밖에 있는 것이 아니라, 우리 감각기관에 빌붙어서 일어나는 놈'이라고 했다. 감각기관이 악마가 아니라, 그것의 지나친 욕망과 사나움이 악이다. 사회 대중을 위해서 만들어진 기구나 제도, 장치가 자칫 폭력을 부르게 되면 그놈이 바로 악마고 마군이다. 그것을 항상 감시하고 바로잡아가기 때문에 수행자는 끼니때마다 밥을 달라는 명분이 서는 것이고, 사람들은 스님에게 공양을 베푸는 것이다. 놀고먹는 것은 죄다.

석가모니부처님이 마가다국에 머물 때 에카사라라는 마을에 걸식을 나갔다가 겪은 일이다.

걸식을 하러 문 앞에 서 있는 붓다를 보고 그 집 주인이 물었다.

"사문이여, 나는 밭 갈고 씨 뿌려서 내가 먹을 식량을 마련하고 있소. 당신도 또한 스스로 밭 갈고 씨 뿌려서 당신이 먹을 식량을 마련하는 것이 어떻소?"

스님네들이 가만히 앉아 일하지 않고 때가 되면 걸식하러 오는 것이 미워서 하는 소리였다.

"옳은 말이다. 나도 밭을 간다. 나도 밭 갈고 씨 뿌려서 먹을 것을 얻고 있다."

하지만 주인은 스님의 말을 믿을 수가 없었다. 그로서는 스님들이 밭을 가는 것을 보기는커녕 누구에게서 들어본 일도 없었다.

"사문이여, 우리는 누구 하나 당신이 밭 갈고 씨 뿌리는 것을 본 적이 없소. 대체 당신의 보습은 어디에 있소? 당신이 밭을 간다 한 것은 무슨 뜻인지 묻고 싶소."

이에 붓다는 게송을 읊어 대답했다.

믿음은 내가 뿌리는 씨, 지혜는 내가 밭 가는 보습

나는 몸에서, 입에서, 마음에서 나날이 악한 업(業)을 제어하나니, 그것은 내가 밭에서 김매는 것.

내가 모는 소는 정진(精進)이니, 가고 돌아섬 없고 행하여 슬퍼함 없이, 나를 편안한 경지로 나르도다.

나는 이리 밭 갈고, 저리 씨 뿌려, 감로(甘露)의 과일을 거두노라.

걸식을 나갈 때는 위의를 갖춘 다음 발우(鉢盂, 바리때)를 챙겨들고 의젓하게 해야 한다. '내 하는 일이 가치가 있다고 생각되거든, 이 바리때에 음식을 담아주시오' 하는 태도라야 한다.

스님네의 걸식은 하루 일곱 집 이상은 못 돌게 되어 있었다. 일곱 집을 돌기 전에 음식이 다 차면 더 안 갈 수는 있지만, 못 얻었다고 해서 그 이상 도는 것은 스님의 걸식이 아니었다.

부처님도 어느 마을에서 일곱 집을 돌았으나 음식을 얻지 못한 적이 있다. 흉년 때문이 아니라 그 마을의 어떤 축제 때문이었다. 마을 사람들이 모두 축제 기분에 들떠 부처님의 걸식을 돌아보지 않았던 것이다. 그냥 돌아오는데 길 위에서 마라(악마)를 만났다. 빈 바리때에서 식욕의 유혹이 일어난 것이다.

"사문이여, 음식을 얻었는가?"

"얻지 못했다."

"그러면, 다시 한 번 마을로 돌아가라. 이번에는 공양을 얻을 수 있도록 해주겠다."

그러나 부처님은 거절했다.

음식은 비록 얻지 못했다 해도
보라, 우리는 즐겁게 사나니
이를테면 저 광음천(光陰天) 모양
기쁨을 음식 삼아 살아가리라

어쩌면 이것은 마음속에서 오간 자문자답이었을지도 모른다. 다시 돌아가면 축제도 끝나 음식을 얻을 수 있을 것이다. 그러나 거지의 구걸이 아닌 다음에야, 엄격한 법식이 있고 교단과 중생사회를 떠받치는 큰 수행심이 있어야 했다. 법을 어기고 음식을 얻는 것보다는 법에 의해서 얻지 못하는 것이 더 큰 행복이고 자랑이었던 것이다.

이런 '굶주리는 자랑과 행복'은 스님네들만의 외고집 같은 것은 아니다. 물론 수행자가 지켜야 할 교단의 율법 때문에 어느 정도는 자기를 극복하고 지키는 의무로서 행하는 것이지만, 그것이 버릇으로 굳어 생활이 될 때는 그 율법은 어느새 그 사람을 채우고 넘쳐서 사회 대중 속으로 흘러들어 사회의 율법이 된다. 사회 대중은 자기들도 모르는 사이 그런 율법이

자기 것이 되어, 사람 사이의 모든 관계에서 청정한 심리가 작동되면 겸손하고 양보하는 좋은 풍토가 이루어지는 것이다.

또 스님은 걸식을 함에 있어서 부잣집과 가난한 집을 나누어 가려서도 안 되었다. 어느 마을 어느 골목에 들어서건 가리지 않고 차근차근 비는 차제걸기(次第乞己)의 걸식이어야 했다. 그렇게 일곱 집을 돌아서도 빈 바리때를 들고 돌아오는 날은 그대로 굶는 것이다. 한 스님이 굶는다는 것은, 그가 다닌 일곱 집의 식구가 같이 굶주리거나 배가 고프다는 뜻이다. 가뭄이나 장마 탓이건 못된 구실아치들의 행패 탓이건, 이들은 수행승에게 밥 한 덩이 나누어주지 못할 만큼 형편이 어려운 것이다.

시절이 좋아 밥을 얻어왔다고는 해도, 일곱 집의 밥이 담긴 바리때를 내려다보고 있노라면 사회 대중의 생활이 느껴졌다. 사람들이 요즘 무슨 곡식을 많이 먹는지, 세금을 어떻게 내고 있는지, 부자와 가난한 이의 차이가 어떤지…… 그런 밥을 먹는 스님이라면 결코 공부를 소홀히 할 수가 없는 것이다. 스님이 하루 한 번씩 바리때를 들고 나오는 것은 그 속에 식은 밥덩이를 가져가기 위해서가 아니다. 스님네의 바리때는 중생의 눈물과 괴로움까지 담아가기 위한 것이다.

그뿐이랴! 수행하는 스님은 중생을 위해, 중생은 또 수행자를 위해 서로 만나야 한다. 생활 속에서 문제가 많고 답답한 일이 쌓인 중생은 비구를 만나 그 얽힌 사정을 털어놓고, 스님은 그 엉킨 실타래를 풀어주고 맺힌 매듭을 풀어주어야 한다. 삼라만상을 위하는 일에도 제 손가락 하나 내줄 수 없다고 하지만, 눈 감고 귀 막아 제 한 몸 성불한들 또 무엇하랴!

스님네는 중생사회의 비애와 온갖 슬픔의 찌꺼기를 걸러 먹고 살 때 제 값을 지니는 사람이다. 그래서 청정한 스님이 있는 사회에는 탁한 문제가 없다. 그들이 끊임없이 여과해내기 때문이다.

절에다 솥을 걸지 말라던 부처님의 당부는 바로 이 때문이 아닌가? 해원은 캄캄한 어둠의 벼랑에 마주 선 듯 아득했다. 발이 땅을 딛지 못하고 천 길 아득한 나락으로 떨어져내린다.

서둘러 달려가야 했으나 해원은 가던 길을 돌아섰다.

"시주받은 음식이 아니면 결코 먹지 않으리라!"

해원은 자신을 싸안고 달려드는 어둠에 약속이라도 하듯 되뇌었다.

놀고먹는 것은 죄다. 그러나 먹물옷을 입은 자가 제 본분을 잊고 스스로 밭을 갈아 곡식을 거두고 시주받지 않음을 자랑했으니, 이 얼마나 큰 죄를 지어왔음인가? 그동안 부지런히 읽고 외운 불경들은 과연 무엇이었는가?

그러나 이미 지나온 길을 돌아서서 어둠 속을 되짚어가는 해원의 마음속에는 안개처럼 밀려오는 또 하나의 어둠이 있었다. 비록 작으나마 스님네가 가야 할 길을 깨달았으나 끝내 부처의 길로 나아갈 수 없는 자신의 존재는 또 무엇인가?

"나무아미타불!"

신음처럼 저도 모르게 불호가 새어나왔다. 산속에 묻혀 밭 갈이나 하던 돌중답게 좀처럼 입에 올리지 않던 불호였다.

"나무아미타불, 나무아미타불……."

가슴 깊숙이 일어나는 어둠을 누르기 위한 불호였으나 이 제는 불호를 외는 자신마저 잊고자 하는 간절한 염불이었다. 하지만 그 염불에 열기를 띠어갈수록 그것은 참마음으로 부처님에게 귀의하겠다는 것이 아니었다. 대자대비하신 부처님의 넉넉한 품에서 빠져나와 멀리멀리 달아나고자 하는 몸부림이었다.

내 이름은 해원이다. 소원을 풀어주는 해원, 평생소원을 이루어주는 해원(解願)이 되어야 하는 것이다. 대체 이름이 무엇이기에, 이름값을 해야 한다는 말인가? 아니, 그 평생소원이라는 것은 무엇이기에 입 밖에 꺼내지도 못한단 말인가? 할 수만 있다면 차라리 멀리 달아나고 싶은 내 이름 해원.

어느새 나무아미타불에서 관세음보살로 불호가 바뀌었다. 아미타부처님께 귀의하는 것보다도 극심한 고통을 견디기 위해서는 온갖 중생의 고통을 어루만져주시는 대자대비 관세음보살의 원력이 필요한 것이다.

"용서하소서. 용서하소서. 제게는 갈 길이 따로 있나이다. 관세음보살, 관세음보살, 관세음보살……."

해원은 이틀이 지나서야 밤늦게 돌아왔다. 아예 바랑을 밭어귀에 있는 곳간에 두고 다니던 해원이 그날따라 한 짐 가득한 바랑을 지고 올라왔다. 모처럼 명절을 맞아 설을 쇠기 위하여 푸짐하게 장을 봐온 것으로 알았으나, 그게 아니었다. 해원의 자루에서 뒤섞여 나온 것을 나누고 보니, 좁쌀과 기장 섞인 것이 한 말 정도일 뿐 나머지는 모두 산나물 따위였다.

궁금해하는 계백에게 해원이 혼잣말처럼 말했다.

"부처님이 절에 솥을 걸지 못하게 하신 뜻을 내 이제야 알았네. 하루 동안 시주를 얻은 것이 모두 이것일세. 이나마도 이중이 굶는 줄 알고 설을 쇠라고 어렵게들 시주한 것일세. 내 이제라도 부처님의 가르침에 따라 시주받은 곡식이 아니면 먹지를 않을 것이네."

지난겨울에 해원이 날마다 쌀을 한 짐씩 지고 올라왔던 것을 생각하면 올해 들녘의 어려운 살림살이를 알 수 있었다. 여름의 가뭄으로 흉년이 들었다 해도 설마 이처럼 심할 줄은 몰랐다. 해원이 일부러 어려운 집에만 시주를 돌지는 않았을 터이니 백성들의 어려운 살림살이가 눈에 선했다. 해원은 그들의 정성을 생각하여 곡식과 나물을 나누지 못하고 바랑을 벌려 시주를 받았으리라.

설날 아침 두 사람은 해원이 얻어온 좁쌀과 나물을 넣고 나물밥을 지었다. 거친 나물밥이 어려운 이들의 정성임을 생각하니 다시 목이 메었다. 꼭꼭 씹어서 달게 설날 아침을 들었다.

고구려 재도전의 서막

"푸하하하. 저걸 보아라."

이세민이 너털웃음을 쏟아냈다.

"다 큰 어른들이 마치 대말을 타고 우쭐거리는 아이들 같지 않으냐?"

이세민의 손끝이 가리키는 금전정문에는 문이 미어지게 밀려나가는 사람들로 가득했다. 모두 이번 과거시험에 합격한 자들이었다. 출세를 보장받는 과거시험에 합격했으니 모두들 천하를 얻은 것처럼 자랑스러운 얼굴이다.

"봐라, 천하의 영웅들이 모두 내 올가미에 걸리고 말았다."

이세민이 잔뜩 뽐내는 얼굴로 좌우를 둘러보며 계속 큰소리쳤다.

이세민은 세상을 바꿨다. 이제부터는 싸움터에서 공을 세우는 것으로 벼슬길에 나가지 못한다. 장수들이 군사를 이끌고 도적을 소탕하는 것이 아니라, 관원들이 법으로 세상을 다스리는 태평성대가 시작되었기 때문이다. 출세를 하려면 무예를 연마하는 대신 책을 잡고 글공부를 해야 한다.

중앙에는 국자학(國子學)과 태학(太學)을 설치했으며 지방인 주와 현에도 각각 학교를 세웠다. 과거시험 과목을 늘렸으며 관리를 뽑거나 승진시킬 때에도 무관보다 문신들을 우대하였으므로 과거를 통해 출세하려는 사람들이 많아졌다. 특히 진사과 출신을 중용했으므로 흰머리가 되도록 진사과에 응시하는 이도 있었다.

이세민이 과거시험으로 벼슬아치를 뽑기 시작한 것은 세상을 위해서가 아니라 서토의 주인이 된 자신의 안위를 위해서였다. 사람은 간사한 존재여서 끝까지 믿을 수가 없고, 또한 자신이 닦은 재주를 써먹으려고 하기 마련이었다. 오늘 충성스러운 신하도 내일 반란군이 되지 말라는 법이 없었다. 특히 창칼 쓰는 솜씨만 익힌 자들은 나라에 몸 바쳐 충성하기보다 자신의 출세를 중요하게 여긴다. 사나운 장수들이 반란군이 되면 걷잡기도 어려울 것이 불을 보듯 뻔했다.

이세민은 사람들이 벼슬아치가 되려고 머리가 하얗게 세도록 글공부를 하는 것을 보고 만족해했다. 지방에서는 겨우 제 이름이나 그리는 까막눈도 시험을 치러 나온다고 한다. 철부지 아이들도 막대기를 들고 몰려다니며 군사놀음을 하는 대신 땅바닥에 뭔가 끼적거리며 웅얼웅얼 글 읽는 소리를 낸다고 한다.

아직 10년도 되지 않았는데 이렇게 달라진 것이다. 그동안 당나라에서 군사를 기르지 않고 오히려 줄였어도 고구려는 서토 평정을 입에 올리지 않았다. 아사달 백성들은 서토를 탐내지 않으니 서토에서 먼저 건드리지만 않으면 절대 아무 일도 없을 것이라는 이정의 생각이 들어맞은 것이다.

그러나 이것은 또 무엇인가? 가슴 한구석이 텅 비어가며 쓸쓸한 바람이 드나드는 것은? 언제부턴가 이세민은 웃는 날이 적어졌다. 자신의 건강은 물론 나라에도 아무런 근심이 없는데 이세민은 풀이 죽어 세월을 보내고 있었다.

"산봉우리에 올라온 것처럼 나는 할 일이 없다. 아아, 전쟁터가 그립구나!"

그것은 피가 부르는 그리움이었다. 선비족의 피. 선비족은 끝없이 푸른 하늘 아래 넓고 넓은 풀밭을 이리저리 옮겨다니며 말과 양을 기르던 민족이다. 이세민은 날이 가고 달이 가고 해를 거듭할수록 창칼을 휘두르며 말을 달리던 싸움터가 그리웠다.

이세민은 어릴 적부터 거울을 잘 쳐다보지 않았다. 나이가 들면서 여드름이 줄어듦에 따라 옴두꺼비 같은 살갗은 많이 깨끗해졌으나 태어날 때부터 생쥐처럼 생긴 얼굴까지 어디 갈리가 없었으니 거울을 쳐다볼 마음이 나지 않았던 것이다. 자랑스러운 왕의 옷을 입고 왕관을 쓴 모습이 보고 싶었으나 작고 째진 눈에 가느다란 매부리코, 뾰족하게 튀어나온 입을 보면 아무리 제 낯짝이지만 그만 볼멋이 뚝 떨어졌다.

그런데 어느새 거울을 힐끗거리는 버릇이 붙었다. 아직 서른여덟의 젊은 나이였음에도 문득문득 귀밑머리가 센 듯한 느낌이 들었기 때문이다. 비록 황제 자리에 올라 맘껏 우쭐대며 살고 있으나 이세민의 가슴에는 언제고 메마른 바람이 휘몰아쳤고 갈빗대가 터져나갈 듯이 답답하기만 했다.

고구려를 쳐야 한다! 조선나라 고구려를 꺾지 못하고서는 진정한 영웅이 될 수 없다! 단순한 정복욕 때문이 아니었다. 서토는 사람 살 곳이 못 된다며 선비족까지 싸잡아 오랑캐라고 멸시해온 하늘백성들의 나라 조선을 짓밟아 핏줄의 분풀이를 하고, 여동군에게 쫓기다가 구려하의 물귀신이 될 뻔했던 지난날에 대한 앙갚음을 해야 했다.

이정은 서토에서 으뜸가는 병법가인 데다 이세민이 철들 무렵부터 계속 지켜보아온 사람이었다. 오랫동안 계속되는 이세민의 풀 죽은 모습을 보고 그 속내를 훤히 짐작하였으므로 이미 대책을 마련해두고 있었다. 어느 날 이세민이 막무가내로 고구려 도전의 군사를 일으키겠다고 하자, 이정은 미리 준비해둔 말을 꺼냈다.

"황상, 고구려를 치러 동쪽으로 나가기 전에 서쪽으로 토번을 돌아보아야 합니다. 요즘 들어 토번인들의 움직임이 수상쩍습니다. 아무래도 우리의 기름진 땅을 엿보고 군사를 기르는 것이 틀림없습니다."

"토번이라니? 그까짓 들짐승들이 무엇을 할 수 있다는 말이오?"

"토번은 농토가 적고 땅이 척박하여 항상 먹을 것이 모자랍니다. 사람들은 거칠고 군사들은 몹시 사납습니다."

"그까짓 토번이야 한낱 들짐승의 무리, 무슨 위험이 되겠소? 병부상서, 쓸데없는 걱정은 그만두고 고구려를 칠 계획이나 잘 세우시오. 그 들짐승들이 덤불 속에서 머리를 내민다면 한걸음에 짓밟아버릴 것이오."

"그렇지 않습니다. 토번 왕 송찬간포는 우리의 기름진 땅을 탐내어 벌써 여러 해 동안 군사를 모았다고 합니다. 그들을 놔두고 고구려를 치러 간다면 반드시 화근덩어리가 되고 말 것입니다."

토번은 당나라와 맞서 싸울 힘도 생각도 없었으나 병부상서 이정은 있는 소리 없는 소리 다 꾸며내 먼저 토번을 쳐야 한다고 주장했다. 고구려는 무섭기 짝이 없는 조선나라다. 그런데 고집 센 이세민이 고구려 도전을 꿈꾸고 있으니 그만두라고 말리기도 쉬운 일이 아니었다. 이정은 생각에 생각을 거듭한 끝에 토번을 대신 싸울 상대로 골랐던 것이다. 토번에는 강한 군사가 없으니 싸우기 맞춤한 상대였고, 토번의 산은 더

없이 험악해서 군사를 함부로 몰아갈 수가 없으니 얼마든지 싸움을 질질 끌 수도 있었다. 전쟁을 오랜 시간 끌다 보면 적잖은 군사들이 다치겠지만, 고구려에 가서 떼죽음을 당하는 것에 견줘본다면 그만한 희생쯤이야 정말 아무것도 아니었다. 군사뿐이 아니다! 이 당나라까지 송두리째 없어지고 말 것이다.

"우리 군사가 아무리 많아도 고구려를 쉽게 꺾을 수는 없습니다. 그런데 동쪽으로 고구려와 싸우고 있을 때 서쪽에서 토번이 덤벼든다면 장안까지 위험합니다. 하니 고구려에 가기 전에 먼저 토번을 눌러놔야 합니다."

"어째서 그까짓 들짐승의 무리를 무서워하는지 알 수가 없소. 고구려와 싸우고 싶지 않아서 핑계를 대는 게 아니오?"

이세민이 생쥐눈을 가늘게 뜨자 이정은 펄쩍 뛰며 잡아뗐다.

"무슨 말씀을 그리 하십니까? 제 말을 믿지 못하겠거든 토번에 군사를 보내보십시오."

"좋소. 그까짓 들짐승쯤이야 한달음에 짓밟아버리겠소."

이세민은 곧바로 토번을 치라는 명령을 내렸고, 성질 급하고 용맹스러운 이세적이 10만 군사를 이끌고 달려갔다. 그러나 반년이 지나도 승전보는 날아오지 않았다. 되레 군량과 무기를 더 보내라는 소식만 전해졌다. 전령으로 온 장수를 다그쳐보니 모자라는 게 군량이나 무기뿐이 아니었다. 수많은 군사가 죽고 다쳐서 막상 싸움에 나서는 군사는 7만도 되지 않는다고 했다. 기가 막히는 소리였다. 벤 적의 목이 10만이 넘는다지만 책임을 회피하기 위해 둘러대는 소리임이 뻔했다.

"그것 보십시오. 저들을 놔두고 고구려에 갔더라면 어찌 되었겠습니까?"

병부상서 이정은 속으로 잘코사니를 불렀다. 자신의 계획이 착착 들어맞고 있었던 것이다.

"이세적이 너무 사납고 생각보다 주먹이 앞서는 사람이라 그런 것이오. 머리 좋고 싸움 잘하는 강하왕을 보내면 머지않아 승전고를 울리며 돌아올 것이오."

이세민은 곧바로 이도종을 불렀다. 그 역시 10만 군사를 이끌고 싸움터로 달려갔으나 기쁜 소식은 끝내 날아오지 않았다.

이세민은 토번을 같잖게 여겨왔으나 막상 뚜껑을 열어보니 그게 아니었다. 토번은 메마른 고비사막에서부터 산 높고 골 깊은 청장고원에 이르기까지 넓게 자리하고 있다. 당군은 무엇보다 군사를 움직이기가 어려웠다. 땅이 메마르고 산이 가파르니 많은 군사를 보내기가 어려운 데다 거친 사막과 험한 산에 익숙한 토번 군사들은 느닷없이 엉뚱한 곳에 귀신처럼 소리없이 나타나서 뒤통수를 후려치고 달아났다. 당군은 넓고 넓은 땅 어디를 뒤져 토번 군사와 싸워야 할지도 모르는 터에 무턱

대고 깊숙이 들어갈 수도 없었다. 그랬다가 보급로는 물론 퇴로까지 끊겨 전멸을 당할 수도 있기 때문이다.

싸움새도 제대로 갖추지 못하는 토번 군사들이었으나 들짐승처럼 날쌔고 사나웠다. 험한 산을 오르내리는 것을 보면 날개 달린 원숭이 같아 뒤쫓을 수가 없었다. 당군이 싸움에서 그만 손을 떼려고 물러나면 기다렸다는 듯이 뒤를 물어뜯고, 전열을 정비해서 달려가면 꽁지가 빠지게 달아났다. 당군으로서는 멋모르고 벌둥지를 건드린 꼴이요, 장난삼아 뛰어든 수렁에 목까지 잠긴 꼴이 되었다. 토번 군사들이 송주(사천성 송번)에까지 나타나 노략질했을 때에는 병부상서 이정이 몸소 나가서야 물리칠 수 있었다. 이정에게 혼이 난 토번군은 다시 산으로 들어갔으나, 서토 으뜸 장수 이정한테도 산속으로 숨어버린 적을 잡는 재주까지는 없었다.

당나라는 이정의 계책대로 토번에 발목이 잡혀 이러지도 저러지도 못한 채 벌써 4년이나 지루한 싸움을 계속하고 있는 것이다.

"뭐? 내 딸을 볼모로 달라고?"

쾅 내려치는 주먹에 탁자 위의 술잔이 부르르 떨리며 술이 넘쳤다. 둘만의 자리라 따로 시중드는 사람도 없었다. 이도종이 일어나 이세민 앞으로 다가갔다. 제 옷소매를 북 찢어 꼼꼼하게 탁자를 닦았다. 이세민이 씨근덕거리며 잡아먹을 듯이 노려보고 있었지만 이도종은 아무렇지도 않은 듯 술잔을 채우고 제자리로 돌아왔다.

"황상, 볼모가 아닙니다. 그는 당나라 공주와 인연을 맺고 싶다고 했습니다."

"닥쳐라! 썩 꺼지지 않으면 네놈의 혀부터 잘라버리겠다!"

벌떡 일어선 이세민이 당장에라도 쳐죽일 듯이 날뛰자 이도종은 그대로 문을 박차고 뛰쳐나갔다. 그러나 몇 걸음도 가지 않아서 여느 때처럼 걸음이 느려졌고 마치 아무 일도 없었던 듯 빙그레 웃기까지 했다.

이도종은 이세민의 육촌아우다. 싸움터에 서면 무서울 것 없이 뛰어난 장수인 데다 무척 슬기롭고 남달리 사람을 끄는 힘이 있었다. 당나라 초기 나라가 어수선할 때 이세민을 따라서 두건덕의 반란군을 무찔렀다. 이효공을 따라서 광릉, 단양, 회남 등의 반란군과 싸울 때에도 더러는 앞에 나가 싸우고 더러는 적을 찾아가 설득함으로써 많은 반란군의 항복을 받아냈다. 이정이 동돌궐을 칠 때 이도종은 이세적과 함께 따라가서 힐리가한을 사로잡았다. 이도종은 힐리가한이 입고 있던 고구려 갑주와 쇠도끼 등 병장기를 고스란히 얻은 것이다. 그 공으로 왕의 지위에 올라 '강하왕'으로 불리게 되었는데, 무슨 일이건 막힘없이 잘해내는 사람이었다. 그러한 이도종도 토번과 맞붙어 싸워 4년이 다 되도록 아무런 공을 세우지 못했다.

쳇, 고욤나무에 올라온 몸이 되었다! 이도종은 가끔 자신의 처량한 처지를 생각하며 한숨을 쉬었다. 고욤나무는 감나무처럼 썩은 가지를 알아보기 어렵다. 산 가지도 껍질이 죽은 것과 똑같이 생겼기 때문이다. 괜찮으려니 하고 아무 가지나 밟았다가는 썩은 가지를 밟게 되어 땅에 떨어지고 만다. 짐승의 무리나 마찬가지인 토번과 싸워 이겨보아야 얻을 것도 없었다. 감이라면 모를까, 맛도 없고 크기도 작은 고욤을 따려고 온갖 위험을 무릅쓰고 있는 꼴이었다.

더 이상 토번과 싸우고 싶지 않았지만 토번이 싸움에 맛을 들였으니 발을 빼고 물러날 수도 없었다. 무엇보다 토번 같은 골칫덩이를 놔두고는 고구려에 도전할 수가 없는 것이다. 이도종은 토번을 적이 아니라 벗으로 만들어야 한다고 생각했다. 가장 좋기로는 혼인의 인연을 맺는 것이다. 토번 왕의 딸을 데려오면 더없이 좋겠지만 아쉬울 것 없는 토번 왕이 딸까지 내주며 항복할 까닭은 없었다. 토번군에게 밀리고 있는 당나라로서는 꿈속에서나 만져볼 수 있는 그림의 떡이었다.

아무리 생각해도 이세민의 딸을 내주고 달래는 수밖에 없었다. 그렇다면 누가 좋을까? 과일이라도 고르는 것처럼 이도종은 이세민의 딸들을 하나하나 떠올리며 장단점을 비교하기 시작했다. 토번으로 시집가는 공주는 경우에 따라 목숨까지

위태로울 수 있는 볼모 신세가 분명하겠지만, 그보다는 토번의 정세를 현장에서 살피고 국정에도 관여하는 총독의 역할을 맡아야 할 것이기 때문이다.

가장 먼저 떠오른 것은 신흥공주였다. 크고 작은 여러 자매 중 예쁘고 영리하기로 소문난 신흥공주는 무엇보다도 사내 몇을 묶어세워도 당해내지 못할 만큼 당찬 구석이 있어 토번 같은 적지에 가서도 당당히 임무를 수행할 수 있을 것이다. 그러나 아쉽게도 아직 열두 살도 안 된 어린아이였다.

문성공주는 곧 해가 바뀌면 열일곱 살이 될 것이니 피어나는 꽃송이처럼 아름다움으로 토번 왕의 눈에 들 것이다. 누구 못지않게 영리하기는 했지만 결단력이 없고 약삭빠르지 못한 것이 문성공주의 큰 흠이다. 그러나 그 정도의 문제는 약삭빠른 부하를 많이 딸려 보내는 것으로 보충하면 될 것이다. 한 가지 걸리는 게 있다면, 왕비인 장씨 왕후 소생인 데다 이세민이 매우 사랑하는 딸이라는 것이었다. 허락은커녕 당장 이도종의 목을 베겠다고 불같이 화를 낼지도 모른다.

그러나…… 황상께서는 내 계책을 따를 것이다! 이 계책은 내 머리에서 나온 것이 아니라 황상 스스로 세운 계책이기 때문이다! 이도종은 굳게 믿었다. 자신의 야망을 위해서라면 팔이라도 잘라낼 이세민이 아닌가. 아무리 눈에 넣어도 아프지 않을 귀여운 딸이지만 고구려 도전에 비긴다면 정말 아무것도 아닐 것이었다. 그래서 그토록 화려한 갑주를 보내주었던 것이다!

싸움터로 파견된 특사는 장손사라는 자였다. 그는 본디 이름 없는 장사치였으나 8년 전 고구려 여동에 침투해서 경관을 헐어버렸다. 고구려가 서토에 병장기를 팔아서 벌어들인 보물을 경관에 숨겨두었을 거라고 생각했지만, 경관에서 찾아낸 것은 낡아빠진 갑주 몇 벌뿐이었다고 했다. 장손사가 끌어모은 장사 2천과 설연타(동돌궐) 군사 3천에다가 이세민의 호위군사 100명까지 목숨을 바쳤지만 허탕을 치고 만 것이다. 겨우 혼자 살아남아 도망쳐왔지만 장손사는 고구려의 자랑거리인 경관을 헐어버리는 큰 공을 세웠으므로 광주사마라는 벼슬을 받았다. 또한 홍락창에 곡식을 넣는 일까지 맡게 되었으므로 결국 장손사는 엄청나게 큰 이익이 남는 장사를 한 셈이었다.

"황상께서는 이 갑주를 내리시면서, 하루바삐 승전고를 울리며 돌아오라고 하명하셨습니다."

수천 리 길을 달려왔지만 막상 장손사가 장안에서 가져온 병장기는 달랑 갑주 하나였다. 그것도 날카로운 창칼을 막아낼 만큼 튼튼한 갑옷이 아니라 가볍고 아름답게만 꾸민 비단 갑주였다. 아니, 생긴 꼴만 갑주를 흉내냈을 뿐이다. 울긋불긋 화려한 비단과 보석으로 어지럽게 치장한 여인네들의 나들이옷에 다름없었다. 황금을 씌운 얇은 투구에도 수없이 많은 보석이 반짝였고, 주먹만큼 큰 붉은 장미꽃에 빨대를 박고 꿀을 빠는 호랑나비 한 마리도 마치 살아서 움직이는 듯 생생했다.

이도종은 몽둥이로 뒤통수를 맞은 것처럼 어지러워졌다. 벌써 4년째, 패전만 거듭하는 장수로서 낯이 뜨겁지 않을 수가 없었다. 아아! 차라리, 자결하라는 칼이었으면! 황상께서는 이토록 나를 비웃고 계시는가?

"강하왕께서는 황상의 말씀을 어찌 생각하십니까?"

한참 중얼거리던 장손사가 목소리를 높여서야 이도종은 정신이 돌아왔다.

"황상? 무슨 말씀을?"

이도종이 정신을 차리지 못하고 허둥거릴 것을 짐작하고 있었다는 듯 장손사가 이세민의 말을 거푸 외웠다. 썩은 동태 눈깔처럼 풀려 있던 이도종의 눈알이 빙글빙글 돌며 빛을 뿜기 시작했다.

군사를 시켜 멸망시키면 100년이 무사하지만
혼인으로 맺어두면 30년이 조용하다.
100년을 위해서는 수십만 대군이 필요하나
30년을 위해서는 한 사람이면 족하다.

"황상께서 내게 전하시는 말씀이더냐?"

"그렇지는 않습니다. 황상께서는 강하왕을 위로하라고 하셨을 뿐 따로 이렇다 할 말씀은 없었습니다. 방금 전해드린 말씀은 황상께서 여러 사람이 있는 데서 입버릇처럼 자주 말씀하셨기 때문에 저 같은 사람도 알게 되었을 뿐입니다."

"알았다. 물러가거라."

이도종은 혼자 있고 싶었다. 비단갑주를 보낸 이세민의 속뜻을 알아내야 했다. 장손사는 아니라고 했지만, 이세민이 입버릇처럼 자주 한다는 그 말은 누구보다 이도종 자신에게 하는 말로 여겨졌다. 더구나 은밀하게 전하는 말이 아니라 내놓고 하는 말이니 일이 잘못되어도 책임을 묻지 않겠다는 뜻이다.

자다가 생각해도 이세민의 야심은 고구려에 있었다. 토번쯤이야 거저 준대도 반갑지 않을 것이다. 그저 고구려와 싸우는 동안 뒤에서 말썽이나 부리지 않으면 더 이상 바랄 것이 없었다. 토번을 미리 눌러놓기 위해서 애를 썼지만, 4년이 지나도록 수십만 군사의 발만 묶여 희생을 치르고 있을 뿐이다. 안심하고 고구려와 싸울 수 있도록 토번과 사이가 좋아질 수만 있다면 얼마든지 딸을 보내고도 남을 이세민이었다.

여자들의 옷이나 다름없이 화려한 비단갑주! 아무리 생각해도 그것은 이도종을 욕보이려는 것이 아니었다. 장난삼아 뛰어든 수렁에 목까지 잠긴 토번과의 전쟁에서 당군을 끌어내기 위해 이세민이 계획한 고육지책이었다.

황금투구에 붙여놓은 붉은 장미꽃과 꿀을 빨고 있는 호랑나비가 화려한 비단갑주의 의미를 그대로 보여주고 있었다. 꽃은 여자를, 나비는 남자를 나타낸다. 또한 색깔로 두 나라를 나타낸다면, 두말할 것도 없이 붉은색은 당나라고 알록달록 요란한 것은 변방의 들짐승 토번일 수밖에 없다. 즉, 당나라 여자와 토번 남자를 가리킨다.

두 나라 사이에 혼인만큼 좋은 관계도 없지만, 이름 없는 어느 백성들이야 수천수만 명이 결혼을 한다고 해도 두 나라 사이에는 별달리 좋을 것이 없다. 전쟁을 멈추고 나서도 두고두고 화평을 이야기하려면 귀족들끼리의 혼인도 별 영향력이 없을 것이니 아무래도 왕실끼리의 전략적인 혼인밖에 없는 것이다.

그러나 제아무리 아름다워도 꿀이 없는 꽃은 보기만 그럴 듯할 뿐 향기가 없다. 어쩌다 날아든 나비도 이내 날아가버리고 만다. 더없이 예쁜 데다 꿀까지 넘치는 꽃이라면, 날아든 나비는 등을 떠밀어도 떠나지 못한다.

꿀은 향기로운 냄새뿐 아니라 배도 부른 것이어야 한다. 문성공주만으로도 송찬간포는 좋아하겠지만 배를 채울 곡식까지 준다면 토번의 여느 백성들이나 군사들까지 모두 당나라를 고맙게 여기고 문성공주를 하늘처럼 떠받들고 살 것이다.

이도종은 먼저 토번에 심복을 보내 휴전협상을 제안했고, 스스로 송찬간포를 찾아가서는 속셈을 털어놓았다. 이세민의 딸을 주고 해마다 곡식까지 보내주겠다고 하자 송찬간포는 뛸 듯이 좋아했다.

토번 왕과 밀약을 마친 이도종은 신바람이 나서 밤낮을 가리지 않고 말을 달려 장안으로 돌아왔다. 싸움터에 나간 장수가 제멋대로 혼자 돌아온다는 것은 있을 수 없는 일이었으나 갑작스럽게 나타난 이도종의 죄를 따지는 사람은 없었다.

이세민에게서 쫓겨난 이도종은 병을 핑계로 조정에 나가지 않았다. 이세민도 이도종이 무엇 때문에 부랴부랴 달려왔는지 뻔히 알고 있으면서도, 막상 이도종의 입에서 딸을 첩으로 주자는 말이 나오자 체면치레를 하느라고 그저 한 번 호통을 쳐보았을 뿐인데, 이도종이 놀란 자라목처럼 숨어버린 것이다.

이도종이 보름이 넘게 얼씬도 하지 않자 아쉬워진 것은 이세민이었다. 자리에 누워 꼼짝도 못하겠다는 이도종을 여러 말로 달래 불러들였다.

"송주에 들어왔다가 쫓겨간 토번의 무리가 아직도 소란스럽다. 내가 몸소 군사를 이끌고 가려는데 그대의 생각은 어떤가?"

"황상께서 몸소 가신다고 해도 저들이 깊은 산으로 숨어버리면 어떻게 할 수가 없을 것입니다. 햇볕에 나앉은 거지가 날마다 이를 잡는 것은 그때마다 이들이 옷 솔기 속으로 숨어버리기 때문입니다. 아무리 눈 밝은 거지라도 이를 몽땅 잡아내지는 못합니다."

이도종이 거지라는 말을 자꾸 입에 올리는 것이 거슬리기는 했지만 이세민은 못 들은 척 그냥 넘어갔다.

"싸우지 않고 물리칠 수는 없겠느냐?"

"황상께서도 참으로 몰라 묻고 계신다면 저 같은 것이 어찌 감히 어림짐작이나 하겠습니까?"

"어리석은 무리이니 잘 어르고 달래면 되지 않겠느냐?"

"저들은 이미 싸움에 맛을 들였습니다. 달래기도 쉽지는 않을 것입니다."

이세민이 젖먹이도 알아듣게 이리저리 에둘러 말했으나 이도종은 끝내 모르쇠를 놓았다. 이세민이 무엇 때문에 자기를 불렀는지 모르지 않으면서도 끝내 모르는 척 딴소리만 해가며 애를 태우는 것이다. 하는 수 없이 이세민이 먼저 속엣말을 꺼냈다.

"지난번에 그자가 무어라 했다고 하였느냐?"

"죄송하오나 말씀드리지 못하겠습니다. 하도 말 같지 않는 소리라 황상의 귀를 더럽히고 말 것입니다."

"괜찮다. 어질고 똑똑한 사람은 동네 개가 짖는 소리에도 귀를 기울이는 법이다."

"그렇다면 말씀드리지요. 그자는 토번은 하늘이 춥고 땅이 메마른 곳이므로 불쌍한 백성들을 위해 해마다 벼와 조 2만 섬을 보내달라고 했습니다. 또한 황상의 따님 문성공주와 아름다운 인연을 맺고 싶다고 하였습니다."

"그 말을 나한테 옮기고도 살아남을 수 있다고 생각했느냐? 그자가 내 딸을 어찌 안다더냐?"

"죄송합니다. 저들의 속을 몰랐기에 싸움에서도 이기지 못했습니다."

이도종은 목을 잔뜩 움츠리고 겁먹은 모습을 지어 보였다. 눈을 부릅뜨며 엄포를 놓지만 이미 종이호랑이다. 이세민의 체면치레를 위한 마지막 엄포임을 아는 이도종으로서는 적당히 맞장구를 쳐주는 수밖에.

비단갑주를 보고 이세민의 속뜻을 짐작해 싸움을 그만두자고 먼저 손을 내민 것은 이도종이었다. 토번 왕 송찬간포는 이미 네팔 왕 앙수바마의 딸 적존공주와 혼인한 몸이었으며, 세 명의 처가 더 있었다. 굳이 이세민의 딸을 첩으로 달라고 간 큰 소리를 할 까닭이 없었다.

자다가 떡을 얻어먹는 수도 있다더니, 당나라가 먼저 자청해서 싸움을 멈추고 이세민의 딸을 첩으로 주고 해마다 곡식까지 보내준다니 송찬간포는 얼씨구나 하며 손을 내밀 수밖에.

"개 짖는 소리에도 뜻이 있다면 그자의 말 같잖은 소리에도 한 가지 좋은 점이 있을 것입니다. 그까짓 토번은 모두 휩쓸어

손에 넣어도 아무런 이득이 없습니다. 비위가 좀 상하더라도 토번을 잘 구슬리고 다독여야 합니다. 서쪽에 대한 근심이 없을 때 비로소 동쪽으로 나가 고구려와 싸울 수 있기 때문입니다."

"해마다 벼와 조 2만 섬을 보내주는 것은 어렵지 않다. 고구려와 전쟁이 끝날 때까지만 그자의 말대로 해주면 될 게 아니냐?"

고구려 도전에 수십 년씩 걸리지는 않을 것이다. 몇 년 동안만 곡식을 주며 다독거리면 될 것이다. 그러나 이도종은 고개를 외로 꼬았다.

"사람이란 배가 부르고 등이 따뜻하면 다른 생각을 하기 마련입니다. 송찬간포는 곡식만으로 만족하지 않을 것입니다."

"배가 부르면 명예를 생각하기 마련이다. 그자를 토번의 왕으로 봉한다는 조서를 보내면 그자가 감격하지 않겠느냐?"

"이미 당당한 왕으로 행세하고 있는 자입니다. 그다지 반가워하지 않을 것입니다."

"그러면 무엇을 상으로 내리면 되겠느냐? 한번 잘 생각해보아라."

"저는 본디 아둔한 몸입니다. 10년을 궁리한다고 해도 흰머리만 늘어날 뿐 뾰족수를 찾지 못할 것입니다. 모든 것은 황상의 뜻대로 하십시오."

문성공주를 토번 왕에게 주라는 소리는 하지 않았다. 답답한 건 이세민이었다.

"그자가 감히 내 딸을 달라고 하지 않았느냐? 그대는 그 말을 어찌 생각하느냐?"

"개 짖는 소리나 다름없습니다. 듣지 못한 것으로 하십시오."

이도종이 다시 모르쇠를 놓았다. 스스로 비단갑주를 보내 속마음을 털어놓고도 체면치레를 해보겠다고 으름장을 놓던 이세민에게 섭섭했던 응어리가 다 풀리지 않은 것이다. 또한 하도 변덕스러운 이세민인지라 무슨 까탈이 붙을지도 모른다. 이세민이 먼저 전쟁보다도 혼인으로 맺어두면 30년이 조용하고 그 30년을 위해서는 한 사람으로 족하다고 떠벌렸지만 세월 따라 조정 인심도 어떻게 바뀔지 모르지 않는가.

"공주를 보내면 우리가 볼모를 바치는 꼴이 되어 모양새가 우습게 될뿐더러 두고두고 약점까지 잡히게 됩니다. 저들과 혼사를 맺는 것은 좋으나 토번의 공주를 데려오는 것으로 해야 합니다."

내친김에 이도종은 아예 발 빼는 소리까지 했다. 뒤탈이 없게 확실히 못을 박아둘 필요가 있었던 것이다.

"나는 이미 내 딸 문성공주를 그자에게 보내기로 작정했다. 황제인 내가 생각하고 내가 결정했으니 그대에게는 아무런 책임이 없다. 지금부터 내가 묻는 말에 곧이곧대로 대답하기만

하면 된다."

더는 말장난을 하고 싶지 않았던 이세민은 뒷날 일이 잘못되어도 이도종의 죄를 묻지 않겠다는 다짐까지 두었다.

"다만 궁금한 것은 그자의 인품이다. 그자의 됨됨이를 잘 살펴보았느냐?"

더는 꼬리를 감출 필요가 없었다. 이제는 이도종이 이세민의 비위를 맞춰줄 차례였다. 무엇보다 이도종은 고구려 도전을 꿈꿔온 장수, 터놓고 제 생각을 말했다.

"장안에서도 그만한 사람은 찾아보기 어려울 것입니다. 그를 사위로 한다면 공주께서는 뛰어난 영웅을 배필로 얻는 것이며, 황제께서는 마음 놓고 고구려에 갈 수가 있을 것입니다."

"좋다. 공주를 보내는 것은 그대가 잘 알아서 하라. 나는 마음 놓고 고구려와 싸울 준비를 하겠다."

이세민은 그 자리에서 열일곱 살 난 문성공주를 송찬간포에게 보내기로 아퀴를 지었다. 곧바로 준비를 서둘러 설을 쇠자마자 길을 떠나라는 명령까지 내렸다.

"바쁠 것이 없습니다. 봄이 되거든 가는 게 좋겠습니다. 어린 공주께서 먼 길을 여행하기에는 너무 추운 날씨입니다."

"강하왕답지 않게 속 보이는 소리를 하는구나. 따뜻한 수레를 타고 가는 공주가 무엇 때문에 춥겠느냐?"

귀인들이 타는 수레 안에는 화롯불까지 넣어주기 마련이다.

더욱이 이세민의 사랑을 독차지해온 문성공주가 어떤 경우에도 추위로 고생할 일은 없을 것이다. 이세민은 이도종한테 선심까지 썼다.

"토번에 갈 때에는 그대도 수레를 타고 가거라. 강하왕은 이번 길에 황제를 대신해서 공주를 보살펴야 한다. 호위장수가 아니라 나를 대신하는 것이니, 그대가 수레를 타고 간다고 해서 나무랄 사람은 없다."

한 번 결정을 내리면 서슴없이 밀어붙이는 이세민이다. 더욱이 고구려 도전에 몸이 달아 있었다. 이도종은 곧바로 준비에 들어갔다.

2974년(641) 정월, 설을 쇠자마자 함박눈이 퍼붓는 가운데 문성공주의 행렬은 장안을 떠났다. 새로 예부상서에 오른 이도종이 행렬의 책임자였다. 고구려 도전을 위한 볼모였으나, 은밀하게 토번의 정세를 살피고 국정도 장악해야 한다. 이런저런 명목으로 많은 인원이 따라가게 되었으므로 행렬은 거창하기 짝이 없었다. 날이 풀리기를 기다려 당나라의 벼와 조 2만 섬이 차마고도를 따라 수송되었으며, 토번의 도읍 라싸에 화려하기 짝이 없는 대소사를 짓도록 했다. 아름다운 시녀와 악대를 보내 토번 사람들을 즐겁게 하는 것도 당연한 일이었다.

잇따라 퍼부어지는 큰 선물에 송찬간포와 토번 백성들은

크게 감격했다. 다시 한 번 군사를 일으켜 괴롭히지 않기로 약속하고 사신을 보내 고마운 마음을 나타냈다. 문성공주의 혼사로 지루한 전쟁을 끝내버린 이세민의 계책은 참으로 잘 들어맞은 셈이었다.

서쪽에 대한 근심이 없으니 마음 놓고 동쪽으로 나갈 수가 있게 되었다. 위징과 이정, 방현령, 저수량 등 늙은이들은 고구려와 싸워서는 절대로 안 된다고 쌍지팡이를 짚고 나섰으나 이세민은 그런대로 싸움 준비를 할 수 있었다. 이도종, 이세적, 장손무기 등 젊은 장수들이 반드시 싸워 이길 것이라며 앞장섰기 때문이다.

대야주 사람들

김유신은 찰인이 매우 못마땅했다. 형편없이 신분이 낮은 자가 가야파 수장 행세를 하고 나서는 것이 싫어서가 아니었다. 모난 돌이 정 맞고 우뚝 솟은 나무에 먼저 벼락이 때리는 법이다. 가야파가 진골정통이나 대원신통보다 작아지는 것도 원하지 않았지만 너무 커져버린다면 다른 세력들에게 공동의 적으로 인식될 것이다.

가야파가 화랑도 안에서 너무 득세하는 것을 김유신이 걱정하거나 말거나, 사사로운 이익에 눈이 어두운 자들이 자꾸 찰인의 밑으로 모여들고 있으니, 문제였다. 찰인을 제거하고 싶었으나 김유신은 마땅한 구실을 찾지 못했다. 찰인은 다른 사람도 아닌 옥두리의 남편이었으니, 옥두리와 원수가 되지 않으려면 그녀의 눈부터 속여야 했던 것이다.

해를 두고 찰인을 제거할 핑계를 찾고 있던 유신에게 뜻하지 않은 곳에서 구멍수가 생겼다. 대야주에서 사지 검일이란 자가 찾아왔는데, 대야주 도독 김품석의 만행을 막아달라는 것이었다. 품석은 춘추의 사위였으므로 춘추와 인척관계에 있는 유신으로서는 어려운 일이 아니었으나, 그 일을 슬쩍 가야파의 수장인 찰인에게 떠넘기고 역으로 이용해서 찰인의 목을 치기로 한 것이다.

김품석은 잘생긴 데다 활달해서 특히 여자들에게 인기가 좋았으나 힘든 일은 딱 질색이었다. 책을 읽고 문장을 짓는 일에는 능숙했으나 무예는 형편없었다. 어려서 아이들끼리 목검을 가지고 칼싸움을 하다가 머리통을 얻어맞고 기절한 적이 있는데, 그때 너무 놀라서 다시는 칼싸움 놀이도 하지 않았다. 말을 달리는 것도 활 쏘는 것도 시원찮아서 선문(화랑도)에 들어가는 건 일찌감치 포기하고 그저 학문에만 열중했다. 나이가 차면서 여자들의 관심과 사랑을 받기 시작했는데, 그 방면에 남다른 재주가 있어 여러 여자와 친하게 지냈고 춘추공의 딸 고타소와 결혼도 하게 되었다.

세상에서는 미실의 동생 미생을 서라벌 최고의 색남으로 꼽아왔지만 품석의 생각은 달랐다.

"미생은 오직 물건만 좋을 뿐 진정한 색사는 모른다. 그저 신국의 백성을 늘리기 위해 부지런히 새끼를 치는 애국자일 수는 있어도 신국 최고의 색남이라는 것은 가당찮은 소리다. 무릇 인간들의 색사는 생의 즐거움을 얻기 위한 것이다. 새끼를 치기 위해 하는 것은 짐승들이나 하는 것이다. 더구나 사람

은 털가죽을 쓰고 태어나 들에 나가 풀이나 뜯어먹고 사는 들
짐승이 아니다. 농사지어 가꾼 곡식을 먹어야 하고 철따라 옷
을 바꿔입고 불을 피워 음식을 만들고 구들을 덥혀야 살 수
있는데, 무슨 수로 그 많은 비용을 감당한단 말이냐? 자식을
100명이나 두다니, 밑 빠진 독에 물 붓기가 따로 없다. 멧돼지
처럼 힘이 세고 물개처럼 정력은 넘쳤을지 몰라도 미생의 생각
머리는 영 아닌 것이다."

100명 넘게 자식을 둔 미생을 멍청하다고 경멸했지만, 그렇
다고 품석이 아이를 낳지 않으려고 하는 짓은 아무것도 없었
다. 정말 아이가 생기는 것을 바라지 않는다면 밭에 씨를 뿌리
지 않는 수밖에 없겠지만, 그 황홀한 절정의 순간에 찬물을 끼
얹는 그런 무식한 짓거리는 상상도 할 수 없는 일이었다.

"아이? 좋지. 얼마든지 해줄 테니까 낳고 싶은 대로 쑥쑥 낳
아라."

아이가 갖고 싶다는 여자한테는 마지막 한 방울까지도 아
낌없이 내주었고 흘러넘치지 않도록 불편한 자세를 최대한 참
고 견디는 인내심도 발휘했다. 그런데도 품석한테는 아이가 하
나도 없었다.

그럼 속 빈 강정? 천만에! 물론 정식으로 결혼한 고타소한
테서도 끝까지 아이가 없었으니 품석을 '씨앗 없는' 남자라고
생각할 수도 있다. 그러나 고타소도 틈나는 대로, 기회가 생기

는 대로 부지런히 군것질을 즐기는 편이었으니, 고타소가 부실한 음식만 먹어서 영양실조에 걸린 것이라고 단정할 수도 없는 노릇이었다.

할 일이 없어 심심해진 누군가 손가락을 꼽으며 품석의 아이를 세어본다고 해도 발가락까지 모두 동원해도 모자라서 금방 포기하고 말 것이다. 품석이 씨를 뿌린 아들딸이 몇이나 되는지 본인은 물론 그 누구도 다 알지 못할 만큼 많았다. 다만 몇인지 따져보지도 않았으니 아들딸이 얼마나 있는지 없는지도 몰랐다. 한 번이라도 궁금하거나 알고 싶은 마음도 없었고 알 필요는 더욱 없었다. 하나둘이 아니라 수백수천이라도 품석이 부양할 의무가 전혀 없는 자식들이었으니까.

아이가 하나도 없다는 것은 다만 품석이 책임져야 할 아이는 하나도 없었다는 뜻일 뿐이다. 유부녀들을 좋아했던 품석은 처녀들한테는 별 관심이 없었다. 새것을 싫어하고 낡은 것만 좋아하는 특이한 취향이 있어서가 아니라 여자들한테 부담을 느끼는 것이 싫었기 때문이다. 그러나 지아비가 있는 유부녀는 어떤 책임도 질 필요가 없다. 색사가 끝나면 돌아갈 집이 있으니 여자들의 의식주 걱정은 물론이거니와 무엇보다도 자신만 쳐다보지 않는다는 투정에 시달리지 않아도 되는 것이다. 게다가 자식이 생기더라도 책임질 필요가 없으니 그 또한 다행한 일이었다. 여자가 아니면 누구의 자식인지 알 수가 없는 데다, 아무리 둔한 여자라도 스스로 바깥에서 씨를 받아 생긴 아이라고 떠들어댈 바보는 없었다.

임자 있는 물건에만 눈독을 들이는 품석이었으나 늘 당당했고 거리낌이 없었다. 서로 좋아서 색사를 하기 마련이지만, 여자를 강제로 찍어 누르고서도 늘 큰소리 땅땅 쳤다.

"단 한 번도 강제로 여자를 취한 적이 없다. 색사를 치르기 전에 꼭 물어보았다. 싫으면 돌려보내겠노라고."

품석이 거짓말을 하는 것도 아니었다. 다만 한참 진도를 나가다가 여자가 비음을 흘리기 시작한 뒤에야 '싫으면 그만둘까?' 하고 물었을 뿐이다. 한창 열이 오르는 판에, 이미 색사를 해온 마당에, 그것은 그저 색욕을 돋우는 소리였을 뿐이다. 아직 어떤 여자도 하던 색사를 그만두고 벌떡 일어나 뛰쳐나간 일은 없었다.

간혹 임자들이 나서서 떠들어도 당당하기만 했다.

"많은 여자가 아예 집을 나와 내게로 오겠다고 했지만 오히려 내가 말렸다. 싫으면 그대의 안해도 나한테 데리고 와라. 밥을 굶기지도 색에 굶주리게도 하지 않을 터이니."

결혼한 뒤에도 변함없이 남의 여자 품는 재주를 아끼고 사랑했으므로 장인인 춘추공의 미움을 받아 대야주 도독으로 임명받아 서라벌을 떠나게 되었다. 품석은 변방에 나가 정치가로서의 경력을 쌓는 것도 좋다고 여겨 군소리 없이 부임했다.

신라는 이미 화랑 출신들이 판치는 세상이었으므로 화랑 출신이 아닌 품석으로서는 상응할 만한 행정경력이 필요했던 것이다.

그러나 품석은 부임한 지 1년이 넘도록 대야주 백성들의 생활에는 관심이 없었다. 어차피 경력쌓기용이니 세월만 보내면 그만인 것이다. 기왕에 흘려보낼 날들이니 어떻게든 편하고 즐겁게 보내면 그뿐이었다. 그런데 서라벌에서 멀리 떨어진 곳에 어울려 놀 만한 동무가 있는 것도 아니고, 대야주를 다스리는 최고의 관직인 도독한테 새로 사귈 만한 신분을 가진 사람이 있는 것도 아니었다. 다만 그것은 같은 사내들끼리의 신분 제약이었지, 남녀 사이는 다르다. 자고로 남자는 권력이 있는 남자가, 여자는 예쁜 얼굴에 착착 감기는 몸매를 가진 여자가 최고의 등급을 받기 마련이다. 품석에게는 그 지방 최고의 권력이 있었으니 얼마든지 여자를 고를 수 있었고, 서라벌에서도 날리던 훤칠한 용모와 방중술까지 겸비했으니 여자들도 자지러지게 좋아하기 마련이었다.

그러나 대야주 도독 품석은 아주 중요한 일을 염두에 두지 않았다. 서라벌의 귀족이나 화랑들이 그랬던 것처럼, 대야주에서도 남의 여자 특히 부하들의 여자는 마음대로 가져도 되는 것으로 잘못 생각했던 것이다.

아름답고 향기가 좋은 꽃에는 벌 나비가 꼬인다. 용모가 아름다운 여자가 꽃이라면 권력 있는 남자는 향기로운 꽃이다. 품석은 부하들의 안해와 색사를 나누고 나면 잊지 않고 부하들에게 작은 선물이나 며칠씩 특별휴가를 주는 것으로 선심을 썼다.

그런데 대야주에서는 남의 안해를 눈에 띄는 대로 불러다 색사를 즐기는 품석을 이해해줄 사람이 없었다. 물자가 넘쳐흐르는 서라벌에서는 수많은 사랑이 꽃피고 숱한 연인이 서로 얽히기도 하겠으나 변방구석인 대야주는 달랐다. 일반 백성들은 먹고살기 바빠서 제 여자 제 남자 하나도 제대로 챙겨주기 어려운 터에 남의 여자나 남의 남자를 넘보거나 챙겨줄 겨를이 없었던 것이다.

14관등 길사인 검일은 대야주 도독 김품석한테 안해를 빼앗겼다고 생각하는 사람 가운데 하나였다. 아니, 검일의 안해 홍매가 품석이 자주 불러들이는 유부녀 중 하나가 되었으니 안해를 완전히 빼앗겼다고 생각하는 몇 중 하나라는 게 옳았다.

검일의 안해는 매우 뛰어난 미인이었으므로 품석에게 불려가는 일이 많았다. 품석과 색사를 하는 횟수가 늘어가면서 안해의 방중술도 늘어갔다. 특히 절정에 올라 숨이 넘어갈 듯 자지러지는 일도 잦아졌다.

안해가 여자의 즐거움을 알아간다는 것은 나쁜 것이 아니었다. 안해와 더불어 함께 즐거운 일이고 색사의 진미를 알게 된 안해를 축복해야 했다. 그러나 그것이 자연스럽게 된 것도 아니고 검일 자신의 방중술이 늘어서도 아니라는 것이 문제였다. 그렇다고 안해를 나무랄 수도 없는 일이었다. 자신이 품석과 대등한 지위에 있었더라면 안해를 상납할 이유도 없었을 것이다. 안해를 탓해봐야 스스로 '힘이 없어 안해를 빼앗긴 못난 사내'임을 광고하는 꼴이다.

안해의 교성을 듣는 것도 괴로운 일이 되었고, 안해와 색사를 하는 것도 차츰 부담이 되었다. 그런 속도 모르고 안해는 정력에 좋은 자라를 구해오고 개를 잡아 장복시켰다. 입에 물려 싫다고 하면 안해는 금방 다른 정력제를 찾아왔다. 억지로 정력에 좋다는 보약을 먹어야 하는 괴로움을 겪어보지 않은 사람은 모를 것이다.

알고 보니 검일뿐이 아니었다. 예쁜 안해를 얻었다고 부러움을 샀던 모척도 억지로 먹어야 하는 정력제 때문에 곤욕을 치르고 있다는 것이다.

개의 씨가 마르겠다! 자라도 구경하기 어렵게 되겠다! 제발 바퀴벌레가 정력에 좋다는 소문은 내지 마라! 사람들이 농담삼아 지껄이는 말도 비아냥거리는 소리로 들렸다. 귀에 몹시 거슬렸으나 뭐라고 나무랄 수도, 입막음할 수도 없었다. 똥덩어리 두들겨보아야 구린내만 요란할 뿐이니까. 그저 못 본 척, 못 들은 척 눈과 귀를 막고 지나쳐야 했다.

예쁜 안해를 둔 대야주 사내들은 갈수록 품석을 원망하기 시작했다. 그러나 힘없고 못난 사내들은 입이 있어도 말을 할 수가 없었다. 그저 가슴속에만 차곡차곡 쌓아둘 뿐. 품석에게 안해를 상납한 밤에는 혼자서 고상고상 밤잠을 설쳐야 했고, 성주와 색사를 즐기고 온 안해가 새로운 방중술을 가르쳐주는 것도 기분 좋을 까닭이 없었다.

검일은 몇몇 사람과 머리를 맞댄 끝에 아무래도 김유신을 찾아가 부탁을 해보기로 했다. 가야의 왕족 출신인 김유신은 서라벌에서도 잘나가는 사람이었고 김춘추와는 처남 매부 관계였다. 누구보다 대야주 백성들의 고통을 알아줄 것이고, 김춘추에게 부탁하기도 쉬운 위치에 있었다. 고타소는 김춘추의 큰딸이고 품석은 김춘추의 사위이니 김유신이 나서기만 한다면 대야주 도독의 횡포도 얼마든지 깨끗하게 정리될 수 있을 것이었다.

검일은 여러 사람의 성원에 힘입어 서라벌에 가서 김유신을 만났으나, 유신은 귀담아들으려고도 하지 않았다.

"신국에는 신국의 도가 있다. 살아남고 싶다면 신국의 도에 순응하라. 참고 살아남는 자만이 밝은 내일을 볼 수 있을 것이다."

김유신은 '밝은 내일'이라고 했지만 검일에게는 너무 막연한 이야기였다. 김춘추에게 말해서 품석의 난행을 막아달라고 계속 사정하자 김유신의 입에서는 엉뚱한 질문이 쏟아졌다.

"세금을 무리하게 거둬들이고 있나?"

"아닙니다."

"폭행을 하거나 가혹하게 일을 시키나?"

"그런 적은 없습니다."

"백성들의 소송을 대충 처리하거나 옳지 않은 판결을 내리는가?"

"판결에 억울하다는 사람은 없습니다."

"뇌물을 받은 적이 있는가?"

"그런 소문은 없었습니다."

"그렇다면 대야주 도독으로서 잘못이 하나도 없는데 무엇을 어쩌란 말인가?"

"대야주의 행정을 가지고 탓하는 것이 아닙니다. 유부녀들을 끌어들여 색공받는 것을 막아달라는 것입니다."

"그러면 군졸을 시켜 유부녀들을 잡아들이는가?"

"물론 그렇지는 않습니다. 하지만 그렇게 하는 것이나 마찬가지입니다."

"마찬가지? 마찬가지라니, 뭐가 말인가?"

"말씀으로는 할 이야기가 있으니 오라는 것이지만 따로 할 말이 있어서가 아니라 결국 색공을 바치라는 것입니다."

"색공을 바치지 않으면 될 것 아닌가?"

"도독의 침실에까지 가서 색공을 바치지 않을 도리가 없습니다."

"다시 묻겠다. 대야주 도독이 군졸을 시켜 유부녀들을 잡아들이는가?"

"그렇지는 않지만 그렇게 하는 것이나 마찬가지입니다. 군졸을 시켜 끌고 가는 것이나 다를 바가 없습니다."

"애매한 소리는 하지 마라!"

쨍하고 높아진 김유신의 목소리에서 물씬 짜증이 풍겨났다. 쓸데없는 말장난에 낭비하는 시간이 아까운 듯.

"기면 기고 아니면 아닌 것이다. 그대는 실컷 '아니다, 아니다'라고 대답해놓고 뒤늦게 '사실은 그렇다'라고 억지를 쓰는 것인가? 그렇다면 나한테 오기 전에 먼저 도독에게 가서 '제 안해를 불러 색사를 하지 마십시오' 하고 사정이라도 해보는 것이 옳은 순서가 아닌가?"

"물론 몇 번이나 찾아가서 말씀드렸습니다. 그러나 매양 '단 한 번도 강제로 여자를 취한 적이 없다. 색사를 치르기 전에 꼭 물어보았다. 싫다면 돌려보내겠노라'고만 하십니다."

"그러면 그대의 안해는? 도독한테 색공을 바치기 싫다고 하면 될 것 아닌가?"

"미천한 백성들이 시키는 대로 따라야지, 어찌 도독님한테 감히 싫다는 소리를 할 수가 있겠습니까? 그랬다가 대신 저한테 불이익을 줄지도 모른다는 어리석은 소견에 그냥 참고 마는 것입니다."

"한 사람이라도 도독한테 색사를 거절했다가 불이익을 받은 사람이 있었나?"

"불이익을 당한 사람은 없지만, 감히 거절한 사람이 없어서일 것입니다."

"자꾸 애매한 추측을 하지 마라. 있으면 있고 없으면 없는 것이다. 내가 잘은 몰라도 조금은 품석을 아는데 여자한테 거절당한 것 가지고 분풀이를 할 만큼 못난 사내는 아니다. 시험 삼아 그대의 안해가 색공을 거절해보면 되지 않겠는가? 만일 그 때문에 조금이라도 불이익을 받는다면 내가 책임지고 나서서 그대의 일을 해결해주겠다."

김유신의 말은 옳았다. 그러나 아무리 생각해보아도 홍매가 그런 제안을 들어줄 것 같지가 않았다. 검일 자신의 안해지만 홍매는 이미 품석에게 마음을 빼앗긴 여자가 아닌가?

잠시 생각에 잠겼던 검일은 유신을 만나는 것도 쉬운 일은 아니니 어떻게든 매듭을 짓기로 작정했다.

"대가야의 왕손께서도 나서주지 않는다면, 가야인들은 밟혀죽거나 싸우다 죽거나 모두 죽을 수밖에 없을 것입니다."

해결되지 않으면 반란이라도 일으키겠다는 위험천만한 소리였다. 검일로서도 감히 상상하지도 못했던 소리에 김유신도 얼굴이 붉어지며 거친 숨소리를 뿜어냈다.

"더 이상 가야는 없다. 오직 하나의 신라만 있을 뿐이다. 오해는 얼마든지 있을 수 있다. 그러나 역사가 증명할 것이다. 만에 하나 내가 가야의 후손으로 부끄럽게 살았다면 그대뿐 아니라 그대의 자손들도 모두 내 무덤에다 침을 뱉을 것이다."

'내 무덤에다 침을 뱉으라'는 말은 절대 들어주지 않겠다는 소리였다.

철석같이 믿었던 김유신한테 차갑게 거절당하고 코를 빠뜨린 채 힘없이 걸어가는 검일을 불러세우는 자가 있었다. 되돌아본 검일은 자기도 모르게 허리를 굽혔다. 나이로야 제 또래밖에 안 되었지만 청색 옷을 입고 있었기 때문이다. 청색 옷은 10위 대내마나 11위 내마가 입는 옷이니, 죽을 때까지 황색 옷을 입을 수밖에 없는 4두품의 자신과는 처지가 다르다. 아직 새파랗게 젊은 나이에 청색 옷이라면 6두품이 아니라 진골 정도의 골품을 가지고 있을지도 모른다.

"그대는 가야인이 아닌가?"

"그렇습니다만, 어인 일이신지?"

"상선의 집에서 풀 죽어 나오는 자들이 가야인 말고 또 있는가?"

뭔가 가시가 돋친 소리, 유신을 상선이라고 부르는 것으로 보아 화랑인가도 했으나 우선 복장이 전혀 아니다. 어쨌거나.

"무슨 일인지 말해주겠나? 내가 도와줄 수 있을지도 모르니."

"별일 아니오. 실례지만 갈 길이 바빠서 이만."

검일은 허리를 굽혀 예를 갖추고 정말 바쁜 일이라도 있는 것처럼 걸음을 재촉했다. 낯모르는 자에게 속을 보였다가 무슨 험한 꼴을 당할지도 모른다. 그러나 낯선 사내가 뒤따르며 던지는 소리에 절로 발걸음이 멎고 말았다.

"그대가 가야인이라면 찰인공을 찾아가보게. 가야파의 우두머리인 대노두 찰인공을 찾지 않고 남의 다리를 긁는 것 같아 딱해서 일러주는 것일세."

비록 만나본 적은 없지만 화랑도에서 위세를 부린다는 대노두 찰인의 명성은 검일도 들어 알고 있었다.

"그 대노두님의 집은 어디입니까?"

"따라오게. 나도 그쪽으로 가던 길이니."

남천을 건넌 뒤에도 검일은 한참 동안 졸래졸래 낯선 사내의 뒤를 따라갔다. 나정이 가까웠을 때였다. 갈림길에서 사내가 멈춰서더니 손을 들어 오른쪽 길을 가리켰다.

"저쪽으로 세 바탕쯤 가면 큰 은행나무가 있는 사거리가 나올 것인데, 거기서 물어보면 동네 강아지도 대노두의 집을 가르쳐줄 것일세."

검일이 고맙다고 사례를 하자 사내가 말했다.

"대노두가 도와주겠다고 하면 내일 낮에 여기 주막으로 오게. 대노두가 뭐라고 대답하는지 내가 들어보고 그대에게 해야 할 일을 가르쳐주겠네. 대노두 찰인공한테 부탁하는 사람이 많아서 들어준다고 약속한 일도 가끔 까먹는 일이 잦거든."

알 수 없는 말을 덧붙이고 사내는 주막으로 들어갔다.

그날 밤 만난 찰인은 검일의 말을 그대로 들어주었다.

"그대가 여기까지 온 것은 이 찰인을 믿었던 것, 나는 나를 믿는 사람을 절대 실망시키지 않는다. 때를 보아 잘 처리할 것이니 걱정 말고 돌아가라."

대노두 찰인한테서 알았으니 걱정 말고 가보라는 대답을 들었으나 검일은 이튿날 낮 주막으로 갔다. 전날 만났던 청색 옷 입은 사내의 말이 자꾸 신경 쓰였기 때문이다. 어느 틈에 사내를 믿는 마음까지 생겨 찰인에게 했던 대야주 도독 품석에 관한 이야기를 들려주었다.

"음, 그런 부탁이라면 아마 반반일 것이네."

"예?"

"생각해보게. 대야주 도독 품석이 누군가. 이찬 춘추공의 사위 아닌가. 그대의 말만 믿고 함부로 나섰다가 증거를 대라면 어쩌겠나?"

"그러면 어찌해야 할지?"

"그대가 찰인공에게 말씀드린 그대로. 그러니까 대야주 도독의 품행을 하나도 보태거나 빼지 말고 있는 사실 그대로 적어서 올리되, 자네와 뜻을 같이하는 사람들의 이름을 함께 적고 수결을 받아서 가져다드려야 할 것일세. 대야주 사람들이 만든 탄원서가 있어야만 조정에서도 찰인공의 말을 사실로 믿고 대야주 도독을 바꾸든지 할 것이 아닌가?"

"지극히 옳은 말씀, 거기까지는 미처 생각하지 못했습니다. 고맙습니다."

순진한 검일은 사내의 정체를 의심할 겨를이 없었다. 그저 매우 귀한 가르침을 받은 것으로 여기고 부지런히 대야주로 돌아가 탄원서를 만들기 시작했다.

김유신은 벗골 출신으로 구성한 비밀스러운 정보 수집 조직인 음양도에게 검일이 대야주를 돌며 탄원서에 수결을 받고 있다는 보고를 받고는 24세 풍월주 천광을 불렀다.

"풍월주는 가야파의 득세를 어찌 생각하는가?"

"……?"

"시키는 대로 따르던 부제와 혼자 결정해서 밀고 나가야 하는 풍월주의 처지는 크게 다른 것, 곳곳에 포진하고 기득권을 주장하는 가야파의 눈치를 보는 것도 쉽지 않을 것이다. 가야파를 어찌하려는가?"

거듭된 질문에도 천광은 쉽게 대꾸하지 못했다. 대가야의 왕손 김유신은 가야파의 절대적인 신임을 받고 있으며 막대한 영향력을 지니고 있는 사람이다. 낭정을 좌지우지하는 가야파에 불만은 많았지만 풍월주라고 해서 마음대로 갈아치울 수도 없는 형편이다. 무슨 일이 있기에 김유신이 몸소 풍월주를 불러 가야파가 득세하는 낭정의 일을 묻는 것인가? 설마 상선의 자격으로 가야파를 더 중용하라는 것은 아닐 터이고, 말투 또한 가야파를 크게 못마땅하게 여기고 있는 것이 분명했다. 그러나 김유신의 속내를 정확히 모르면서 함부로 제 속마음을 드러낼 수도 없는 노릇이었다.

"풍월주에 오른 지 이제 겨우 한 달입니다. 상선께서는 어찌 생각하십니까?"

"그대의 생각과 다를 바가 없다. 그대의 외숙부 되는 염장공 이후 너무 많은 낭두가 가야파로 채워져 있어 풍월주조차 낭정을 보기가 어려울 것이다."

"하오면?"

"그대가 답해야 할 것이다. 그대는 화랑도를 책임진 풍월주로서 외숙부가 더 중요한가, 낭정이 더 중요한가?"

"당연히, 낭정입니다!"

"그래, 역시 내가 사람을 잘못 보지 않았어! 이번 풍월주는 그릇이 큰 인물, 신국의 든든한 기둥이 될 것이야!"

당사자를 앞에 두고 고개까지 크게 주억거리며 감탄하듯 혼잣소리를 흘리던 유신의 말투가 갑작스럽게 따뜻하고 은근하게 변했다.

"그렇다면 어찌해야 할 것인지 심사숙고해서 잘 처리하시게. 풍월주의 올바른 결정이라면 이 유신도 힘껏 도와줄 것이네. 그리고 찰인을 잘 감시하게. 대야주의 가야인들과 무언가 일을 꾸미고 있으니 반드시 증거를 잡아오게."

풍월주 천광은 상선 유신으로부터 가야파를 제거하고 낭정을 정리하라는 말을 듣고 나왔지만, 어디서부터 어떻게 손을 써야 할지 도무지 각단을 잡을 수가 없었다. 무엇보다 가야파의 우두머리인 찰인은 옥두리의 남편이다. 옥두리는 타고난 절색에다 색사의 달인으로, 역대 상선들에게 색공을 바치며 남편 찰인을 가야파의 수장으로 만들었고, 자식들도 화랑도의 낭정을 좌지우지하게 만들었다. 특히 김유신과는 떼려야 뗄 수 없는 사이, 환갑이 머지않은 지금도 색공을 바치는 것인지 유신과도 자주 만나고 있지 않은가! 혹, 유신이 늙은 옥두리에게 신물이 나서 그러는가?

이유가 무엇이든 유신은 가야파 제거를 원하고 있으며 힘껏 도와준다고 했지만 풍월주 천광으로서도 갑작스럽게 찰인과 그의 무리를 제거할 명분이 없었다. 대야주의 가야인들과 무슨 일을 꾸미고 있으니 반드시 증거를 잡아오라던 김유신의 말에 기대를 걸 수밖에 없게 되었다.

보름쯤 지났을 때였다. 찰인을 몰래 감시하던 낭도들이 겸

일이란 사내를 붙잡아왔다.

"대야성에 사는 사지 검일입니다. 대노두 찰인공을 뵈러 왔을 뿐입니다."

"대노두를 만나러? 무슨 일로 만나러 왔는가?"

"직접 뵙고 말씀드리겠습니다."

"나는 화랑도의 풍월주다. 그대는 감히 대노두 따위가 풍월주 위에 있다고 말하는 것인가?"

"아닙니다. 그럴 리가 있겠습니까?"

"그렇다면 말하라. 부당한 청이 아니라면 내가 책임지고 그대의 청을 들어줄 것이다."

대노두가 아무리 권력이 많아도 풍월주는 물론 화랑들과도 비교할 수 없이 낮은 하찮은 신분일 뿐이다. 사실대로 말하지 않았다가는 풍월주를 무시하는 꼴이 되어 본의 아니게 대노두 찰인에게까지 불리한 결과를 초래할 수밖에 없는 일이다. 검일은 찰인을 다시 찾아오게 된 자초지종을 낱낱이 이야기하고 풍월주께서도 도와달라고 간청했다.

"나도 대야주 도독 품석을 잘 안다."

풍월주 천광도 김유신과 똑같은 소리를 하며 검일의 말을 무시하려고 했다. 도독 품석이 남의 안해나 빼앗는 자가 결코 아니라는 것이다.

"정말입니다. 우리 대야주에서 도독에 대한 원성이 너무 높습니다. 이것을 보십시오."

검일은 찰인에게 건네주려고 만들어두었던 서찰을 자진해서 꺼내 보였다. 천광은 처음에는 문제 삼지 않으려고 했으나 막상 검일의 품에서 나온 탄원서와 거기 수결된 이름들을 보니 도저히 그냥 지나칠 일이 아니었다.

찰인이 가야파의 우두머리라고 거들먹거리는 정도가 아니라 직접 가야 사람들의 대소사까지 모두 챙기고 있다는 방증이다. 특히 몇몇 불만세력을 규합해 멀쩡한 도독까지 갈아치우려 하는 것은 묵과할 수 없는 일이었다.

천광은 지금까지 찰인이 가야파의 우두머리라고 으스대면서 많은 사람을 박아두고 낭정을 제 마음대로 좌우하는 것에 대해서만 불만이 가득했지, 이렇듯 가야의 백성과 은밀하게 연결되어 있는 줄은 몰랐다. 그럴 리는 없겠지만 간덩이가 부은 자들의 행태가 반란으로까지 이어지지 않는다고 장담할 수도 없는 노릇이었다.

천광은 검일이 건네준 탄원서를 가지고 유신을 찾아갔다.

"이렇게 분명한데 더 이상 무엇을 기다리겠는가? 당장 가야파를 제거하라. 꼬리가 아닌 머리부터 잘라야 할 것이다."

"하오나 상선께서는 누구나 다 아는 가야파의 지주이십니다. 비난이 몰리지 않겠습니까?"

"나는 하늘을 두려워할 뿐 세상 사람들의 가벼운 입은 걱정하지 않는다. 후세의 역사가 판단할 것이다."

유신은 이미 모든 계획을 마련해두고 있었다. 자신이 옥두리의 지아비 찰인을 위해 만들었던 낭문의 제도를 이용해 찰인을 자르는 것이다.

"또다시 대노두 찰인 같은 자가 나와서는 아니 된다. 오래고인 물은 반드시 썩는 법, 후진양성과 인사의 숨통을 틔우기 위해서라도 직급별 연령을 제한하라. 대노두(大老頭)는 60세, 대도두(大都頭)는 55세, 도두(都頭)는 50세, 대두(大頭)와 상두(上頭)는 45세, 낭두(郎頭)와 대낭두(大郎頭)는 40세까지로 한정한다. 분발해서 제때제때 승급하지 못하고 우물쭈물 허송세월이나 하는 자들은 나이가 차면 저절로 물러나게 하라."

유신이 지시한 연령제한은 매우 구체적이었다. 천광의 생각에도 계급에 따른 연령제한이야말로 침체된 화랑도 조직에 생기를 불어넣는 최선의 처방이요, 두고두고 장려해야 할 최고의 정책이었다.

열심히 일하고 특별한 공을 세우는 자를 적절하게 포상하지 않으면 애써서 공을 세우려고 나서는 자가 없게 된다. 적절한 판단과 책임을 다하지 못해 손해를 끼친 자를 벌하지 않거나 게으르고 무능한 자를 모른 척 내버려두면 모두 슬슬 눈치나 보며 자리만 지키려고 하게 된다. 어떤 조직이고 상벌이 공정하고 분명해야 다투어 공을 세우게 되는 법이다. 당근과 채

찍으로 말을 달리게 하듯이 조직의 악성종기는 제거하고 생기를 불어넣는 것이다.

김유신이 풍월주 천광에게 지시한 직급별 연령제한은 단순히 적체된 인사의 숨통을 틔우는 정도가 아니라 게으르고 능력이 없는 자를 물러나게 하고 유능하고 부지런한 자를 적시에 뽑아올리는 최고의 상벌정책인 것이다.

극성을 부리는 가야파의 파벌 제거는 명분에 맞았으며, 더욱이 가야파의 절대적 신임과 영향력을 가지고 있는 대가야의 왕손 김유신의 명령이다. 천광은 과감하게 화랑도의 조직을 개편했고, 연령제한에 걸린 대노두 찰인은 자연스럽게 제거되었다.

유신으로서도 검일과 대야주 사람들의 일이 목에 걸리지 않는 것은 아니었다. 그러나 답답하고 속 터지는 것은 어차피 처음부터 짓밟히며 살아야 할 운명으로 태어난 백성들의 몫이지 자신처럼 권세를 휘두르는 위정자들이 신경 쓸 일은 결코 아니었다.

어린심이

바람이 분다. 봄기운이 실린 제법 따뜻한 바람이다. 삐그덕, 삐그덕. 늙은 소나무들이 서로 가지를 비비며 흔들리는 소리를 들으면서 계백은 토굴 뒤 바위에 앉아 있었다. 지난겨울 동안 바위는 자라기를 멈추고 오히려 자꾸 줄어들어 본디 모습으로 돌아갔다.

"잘라낸 듯한 모습이 바위의 본디 모습이었을 것이네. 아니라 하더라도 바위의 키를 키울 사람은 내가 아닐 것이야."

해원의 쓸쓸한 모습을 보고 계백은 차마 무어라 물어볼 수도 없었다.

"돌을 내려놓기는 더욱 어렵네. 함께 어울려 살아달라고 빌고 있지만 쉬운 일은 아니야."

해원은 날이 밝기도 전에 바위로 올라가 돌을 한 짐씩 지고 등성이를 넘고 골짜기를 누비고서야 늦은 아침을 들고 산을 내려갔었다. 계백은 해원이 며칠 전부터 바위에 오르지 않는 것을 보고 바위의 돌이 다 치워진 줄 알고 오늘 바위에 오른 것이다. 말끔히 치워진 바위에 앉아서, 계백은 처음 이곳에 왔을 때처럼 한가하게 햇볕을 쬐고 앉아 있는 것이다.

새해 들어 해원은 몰라보게 달라졌다. 바위에 쌓던 돌을 치우는 정도가 아니었다. 무어라 꼬집어 말할 수는 없었지만, 해원은 '한소식 한' 것처럼 보였다. 봄 나무가 쑥쑥 자라듯 한두 마디는 크게 자란 것이다.

굶주리면서도 시주를 하는 사람들을 보고 깨달음을 얻었을 것이다. 그러나 도리어 어두운 그늘이 느껴지는 것은 또 무엇 때문인가? 계백은 그것을 알 수가 없었다. 몹시 궁금했으나 물어볼 수도 없는 노릇이었다.

모레쯤부터는 밭을 일구고 씨앗을 넣어야 할 것이다. 그러나 씨앗을 다 넣으면 두 사람은 산을 내려간다. 아무도 살지 않을 것이지만 밭에 씨앗을 넣지 않고 묵힐 수는 없는 일이다. 어쩌면 누군가 인연 닿는 사람이 와서 곡식을 기르게 될 것이다. 떠나기에 앞서서 논바닥도 갈아엎고 다시 물을 가득 실어 놓아야 한다.

"밭을 일구는 여름지기보다는 길을 떠도는 중이 될 것일세. 아우가 다시 투구를 쓰고 싸움에 나서듯이."

스님이 한곳에 머물지 않고 구름처럼 떠도는 것은 흔한 일이다. 다만 해원 스님에게 드리워진 어두운 그림자가 무엇인가 궁금할 뿐이었다.

무언가 길을 나서지 않으면 안 될 화두가 있을 것이다! 생각은 언제나처럼 제자리로 돌아왔다. 문득 계백이 바위에서 날아내렸다.

스님이다! 혹시 꿈이 아닌가? 어느새 무법 스님이 바위로 다가오고 있는 것이다.

"스님!"

"돌중이 되었다더니, 정말 그렇구나."

무법 스님이 껄껄 웃었다. 무엇이 그리 좋은지 싱글벙글이지만 스님의 깎은 머리에도 이미 서리가 내리고 있었다.

"사비에 갔다가 네가 이곳에 왔다는 것을 알았다. 아랫마을에서는 네가 해원 스님과 함께 돌중이 되었다고 걱정이더라만, 정말 그러하냐?"

"그럴 리가 있습니까? 마을 사람들이 저를 흰 눈으로 보더니만 마음대로 생각한 모양입니다."

"그래? 나는 정말인 줄 알고 신바람이 나서 산을 올라왔더니만……."

"그보다도 여기까지 찾아오셨으니, 무슨 일이라도 있는 것입니까?"

"너를 보고 싶은 것보다 더 큰 일이 있겠느냐? 나도 어리석은 늙은이처럼 헛나이를 먹고 있는 모양이다. 나와 함께 서석산에 가자. 그곳에 큰 가람을 세웠는데 너에게 보여주고 싶더구나."

"스님께서 가람을 다 세우셨습니까?"

"가람을 세운 스님은 따로 있지만 일주문에다 서석사라는 명판은 내가 걸었으니 내가 가람을 세운 것이나 다름없지 않겠느냐?"

오랜만에 스님은 장난꾸러기같이 흐흐흐 웃었다. 계백을 목말 태우고 다닐 적에 자주 지어 보이던 웃음이다.

세 해 전 만덕산을 내려간 무법 스님은 서석산으로 갔다. 그곳에서는 지일 스님이 방 하나 부엌 하나짜리 작은 토굴을 묻고 수행하고 있는데, 갑자기 뭐가 잡아끌기라도 하듯 지일 스님이 보고 싶었던 것이다.

지일 스님은 흰머리와 주름살로 나이가 많음을 짐작할 뿐 법명도 모른다. 좀처럼 말이 없는 분이어서 처음에는 입을 열지 않고 수행하는 무언(無言) 스님인 줄 알았다. 어쩌다 사람들이 찾아와 불법을 물어도 곁에 있는 무법 스님을 가리킬 뿐이었다.

스님이 수행하는 데 방해가 되는 것 같아 떠나려고 했더니 처음으로 입이 열렸다.

"조금 더 머물러주시오. 스님이 계시니 참 좋소이다."

무법 스님은 그대로 주저앉아 한 철을 났고, 뒤에도 더러 찾아가 한참씩 머물렀다. 법명을 물어도 모른다 했으므로 무법 스님은 그 스님을 '지일' 스님이라 부르게 되었다. 가끔 어쩌다 입을 열면 '다른 것은 모르겠으나 그 하나만은 내가 알고 있소'라고 하기에 우스갯소리로 지일 스님이라 불렀더니 스님도 웃으며 좋다고 했던 것이다.

"잘 오시었소. 스님이 오실 것을 알고 있었소."

"그 하나만 알고 계시었습니까?"

"다른 것은 모르겠으나 그 하나만은 내가 알고 있소. 무법 스님은 앞으로도 이 토굴을 떠나지 않을 것이오."

"무엇 때문입니까?"

"다른 것은 모른다 하지 않았소?"

버릇처럼 빙긋이 웃던 지일 스님이 전에 없던 소리를 했다.

"부탁이 하나 있는데, 꼭 들어주셔야겠소. 내일 날이 밝으면 뒷산으로 올라가보시오."

"산에 뭐가 있습니까?"

"가보면 알 거요. 시방삼세 인연이 아닌 것 하나도 없으니 이 또한 인연이 아니겠소? 거침없이 활달한 무법 스님을 만났으니 한 번 더 분에 넘치는 호강을 해보려고 이렇게 부탁드리는 것이오."

새삼스레 지일 스님이 합장하며 머리를 숙였다.

그날 밤 무법 스님은 선정에 든 지일 스님 곁에서 열반경을 외웠다.

이튿날 날이 밝자 무법 스님은 가래와 괭이를 챙겨들고 토굴 뒤로 난 길을 올라갔다. 토굴 뒤에도 지일 스님이 가꾸는 다락밭이 몇 개 있었는데, 문득 날이 밝으면 뒷산으로 올라가보라는 말씀이 생각났던 것이다. 아닌 게 아니라 겨울에도 햇볕이 잘 드는 아늑한 곳이라 스님의 무덤으로 좋을 것 같았다.

웬 나뭇벼눌인가? 맨 앞에 있는 너른 밭뙈기에 커다란 나뭇더미가 쌓여 있는 것을 본 무법 스님의 고개가 갸웃 돌아갔다. 지일 스님은 말라죽은 나무를 만나면 토굴 마당으로 끌고와서 톱질로 알맞게 자르고 다시 도끼질을 했다. 처마 밑으로 토굴을 둘러가며 장작더미를 쌓아놓으면 눈비를 가리고 겨울 찬바람을 막는 데도 좋았던 것이다.

나뭇벼눌은 볼수록 이상했다. 나뭇단 위에 섶을 엇비슷하게 쌓아 빗물이 흘러내리게 해야 하는데 그저 편편하게 쌓았고 장작더미 사이에 섶과 잔가지로 한 켜를 넣어둔 것이다. 위쪽에는 도끼질을 해서 쪼갠 나무였지만 아래쪽에는 굵은 통나무를 그대로 쌓아놓았다.

스님께서는 스스로를 불사르려는 게 아닌가? 어째서 나뭇벼눌을 이처럼 쌓았을까 곰곰이 생각하던 무법 스님은 다비에 생각이 미치자 소스라치게 놀랐다.

그렇다! 지일 스님은 저처럼 많은 나무를 베어다 쌓아서 가는 길을 몸소 마련해두었던 것이다! 석가모니부처님께서도 다비를 하셨고, 인도에서는 스님네들을 다비하는 게 보통이라고 하지만, 아직 이 땅에서는 다비를 하는 스님을 보기 어려웠다. 은사님도 여느 스님들처럼 산에 모셨고, 두 분 사형도 머물던 산에 묻었다. 달마대사와 혜가는 물론 뒤이어 법통을 받은 스님들도 모두 땅에 묻었지 화장을 했다는 말은 없었다.

다비다! 장작더미에서 뜨거운 불길이 치솟아 오르고 누리가 온통 열화지옥이다! 뜨거운 열기와 살이 타는 냄새에 숨이 턱턱 막히고 뼈가 뒤틀리는 고통에 온몸이 갈기갈기 찢겨나간다. 벌떡 일어나 달아나려고 해도 불붙은 장작들이 대나무뿌리처럼 온몸을 얽어매 꼼짝도 할 수가 없다. 제발 그만들 두라고 악을 써보아도 윙윙 바람이 몰아오는 소리, 뜨거운 뼈가 튀는 소리에 눌려 제 귀에도 들리지 않는다.

영겁의 고통인가? 무법 스님은 땀을 뻘뻘 흘리며 스스로를 불사르고 있었다.

육신을 벗어야 하나니! 무거운 몸뚱이를 버려야 비로소 바람처럼 가벼운 넋이 되나니! 하지만 무쇠도 녹아내리는 지옥불 속에서도 타지 않는 것은 무엇인가? 무슨 번뇌가 바위처럼 꼼짝도 않고 고통만 더하는가? 그러나 어찌 뜨거움뿐이랴! 부모에게 몸을 받아 태어났지만 몸의 근본은 흙에서 왔고 숨은 하늘이 불어넣은 것이다. 멈춘 들숨날숨은 바람으로 흩어지고 식은 몸은 땅에 묻혀 흙으로 돌아가는 것이 옳지 않은가. 굳이 몸뚱이마저 흙으로 돌아가지 못하고 바람으로 흩어지는 것은 무엇인가. 아아, 욕심이다! 열화지옥 불길 속에서도 타지 않고 남는 것은 욕심덩어리였다! 한뉘를 먹물옷을 입은 중으로 살아놓고서 어찌 식은 흙덩이 한 줌을 아쉬워하랴!

돌장승처럼 서 있던 무법 스님의 두 볼 위로 주르륵 눈물이 흘렀다. 순간 차가운 물줄기가 쏟아지는가 싶더니 거대한 폭포수가 되었고 온몸을, 온 세상을 태우던 열화지옥이 눈 깜짝할 사이에 거짓말처럼 사라져버렸다.

날 듯이 토굴로 내려간 무법 스님은 지일 스님의 식은 몸을 안고 다빗단 앞으로 돌아왔다. 앉은 채로 굳어진 몸을 나뭇더미에 올려놓고 무법 스님은 합장했다.

"스님이 만든 열화지옥, 작아도 꽤나 뜨거울 것이오."

부시를 쳐서 불씨를 만들고 일어난 불을 마른 섶에 붙이자 화르르 불길이 일었다. 불길은 곧 다빗단을 삼키고 윙윙 소리를 내며 하늘로 치솟기 시작했다. 뒤로 물러나 합장한 스님한테서 버릇처럼 염불이 흘러나왔다.

다비를 시작한 지 반 시각도 안 되어 사람들이 몰려왔다. 산에서 피어오르는 연기를 보고 스님의 토굴에 불이 난 것으로 알고 올라왔던 사람들은 스님의 몸에 불이 붙은 것을 보고 무슨 영문인지 몰라 크게 놀랐으나 무법 스님의 다비 설명에 모두 합장하고 나무아미타불과 나무관세음보살을 외웠다.

지일 스님의 다빗단은 다음 날 아침까지 꼬박 하루를 탔다. 점심 무렵 잉걸불도 사그라지고 재만 남았다. 한 사내가 나뭇가지를 들고 식은 잿더미를 헤치더니 팥알만 한 구슬을 찾아냈다.

"나무아미타불. 스님한테서 사리가 나왔소."

도대체 무엇인가 궁금해서 모여든 사람들한테 사내는 자랑스럽게 떠벌렸다. 사리는 본디 '유골'이라는 뜻으로 석가모니부처님의 유골을 가리켰는데, 법력이 높은 스님들을 화장하면 나오는 이렇게 생긴 구슬을 사리라고 한다는 것이다. 사내의 말에 사람들은 잿더미를 뒤지며 사리를 찾기 시작했고 여기저기서 사리를 찾았다며 무법 스님한테 가져왔다.

"스님, 이렇게 올록볼록해도 사리가 맞지요?"

"예, 맞습니다."

무법 스님은 아낙네가 건네주는 사리를 받아 수건 위에 올려놓았다. 무법 스님도 사리를 모신 부도탑은 더러 보았지만, 사리는 여태껏 말로만 들었을 뿐 눈으로 보는 것은 처음이다. 설혹 빛나는 사리가 아니라 그냥 뼛조각이라 해도 사리가 아니라고 하지는 않았을 것이다.

"스물아홉! 사리가 스물, 아, 홉!"

곁에서 숫자를 세고 있던 한 사내가 목청껏 외쳤다.

"하나만 더 나오면 서른이오, 서른!"

사리는 검은 바탕에 붉은빛이나 푸른빛을 띤 것이 많았으나 진주처럼 하얗고 밝은 것도 적지 않았다. 크기도 생김새도 갖가지라, 구슬처럼 동그란 것도 있고 눌러놓은 것처럼 납작하거나 올록볼록 길쭉한 것도 있었다.

"스님, 이것도 사리가 맞지요? 사리가 원래 이렇게 많은 것인가요?"

머리가 희고 얼굴에 주름이 가득한 할머니가 손가락 마디만 한 뼛조각을 내밀었다. 살펴보니 들깨알의 반도 되지 않는 작은 것들이 여러 개 박혀 있었다. 무법 스님의 눈에도 간신히 보이는 것을 저런 늙은이가 어떻게 찾았단 말인가?

"예, 맞습니다. 노보살이 아주 많이 찾으셨습니다."

"아이고, 나무아미타불! 고맙습니다. 고맙습니다."

늙은이는 스님께 합장을 하고 돌아선 뒤에도 계속 나무아미타불과 나무관세음보살을 외웠다.

사람들은 어디서 들었는지 모두들 귀한 사리가 많이 나왔으니 사리탑을 세우고 가람을 크게 지어야 한다고 떠들었으나 무법 스님은 고개를 저었다. 어리석고 부질없는 짓!

"스님께서는 모두 가람에 띄워 보내라고 말씀하셨소."

어쩔 수 없는 거짓말이었다. 화장을 하는 것은 무거운 몸뚱이를 바람에 날려보내는 것이다. 남은 재는 아무렇게나 흩뿌려야 했으나 어리석은 중생들은 또다시 사리를 찾아내고야 말 것이다. 무법 스님은 사람들과 함께 산을 내려가 가람에다 남은 뼛조각과 사리를 띄웠다.

그렇게 사리를 띄워 보냈으나 처음으로 다비를 한 스님의 소문이 번지는 것까지 막을 수는 없었다. 다비가 이루어진 서석산 토굴에는 구경꾼들이 쉬지 않고 몰려들었다. 그들 중에는 깨우침과 가르침을 얻으려는 사람과 스님네도 많았다. 길을 묻는 사람들에게 몇 마디 법문을 하다 보니, 날이 가면서 무법 스님은 차츰 서석산에 얽매이고 말았다.

"이것이 불법을 전하는 지일 스님의 방편이었는지도 모른다."

지일 스님이 입적한 지 세 해가 되기도 전에 무법 스님은 그곳에다 번듯하게 큰 가람을 일으켜 세웠다.

가람을 짓는 불사가 끝난 이듬해 봄이었다. 모처럼 한가한 틈을 내 산행을 나섰던 무법 스님은 따뜻한 봄바람이 불어오자 문득 만행을 떠나고 싶은 생각이 들었다. 만덕산에 토굴을 묻기 전에는 한자리에 머물러 한 철을 넘기기도 어려웠던 무법 스님이다.

만행을 떠올리자 잇단 생각은 계백에 대한 궁금증이었다. 스님은 사비성으로 계백을 찾아갔다가 계백이 두 해 앞서부터 만덕산에 머물고 있다는 소리를 듣고 곧장 달려온 길이었다.

"오랫동안 앓았다는 말을 듣고 걱정했는데 참으로 좋아진 것 같구나. 얼마나 산세가 좋았으면 내가 이곳에다 토굴을 다 묻었겠느냐?"

무법 스님은 생각보다 계백이 튼튼한 것을 보고 무척 즐거워했다. 며칠 뒤 씨 넣기가 끝나면 계백도 해원 스님과 함께 산을 내려갈 것이라고 하자 무법 스님은 그 자리에서 결정을 내렸다.

"잘되었다. 모두들 서석산에 가서 한 철을 나도록 하자."

부지런히 서둘러 열흘 만에 씨를 다 넣고 세 사람은 함께 무진주(광주, 빛고을)에 있는 서석산으로 갔다. 멧봉우리에 우뚝우뚝 서 있는 바위의 모습이 마치 홀(笏)처럼 보여서 '상서(祥瑞)로운 산'이라 하여 무등산을 서석산이라고 했으며, 광주를 서석이라고도 불렀다. 무등산(無等山)이라는 이름도 '견줄 수 없을 만큼 빼어난 산'이라는 뜻이다.

　　죄무자성종심기　罪無自性從心起
　　심약멸시죄역망　心若滅時罪亦亡
　　죄망심멸양구공　罪亡心滅兩俱空
　　시즉명위진참회　是卽名爲眞懺悔
　　죄는 자성이 없어서 마음 따라 일어난다.
　　마음이 멸한다면 죄는 저절로 없어지는 것.

죄도 마음도 없어져서 두 가지가 함께 공허해진다면

이것이야말로 참다운 뉘우침(참회)이라 이름할 만하다.

삼계유여급정륜 三界猶如汲井輪*

백천만겁역미진 百千萬劫歷未盡

차신불향금생도 此身不向今生度

갱대하생도차신 更待何生度此身

삼계는 오히려 도르레우물 같은 것.

백천만겁이 지난다 해도 끝낼 수 없네.

이 몸을 금생에서 제도하지 못한다면

다시 어느 생을 기다려서 제도하리.

* 삼계는 욕계(欲界) 색계(色界) 무색계(無色界)다. 큰바다(大海)처럼 미혹(迷)과 괴로움(苦)의 영역이므로 고계(苦界), 고해(苦海)라고 한다.

* 도르레우물은 한쪽을 올리면 다른 한쪽이 내려간다.

뚝 뚜르르르. 뚝 뚜르르르. 목탁소리와 함께 도량을 깨우는 염불소리가 들린다.

뎅. 뎅. 도량석이 끝난 뒤에는 법당 안의 작은 종이 울리며 종성이 시작된다.

날이 밝아 아침을 먹은 뒤 계백은 버릇처럼 산신각으로 갔다. 부처님이 계시는 대웅전에는 서석사에 오던 날 한 번 참배를 했을 뿐이다. 뉘 집에 온 손님이 집안일을 맡은 젊은 아들에게 인사를 차리고는 곧바로 집안일에서 물러나앉은 늙은이를 찾고 있는 셈이다.

산신각은 절 뒤쪽 높은 곳에 터를 닦았으므로 마당가에 서면 가람이 한눈에 내려다보였으나 몇 걸음 물러서면 가람과 동떨어진 고요한 누리가 되었다.

"우리 계백이를 잊은 적이 없다. 머리 깎은 나한테 놀러 올 빌미를 만들 셈으로 터를 골라 네 할아버지의 집을 지었다."

무법 스님은 굳이 계백의 할아버지라고 하였다. 보림사 산신각에서 엉엉 울던 계백을 빗대어 하는 말이다. 스님은 계백을 생각하는 마음으로 좋은 터를 고르고 학이 날아오르는 것처럼 아름다운 산신각을 지었을 것이다. 산신각 크기도 웬만한 절의 세 배는 돼 보였다.

문을 열었을 때 계백은 또 한 번 놀라지 않을 수 없었다. 보림사 산신각에 계시던 세 분 할아버지가 와서 앉아 계셨던 것이다. 할아버지 뒤에 있는 나무나 폭포에 떨어지는 물까지도 그대로였다. 다만 크기만 더 컸을 뿐이니, 보림사까지 사람을 보내 그려오게 한 것이 틀림없었다.

너무 오랜만에 찾아뵙는다! 계백은 이른 아침마다 맑은 물을 떠 올리고 향을 피웠으며 낮에도 틈나는 대로 찾아갔다. 산신각 마당을 거닐거나 아직은 찬바람 속에서 햇볕을 쬐며 앉아 있는 것도 즐거운 일이었다.

"떠도는 중으로 나섰으니 어딘들 가지 못하겠소? 처사님이 어디 있든 자주 찾아갈 터이니 곡차나 아끼지 마시오."

드문드문 산신각을 찾던 해원 스님도 아침에 만행을 떠났다. 무법 스님은 언제나 젊음이 넘치는 해원 스님에게 서석사 살림을 맡길 생각이었으나 해원은 미륵사를 맡았던 것만으로도 충분하다며 걸승으로 떠돌고 싶다고 했다. 해원은 만덕산에서 내려오면서부터 계백을 '처사님'이라고 했고 계백도 해원을 '스님'이라고 불렀다.

참 좋은 분이었다. 언제 다시 만날지도 모르는데 이렇게 아무렇지도 않은 것은 무엇인가? 내가 절에서 자라 만나고 헤어지는 것을 너무 쉽게 생각해서는 아닌가? 쓴웃음을 짓던 계백이 문득 인기척을 느끼고 돌아섰다.

어린 처녀가 잎이 파랗게 자란 나무를 한 아름 안고 올라오는 게 보였다. 마당 어귀에 내려놓고 호미로 땅을 파는 것이 나무모를 심으려는가 보았다.

"그 무슨 나무냐? 나무모를 옮겨심기에는 늦지 않았느냐?"

"천지화나뭅니다. 햇볕을 가려주고 아침저녁으로 물을 주면 잘 살아날 것입니다."

다가서던 계백은 제법 똑똑한 아이라고 생각했다. 자라면서도 애티를 벗지 못해 '어린심'이라는 이름을 얻었다는 아이는 산 아랫마을에 사는 처녀로, 나무를 심고는 날마다 산신각에 올라와서 물을 주고 내려갔다.

처음 만난 날 이후로는 도무지 입을 열지 않는 계백이 답답했던지 어느 날 어린심이가 물었다.

"제가 왜 꽃나무를 심었는지 아셔요?"

"글쎄, 예쁜 처녀라서 예쁜 꽃을 좋아하는 줄 알았는데?"

"저는 산신각 처사님이 무척 사나운 분인 줄 알았어요."

"왜?"

"싸움에 나갈 때마다 큰 공을 세우는 무서운 장수잖아요. 처사님더러 꽃을 보면서 착한 마음을 가지라고 심은 거여요."

"……고맙구나. 잊지 않으마."

어린심이는 그 이름처럼 티없이 맑은 아이였다. 날마다 찾아와 살갑게 굴었으므로 계백도 절로 어린심이를 기다리게 되었다.

"처사님은 왜 부처님께 불공을 드리지 않고 산신각에만 계셔요?"

날마다 닦아서 먼지 하나 없는 마룻바닥을 버릇처럼 닦고 있던 어린심이가 물었다.

"산신각은 산신이 되신 우리 할아버지들의 집이야."

한인과 한웅, 단군 할아버지에 대한 이야기를 들려주었으나 아이는 믿어지지 않는 듯 머리를 갸웃거렸다.

"커다란 범을 데리고 계신 분은 산신님이지만 가운데 분은 치성광여래(熾盛光如來)이시고 오른쪽 분은 나반존자(那畔尊者)님이 아닌가요?"

"큰스님이 그러시더냐?"

"아니요. 그렇지만 누구나 다 아는걸요."

그럴지도 모른다. 모르면 모르는 채로 놔두지 않고 이리저리 엉뚱한 소리라도 나불나불 지껄여야 저 잘난 멋에 속이 후련한 것이 어리석은 사람들의 타고난 버릇이다. 더구나 이 땅에 들어온 불교는 우리 겨레의 삼신신앙과 풍습을 부정하지는 않았지만 어느새 모두 타고 눌러앉아버렸다.

계백이 산신각에 대해 낱낱이 설명했으나 처음 듣는 말이라서 그런지 어린심이는 받아들이기가 어려운 모양이었다. 아직 어려서 그럴지도 모른다 싶어 계백도 더는 말하지 않고 내버려두기로 했다.

서석사에서 봄을 지낸 계백이 산을 내려가는데, 저도 집에 가는 길에 배웅을 하겠다며 어린심이가 따라나섰다.

"처사님, 다음에 오실 적에는 아무거나 작고 예쁜 노리개를 세 개만 사다주셔요."

어린심이   161

"왜 하필 셋이냐?"

"하나면 외롭고 둘이면 짝이 맞고 두 손에 쥐게 되나 셋이면 두 손으로도 쥘 수 없으니 욕심을 내지 않고 바라볼 수 있을 것입니다."

아무것도 아닌 소리였으나 어린심이는 소꿉놀이하는 아이처럼 귀여웠다.

"그래, 너에게 노리개 세 개를 가져다주마. 그보다는 내가 언제 올지 알 수 없으니 이 길로 저자에 가서 사주는 것이 낫겠다. 함께 가려느냐?"

"노리개를 사다달라고 말씀드린 것은 처사님더러 일찍 돌아오라는 뜻이었어요."

그랬는가? 참으로 귀여운 아이다.

"하지만 나라에 매인 몸, 말미를 얻기가 어려우니 언제 다시 올지 알 수 없다. 몇 해에 한 번도 어려울지 모른다."

"어떻게 말미를 얻어서라도 자주 오셔야 해요. 처사님이 안 계시면 산신각을 돌볼 사람이 없을지도 몰라요."

"왜, 너도 절에 오기 어렵게 되었느냐?"

아이는 대답 대신 머리를 흔들었다.

"그럼 네가 맡아서 돌보아드려라. 할아버님들도 네가 돌봐드리면 더 좋아하실 게다."

"큰스님께서는 산신각은 산신각 처사님을 위해서 지은 것이나 다름없다고 하셨어요. 처사님이 오시지 않으면 저도 산신 각에는 가지 않을 거예요."

　무어라 달랠 사이도 없이 어린심이는 볼이 잔뜩 부어서 달려가버렸다.

아비 된 죄

지아비 찰인과 자식들이 모두 화랑도에서 쫓겨났지만 옥두리는 전혀 아랑곳하지 않았다. 각 직급마다 연령을 제한하는 제도를 만들고 묵은 구렁이들을 내쫓은 것은 풍월주 천관이지만, 풍월주 따위가 감히 저지를 수 있는 일이 아니었기 때문이다. 찰인뿐 아니라 연령제한에 걸리지 않는 자식들까지 모두 쫓겨난 것은 6두품이라는 낮은 신분이면서도 가야파의 맹주 행세를 해온 찰인에 대한 김유신의 보복이라는 것을 뻔히 알고 있었던 것이다.

아무리 그렇더라도 사전에 상의 한마디, 귀띔 한 번 없이 믿었던 사람에게 뒤통수를 얻어맞아 섭섭하기 짝이 없었지만 옥두리는 조금도 내색하지 않고 세월을 보냈다. 그러나 사지 멀쩡하고 곰이라도 한주먹에 때려잡을 만한 범 같은 자식들이 허구한 날 맥이 빠져 집안에서만 빈둥거리는 꼬락서니를 쳐다봐야 하는 심사가 마냥 편할 까닭도 없었다. 급하게 내리는 소나기는 장모 치마 밑에서라도 피하고 봐야 한다는 속담 때문에 우선 참고 있었지만 언제까지 유신한테 당하고만 있을 옥두리가 아니었다.

"유신공, 혹시 군승이라는 아이를 아십니까?"

"군승? 왜, 그 아이가 무슨 사고라도 쳤다는 것인가?"

"정말 모르십니까? 이름도 처음 듣습니까?"

"글쎄…… 벗골에 있는 아이인가?"

깜짝 놀란 것처럼 두 눈을 동그랗게 치켜뜨는 옥두리 때문에 유신도 정색하지 않을 수가 없었다. 그러나 대뜸 어른도 아닌 아이를 당연히 알고 있어야 되는 것처럼 묻다니, 전에 없이 꼬박꼬박 공대를 하는 옥두리가 더욱 수상할 수밖에 없었다.

"그렇겠지요. 맹추 같은 그 어미나 잘난 그 아비나 모질고 독하기로는 감히 따를 사람이 없으니까요. 그저 그런 부모를 둔 자식만 불쌍할 뿐이지요."

"뭔데? 그 군승이라는 아이가 도대체 누구기에 그리 뜸을 들이는 것이오?"

"그럼 시원하게 말씀드리지요. 유신공은 공의 아들을 이름뿐 아니라 존재조차 아예 모르는 것 아니오? 도대체 자식을 얼마나 많이 흘리고 다녔기에 제 핏줄이 있는지 없는지도 모르는 것이오?"

뭐, 존재조차 모르는 아들? 바보처럼 입을 벌린 채 유신은 그대로 석상이 되고 말았다.

아무리 아닌 밤중에 홍두깨라고 해도 정도라는 게 있다. 상선 유신이 비록 여자를 탐하는 사람은 아니었지만 그렇다고 지아비의 출세를 위해 찾아온 수많은 봉화를 모두 그대로 돌려보냈던 것은 아니다. 지아비의 아이를 임신하지 않고도 임신했다고 속여서 선문에 들어온 뒤 화랑이나 상선들의 아이를 갖는 일도 아주 없지는 않았으니 혹 거기서 무슨 일이 생긴 것인가?

여러 번 잠자리를 같이해야 아이가 생긴다는 것이 상식이지만 하룻밤 잠자리만으로도 얼마든지 아이는 생길 수 있다. 그렇게 생겨난 아이가 누구의 아이라고 확신하기 위해서는 여자가 한동안 다른 사내와 일절 관계를 갖지 않아야 하지만, 시도 때도 없는 상선이나 화랑들의 잠자리 요구를 거절할 수 없는 것이 유화나 봉화들의 처지이기 때문에 그 또한 거의 불가능한 일이다.

아무리 되짚어도 유신이 기억에 남을 만큼 어떤 유화나 봉화를 계속해 잠자리로 들인 일은 없었다. 안해 말고 계속 관계를 가져온 것은 평생을 두고 옥두리와 춤새 두 사람뿐이었으니까.

"그 아이가 일곱 살 무렵, 누구에게도 말하지 않고 춤새가 여기 벚골로 데려온 적이 있지요. 아무래도 어려서부터 자란 곳이 아니라 그런지 견디지 못하고 자기가 태어난 것으로 돌아가고 말았지만. 그래도 이른 봄부터 가을까지 거의 반년이나 이곳에 있었으니 유신공도 어쩌다 한두 번쯤 마주쳤을 것이오. 춤새, 그 독한 것이 끝내 입을 열지 않았을 테니 아무리 눈 밝은 유신공도 제 자식이 이곳에 있을 것이라고는 아예 짐작조자 못했을 테지만.”

“뭐? 춤새가 아이를?”

말 머리를 베고 돌아선 뒤 옥두리를 통해 다시 춤새를 만났을 때에도 그녀가 아이를 가졌다는 소리는 들어본 일이 없으며, 재회한 뒤로는 단 한 번도 춤새가 김유신의 시야에서 벗어난 일이 없었다. 도대체 어느 겨를에 춤새가 아이를 낳았단 말인가? 믿기지 않는 소리였으나, 춤새가 멀쩡히 살아 있는 만큼 아무리 옥두리가 담이 크다고 해도 그런 것까지 장난칠 수는 없는 일이었다.

옥두리가 화두를 던질 때마다 스스로 문제를 풀어야 했던 유신이다. 버릇처럼 빠르게 머리를 굴려 과거를 짚어가기 시작했다.

일곱 살 무렵? 봄부터 가을까지?

“그렇다! 분명히 그런 일이 있었다.”

유신의 입에서 탄식이 쏟아졌다.

언제던가? 기수련을 하던 중에 나타나 자신을 아빠라고 부르던 꼬맹이가 있었다.

어린 마음에 내가 자신의 신세를 훤히 아는 줄 알았을 것이다! 그래서 신(臣)이라 지칭하지 않고 자신의 맨 이름을 바로 들이댔던가? 바로 그래서 신 아무개가 아니라 그냥 아무개라며 볼멘소리를 냈던 것인데도 자신은 그 아이가 신을 붙일 줄도 모를 만큼 너무 어려서 그런 줄로만 알았었다. 어린 코흘리개가 그 이른 새벽에 찬이슬을 뚫고 찾아왔다는 것부터가 이미 범상한 일이 아니었는데도 그저 무심히 지나친 것이 문제였다. 바보같이 아무것도 모르고, 어린아이가 춤새를 엄마라고 부르는 것처럼 자신도 아빠라고 부르는 것에 마냥 감격해서 벚골에 있는 모든 아이한테도 자신을 아버지로 부르도록 했었다.

"어디요? 지금 그 아이가 어디 있느냔 말이오?"

"그 아이에 대해서는 일절 말하지 않기로 약속했으니 그것은 알려드릴 수가 없지요. 그러나 유신공이 원하신다면 이리로 데려다가 만나게 할 수는 있어요. 다만 무엇이 서운했던지 그 아이가 여기 다녀간 뒤로는 어미인 춤새마저 남을 대하듯 냉랭하게 정을 주지 않고 있으니 아무리 재간 좋은 유신공이라 해도 아비 대우를 받기는 어려울 것이오."

"알겠소. 그건 내가 알아서 할 것이니 빨리 그 아이를 데려오기나 하시오."

"화랑도에 나가지 않는 것은 물론 글공부마저 하지 않고 세상과 담을 쌓은 채 평생을 산속에 박혀서 숯이나 굽겠다는 중뿔난 아이이니 함부로 다그치지 않는 것이 좋을 것이오."

미리 쐐기를 박아두었던 옥두리한테서 보름도 안 되어 아이를 데리고 왔다는 전갈이 왔다. 반가운 소식에 차려온 점심마저 물린 유신이 곧바로 옥두리가 기다리는 안가로 달려갔다.

옥두리와 함께 앉아 있는 사람을 보니 아비인 유신보다도 어미인 춤새를 많이 닮아 더욱 훤칠하고 어여쁜 사내아이였다.

"네가 군승이더냐? 이렇게 다 자라도록 한 번도 찾지 않은 이 아비한테 얼마나 원망이 많았느냐?"

당장 팔을 벌려 껴안을 듯, 오랜 세월 자식의 존재조차 모르고 살았던 아비가 한껏 미안함을 담아냈다. 그러나……

"나같이 미천한 것이 감히 대장군을 원망하다니요. 그런 일 없습니다. 그런데 대장군께서는 무언가 크게 잘못 알고 계신 것 같습니다. 나는 본디 어미 아비가 없이 썩은 나무 속에서 굼벵이로 생겨났거나 돌 틈에서 개미알로 생겨난 놈입니다. 내가 사람이고 굳이 나에게도 어미 아비가 있어야 한다면 여태껏 나를 돌봐준 세상 모든 사람이 다 내 어미 아비겠지요."

말 한 마디 한 마디가 어깃장을 놓으며 사람을 놀리는 소리가 분명했다. 그러나 누가 감히 대장군 김유신을 세워두고, 떡버티고 앉은 채로 건방을 떨며 저따위 망발을 늘어놓겠는가?

장대비처럼 후드득후드득 날아와 꽂히는 원망의 불화살들이 김유신의 핏줄이라는 것을 화인처럼 증명하고 있었다. 존재조차 모르고 살았던 자식을 만난 벅찬 감동, 그러나 그럴수록 더욱 죄인일 수밖에 없는 아비는 쏟아지는 불벼락을 뜨겁게 견뎌내고 있었다.

"나는 그동안 내가 만나는 사람마다 내 숯을 사달라고 사정했지만 이곳 서라벌은 너무 멀어서 감히 내 숯을 사달라고 말할 수도 없겠습니다. 먼 길을 걸어왔지만 나는 대장군에게 아무런 볼일도 없는 사람이니 이만 돌아가겠습니다."

옥두리한테도 곁눈조차 주지 않고 벌떡 일어나 썩썩 걸어나가는 군승을 말리기는커녕 한 마디 변명조차 할 수가 없었다. 오래전 훌쩍이며 돌아가는 코흘리개를 불러세워 안아주지 못했던 것처럼.

'나에게도 굳이 어미 아비가 있다면 세상 모든 사람이 다 내 어미 아비겠지요.' 벚골에서 자라는 아이들 모두가 어미 아비라 부르는 사람을 굳이 내 어미 아비라고 할 수는 없는 노릇이었을 것이다.

"내 탓이겠지, 저 아이가 저토록 나를 원망하는 것은"

"벌써 10년 세월을 어미인 춤새한테도 곁을 주지 않을뿐더러 아예 세상 밖으로 나오려고도 하지 않는 것이 더 문제 아닐까요?"

어려서부터 산에 들어가 나무를 하거나 숯을 구워낼 뿐이라고 했다. 춤새와 옥두리가 그렇게 타일러도 화랑도에 나가기는 커녕 글공부조차 하지 않아 스스로 까막눈이 되었다고 했다.

"아니 본 것만 못했지요? 어쩌시겠습니까? 아비를 원수로 여기고 미워하며 자란 아이, 하루바삐 화근덩어리를 잘라버려야 할 것 아니오?"

"이 유신의 자식이오. 말을 함부로 하지 마시오."

"그렇군요. 아비의 손에 자식의 피를 묻힐 수는 없으니 내가 깨끗이 근심을 덜어드리지요."

"또, 쓸데없는 소리! 어떻게 아비가 자식을 죽일 수 있다는 말이오?"

"소인배들은 뒷날 유신공의 무덤까지 찾아다니며 침을 뱉겠지만, 그따위를 무서워할 유신공이 아니지요. 유신공은 이미 오래전에도 가야파들의 목을 깨끗이 잘라버렸지만, 그 무리한 처사를 원망하는 것은 논할 가치도 없는 소인배들뿐, 이 옥두리는 전혀 개의치 않았소. 오히려 단칼에 종기를 도려내는 유신공의 결단에 감탄하고 더욱 존경하게 되었지요."

나중에 화근덩어리가 될지도 모르니 자식마저 죽여야 한다는 험한 소리까지 해대는 옥두리의 속이 너무도 뻔했다. 지아비와 자식들이 하루아침에 화랑도에서 쫓겨났으니 그 원한이 어디 가겠는가? 더구나 옥두리는 오래전부터 유신의 앞길을 환히 열어준 사람. 비록 한 번도 내색하지 않았지만 그 얼마나 배신감에 치를 떨었을 것인가?

　고민 끝에 유신은 다시 옥두리를 찾았다.
　"가야파도 그만하면 잘못된 소행을 충분히 뉘우쳤을 것이니 다시 출사를 해도 될 것이오."
　마음이 급한 유신이 이리저리 말을 돌리지 않고 곧바로 백기를 들어 보였다.
　"아이들이 엉덩이에 뿔난 것처럼 구는 것도 한창 자랄 때뿐, 세상물정을 알게 되면 낳아주고 길러준 부모의 은혜를 생각하게 될 것이오."
　옥두리도 비꼬지 않고 곧바로 협조적으로 나왔다.
　"오랜 세월 이 아비를 원망해온 아이요. 쉽게 풀리지 않을 것이오."
　"개구리가 뛰는 방향은 아무도 모릅니다. 그러나 언제든 자신이 원하는 곳으로 개구리를 뛰게 만드는 것이 이 옥두리라는 사실을 잊었습니까? 옥두리가 하는 일은 걱정하지 말고 유신공이 먼저 일을 서두르시지요. 천금보다 아까운 시간입니다."
　유신이 하는 꼴을 보아가며 자신도 일을 추진하겠다는 소리였다.

팔다리가 부실해도, 정신이 온전치 않아도 자식은 자식이다. 아니 모자란 만큼 더 사랑을 쏟아야 하는 것이 자식이다. 하물며 자신의 잘못으로 아이를 평생 지옥에 빠뜨렸음에랴!

　철부지 어린아이가 아무도 가르쳐주지 않은 아비를 찬이슬을 헤치고 찾아왔으나 아비는 무섭게 비수부터 날렸다. 아이는 군승이라고 제 이름을 밝히면 아비가 금방 알아볼 줄 알았을 것이다. 그러나 제 이름을 밝히고 분명히 '아빠'라고 불렀음에도 아비는 커다랗게 폭소를 터뜨리며 농담하는 것으로 받아들였다. 농담이든 거짓이든 아비라고 불렀으니 다정하게 품에 안고 다독여주지 못하고 오히려 그 어린것한테 소름끼치는 비수를 들이대며 끝까지 무서운 얼굴로 다시 찾아오면 목을 꿰뚫어버리겠다고 협박을 하고 말았다.

　세상에, 사람이 미치지 않고서야! 제 자식이 아니라 남의 자식이라도 그 어린것한테 그렇게 무섭게 굴다니! 그때는 당연한 것으로 여겼었는데 돌이켜보니 정말 소름 끼치게 자신이 싫었다.

　아비 된 죄 때문에 유신은 불의와 타협할 수밖에 없게 되었다. 유신은 다시 풍월주 천광을 불러 옥두리의 자식들을 다 원상복귀시키는 것은 물론 맏이인 찰의에게는 직위까지 올려주도록 했다. 가야파를 제거한 지 반년도 못 되어 다시 등용시키라 명하는 것은 발가벗고 매를 맞는 것보다 더 고통스럽고 낯 뜨거운 일이었지만, 이것이 바로 무심했던 아비가 자식에게 속죄하는 길이라 생각하며 스스로를 위로했다.

지아비 찰인은 너무 늦어 어쩔 수 없게 되었지만 자식들이 모두 전처럼 탄탄대로를 달리게 되었으므로 옥두리도 서운했던 마음을 접고 유신의 자식을 위한 일에도 적극 나서게 되었다. 춤새는 벚골에서 자라는 아이들 중에서 눈여겨봐온 처녀를 점찍었으나 옥두리는 제 손녀인 찰의의 딸 하나를 내세웠다.

"군승은 아직 젊어. 벼슬길도 싫다는 아이한테 이 처녀는 너를 데리고 오기 위한 방편이었으니 이젠 잊어버려라 하는 말이 통할 거 같아? 유신공은 그랬을지 모르지만 군승이는 절대 그렇게 못해. 처음부터 결혼할 처녀를 만나게 하지 않는다면 그야말로 비극의 씨를 뿌리는 셈이 될 거야."

새겨들을 만한 소리였다. 김유신은 풍월주가 되기 위해 천관녀 춤새를 버리고 미실의 손녀 영모와 결혼했다. 하지만 군승은 그 아비가 미워서 화랑도는 물론 글공부마저 마다하고 한뉘를 숯이나 구우며 살겠다고 우기고 있다. 정말 산속에 묻혀 사는 것이 좋아서든 서운한 마음에 어깃장을 놓는 것이든, 어떤 경우에도 첫사랑을 버리고 다른 여자를 택할 아이는 절대로 아닌 것이다.

진달래가 가득 핀 봄날, 열일곱 살이 된 군승은 도끼만 한 자루 둘러메고 산으로 올라갔다. 봄날 나무를 베어놓으면 보름도 안 되어 바짝 마른다. 나무는 마른 만큼 가벼워져 운반하기도 쉬워진다. 쿵쿵 도끼질을 하다가 잠시 땀을 들이는데 아래 계곡에서 연기가 피어오르더니 향기롭고 달짝지근한 냄새가 났다.

이 깊은 산속에 웬일이지? 궁금증을 참지 못하고 골짜기로 내려가자 물가에서 열댓 살이나 되었을까 싶은 어린 처녀 하나가 탕기를 걸어놓고 불을 피워 약을 달이고 있었다. 어딘지 이상해서 처녀가 하는 양을 지켜보노라니, 아무래도 약을 달였으나 기운이 없어 짜지는 못하고 있는 듯했다. 눈이 부실 만큼 예쁜 처녀였으나 자신보다 한참 어려 보였으므로 군승은 용기를 내 다가갔다.

"내가 도와줄까?"

대답도 기다리지 않고 불쑥 손부터 내미는 총각한테 처녀는 약그릇을 넘겨주고 뒤로 물러나 앉았다. 약수건을 만 막대기를 쥐고 힘껏 비틀자 주르륵 약물이 빠져나왔다. 약을 짜서 건네주자 처녀는 그릇을 들고 힘겨운 듯 조금씩 쉬어가며 약을 마셨다. 그 모습이 하도 가엽고 예뻤으므로 군승은 눈을 떼지 못하고 있다가 말을 걸었다.

"기운이 없어 보이는데, 몸이 안 좋아서 그런가?"

대답 대신 처녀가 빙긋 웃으며 머리를 숙였다. 평소 사람들을 피하고 어쩔 수 없는 경우에도 꼭 필요한 말밖에 하지 않던 군승이었으나 어린 처녀가 입을 다물고 고개만 끄덕였으므로 저도 모르게 말이 많아졌다.

　　"내일도 여기 와서 약을 달일 건가?"

　　처녀가 또 고개만 끄덕였다.

　　"내일도 내가 도와줄 테니 짜는 걱정은 하지 말고, 알았지?"

　　처녀가 밝게 웃으며 크게 고개를 숙여 고맙다는 표시를 하고 길을 따라 계곡을 내려갔다.

　　군승은 다시 돌아와 도끼질을 했으나 자꾸 헛손질이 나왔다. 어느새 마음이 둥둥 떠서 안정이 되지를 않는 것이다.

　　겨우 고개만 끄덕이는 것으로 의사표시를 하는 것은 수줍어서인지 말을 못해서인지 자꾸 궁금해졌다. 어쩌면 예쁜 처녀가 듣기만 하고 말을 못하는 벙어리일지도 모른다는 지레짐작으로 괜히 가슴이 아프기도 했다.

　　열일곱, 불두덩이 거뭇거뭇해지며 시도 때도 없이 뜨거워지는 나이다. 봄이 되면서 잠을 설치는 밤이 많았는데, 낮에 본 처녀의 모습이 아른거려 도무지 잠을 이룰 수가 없었다. 그때는 전혀 들리지도 않던 계곡물 소리가 귓속에서 밤새 철철 흘러내렸다.

　　허억허억, 거친 숨을 몰아쉬던 군승이 아악 소리를 지르며 풀어졌다. 천 길 낭떠러지에서 떨어진 듯, 우주공간을 유영하듯 온몸이 노곤하고 알 수 없는 포만감이 밀려왔다. 또다시 낮에 본 처녀의 모습이 뚜렷이 떠올랐고, 까만 어둠 속에서도 얼굴이 붉어졌다.

다음 날도 그다음 날도 처녀는 그 자리에 와서 약을 달였고, 미리부터 마른 나뭇가지를 준비해놓고 기다리던 군승은 처녀가 매운 연기에 콜록거리면 즉시 달려들어 대신 불까지 때주며 약을 도맡아 달여서 짜주었다.

약을 달일 때마다 저도 모르게 코를 벌름거릴 만큼 달짝지근한 냄새가 코를 찔렀다. 보통 약은 매우 쓰지만 어디가 아파서가 아니라 몸을 보호하기 위해서 특별히 달여 먹는 보약이었으므로 하나도 쓰지 않고 그렇게 달콤한 것이라고 했다.

"약은 나눠 먹는 것이 아니래요. 아이들한테 조금씩 덜어주다가 꾸중을 들었어요. 내가 꾸중을 듣는 것은 괜찮은데 아이들은 부모한테 매를 맞아요. 철부지 아이들이 맛있는 약을 자꾸 먹고 싶어 하는데, 나눠줄 수가 없으니 어떻게 해요?"

자기가 묵고 있는 집에서 약을 달일 때면 맛있는 냄새가 진동을 하기 때문에 동네 아이들까지 잔뜩 몰려들어 꼴깍꼴깍 군침을 삼킨다는 것이다. 매가 무서워 약을 얻어먹을 수는 없지만 달콤한 냄새라도 맡겠다고 모여드는 철없는 아이들을 어린 처녀는 차마 눈 뜨고 쳐다볼 자신이 없었다. 그래서 비록 힘들고 무섭더라도 아이들을 피해서 외진 산속으로 와서 약을 달여 먹는 것이라고 했다. 겨우 그런 이유 때문에 약을 짤 기운도 없으면서 어린 처녀가 혼자 산속으로 들어오다니. 예쁜 용모보다도 그 심성이 참으로 고운 처녀였다.

"여기까지 오는 게 안 무서워?"

"안 무섭긴요. 무지 무섭죠. 나를 지켜줄 사람도 없는데, 사나운 짐승이라도 나오면 어떻게 해요? 그날도 너무 무서워서 괜히 산속으로 들어왔다고 후회하던 중에 오라버니가 나타나신 거예요."

오라버니? 갑자기 날아온 주먹에 맞은 듯 얼얼했지만 그것은 어린 처녀의 입에서 풍겨나오는 꿀물냄새보다도 달콤한 것이었다. 어린 처녀는 처음 보는 군승을 스스럼없이 오라버니라고 불렀고, 군승은 그런 처녀한테 깊숙이 빠져들었다.

품석과 고타소의 즐거운 놀이

검일 같은 대야주 사람들의 눈에도 신라는 신국(神國)이었다. 그러나 골품이 있는 자들만의 신국이고 천국이었다. 또 품이 있다고 해서 모두 다에게 해당되는 이야기는 아니었다. 적어도 6두품이나 5두품은 되어야 신들의 영역을 구경이라도 할수 있었다.

신라의 인재는 대부분 화랑도에서 나온다고 했으나 이미 화랑 안에서도 집안 내력에 따라 등급이 정해지는 터였다. 아무리 능력이 뛰어나도, 화랑도에 들어가 열심히 수련을 해도 골이 아니거나 품이 높지 않으면 화랑이 되지 못했다. 반면 대단한 집안 자식들은 곧바로 낭두가 되고 화랑이 되었으며, 이런저런 연줄로 부제가 되고 풍월주도 되는 것이다. 숱한 재물은 물론 안해까지 바쳐도 승급에는 한계가 있었다.

대가야의 왕손 김유신은 처음부터 고개를 내저었고 풍월주 천광도 자신이 해결해주겠다고 장담했지만 말짱 헛일이었다. 대야주 도독의 만행을 말리기는커녕 오히려 가야파의 우두머리였던 찰인까지 제거해버렸으니 검일은 그저 무심한 하늘을 원망할 수밖에 없었다.

아무리 생각해도 김유신의 집을 나섰을 때 말을 걸어온 작자의 소행이 분명했고, 그 뒤에 유신이 있을 것임이 불을 보듯 뻔했다. 그러나 김유신은 변방의 사지 따위가 감히 대적할 수 없는 까마득한 하늘, 괜히 입을 잘못 놀렸다가는 목숨을 보존하기도 어려울 것이었다.

해가 바뀌고 또 바뀌어도 대야주 도독 품석의 만행은 그칠 줄을 몰랐다. 그런 망나니에게 정신이 팔린 안해들만 더욱 많아졌을 뿐이다.

검일의 안해 홍매도 한때는 혼란스러웠다. 남편이 아닌 다른 사람을 가슴에 품게 된 것이 스스로도 믿기지 않았던 것이다. 물론 처음부터 품석을 좋아한 것은 아니다. 아니, 무척 싫었었다. 어쩌다 한 번 공식석상에서 마주친 것을 기회로 잠자리로 불러들인 도독이라는 사내를 증오하는 것은 너무도 당연한 것이었다.

그런데 한두 번으로 끝나지 않은 것이 문제였다. 이상하게도 도독 품석은 검일의 안해 홍매를 자주 불러들였다. 싫은 사내였으나 만남이 계속될수록 차츰 품석의 손길에 익숙해졌다. 품석의 손길이 스치는 몸의 곳곳에서 소름이 돋듯 잠들었던 감각이 깨어났다.

잊고 살았던 것은 구석구석에 숨은 감각들뿐이 아니었다.

"너같이 맛있는 여자는 처음이야. 이뻐, 정말 이뻐. 우리 이쁜이 정말 안 이쁜 데가 없어. 여기도 이쁘고 여기도 이뻐."

손길이 닿는 곳마다 쓰다듬고 어루만지며 다 예쁘다고 했다. 검일에게는 한 번도 들어보지 못한 칭찬이었고 달콤한 속삭임이었다. 꿀처럼 달고 샘물처럼 싱그러운. 정말 다른 여자들보다 예쁜 것인지 확인해볼 수는 없는 일이지만, 그래서 비밀스럽게 더 기뻤다.

"이쁜아! 너는 정말 이쁜 여자야! 검일이 그놈은 복도 많지!"

품석은 한 번도 홍매의 이름을 불러주지 않았다. 생각해보면 처음 잠자리로 끌어들였을 때에도 '니 지아비가 검일이란 자더냐?' 하고 물었을 뿐이다. 그가 홍매를 부르는 호칭은 언제나 '이쁜이'였다. 어쩌면 누구한테나 그럴지도 모른다. 공연히 이름을 잘못 불러 난감해지지 않기 위해 아무한테나 두루 쓸 수 있는 그런 호칭으로 부르는 것이 분명했다. 그러나 그 뻔하디뻔한 속내를 알면서도 싫지가 않았다. 자신이 세상에서 가장 예쁘다는 말을 믿는 어린아이처럼 정말 자신이 세상에서 제일 어여쁜 여인이고 가장 사랑받는 여자인 것 같아서 좋았다.

"내 이름이 뭔지 아세요?"

"이름? 뭔데?"

"홍매라고 가르쳐줬잖아요. 붉은 매화꽃, 홍매!"

"그대처럼 이쁜 여자한테 겨우 붉은 매화꽃? 나를 처음 만났을 때부터 그대 이름은 '이쁜이'야. 이쁘니까 이쁜이!"

품석한테는 색사의 재주뿐 아니라 여자를 치켜세워 황홀하게 만드는 재주도 있었다.

"우리 안해? 얼굴은 반반하지만 색사는 별로야. 나는 얌전한 척 내숭 떠는 여자보다 그대처럼 적극적인 여자가 좋아. 그대의 신음소리는 마치 풀무간의 풀무 같아. 말라죽어가던 들판에 소나기처럼 생기를 가져오거든."

사람의 말은 뜻을 헤아려 마음으로 듣는 것이 아니다. 귀로 듣고 몸이 반응하는 것이다. 입에 발린 소리가 뻔했으나 불을 보듯 번연한 거짓말임에도 홍매의 몸은 차츰 뜨거워지고 있었다. 저절로 신음소리가 커지고, 그 소리에 홍매 자신마저 흥분의 도가 한결 높아졌다.

"사랑해, 사랑해!"

처음에는 자기도 뭔가 품석의 성의에 보답해야 된다는 생각에서 대접 삼아 내뱉은 말이었다. 그런데 그 사랑한다는 말이 익숙해지면서 정말 진심으로 품석을 사랑하고 있다는 것을 깨닫게 되었다.

정말이다. 다정한 말 한 마디도, 아무런 속삭임도 없이 인형을 만지듯 그저 몸을 몇 번 쓰다듬고 땀을 뻘뻘 흘리며 용을 쓰다가 제풀에 나가떨어지는 검일과는 모든 것이 달랐다. 그런 점에서 검일은 오히려 답답하기까지 했다.

"좋아, 좋아, 너무 좋아, 조금 더."

흥분해서 저도 모르게 교성을 지르면 지아비 검일의 몸은 더 강렬해지기는커녕 찬물을 끼얹은 듯 차갑게 굳어버리기 일쑤였다. 흥분과 열락의 도가니에서 자연스러운 감정조차 드러낼 수 없었던 여자 홍매는 터져나오는 교성을 손으로 틀어막으며 힘들게 견뎌야 했다. 그런데 오히려 검일은 그런 행동을 좋아하는 것 같았다.

그러나 이미 색사가 어떤 것인지 알아버린 홍매로서는 신음소리도 내지 못하고 그저 고통스러운 표정을 짓기만 하는 것은 높은 장대 위에서 줄타기를 하는 것보다 어려운 일이었다.

함께 희열을 느끼는 것이 아니라 일방적인 행위에 고통스러워해야 하는 까닭은 무엇인가? 홍매는 차츰 검일에게서 멀어지는 자신을 느꼈다. 아무리 한 이불을 덮고 평생을 같이해야 하는 가시버시지만, 아니 그래서 더욱 살갑게 서로를 사랑해야 하는 것 아닌가?

매우 드물기는 했지만 검일도 유화들과 색사를 하고 있다는 것을 홍매도 이미 알고 있었다. 다른 사내들에 비해 적기는 했지만 아주 없는 것도 아니지 않은가?

지금처럼 열흘에 한 번 정도가 아니라 보름이나 한 달에 한 번을 만나더라도 홍매는 성실한 지아비 검일이 아닌 바람둥이 도독 품석과 살고 싶었다. 아무리 가시버시로 만났고 서로 사랑하는 사이더라도 무덤덤한 검일과 사는 것보다 영원히 수많은 여인들의 그늘에 묻혀 살아야 할지라도 품석의 여자가 되고 싶었다. 다만 까마득하게 높은 신분인 성골 고타소가 두품이 낮은 홍매를 첩으로 인정할 까닭이 없고, 임자 있는 몸을 좋아하는 품석의 성격 때문에 입 밖에도 꺼낼 수 없는 말이었다.

　그러나 검일은 그러한 홍매를 전혀 이해하지 못했다. 아니 이해하려고 하지도 않았다. 안해의 불륜을 문제 삼지 않을 터이니 감지덕지 고맙게 생각하고 평생을 그렇게 살아가라는 투였다. 그러나 신국 서라벌의 남자 품석과 살을 섞으며 사는 홍매에게는 불륜이라는 말 자체가 이해하기 어려운 소리가 된 지 오래였다. 무엇이 잘못이란 말인가? 품석과 색사를 즐긴다고 해서 조금이라도 지아비 검일에게 소홀히 한 것이 없다. 오히려 알뜰살뜰 전보다 더 영양식으로 잘 먹이고 입성도 더 깨끗하게 잘 챙겨주고 있다.

　이듬해 배가 불러 낳은 아이가 한눈에도 얼굴이 길쭉하고 우뚝 선 콧날이 품석을 빼박은 듯했는데 홍매는 오히려 그것이 더 좋았다.

태어난 아들이 검일은 하나도 닮지 않고 자신을 닮았다는 소리에 품석은 아무 대꾸도 하지 않았다. 잘못 들어서 저러나 싶어 다시 일깨워주자 품석의 입에서는 엉뚱한 소리가 나왔다.

"검일이 그놈 참, 마누라 복도 많다!"

"예?"

"그렇지 않으냐? 이런 변방 촌구석에서 이쁜 마누라 덕에 승차하는 놈이 어디 그리 흔하겠느냐?"

그다음 날 관아에 나온 검일은 14관등 길사에서 13관등인 사지로 승차했다. 길사로 승차한 지 3년 만에 이렇다 할 공적도 없이 승차하는 것은 다른 데는 몰라도 대야주에서는 극히 드문 일이었다.

대야주 도독 김품석은 마누라 복 많은 부하도 과감하게 승차시켜주는 화끈한 관리였다. 검일 말고도 특별한 공 없이 승차한 사내가 넷이나 되었다. 사실 김품석은 남의 안해를 밝혔지만 공짜로 남의 것을 탐내 제 욕심이나 채우고 마는 그런 야박하고 쩨쩨한 위인은 아니었다. 기분이 좋으면 나름대로 반드시 대가를 치르는 후한 사내였다. 한두 번으로는 누구의 아낙인지 기억도 하지 못했지만 몇 차례 색사를 하게 되면 패물이나 곡식이라도 꼭 선물했다.

바라보기만 해도 가슴이 쿵쿵 뛸 만큼 훤칠한 인물에 여자 다루는 재주까지 놀라운 데다 인심까지 후한 품석이다. 다시 불러주기를 바라며 공연히 품석의 주위를 얼쩡거리는 여자가 셀 수 없이 많았다.

여자와 남자는 왜 그리 다른 것인가. 도독 김품석이 대야주 여자들에게 세상 최고의 남자로 칭송받고 있을 때 대야주 남자들은 끙끙 가슴앓이를 하고 있었다. 대야주의 사내들이 색사에 자유로운 영혼을 지닌 품석을 이해하지 못하고 자신들의 안해를 빼앗겼다며 분개하는 것도 나름대로 이유가 충분했다.

그런데 어찌 보면 문제의 발단은 고타소한테 있었는지도 모른다. 고타소가 난봉꾼 지아비의 바람을 다잡아두었거나, 아니면 품석이 하는 방식대로 대야주의 사내들을 불러다 질펀한 색공을 받았더라면 '색사에 자유분방한 서라벌 사람들'의 습성이 어느 정도 이해가 되었을 것이고 따라서 안해를 빼앗겼다는 박탈감도 훨씬 덜했을 것이다.

그러나 공교롭게도 고타소는 대야주 사내들과는 단 한 차례도 바람을 피우지 않았다. 존귀한 왕족으로 서라벌의 화사한 사내들만 보아온 고타소에게는 남루한 옷차림으로 품석에게 꼼짝 못하고 벌벌 기는 부하들을 보면 비천한 백성들이라는 생각이 먼저 들었다. 색공을 받고 싶은 마음이 쑥 들어가버리는 것이다.

고타소는 예전에 서라벌에서 만났던 화랑들을 대야성으로 불러들였다. 화랑도의 수련기간 중에는 아예 그들의 화랑도를 모두 대야주로 불러들여 조용하고 경치 좋은 곳에서 수련하게 했다. 고타소는 화랑도의 수련생활에 관심이 많아 늘 곁에서 지켜보았다.

어느 때는 화랑도를 둘이나 셋 한꺼번에 불러들이기도 했다. 수백 명의 낭도들까지 아쉬워서 불러들인 만큼 수련생활에 불편이 없도록 여러 가지 편의를 봐주어야 했다. 따라서 엄청난 경비가 소요되었지만 고타야(古陀耶, 경북 안동)를 개인 식읍으로 갖고 있었던 재벌가의 딸 고타소에게는 그저 멋지게 재물을 쓸 곳이 생겼을 뿐이었다.

화랑도가 대야주에 와 있을 때면 고타소는 어느 때보다 생기발랄했다. 맘에 드는 화랑을 불러 대야성 좁은 곳에서 즐기는 색사보다 화랑도의 수련장에서 함께 생활하며 즐기는 색사가 훨씬 좋은 모양이었다. 경치가 수려한 곳에서 먹고 마시는 음식이 집 안에서 치르는 식사보다 훨씬 좋은 것처럼.

재물에 구애받지 않고 화려한 것을 좋아하는 고타소는 금은보석으로 치장한 화려한 수레를 타고 다녔는데, 화랑도들이 와 있을 때면 수레를 타지 않고 호위군사 몇만 데리고 직접 말을 몰고 돌아다녔다. 고타소의 화려한 수레는 수련장 입구에 붙박이로 세워두고 그저 주인의 재력과 대야주 도독의 위용을 과시하는 전시용으로만 사용했다.

화랑도가 대야주에 들어와 있을 때면 고타소는 대야성에

코빼기도 비치지 않고 이런저런 요구사항을 전달하는 전령들만 부지런히 드나들었지만 대야주 도독 품석은 한 번도 싫은 내색을 보이지 않았다. 색사를 남녀 간의 즐거운 놀이로 여기는 품석인지라 고타소가 무슨 짓을 하건 전혀 아랑곳하지 않았고 화랑도들에게도 즐겁게 여러 가지 편의를 제공했다.

지아비 지어미밖에 모르고 살아온 대야주 사람들에게 품석과 고타소 부부의 행동은 도무지 이해가 되지 않는 짓거리였다. 날이 가고 해가 바뀌면서 서라벌 것들은 몹쓸 것들이라는 인식이 팽배해졌다.

다스리는 관리와 다스림을 받는 백성들의 문제가 아니라 색사에 자유분방한 서라벌 사람들과 부부간에 지켜야 할 의리를 미덕으로 알고 살아온 대야주 사람들의 문화적 대결 구도로 비화된 것이다.

"박혁거세가 알에서 태어났다는 것은 완전 거짓말이래. 초원을 떠돌던 흉노족이 부여와 고구려에 밀려 도망쳐왔는데, 신분을 속이기 위해 알에서 태어났다는 거짓말을 지어낸 거라는데."

"맞아. 서라벌 것들은 그 태생이 피를 속일 수 없는 오랑캐 족속들이라서 부끄러움을 모르고 짐승 같은 짓을 일삼는 거야."

"22세 풍월주 양도는 한 탯줄에서 나온 누나 보량궁주와 결혼했대. 철없는 아이들이 저희끼리 좋아서 붙은 것도 아니고 부모가 싫다는 아들을 거의 강제로 친누이와 결혼시켰다는 거야. 짐승 같은 오랑캐들이 아니고서는 감히 상상할 수도 없는 일이지."

지금은 잘난 척 거들먹거리고 있지만 근본은 짐승과 크게 다를 바 없는 오랑캐라며 깔보게 되었다. 짐승이나 마찬가지인 오랑캐들한테 당하고 있다니 더욱 분한 마음이 드는 것도 어쩔 수 없었다.

"서라벌놈들은 모두가 오랑캐 족속이다. 품석이 아니라 어떤 놈이 와도 마찬가지다."

"그렇다. 우리 대야주가 신라에 속해 있는 한 우리는 영원히 오랑캐의 악습에서 벗어날 수 없다."

오랑캐라면 서토 오랑캐를 말하는 것이지만, 그 오랑캐들과 손익관계로 부딪칠 일이 없는 대야주 사람들에게 오랑캐란 그저 막연한 미움이나 멸시의 대상일 뿐이었다. 나쁜 놈들은 모두가 '오랑캐'고 미운 놈이나 마음에 들지 놈도 대부분 '오랑캐'였다. 그래서 오랑캐와 전혀 관계없는 신라인들을 오랑캐라고 욕하는 것이다.

사실 조상이나 핏줄을 따지더라도 가야인과 신라인은 크게 구별할 없을 것이다. 이런저런 이유로 비슷한 시기에 함께 남하한 흉노가 토착민과 융합했기 때문이다. '흉노(匈奴)'라는 글

자로 적다 보니 '노예 같은 오랑캐'가 되어버렸지만 본디 '사람'
이라는 좋은 뜻이었다. '사람다운 사람'이라는 좋은 의미에서
흉노제국을 세웠지, 스스로 '노예 같은 오랑캐'나 '흉악한 노
예'라는 치욕스러운 말로 나라이름을 삼았을 리 만무하지 않
은가.

근친결혼과 남색은 물론 남의 안해를 마음껏 데리고 사는
것까지 색사에 매우 자유분방했던 신국 신라는 좀 특별한 경
우였겠지만, 대야주 사람들이 들먹이는 성적인 문제는 붙박이
로 농사를 지으며 살던 사람들의 풍습이라기보다 척박한 환경
에서 거친 자연과 싸워야 하는 유목민들의 풍습으로 보는 것
이 옳았다. 고구려의 형사취수(兄死取嫂)처럼, 신라인과 가야
인의 한쪽 조상인 흉노에게도 아비가 죽으면 아비의 첩들과,
형제가 죽으면 형제의 처첩과 결혼하는 풍습이 있었던 것이다.

"부인께서 굳이 서라벌의 화랑들을 가까이하는 것은 무엇
때문입니까?"

서라벌의 화랑들? 고타소가 굳이 서라벌의 화랑들을 끌어
들이는 것은 이런저런 친분관계에 있거나 이미 얼굴을 알고
있기 때문이다. 대야주 사내 중에 특별히 눈에 띄는 자가 없었
을 뿐, 맘에 드는 사내가 있었다면 서슴지 않고 색공을 받았을
것이다.

그런데 어째서일까? 내가 왜 대야주 사내들한테 색공 받을 생각을 하지 않았을까? 한 번도 생각하지 않았던 것을 구체적으로 생각하다 보니, 그것도 당사자인 대야주 사내가 건방지게 따져묻는 소리를 듣고 보니 자연스럽게 부정적인 측면만 찾게 되었다.

"나는 비천한 자들을 좋아하지 않는다."

그 질문을 해온 모척은 제법 멀끔하고 다부져 보이는 사내였다. 한 번쯤 색공을 받아도 무방해 보였다. 그러나 말이란 꼬리를 물고 나오는 것이다. 말꼬리가 길어지다 보면 자신의 생각과 정반대의 소리가 되어버릴 정도로.

"가야인들은 이리저리 눈치나 살피다가 승냥이같이 달라붙는 천박한 자들이다."

가야인이나 신라인이나 하등 다를 것이 없지만, 가진 것이 없으면 같은 형제자매라도 서로 무시하고 사는 것이 세상사다. 가야가 신라에 흡수되었으므로 신라인들은 저도 모르게 가야인들보다 우월하다고 여기는 버릇이 붙었을 뿐이다.

특히 어려서부터 진골정통이니 대원신통이니 하는 소리를 듣고 자란 고타소에게 가야파는 이리저리 눈치나 보다가 유리한 쪽으로 들러붙는 야비한 자들로 보였을 뿐이다. 사실 서라벌에는 골이 없어 행세하지 못하다가 가야파에 들어가 목소리를 높이는 자들이 많았는데, 고타소의 눈에는 그저 하찮은 무리로 여겨졌던 것이다.

무엇보다 잘못되었다는 것을 깨달았다고 해도 타고난 성격상 자신의 발언을 사과하거나 정정할 고타소가 아니었다. 까맣게 낮은 신분의 부하 모척 정도가 아니라 상선 김유신이라 해도 눈을 꼿꼿이 세우고 큰소리 땅땅 쳤을 고타소가 아니던가. 그러나 무심코 흘려냈던 고타소의 발언은 모척의 가슴에 피맺힌 응어리가 되고 말았다.

대야성의 회오리

2975년(642) 봄, 백제 장군 윤충이 1만 군사를 이끌고 쳐들어오고 있다는 급보에 대야성은 발칵 뒤집혔다. 대당의 대장군 김알천이 여왕의 명으로 상장군이 되어 대당과 하주정 등의 연합군사를 이끌고 가잠성을 공격하는 사이, 이를 미리 눈치채고 만반의 준비를 갖춘 백제군이 가잠성을 구원하러 가는 척하다가 갑자기 대야주로 군사를 돌린 것이다.

"벼 2천 섬과 조 3천 섬을 싣고 왜에서 오던 배들이 당군의 습격을 받아 색금현의 여러 섬에 갇혀 있다고 한다. 임금님께서도 몸소 군사를 이끌고 색금현 앞바다에 들어온 당군을 쫓아내시겠다니 우리도 밤을 낮 삼아 색금현으로 달려야 할 것이다."

곡식 5천 섬 정도는 아무것도 아니다. 색금현(전남 완도군) 앞바다는 뭍과 섬을 잇는 곳이기도 하지만 누른바다로 들어서는 길목이다. 왜에서 곡식이나 귀한 목재를 실은 배가 들어올 때에는 색금현 앞바다를 지난 다음에야 인진도군(전남 진도군)

바다를 거치고 누른바다를 지나 기벌포에 닿을 수 있었던 것이다. 색금현과 인진도군의 바다는 왜를 오가는 길목이다. 당나라에 빼앗긴다면 두고두고 엄청난 손실을 보게 되므로 가잠성 따위는 견줄 바가 아니었다.

당군을 쫓아내기 위해 윤충은 가잠성으로 향하던 군사를 돌려 곧바로 남쪽으로 내달렸다. 이튿날에는 백제 왕도 가잠성을 구하기 위해 불러모았던 군사 3만을 몸소 이끌고 색금현으로 달려갔다.

그러나 남쪽으로 내달리던 윤충은 고룡군(전북 남원)에 이르러 갑작스럽게 동쪽으로 길을 바꿔 대야성으로 치달렸다. 당군이 색금현 앞바다에 나타났다는 것은 모두 백제에 들어와 있는 신라의 눈과 귀를 속이려고 미리 짜고서 꾸민 한바탕 거짓놀음이었던 것이다.

신라 대야주 백성들의 민심이반을 알게 된 상좌평 성충이 눈독을 들이다가, 신라군이 대대적으로 가잠성 공격에 나서는 것을 핑계로 군사를 일으켰으니, 완벽한 계책이었다. 백제 왕 의자와 상좌평 성충, 대장군 윤충 딱 세 사람이 짜고서 벌인 일이었으니 윤충을 따라 출전한 장수들까지도 감쪽같이 속았다. 전쟁터에 나서는 백제 장수들까지도 모르는 일을 신라에서 알아챌 수는 없었으므로, 꼼짝없이 당하게 된 것이다.

"허둥대지 마라. 지금 상장군 알천이 가잠성을 향해 달려가고 있다. 지금 이동 중인 백제 군사들은 모두 가잠성을 구하러 가는 군사들일 것이다."

백제군의 이동을 품석은 허장성세의 계략으로 판단했다.

"보나마나 성동격서의 계책이다. 우리 신라군의 이목을 흐리기 위해 대야성을 공격하는 척하려는 것이다. 틀림없이 늙고 병든 군사들로 하여금 요란하게 허장성세를 부리며 시간을 끌다가 돌아갈 것이다. 저놈들의 허튼수작을 보고만 있을 것인지 성문을 열고 나가 혼쭐을 내줄 것인지, 다만 그것이 문제일 뿐이다."

하지만 계략이건 허튼수작이건 대비를 하지 않을 수도 없는 노릇이었다. 대야주 도독 김품석은 관할구역에 있는 모든 성으로 파발을 보내 백제군의 기습공격에 대비하라는 명을 내렸다. 하주(下州, 경남 창녕)에 있는 하주정과 추화군(推火郡, 경남 밀양)에 있는 삼량화정(三良火停)의 지원을 받아야 했으나, 두 곳 모두 군영을 지키는 적은 군사만 남기고 알천을 따라 가잠성으로 출병한 상태였다.

한편 백제군의 침공 소식을 접한 검일은 천재일우의 기회가 될지도 모른다고 생각했다.

"제발 성동격서의 허튼수작이 아니었으면 좋겠다."

"나도 그래. 차라리 피를 튀기는 전투라도 하면서 살고 싶었어."

"아니야. 이렇게 재미 없는 날들을 싸움질로 땜질이나 하려는 것이 아니야. 모척, 나는 이 기회에 천지개벽을 해버리려는 걸세."

"천지개벽이라니? 검일. 그대야말로 아닌 밤중의 홍두깨 같은 소리를 하고 있지 않은가."

품석에게 마음을 빼앗긴 안해들 때문에 동병상련의 처지인지라 더욱 허물이 없었다.

"여러 번 이야기했지만, 서라벌의 가야파라는 것도 이름만 가야파였을 뿐 그들의 가슴속에는 가야가 없었네. 이제 가야를 생각하는 사람들은 이 땅에서 죽지 못하고 사는 우리 같은 무지렁이 백성들뿐이야."

"그래서 어쩌겠다는 것인가?"

"이 땅은 본디 신라의 땅이 아니었고 우리 조상들 또한 신라 백성이 아니라 망해버린 가야의 백성들이었어. 이제 우리가 신라를 버리고 백제의 백성이 된들 누가 우리를 탓하겠는가? 나는 이번 기회에 품석 같은 놈을 죽여버리고 백제로 투항할 생각이네."

"물론, 우리가 손을 내밀면 전공에 목마른 백제군은 덥석 잡아줄 거야. 하지만 전쟁이 끝나면 더 이상 아쉬울 것도 없고 쓸모도 없을 테니, 오히려 우리를 전리품 삼아서 종으로 팔아버릴지도 모르지 않는가? 백제놈들도 서라벌놈들처럼 우리를 짓밟아대지 않을 거라고 어떻게 장담할 수가 있나. 오히려 더 가혹하게 탄압하며 대야주 백성들의 고혈을 짜낼지도 몰라."

"물론, 그것도 얼마든지 가능한 이야기지. 그러나 지렁이도 밟으면 꿈틀거리고 기르던 개도 주인을 무는 법이야. 나는 물론 내 부모들도 태어나면서부터 신라 사람이었고 오래전에 망해버린 가야의 재건을 꿈꿔본 적도 없어. 반역을 하려는 것도 어쩌면 내가 이미 뼛속까지 신라 사람이기 때문인지도 몰라. 조그마한 땅덩이에서 정신 못 차리고 짐승 같은 짓거리나 일삼는 서라벌놈들에게 짓밟히는 백성들이 언제까지 그냥 당하지만은 않는다는 당연한 진리를 깨우쳐주고 싶은 거니까."

바람난 안해와 난봉꾼 도둑 때문에 그 분풀이로 반역을 하려는 것이 아니었다. 이 땅의 주인이 누구든 함부로 백성을 타고앉아 횡포를 부리면 안 된다는 것을 이번 기회에 똑똑히 보여주려는 것이었다.

"백제군이 정말 신라군의 이목을 흐리려고 오는 허접한 군사들이라면 말짱 헛일이 아닌가?"

"그렇지 않기를 바라지만 그렇다 해도 나는 결행할 것이네. 내가 살고자 해서 하는 반역이 아니야. 여기 오는 백제군이 겨우 수백 명의 허수아비 군대라고 해도 나는 반역을 하고 죽을 것이네. 이차돈의 목에서는 양의 젖처럼 하얀 피가 하늘로 솟구쳤다고 하지만 이 검일의 붉은 피는 흙 속으로 스며들어 이 땅을 기름지게 할 걸세."

너무도 완강한 검일의 말에 뜻을 같이하기로 작정한 모척이 그 뜻을 전하기 위해 몰래 백제군으로 갔다. 행군해오는 백제 군을 만난 모척은 먼저 저들이 허장성세가 아니라 정말 전쟁을 하려고 출전한 대부대라는 것이 기뻤고, 따라서 자신들의 반역이 성공할 것이라는 확신도 들었다. 대야성의 군사로 몰래 항복하려 한다는 의사를 전한 모척은 곧바로 백제군의 대장 윤충을 만나게 되었다.

"대야주 도독이 음란하고 난폭하여 민심을 잃은 지 오래요. 우리가 성안에 불을 지르면 전의를 상실한 군사들이 나처럼 항복하거나 아니면 다른 곳으로 달아나고자 할 터이니 부디 길을 내어주시오."

백제군 대장 윤충으로서는 반갑기 그지없는 일이었다. 형님인 성충의 의견이 옳을 것으로 믿기는 했지만, 이렇게까지 대야주 백성들의 마음이 허공에 떠 있을 줄은 몰랐다. 어쩌면 군사들이 피를 흘리지 않고도 대야성뿐 아니라 대야주 전체를 얻게 될지도 모른다.

"물론이오. 한 사람도 다치지 않게 길을 내드리겠소. 고향으로 돌아가든 다른 성으로 들어가든 마음대로 하시오. 우리는 대야성과 대야주를 얻으러 온 것이지, 애꿎은 군사들의 피를 보기 위해서 온 것이 아니오."

낮부터 백제군이 몰려와 만 명의 군사로 대야성을 에워쌌다. 그러나 어찌 된 셈인지 해가 지고 어둠이 내린 뒤에도 백제군은 꼼짝도 하지 않고 있었다.

　"아마도 더 많은 군사가 오기를 기다리는 모양일세. 만여 명이 성을 공격해도 막기에 벅찰 터인데 더 많이 온다면 참으로 큰일 아닌가."

　"먼 길을 달려와 피곤해서 가만히 있는지도 몰라. 이때 우리가 성을 나가 먼저 공격하는 것도 나쁘지는 않을 것 같은데……."

　영문 모르는 군사들이 떠드는 사이 검일과 모척도 바삐 움직였다. 죽어도 좋다고 결심했으니 실패해도 겁날 것은 없지만, 성공하면 더 좋은 것이다. 되는대로 많은 사람을 모아야 했다.

　"우리가 무엇 때문에 신라를 위해 싸워야 하나? 피를 흘려 성을 지켜내도 모든 공은 도독 품석이 차지하고 말 것일세. 서라벌에 끈이 있거나 품석의 눈에 들었던 몇몇도 포상을 받겠지만, 적어도 우리는 아니야."

　검일과 모척은 이치로써 사람들을 설득했다. 전투 중에 죽거나 다치면 남은 가족들은 누가 보살펴주겠는가? 설사 살아남는다고 해도 성을 지켜내지 못하면 도륙당하는 것은 도독 김품석 하나뿐이 아니다. 우리는 물론 죄 없는 처자식까지 모두 포로로 잡혀 종으로 팔려가더라도 어디 가서 하소연할 데도 없다. 전투를 치르기 전에 미리 항복해서 살아남으면 정상이 참작되어 포로로 잡혀가는 꼴은 당하지 않을 것이다. 자진해서 백제에 항복한 대야주 백성들의 민심을 다독거리기 위해서라도 오히려 칭찬을 하고 세금 감면 등 여러 혜택을 베풀 가능성이 더 높지 않겠는가?

대야주는 가야의 땅이었지 원래부터 신라가 아니었으니 나라를 배신했다는 비난도 죄책감도 훨씬 덜하다. 여기는 신라와 백제가 맞부딪치는 국경지역이다. 어떤 바보들이 긁어 부스럼을 만들겠는가? 서라벌의 천대 때문에 우리 대야주 백성들이 반란을 일으켰다면 백제에서도 우리를 함부로 대하지 않을 것이다. 최소한 안해를 빼앗기는 개 같은 꼴은 당하지 않을 것이다.

짧은 시간이었지만 검일과 모척이 접촉한 사람들은 선선히 동조하고 나섰다. 모두가 서라벌에서 온 난봉꾼에게 안해를 빼앗긴 자들이거나 도독 부부의 행실에 진절머리를 내는 자들이었던 것이다.

"백제군은 우리와의 약속을 지키기 위해 움직이지 않고 있는 것이다. 우리도 성안의 창고에 불을 질러 군량을 모두 태워 버리자."

반란을 일으키기로 작정한 사람들은 곧 실행에 들어갔다.

"밤이 깊었다. 모두 마른나무와 섶을 가지고 가서 한꺼번에 불을 지르자. 그리고 혼란을 틈타 품석을 베어야 한다."

"모두 조심해라."

성안에는 곳곳에 화톳불이 밝혀지고 횃불을 든 군사들이 돌아다니고 있었으나 모두 성을 에워싼 백제군에만 마음을 쓰고 있었다.

"반항하거나 소리를 지르면 바로 죽이겠다. 너희들이 서라벌의 개가 아니라 가야인이라면 우리와 행동을 함께할 것이다."

군량창고를 지키는 군사들이라고 따로 열성분자만 모아놓은 것은 아니다. 함께 반란을 일으킬 마음이 없다고 해도, 얼굴을 뻔히 아는 사람들이 몰려와 목에 칼을 들이대고 있는 판에 용감한 척 나서서 개죽음을 당할 바보는 없었다. 다들 멍하니 군량창고에 불이 옮겨 붙는 것을 지켜보다가 반란군과 함께 어둠 속으로 사라졌다.

"불이야!"

"불이다! 군량창고에 불이 붙었다!"

창고마다 불이 붙고 맹렬하게 타오른 뒤에야 사람들은 군량창고에 화재가 발생한 것을 알았다. 깊은 밤 느닷없는 외마디 소리가 울려퍼지고 군사들이 달려왔으나 이미 손을 쓸 수가 없었다. 창고마다 마른나무를 잔뜩 쌓아놓고 불을 질렀으니 그 뜨거운 열기에 감히 곁에 다가서지도 못했다.

"물을 가져와라!"

"좀 더 가까이 가서 물을 끼얹어라!"

모두들 정신없이 설쳤으나 우우~ 바람을 일으키며 세차게 타오르는 엄청난 불길을 잡을 수는 없었다. 군량창고들이 모두 홀랑 타버리고 말았다.

"무슨 소리냐? 어떤 놈들이 불을 질렀단 말이냐? 백제놈들이 어느새 성에 들어왔단 말이냐?"

품석이 고래고래 소래기를 지르며 침실에서 달려나왔다.

"우리가 불을 질렀다."

"뭐라고? 방금 뭐라고 했느냐?"

"바보 같은 놈, 불은 우리가 질렀다. 모두가 네놈의 첫값이다."

갑자기 칼을 빼들고 나타나 길을 막는 군사들은 모두 사나운 눈을 홉뜨고 있었다.

"누, 누구냐?"

큰 소리로 나무라던 품석의 목소리가 갑작스럽게 덜덜 떨렸다. 아침저녁으로 만나던 부하들이 어느새 악귀나찰로 바뀌었으니 자신이 나쁜 꿈을 꾸고 있는지도 모른다는 생각이 들었다. 그러나 언제 볼을 꼬집어볼 새도 없이 저승사자들이 울부짖었다.

"네놈의 죄가 너무 많아서 다 기억하지도 못할 것이다. 지옥의 불구덩이에 처박혀서 천년만년 찬찬히 헤아려보거라."

"짐승만도 못한 너 한 놈 때문에 너무 많은 사람이 지옥 같은 고통 속에서 살아야 했다. 그래도 사람의 탈을 썼으면 저승에 가서는 사람답게 살거라."

"크-악!"

비명과 함께 원한의 칼날이 흩뿌려지고 품석의 몸뚱이는 성한 데가 없게 되었다.

"웬 소란이냐?"

뒤늦게 도독의 안해 고타소가 달려나왔으나 눈에 띄는 것은 피범벅이 되어 널브러진 주검뿐이었다.

"나쁜 놈들이 도독을 죽였다!"

고타소가 침실로 달아나며 울부짖었다. 아직도 군사들이 떠드는 소리가 시끄럽다. 한참 뒤에야 비로소 조금씩 정신이 들었다. 도독이 죽임을 당했다! 밖에는 낮부터 백제군이 성을 에워싸고 있다. 백제군이 성에 들어온 것이 아니라 하더라도 성안에 모반하는 자들이 많이 생겼음에 틀림없었다. 군량창고가 불타고 군사들이 떠드는 소리가 무척이나 시끄럽다. 성주를 죽인 자들이 이제라도 다시 돌아올 것만 같았다.

"도망쳐야 된다!"

그러나 어마지두에 혼겁을 먹은 터였다. 아무리 생각을 휘둘러보아도 어디 달아날 데가 없었다. 유부녀들을 수도 없이 끌어들이는 남편의 못된 버릇이 이런 결과를 초래했을지도 모른다는 데 생각이 미쳤기 때문이다.

"밝혀도 어지간히 밝혔어야지, 싫다는 년들까지 몽땅 끌어들이다가 이런 꼴을 당했으니!"

자신의 잘못에 대해서는 생각조차 해본 일이 없는 고타소다. 대야주의 힘없고 무능한 사내들은 품석을 비난하고 원망하면서 결국 모반까지 하게 되었지만, 고타소의 까다로운 입맛 또는 촌놈을 무시하는 인간차별에서 비롯된 민심이반도 작다고만은 할 수 없었다. 만일 고타소가 식성이 좋아서 이것저것 가리지 않고 닥치는 대로 대야주 사내들의 색공을 받았더라면 제아무리 험담하기 좋아하는 못난 사내들이라도 도독 김품석한테 안해를 빼앗겼다고 떠들어대거나 끝까지 앙심을 품지는 못했을 것이다.

사람이란 일방적으로 자기 것만 강제로 빼앗겼을 때 박탈감을 느끼는 것이지, 자신도 상대방의 물건을 공동으로 이용할 수 있다면 어디 가서 억울하다고 떠들어댈 수도 없다. 물론 자기의 물건이 상품이고 상대의 물건이 하품일 때는 크게 손해보는 기분이 들기도 하겠지만, 어찌 사람 사이가 자로 잰 듯 공평하기만을 바라겠는가.

어쩌다 누가 품석한테 안해를 여러 번 빌려주었는데 자신은 한 번도 고타소를 품지 못했다고 해도 그것을 문제 삼지도 못했을 것이다. 남들은 다들 고타소와 색사를 즐기는데 자신만 선택받지 못했다고 떠드는 꼴이 되어 제 못난 자랑 한다는 소리나 듣기 십상이다. 억울하다고 떠들어낼 형편이 아니니 대충 참고 넘어가거나 고타소의 눈에 들려고 노력했을 것이다.

뿐만 아니라 선민의식을 갖고 있었던 고타소로서는 자신이 모척에게 별 생각 없이 "가야인들은 이리저리 눈치나 살피다가 승냥이같이 달라붙는 천박한 자들이다"라고 무심코 내뱉은 말이 이처럼 커다란 화근이 될 것이라고는 정말 상상할 수도 없었을 것이다.

"사내가 색사만 잘하면 다야? 지 몸은 지가 지킬 줄도 알아야지! 아이고, 무술도 못하는 이런 멍청이를 믿고 살아온 내가 미친년이지!"

소리쳐 울부짖다가도 폭폭 새어나오는 한숨에 이를 갈던 고타소가 벌떡 일어섰다. 문득 이러고만 있을 때가 아니라는 것을 깨달은 것이다. 그러나 달아나 숨을 곳을 생각해보니 다시 눈앞이 캄캄했다. 어디로 도망쳐 숨는다 한들 성안에 있는 군사들이나 백성들이 모두 나서서 자신을 붙잡아 매질을 하며 질질 끌고 다니다가 백제군에게 넘겨줄 것이 뻔했다.

"개처럼 끌려나가 치욕을 당하지 않으려면 차라리 내 손으로 죽는 것이 낫다. 꾸물거리다가는 죽을 시간도 없을 것이다."

고타소가 중얼거리며 기둥에 목을 매려는데 밖에서 시끄럽게 떠드는 소리가 들려왔다.

"도독님은 어디에 있느냐?"

"도독님을 찾아라."

군사들이 품석이 보이지 않아 찾는 소리였으나 고타소의 놀란 귀에는 다시 품석을 잡아 죽이겠다는 소리로만 들렸다.

"저놈들한테 붙잡혀서는 안 된다!"

눈에 띄는 대로 칼을 뽑아 목에 대고 침상에 엎드렸다. 맘이 바쁜 고타소는 맘에 들거나 말거나 지아비 품석의 뒤를 따르게 되었다.

온통 난리 속에 날이 밝았다. 간밤의 그 소란에도 백제군은 꿈쩍도 하지 않았다. 그러나 백제군이 움직이지 않아도 성안 군사들의 사기는 이미 땅에 떨어졌다.

"군량창고가 다 타버렸으니 며칠이 지나지 않아 식량이 떨어질 것이다."

"어젯밤 도독이 죽임을 당했다."

군사들은 두려웠다. 성을 에워싼 백제군이 두려운 것이 아니라 군량창고가 모두 불에 탔으므로 식량이 떨어질 것을 두려워하는 것이다. 또한 도독을 죽인 자들이 언제 어디서 창날을 들이밀지도 모른다. 도독 김품석이 못된 짓을 많이 저질렀으므로 어떤 사람들이 그랬을지 짐작 못할 바도 아니었고 아쉬울 것도 없었다. 그러나 백제군이 성을 에워싼 마당에 우두머리인 도독이 죽임을 당했으니 모두가 갈팡질팡 어쩔 줄을 모르고 있는 것이다.

"백제놈들은 우리가 모두 굶어 죽기를 기다리고 있을 것이다."

"도독이야 나쁜 짓만 해왔으니 잘 죽었으나 애꿎은 우리만 불쌍하게 되었다."

처음에는 모여앉아 걱정만 늘어놓았으나 시간이 지날수록 앞뒤를 가늠해보게 되었다.

"도독이 스스로 제 몸에다 칼을 꽂아 죽은 것이 아니듯이 군량창고도 여러 사람이 나뭇단을 쌓아놓고 불을 지른 것이다. 이것은 이미 누군가가 백제군과 짜고서 저지른 것임에 틀림없다."

"맞아. 그래서 백제군이 성을 공격하지 않고 가만히 기다리고 있는 거야."

"누굴까? 누가 백제군과 짜고서 모반했을까?"

하지만 품석이 하도 많은 사람과 원한을 맺고 있었으니 쉽게 가려내기가 어려웠다. 군사들이 궁금해하는 것은 모반한 자들을 가려내 죄를 물으려는 것이 아니라 도리어 이로써 어렴풋하나마 희망을 품었기 때문이었다.

"백제군과 짜고서 한 짓이라면 우리를 성에서 내보낼 것도 이미 약속했을 거야. 우리와 싸우지 않고 성을 얻는 것이 백제군으로서도 이득 아니겠는가?"

"쥐도 궁지에 몰리면 고양이를 문다는 소리를 알고 있다면 반드시 길을 열어 우리를 내보낼 것이다. 누군가가 나서서 길을 열어달라고 부탁하기만 하면 돼."

군사들은 끼리끼리 곳곳에 모여 말이 나가는 대로 큰일 날 소리를 함부로 지껄이기 시작했다. 군사들의 이런저런 움직임을 살피고 있던 아찬 서천이 성벽 위에 뛰어올라 큰 소리로 외쳤다.

"우리는 이 성에서 나가고자 하오. 죄 없는 군사들이 서로 피 흘리는 것을 원하지 않는다면 길을 열어 우리가 물러갈 수 있게 해주시오."

손들고 성을 내주겠다는 소리였다. 백제군에서도 한 장수가 나오더니 큰 소리로 대답했다.

"창검으로 무장하고 바깥으로 나와도 먼저 우리를 공격하지 않는 사람은 털끝 하나도 다치지 않을 것이오. 부모 형제가 기다리는 고향으로 돌아가고자 하는 사람은 곧바로 성을 나서서 집으로 돌아가시오. 고향으로 가지 않고 다른 성으로 들어가서 다시 싸우고 싶은 사람들도 함께 안심하고 성을 나오시오. 군량도 없는 성안에서 우리와 싸우려는 것은 크게 어리석은 일이오. 슬기롭게 생각하여 뉘우침이 없게 하시오."

곧바로 백제 장수가 무어라 명령을 내리자 곧바로 성의 동쪽에 있던 백제 군사들이 남쪽으로 몰려갔다. 이로써 성안의 군사들이 동쪽 성문을 열고 달아날 수 있게 된 것이다.

마침내 성의 동문이 열리고 군사들이 밀려나가기 시작했다. 이때 군사들을 가로막으며 크게 외치는 사람이 있었다.

"백제는 거짓말을 밥 먹듯 하는 나라다. 이제 우리를 꾀어내기 위해 달콤한 말을 하고 있지만 우리가 성 밖으로 나오기를 기다려 모두 사로잡으려는 것이다. 성을 나선 군사들이 가는 길은 곳은 고향길이 아니라 저승길이 될 것이다."

사지 죽죽이었다. 죽죽은 성을 나가려는 군사들에게 백제군의 잔꾀에 넘어가지 말라고 목이 터져라 외쳤다. 그러나 귀담아듣는 사람이 없었다. 성을 나서는 군사들은 모두 창검으로 무장을 갖추고 있었다. 백제군이 약속을 어기고 덤벼든다 해도 도마 위에 오른 고기처럼 쉽게 당하지만은 않을 것이다.

"우리는 고향집에 가려는 것이 아니오. 이 성에는 군량이 없어서 지키고자 해도 그 뜻을 이룰 수가 없게 되었소. 그대도 헛된 용맹을 자랑하지 말고 우리와 함께 다른 성으로 옮겨가서 싸웁시다."

누군가가 죽죽의 말을 받아 큰 소리로 대꾸하자 여기저기서 죽죽한테도 함께 성을 나가자고 소리쳤다. 망설이던 군사들도 그 소리에 마음이 움직여 뒤따라 성을 나갔다. 죽죽은 차라리 나서지 않느니만 못하게 되었다. 활짝 열린 성문으로 군사들이 줄지어 나갔다.

성에 남은 군사는 반도 되지 않았으나 죽죽은 성문을 굳게 닫고 군사들의 사기를 돋우었다. 손에 침 발라가며 성벽에 늘어서 있는 신라 군사들에게 다시 백제군의 외침이 쏟아졌다.

"보아라. 우리는 약속을 지켜 성을 나온 군사들의 털끝 하나도 건드리지 않았다. 오늘도 해가 질 때까지 우리는 움직이지 않을 것이다. 어서 성에서 나와 가고 싶은 곳으로 가거라. 우리는 배고픈 군사를 상대로 싸우고 싶지 않다. 다른 성에 가서도 우리와 싸울 기회는 얼마든지 있을 것이다."

백제군이 말하지 않아도 신라 군사들은 이미 알고 있었다. 성을 나간 군사들이 아무 거리낌 없이 다른 성으로 들어가거나 고향집을 향해 가는 것을 성의 높은 곳에서 두 눈으로 보았던 것이다. 무턱대고 성을 나갔다가 백제군에게 공격당할 것이 두려워 성을 나서지 못했던 자들이 크게 흔들리고 있었다.

"남은 군사들이 굳게 뭉쳐도 이 성을 지켜내기 어려울 터인데 남은 자들마저 크게 흔들리고 있네. 성을 지키지 못할 바에야 깨끗이 내주고 차라리 다른 곳에 가서 힘을 합해 싸우는 것이 어떤가?"

누구보다 가까운 벗이었던 사지 용석까지도 다른 성으로 옮겨가자고 했지만 죽죽은 머리를 저었다.

"백제군이 노리는 것이 바로 그것임을 알지 못하는가? 이 성에서 나간 군사들이 들어간 성은 모두 싸울 기운을 잃고 이 성처럼 저절로 무너져버릴 것이네. 그것을 알고 이용하기 위해 백제군은 팔짱을 끼고 앉아 신라 군사들이 하고 싶은 대로 하도록 내버려두는 거란 말일세."

듣고 보니 정말 그렇다. 성을 에워싼 대군이 성안의 군사를 조금도 다치지 않고 제 맘대로 나갈 수 있게 내버려둔 것을 안다면 군사들은 두고 온 부모 형제와 처자를 생각하게 되어 저절로 기운이 빠지고 말 것이다. 손을 대지 않고 적을 밀어내는 방법으로 이보다 더 좋은 것은 없다.

"나 또한 이 성을 지켜내지 못할 것임을 잘 알고 있네. 그러나 이 대야성은 신라 백성의 피와 땀으로 이룩한 성 아닌가. 어찌 신라 군사의 피 한 방울 묻히지 않고 적에게 넘겨줄 수 있겠는가. 나는 이 대야성에 신라 군사의 피를 뿌려 신라 백성과 백제 군사들에게 부끄럽지 않고자 하는 것일세."

그렇다! 제 한목숨을 살리려고 적에게 손을 드는 것은 부끄러운 일이지만 싸우지 않고 성을 내주는 것에 견주어보면 아무것도 아니다.

"내 아버지가 내 이름을 죽죽(竹竹)이라고 지은 것은 대나무처럼 추운 겨울에도 쓰러지지 않고 꺾이거나 굽히지 말라는 뜻이었네. 자식 된 도리로 이름값은 해야 할 것 아닌가. 떠나가는 사람을 붙잡지는 않을 것이네. 이 성에 붉은 피를 뿌려 부끄러움을 남기지 않을 사람만 남으면 되네. 그러나……."

죽죽이 말끝을 흐리자 용석이 죽죽의 어깨를 두드리며 말을 받았다.

"그러나 우리는 저승길을 가도 함께 갈 것이네."

장수들이 애써 붙잡지 않았으니 그날 밤 안으로 다시 많은 군사가 성을 빠져나갔다.

다음 날 아침, 백제군은 성문이 굳게 닫히고 더는 나올 사람이 없는 것으로 판단하고는 세차게 공격을 퍼부었다. 남은 군사들은 안간힘을 다하여 이리 뛰고 저리 뛰며 용맹하게 싸웠으나 빈자리가 너무 많았다. 반 시각도 안 되어 백제군이 성벽 위에 올라섰고 신라군은 성벽 곳곳에 붉은 피를 뿌리며 쓰러졌다.

가잠성 포위를 마치고 막 공격을 시작하려던 상장군 알천은 가잠성으로 달려오던 백제의 구원군이 갑자기 진로를 바꾸었다는 첩보를 받았다. 처음에는 성동격서의 계략으로 의심했으나, 이어진 급보는 백제 왕도 직접 수만 군사를 이끌고 남쪽으로 내달리고 있다는 것이었다.

"백제 왕까지? 그렇다면, 성동격서의 계책이 아니다!"

그렇다면? 색금현도 아니다! 당군이 색금현에 나타났다고 해도 백제 왕이 직접 나설 정도는 아닌 것이다. 왕이 몸소 출정했다면 그곳은 어디가 될 것인가? 작은 전쟁터에 왕이 직접 나설 리는 없겠지만 갑작스럽게 모은 군사로 서라벌을 공격한다는 것도 있을 수 없는 일이다. 그렇다면 서라벌 다음으로 중요한 곳은? 아니, 백제군이 만만하게 볼 수 있는 곳은?

어쩌면, 대야주일 것이다! 아니, 대야주가 틀림없다! 알천도 도독 품석이 대야주 백성들의 인심을 잃고 있다는 소문을 들었기 때문에 즉각 그쪽으로 의심이 갔던 것이다.

스스로 군사를 일으켜 백제군의 함정에 빠진 것을 깨달은 알천은 즉각 가잠성 공격을 포기하고 군사를 물렸다. 서둘러 길을 재촉했으나 상주에 도착했을 때 청천벽력의 소식이 당도했다. 일부 군사들이 반란을 일으켜 싸워보지도 못하고 대야성이 이미 적의 수중에 들어갔다는 것이었다.

반란이라니! 도독 때문에 대야주 백성들이 반란을 일으켰단 말인가. 이미 적의 손에 떨어진 대야성이 문제가 아니다. 대야주 전체가 바람 앞의 등불이지만 마음만 바쁠 뿐 어떻게 손을 써볼 방법이 없다.

"하주로 간다. 하주에서 방어선을 치고 적을 막는다"

하주로 진로를 바꾸자 앞장서 달리던 상주정의 대장군 필곡이 달려왔다.

"알천공! 대야주를 포기하겠단 말씀이오? 여기 있는 2만 군사는 신국 최고의 정예군. 당장 대야주로 달려가서 백제군을 몰아내야 할 것이오."

"대야주는 늦었소. 하주에 방어선을 치고 적의 침범을 막아야 하오."

"40여 성 중에서 겨우 대야성 하나가 떨어졌을 뿐이오. 우리가 서두른다면 나머지 성을 모두 지켜낼 수가 있소."

"믿을 수 없지만, 첩보를 종합해보면 대야주 도독 품석 부부의 난잡한 색사 때문에 원한을 품은 대야주 백성들이 반란을 일으킨 것이오. 백성들이 반란을 일으킨 마당에 대야주에 함부로 들어갔다가는 우리 정예군까지 몰살당할 수 있소. 뒤에서 내지른 창날에 찔릴 때까지는 누가 적인지도 모르고 속수무책으로 당할 것이오."

"신국 최고의 정예군이 한자리에 모였으면서도 한번 싸워보지도 못하고 미리 도망부터 쳐야 한다는 말씀이오? 싸워보지도 못하고 그 너른 대야주를 내주고 백성들이 도륙당하는 것을 두 눈 번히 뜨고 쳐다보기만 하겠단 말씀이오?"

필곡이 분통을 터뜨렸지만 화를 낸다고 후회를 한다고 해결될 일이 아니었다. 상장군 알천의 의견대로 대야주를 깨끗이 포기하고 하주를 굳건히 지키는 것이 더 큰 화를 피하는 길이 될 것이었다. 결국 필곡도 하주로 이동하는 데 동의했다. 격전지가 아닌 하주로 가서 이후에 다가올 적을 기다리는 것이니 군사 이동에 속도를 내지 않아도 되었을 뿐이다.

백제군이 대야성을 손에 넣은 다음 날에는 백제 군사가 4만으로 불어났다. 백제 임금이 이끄는 군사들이 도착한 것이다. 임금은 윤충과 군사들을 크게 위로하고 다른 성들을 공격하도록 명령을 내린 뒤 몸소 칼을 뽑아 군사를 지휘했다.

백제군은 성을 에워싼 다음 곧바로 싸우지 않았다. 어디서나 목소리 큰 군사를 시켜 고함을 지르고, 글을 적은 쪽지를 화살에 매달아 날려보내 성안의 군사들로 하여금 싸울 뜻이 없어지게 만들었다.

"백제 임금이 죄 없는 목숨을 살리기 위하여 하늘에 다짐하고 신라 군사에게 이른다. 성에서 나온 사람들이 완전무장을 갖추고 있어도 먼저 공격하지 않으면 우리는 털끝 하나 건드리지 않겠다. 한 사람도 볼모로 붙잡지 않을 것이다. 애꿎은 목숨을 버리지 말고 부모 형제가 기다리는 고향집으로 돌아가라."

성을 에워싼 백제 군사들의 모습에 기가 죽은 신라 군사들은 부모 형제라는 말을 듣자 마음이 더욱 약해졌다. 자신들이 성을 나가도 백제군이 덤비지 않는다는 것은 귀로 듣고 눈으로 보았다. 구원군이 오지 않으면 성안의 군사들만으로는 성을 지켜낼 수가 없다. 차라리 뒤로 물러갔다가 구원군이 오기를 기다리는 것만 같지 못하다고 생각한 많은 군사들이 성문을 열고 나왔다. 더러는 성벽에 밧줄을 걸고 내려와 자기들이 가고 싶은 곳으로 떠났다.

하루를 기다린 백제군이 다음 날 성에 들어설 때에는 이미 성문이 활짝 열린 곳도 있었다. 또 나중에는 백제군이 도착하기도 전에 성을 비우고 달아나는 곳도 생겨났다. 어쩌다 마지막 한 사람까지 목숨을 내던지고 끝까지 성을 지키는 곳도 있었으나, 백제군은 매우 수월하게 여러 성을 손에 넣었다.

백제 왕은 한 달 만에 대야주의 40여 성을 모두 백제 땅으로 만들고 돌아갔다. 서라벌은 금방이라도 백제 왕 의자가 군사를 휘몰아 달려오는 듯 불안에 휩싸였으나, 의자는 돌아갈 때도 바람처럼 빠르게 사비성으로 사라져버렸다.

겨우 한 달 사이에 꼼짝도 해보지 못하고 대야주를 송두리째 잃어버린 신라 조정은 무엇에 쫓기는 것처럼 뒤숭숭했으나, 오직 한 사람, 냉정하게 앞으로 되어갈 일을 점치는 사람이 있었다. 바로 김유신이었다.

하늘은 끝없이 파랗고 햇볕은 더없이 따사롭게 내려쬐고 있었다. 김유신은 벼이삭이 머리를 숙이고 노랗게 익어가는 가을 들판을 달리고 있었다. 유신은 문득 소리라도 지르고 싶은 충동을 애써 눌렀다. 사람들과 어울려 이런저런 말을 나누다

보면 자칫 누구에게라도 가슴을 열어 보일 것 같아서 아침 일찍부터 들판에 나와 말을 달리는 것이다. 하기야 모르는 이의 눈에는 잇따른 나쁜 소식에 답답한 가슴을 달래려 말을 달리는 것으로도 보일 것이었다.

대야주에서 날아온 소식은 대야성이 적의 손에 넘어가고 도독 품석과 그의 안해 고타소가 죽었다는 것이었다. 고타소는 품석의 죽음을 알고 스스로 목을 찔러 자결했다고 했다. 대야주 도독 품석과 그 안해가 누군가? 바로 김춘추가 부러진 갈빗대처럼 애처롭게 아껴온 딸 고타소와 그 사위가 아니던가.

보라궁주가 아이를 낳다가 죽은 후 고타소는 보라궁주의 추억과 사랑까지 그대로 받는 아이였다. 문희가 춘추와 결혼한 후 둘째아이를 갖자 유신은 문희의 언니인 보희를 첩으로 보냈다. 보라궁주가 둘째아이를 가져 해산할 때가 가까웠는데, 문희마저 임신을 해 색사를 하기에 어려웠으므로, 한꺼번에 두 안해의 색공을 받을 수 없게 된 춘추가 다른 곳에 눈을 돌리지 못하게 하려는 것이었다.

안해가 둘이나 있어도 외롭고 허전하던 차에 들어온 보희를 춘추는 매우 사랑했다. 잠시도 떨어지려고 하지 않았으나, 보희가 들어오고 두 달여 만에 보라가 아이를 낳다가 죽었다. 안해와 아이를 한꺼번에 잃은 춘추는 슬픔이 지나쳐 무려 1년 넘게 보희와 대면하는 것도 꺼려했었다. 꽁꽁 얼었던 마음이 풀려 다시 보희의 색공을 받고 지원과 개지문 두 아들을 두기는 했으나, 보라를 그리는 춘추의 마음이 그토록 애절했던 것이다.

어려서 어미를 잃은 고타소는 춘추에게 옛말 그대로 눈에 넣어도 아프지 않을 자식이었다. 일찍부터 색사에 자유분방했던 고타소는 스물이 넘어 결혼을 했는데, 딸아이의 결혼식장에서도 눈물을 보이는 춘추를 보고 유신은 한마디 우스갯소리도 하지 못했었다.

그런데 그 딸이 지아비와 함께 비명에 죽은 것이다.

춘추는 왕실의 사랑을 한 몸에 받고 자란 사람이다. 광명정대한 사람으로 일을 함에 있어서 망설이지 않고 그 자리에서 시원스럽게 처리했다. 그러나 너무 귀하게 자란 만큼 마음이 너무나 여린 것이 한 가지 흠이었다. 일을 하면서도 끈질기게 물고 늘어지는 근성이 없었다. 유신이 삼국통일을 입에 올릴 적에도 신심을 내지 않고 그저 유신의 큰 뜻을 따르겠다는 정도였다. 제 손으로 이루겠다는 야심은 없었다. 어쩌면 야심이 없다기보다는 작은 신라가 백제와 고구려를 정복할 수 있다는 것에 대한 확신이 없다고 해야 옳을 것이다.

춘추는 신라의 대들보가 될 사람! 거센 불길이 쇠를 달구듯, 춘추는 시련으로 강해져야 한다! 귀공자가 아니라 한 사람의 사내로 굳세게 자랄 수 있는 절호의 기회다! 유신은 천천히 말을 몰아 집으로 돌아왔다.

다음 날에도 조정에서 춘추의 얼굴을 볼 수 없었다.

아플 땐 아파야 한다! 유신은 시름에 빠져 있는 춘추를 위로하러 가지 않았다. 혼자서 말을 달리고 집으로 돌아가는 길에 옥두리한테서 안가로 와달라는 연락이 왔다.

"나한테 색공을 받을 거요, 바칠 거요?"

"여태 받기만 했으니 한 번쯤 내가 바치는 날도 있어야겠지."

농담처럼 받았으나 유신은 분명히 색공을 바치겠다고 했다. 색공을 받거나 바치거나, 거친 숨을 헐떡이며 땀 흘리고 비명을 지르기는 매한가지다. 옥두리가 즐기는 말장난이었지만, 이렇게 당당하게 나올 때면 색공에 충분한 대가가 따를 것이라는 뜻, 옥두리의 버릇을 잘 아는 유신이 색공을 마다할 까닭이 없었다.

혹, 대야주를 지킬 방법이라도? 때가 때이니만큼 꾀주머니 옥두리한테 바치는 색공이 즐겁기만 했다. 옥두리도 만족한 듯 내내 희열에 들뜬 모습이었다.

"고구려 사신, 압량주 군주."

오랜만에 정성껏 바친 색공에 대한 대가는 딱 두 마디였다.

압량주 군주를 고구려에 사신으로 보내라? 유신은 저도 모르게 고개를 저었다. 압량주 군주 최평달은 너무 늙어 조정에도 나오지 못하고 있다. 그의 아들들도 바보는 아니지만 사신으로 보낼 만큼 영리한 자들은 아니다.

"음양이 따로 없으니 세상만사 생각하기 나름 아니겠어? 하기야 아무리 고승이라 해도 제 머리 하나 밀지 못하는 법이고, 제 손바닥도 뒤집지 못하는 사람들이 많지만."

빨리 문제를 풀지 못하고 곤혹스러워하는 유신을 보며 옥두리가 웃음소리를 흘렸다. 생각하기에 따라 제 손바닥 뒤집기처럼 쉬운 문제라는 소리. 어쨌건 선문답 문제를 받았으니 푸는 것은 유신의 몫이다.

다음 날에도 종일토록 생각했으나 압량주가 걸렸다. 고구려에 사신을 보내 군사원조를 청하라는 것은 알겠지만, 무엇 때문에 압량주 군주가 필요한 것인지 짐작이 가지 않았다. 아무리 생각해도 압량주 군주나 자식들을 고구려에 사신으로 보내라는 소리를 문제랍시고 내지는 않았을 테니 말이다.

압량주 군주? 노루가 제 방귀소리에 놀라 도망친다더니, 유신도 언뜻 스친 생각에 깜짝 놀랐다.

압량주 군주라니! 그러나 압량주 군주에 자신을 올려놓자 문제가 한꺼번에 풀렸다. 춘추를 고구려 사신으로 보내고 자신을 압량주 군주로 봉하게 만들라는 너무도 쉬운 문제였다.

누구의 눈에도 춘추는 여왕 폐하의 남자다. 비록 춘추에게 색공을 바치라는 명을 내린 바 없으나, 색공을 바치는 어떤 사내보다도 춘추는 폐하의 가슴속 깊은 곳에 사는 남자다. 언제라도 춘추를 바라보는 폐하의 눈에는 자식에 대한 어미의 사랑과 못 이룰 연인에 대한 안타까운 사랑이 철철 넘쳐흐르고 있었다.

춘추는 여왕의 언니인 천명공주의 아들이자 여왕의 색공사신이었던 용수와 용춘 두 남자의 아들이다. 자식이 없는 여왕 폐하가 자식처럼 연인처럼 사랑을 쏟아붓는 사람이 바로 춘추다. 그런 춘추의 청을 여왕이 물리치지는 못할 것이며, 조정에서도 반대하기 어려울 것이다. 그렇다고 춘추가 무턱대고 유신을 압량주 군주에 임명하라고 조르는 것은 현명한 처사가 아니다. 고타소와 품석의 죽음으로 분위기는 마련되었지만, 유신한테까지 뜨거운 온기가 미치기에는 때가 아직 일렀다. 무엇인가 또 다른 극적인 상황 연출이 필요한 것이다. 그것이 문제를 푸는 순서다.

여왕 폐하와 조정에서 춘추를 적국인 고구려에 사신으로 보내는 것을 찬성할 리가 없다. 다음 왕위를 이를 귀하디귀하신 몸인 만큼 자칫 잘못해서 볼모로 붙잡히게 된다면 신라는 엄청난 대가를 지불해야 할 것이기 때문이다.

그렇다! 사랑하는 딸과 사위를 잃고 슬픔에 잠긴 춘추를 위로하기 위해, 적국에 사신으로 가는 것만 아니라면 춘추의 어떤 요구라도 선선히 들어줄 수밖에 없다.

"위기는 기회라더니, 생각지도 못했던 기회가 아닌가?"

곁에 옥두리가 있었다면 밤새도록 색공을 바치겠다고 자청했을 것이다. 내년이 바로 환갑이지만 아직도 30대처럼 팽팽하고 매끄러운 옥두리, 그녀의 나이는 날로 깊어지는 지혜로만 가는 것이 틀림없었다. 미실이 58세로 죽는 날까지도 설원공의 색공을 받았다는 소리가 공연한 헛소문인 줄만 알았는데, 아마도 옥두리는 칠순이 지나고 팔순이 되어서도 색공을 받을 것 같았다.

사실 유신은 함께 사는 안해 영모보다 어쩌다 만나는 옥두리한테 훨씬 많은 색공을 받고 있었다. 영모가 옥두리보다 못할 것이 하나도 없는데 이상하게도 영모한테서는 색공을 받고 싶은 생각이 들지 않았고 몸도 말을 듣지 않았다. 지아비로서 막중한 사명감이 없었다면, 어떤 모자란 사내의 우스갯소리처럼 설이나 한가위 같은 큰 명절에나 한 번씩 행사를 치르고 말았을 것이다.

그런데 기분이 너무 좋아서였는지, 옥두리와의 색사가 떠올라서였는지 몸의 한쪽이 뿌듯하게 일어섰다. 붙잡고 사정을 해도 종종 모르쇠를 놓으며 죽은 척 버티던 놈이 웬일로 자진해서 출전하겠다고 나선 것이다.

그리고 보니 지난봄, 마흔다섯에 늦둥이를 낳은 안해 영모가 지아비는 거들떠도 안 보고 갓난이 사랑에 푹 빠져 있어 색공을 받지 못했다. 어느새 한 해가 가깝게 밀린 숙제를 한꺼번에 해치우려면 날이 새도록 뜨거운 밤이 될 것이다. 적장의 목을 베러 나가는 장수처럼 유신은 호기롭게 영모에게로 갔다.

대야성의 비보가 전해지고 닷새가 지나서야 유신은 춘추에게 갔다. 춘추는 억장이 무너진 듯 아직도 넋이 나간 사람 같았다.

"언제까지 넋을 놓고 계시겠습니까?"

춘추가 대꾸 대신 입가에 쓴웃음을 머금었다. 유신이 말하는 바를 모를 까닭이 없다. 잘 알고 있으면서도 어쩌지 못하는 자신이 한스러운 것이다.

"저들에게 당하고 나서 한숨만 쉬고 있을 일이 아닙니다. 사나이 대장부답게 내 아픔을 몇 배로 하여 되갚아주어야 합니다."

"대야주가 계속 유린당하고 있어도 대당과 상주정의 군사들까지 모두 하주에 모여 강 건너 불을 보듯 구경만 하고 있습니다. 내가 군사를 이끌고 달려가고자 하여도 폐하께서는 허락하지 않으실 것입니다."

"폐하께서는 어찌하여 공을 싸움터에 내보내지 않을 것이라고 생각하십니까?"

춘추는 말하지 않아도 뻔히 아는 것을 왜 묻느냐는 듯이 유신의 얼굴을 들여다보았다.

"군사가 적기 때문입니다. 적은 군사를 이끌고 저들을 치러 갔다가 도리어 적에게 당할 것을 걱정하시는 것이지요. 자칫 잘못해서 서라벌에까지 적의 북소리가 들릴지도 모르기 때문입니다. 그렇다고 힘이 없음을 한탄하고만 있어서는 아니 됩니다. 무언가 방법이 없지도 않을 것입니다."

유신은 신라에서 으뜸가는 젊은 장수이자 춘추의 처남이다. 누구보다도 먼저 달려와서 위로하고 원수를 갚으러 나서야 했을 사람이다.

방법이 없지도 않다? 오랜 목마름 끝에 물을 본 사람처럼 춘추의 눈에 생기가 어렸다.

"공께서 직접 고구려에 찾아가 군사를 빌리십시오."

"고구려에?"

"예."

"눌지마립간 때에 임금의 아우 복호가 고구려에 볼모로 잡혀 있다가 충신 박제상의 안내로 겨우 돌아왔으며, 진흥대제 때 아리수(한강)까지 차지한 뒤 신라는 더 이상 고구려의 다물이 아니오. 먼저 우리 폐하께서 허락하지 않고 저들도 곱게 보지 않을 것이오."

"그렇지 않습니다. 조공을 바치지 않아도 고구려는 아직도 우리 신라를 자신들의 다물로 생각하고 있습니다. 오랜만에 찾아온 신라의 사신을 나쁘게 대하지는 않을 것입니다."

"제가 간다 하여 저들이 쉽사리 군사를 내어주겠습니까?"

"물론 저들이 군사를 보내지는 않을 것입니다. 저들이 군사를 보내준다면 그만한 다행이 없겠지요."

"군사를 빌리지 못할 것을 알면서 굳이 찾아가야 한다는 말씀입니까?"

춘추로서는 알 수 없는 일이다. 그러나 유신은 언제나처럼 자신에 찬 얼굴이었다.

"저들이 군사를 내어주지는 않는다 해도 백제를 도와 신라를 치지 않는다는 약속쯤은 받아낼 수 있을 것입니다. 제가 두려워하는 것은 앞에 있는 백제의 군사가 아니라 뒤에 버티고 선 고구려 군사입니다. 저들이 비록 군사를 내주지 않아도, 우리가 백제를 치는 것을 모른 척하겠다는 약속만 받아내도 우리로서는 군사를 얻은 것과 다름없는 일입니다."

"그렇겠지요. 그러나 저들이 오히려 지난날을 들먹이며 우리가 빼앗은 땅을 내놓으라면 혹 떼려다 혹 붙이는 꼴이 되지 않겠습니까."

춘추로서는 걱정이 아닐 수 없었으나 유신은 웃으며 고개를 저었다.

"지난 일은 말 그대로 지난 일입니다. 신라가 잘못했다 치더라도 공의 잘못은 아닙니다. 잘못이 없는 사람에게 책임을 물을 수는 없는 일이지요."

"그래도 혹 이 몸의 지위를 크게 부풀려 생각하여 볼모로 붙잡을지도 모릅니다."

볼모라는 소리에 유신이 새삼스레 낯빛을 굳혔다.

"저들이 공에게 행패를 부린다면 신라 조정을 모욕하는 것, 백제보다도 먼저 고구려를 쳐서 그 죄를 알게 할 것입니다. 또 하나. 공이 위험에 처하게 된다면 이 유신은 벗을 적에게 던져 준 나쁜 사람이 됩니다. 그리 된다면 이 유신은 푸른 하늘을 머리에 이고 살지 못할 것이니 차라리 고구려 군사의 창 앞에 부끄러운 몸을 던져 목숨을 끊는 것이 오히려 떳떳할 것입니다."

목을 건 다짐이다. 춘추는 유신의 말을 믿고 따르지 않을 수가 없었다.

"제가 고구려에 다녀오겠습니다. 폐하께서 허락하시도록 공께서도 있는 힘을 다하여주십시오."

그러나 여왕 폐하는 춘추가 고구려에 사신으로 가는 것을 펄쩍 뛰며 허락하지 않았다.

"춘추공이 고구려에 사신으로 가는 것은 절대 안 됩니다."

여왕뿐이 아니다. 여왕은 춘추의 몸을 걱정했으나 다른 사람들은 신라의 자존심을 생각했다.

"우리가 먼저 사신을 보내면 고구려 태왕은 우리더러 다시 고구려의 다물이 되라고 윽박지를 것이 틀림없습니다."

"백제는 이미 고구려 다물입니다. 우리 신라가 다시 고구려

다물이 되겠다고 해도 군사를 내어줄 까닭이 없습니다."

조정에서 벌떼같이 들고일어나니 고구려에 사신을 보내는 이야기는 아니 한만 못하게 되었다.

고구려 사신행이 좌절되자 춘추는 다시 깊은 실의에 빠졌으나 유신은 춘추를 위로조차 하지 않고 있다가 사흘이 지난 후에야 춘추를 찾아갔다.

"고구려행이 좌절되었다고 또 넋을 놓고 계시겠습니까?"

"다른 방법이라도 있습니까?"

"이 유신을 보내주십시오."

"유신공을 사신으로?"

"아닙니다. 압량주로 보내주십시오. 우리한테 제대로 된 정보력이 있었다면 이렇게 허무하게 당하지는 않았을 것입니다."

압량주는 벗골이 있는 곳이다. 시도 때도 가리지 않고 뻔질나게 압량주에 드나드는 유신이 새삼스럽게 압량주로 보내달라는 것은 압량주 전체를 달라는 뜻이 분명했다.

다시 며칠 만에 조정에 나간 춘추가 유신을 압량주 군주에 임명할 것을 청하자, 여왕 폐하와 조정에서는 춘추를 위로하기 위해 그 청을 받아들였다. (압량주는 지금의 경북 경산 지방이다. 오래전에는 압량국押粱國 또는 압독국押督國이라고 했다. 제6대 지마임금 때 병합되어 군을 설치했으며 뒤에 압량주州로 되었다.)

행정조직상 주는 군사조직(군단, 군영)과 밀접한 관계가 있었으니, 군주는 행정부와 함께 군사의 권리를 겸하게 되므로 대각간이나 대장군과는 그 성질이 달랐다. 비통에 잠긴 춘추를 이용해, 유신이 군사를 넘어 행정까지 겸할 수 있도록 한 옥두리의 계책은 너무도 절묘했다.

아버지와 아들의 동상이몽

　2974년(641), 문성공주를 송찬간포에게 첩으로 주고 많은 곡식까지 보내 토번을 달래놓았으나 이세민은 군사를 일으키지 못했다. 위징, 방현령, 저수량 등 늙은 부하들은 물론 울지경덕이나 강확, 장량 같은 젊은 장수들까지 늙은이들한테 동조하고 나섰기 때문이다. 토번을 눌러놓으면 고구려로 나갈 수 있다던 이정도 함부로 조선에 도전했다가는 나라가 망할 것이라는 헛소리만 늘어놓았다.

　도대체 무엇 때문에 그처럼 두려워하는가? 늙은이들은 겁이 많아서 그렇다고 해도 젊은 놈들까지 왜 그 모양인가? 이세민은 답답하기 짝이 없었다. 겁 많고 어리석은 부하들을 생각하면 울화통이 터질 것만 같았다. 고구려 병장기가 뛰어난 것은 사실이지만 큰 싸움은 병장기만 가지고 하는 것이 아니다. 병장기보다 군사를 움직이는 머리가 훨씬 중요한 것이다.

　고구려 으뜸 장수라던 을지문덕과 강이식은 고구려 병장기로 무장한 수십만 군사를 보유하고도 장성을 넘지 못했다. 장성은 말이 성이지 성벽이 낮아 길게 둘러친 담장과 다를 바가 없다. 저들은 그런 장성 하나도 넘지 못했는데, 자신은 보잘것 없는 군사로 반란을 일으킨 지 4년 만에 이 넓은 서토의 주인이 되었다.

사람 살 곳이 못 되어 서토를 버린 것이 아니다! 이처럼 너른 땅을 다스릴 능력이 없기에 감히 넘보지 못하는 것이다! 무서울 것이 전혀 없는데도 늙은이들은 물론 젊은 놈들까지도 하늘백성들이라며 벌벌 떨기만 한다!

고구려는 물론 간덩이 작고 겁 많은 부하들이 눈치채면 안 되었으므로 처음부터 드러내놓고 많은 군사를 일으킬 수는 없었다. 이세민은 하는 수 없이 자신의 아들들과 고구려 도전에 뜻을 같이하는 장수들에게만 몰래 군사를 준비하도록 일렀다. 사냥을 좋아하는 왕자나 젊은 장수들이 사냥꾼을 모으고 호걸들을 찾아 훈련하는 것처럼 눈가림을 하도록 한 것이다.

군사는 몰래 일으켜도 싸움배와 성을 공격하는 큰 병장기만은 어쩔 수 없었다. 똑똑하고 눈치 빠른 장검을 보내 강수 남쪽에서 싸움배와 구름사다리 등 큰 병장기를 만들게 했다. 양광이 파놓은 운하는 정말 쓸모가 많았다.

드디어 황상이 고구려에 간다! 하늘이 나에게 내려준 천재일우의 기회다! 이세민이 몰래 군사를 모으라는 명령을 내리자 가슴을 두드리며 기뻐한 것은 마음껏 싸움터를 달려보고 싶은 젊은 장수들뿐만이 아니었다. 이세민의 맏아들로서 왕세자인 이승건은 흥분으로 밤잠을 못 이룰 정도였다. 부지런히 머리를 굴려 갖은 꾀를 다 짜내었으니, 그것은 아비 이세민이 고구려에 도전하는 틈을 타서 반란을 일으키려는 것이었다.

왕세자가 반란을 일으키는 것은 흔한 일이 아니나 이승건의 처지에서는 달리 방법이 없었다. 이세민은 아직도 마흔넷의 시퍼렇게 젊은 나이였다. 욕심 많은 아들은 아비가 고구려와의 싸움에서 죽기를 바랐으나 왕이 싸움터에서 죽는 것은 생각하기도 어려운 일이었다. 이승건은 그저 아비가 빨리 늙어 죽기만을 기다리며 허울 좋은 '왕세자' 소리나 들으면서 한뉘를 썩히게 되기가 쉬웠다.

아버지도 형제들을 죽이고 할아버지를 내쫓아서 황제가 된 것 아닌가. 힘 있고 담이 큰 사람만이 황제가 될 수 있다! 이세민의 피를 받은 이승건도 아비를 내쫓고 왕이 되는 것을 당연하게 여겼다.

외손뼉이 못 울고, 한 다리로는 길을 가지 못한다는 것을 잘 알고 있었던 이승건은 생각 끝에 드세고 욕심 많은 다섯째왕자 이우를 길동무로 점찍었다. 제왕 이우는 아비의 명으로 제주(산동성 제남)에 가서 은밀하게 고구려 도전에 필요한 군사를 모으는 중이었다. 이승건의 판단으로도 제주는 지리적으로 군사를 움직여 낙양을 점령하거나 되돌아올 이세민의 군사를 막아서기에도 좋은 곳이었다.

이승건은 이우의 외삼촌인 음홍지를 불러 제 속을 털어놓았다. 왕세자의 모반 소식을 전해들은 이우는 처음엔 깜짝 놀랐으나, 곧 정신을 차리고 무엇이 어떻게 될 것인지 꼼꼼하게 따져보았다.

왕세자의 반란 계획을 일러바쳐 왕세자가 쫓겨난다고 해도 넷째왕자 이태가 있다. 또한 셋째왕자 이각은 똑똑하고 사내다운 데다 점잖고 무거운 사람으로 조정 벼슬아치들의 존경과 사랑을 한 몸에 받고 있다. 아무리 좋게 생각해보아도 자신에게 돌아오는 것은 아무것도 없다. 반면 이승건의 말을 듣지 않았다가 그의 반란이 성공하는 날에 돌아올 것은 죽음밖에 없을 것이다. (이세민과 장손왕후 사이에는 이승건·이태·이치가 있고, 양비와의 사이에는 이각·이음이 있었다. 이우는 음씨가 낳았다.)

"합시다. 생각지도 못했던 복덩이가 굴러온 것이오. 내가 황제가 되면 외삼촌의 공을 잊지 않겠소."

"하지만 왕세자는 하루빨리 황제가 되고 싶어서 반란을 일으키려는 것이오. 반란이 성공하면 맨 먼저 제왕부터 없애려고 할지도 모르오."

"그쯤은 짐작 못할 바 아니오. 그러나 나는 이미 도마 위에 오른 고기 신세요. 먼저 함께 반란을 일으킨 뒤에 죽살치기로 싸워서 내가 황제가 되는 수밖에 없다는 말이오."

이우는 선뜻 이승건의 배에 올라탔다. 이제는 서토의 주인 자리를 향해 부지런히 노를 젓기만 하면 되는 것이다.

반란을 계획하고 있는 왕세자와 한통속이 된 이우는 어쩐 일인지 군사훈련은 장수들에게 미뤄두고, 시정잡배나 다름없는 건달들을 모아들이는 데 정신을 쏟았다. 어쩌다가 군사들을 모아놓고도 인원수나 복장 따위를 점검하는 것이 전부였다. 건달들을 모아서도 정예병으로 기르는 군사훈련은 시키지 않았다. 허구한 날 건달들이 좋아하는 싸움질을 시키거나 사냥이나 하러 다녔다. 이우가 이렇게 건달들의 비위를 맞춰가며 공을 들이는 것은, 건달들은 군사들과 달리 명분보다는 이익에 따라 움직이므로 달콤한 말로 꾀기가 쉬워서였다.

이세민의 명령을 받아 이우를 따라다니는 설대정은 이우가 몸소 군사훈련을 감독해야 한다며 말렸으나 이우는 그저 귓등으로 들었다. 건달들을 모아들이는 것도 날마다 어울려 노는 것도 사실은 아비의 명령대로 군사를 감추기 위한 눈가림이라며 퉁명스럽게 쏘아붙였다.

이승건과 이우는 반란을 일으킬 준비를 마치고 제 아비가 어서 빨리 여동으로 떠나기를 빌었다. 그러나 너무도 강경한 부하들의 반대에 막혀 이세민은 한 해가 넘도록 싸움 준비를 다 끝내지 못했다. 언제 싸움에 나설지는 더욱 모르는 일이었다.

당왕 이세민이 자식들과 심복부하들을 시켜 군사를 일으키고 있었지만, 당 조정의 벼슬아치들조차 눈치채지 못할 정도로 은밀했으므로 고구려에서도 아무런 낌새를 채지 못하고 있었다. 장성을 쌓으면 국가의 안전이 보장되기라도 하는 것처럼 장성 쌓기에만 열을 올렸다. 그러나 벌써 10년이 넘었건만 공사는 절반도 끝나지 않았다. 봄이 오고 가을이 되어도 울력에 나간 젊은이들은 돌아오지 못했다.

"누가 밭을 갈아 씨를 뿌리고 가을걷이를 한단 말이냐?"

"그놈의 장성인가 뭣인가 하는 것 때문에 오랑캐놈들이 쳐들어오기도 전에 굶어 죽겠다."

일손을 빼앗긴 백성들의 한숨은 조정을 욕하는 소리로 바뀌었다. 그러나 관원들은 말이 사납고 낯빛이 곱지 않은 백성들은 모두 장성 쌓는 곳으로 보내 입을 막아버렸다. 무려 천여 리에 이르는 장성이라니, 막상 싸움에는 별 쓸모도 없는 것을 만드느라 벌써 10여 년이 넘게 백성들의 피땀을 쏟아붓고 있었다.

지난날 오랑캐들도 만 리가 넘는 장성을 쌓았지만, 그것은 방어용이 아니라 서토 통일로 간덩이가 부은 오랑캐들이 자신들의 영역을 표시하는 것이었으며, 조선을 향해서는 오랑캐들이 스스로 울안에 갇혀 아사달에는 감히 머리를 디밀지 않고 조용히 지낼 것이라는 굳은 다짐을 내보이는 것이었다.

아무리 되짚어 생각해봐도 아무짝에도 쓸모 없는 장성에다가 젊은이들을 묶어두고 늙은이나 아낙네들에게만 농사일을 맡겨둘 수는 없는 일이었다. 정식 군사로 뽑히지 않은 많은 젊은이들에게 농사일을 맡겼다가 일손이 바쁘지 않은 농한기에 불러들여 군사훈련을 시키는 것이 열 번 백 번 옳은 일일 것이다.

"아버님, 이대로 보고만 있어서는 안 됩니다."

그러나 동부대인 연태조는 아들의 말에 고개를 저었다.

"한두 사람이 버티어 선다고 흐르는 강물을 막을 수는 없는 일이다. 태왕 천하는 물론 조정의 모든 벼슬아치까지, 어느 누구도 서토 평정에 나설 생각은 없다."

연태조뿐이 아니었다. 연개소문이 부지런히 찾아다니며 온갖 말로써 장성을 쌓아서는 안 된다고 설득했으나 그저 안일한 생활에 젖어든 조정 벼슬아치들은 귓등으로도 듣지 않았다. 드물게 관심을 보이는 사람들도 나라의 위급함에 신경을 쓰는 것이 아니라 오히려 연개소문을 긁어 부스럼을 만드는 위험하고 귀찮은 존재로 인식하는 듯했다.

어느새 연개소문은 한밝산에서 강물의 흐름마저 지나는 바람결처럼 느끼게 되었던 것을 까맣게 잊고 있었다. 몇 마디 말로 고쳐질 일이 아니었는데도 급한 성질을 참지 못하고 떠벌리다가 오히려 사람들의 미움을 받게 되었다. 사람들에게 따돌림을 당할수록 개소문의 성질은 거칠어졌고 점점 앞뒤가 꽉

막힌 사람이 되어갔다.

"대형. 막리지 전하께서 돌아오십니다."

"벌써? 전하께 무슨 일이 있는 것이냐?"

놀란 연개소문이 자리에서 벌떡 일어났다. 아버지가 조정에서 돌아오기를 여삼추같이 기다리는 중이었지만, 아직 점심때도 되지 않았다. 이렇게 이른 시간에 돌아온다는 소리를 들으니 더럭 겁부터 났다.

동부대인 연태조는 올해 일흔여덟, 내일을 기약할 수 없는 나이다. 가을부터는 바깥나들이는커녕 관부에도 나가지 않고 집에서 모든 업무를 처리하고 있다. 급한 부름을 받고 이번 겨울 들어 처음으로 조정에 나갔던 것이다.

"그렇지는 않습니다. 조의가 일찍 끝난 것으로 압니다."

"다행이다. 하지만 이상하구나."

연개소문이 혼잣말을 흘리며 겉옷을 걸쳤다.

"전하의 행차는 아직 멀었습니다. 천천히 나가셔도 됩니다."

"아니다. 바깥바람을 쐬려는 것이다."

앞마당에 들어서자 무장을 갖춘 50여 명의 군사들이 문 앞까지 죽 늘어서서 주인을 기다리고 있었다. 자리를 지키던 막리지가 조정에 나간 덕에 오랜만에 아침부터 집안이 부산하고 활기가 넘치는 것이다. 개소문은 방해가 되지 않도록 문 밖으로 서른 걸음 떨어진 곳에까지 가서 걸음을 멈췄다.

눈이 시리게 파란 하늘이다. 답답한 가슴이 툭 트이는 것 같다. 밝은 햇살은 또 따뜻해서 좋다.

"대형, 오랜만에 인사드립니다."

기척 없이 한 사내가 나타나 인사를 올리자 개소문의 낯빛이 화악 밝아졌다. 먼 길을 온 것처럼 턱까지 두건으로 감쌌지만 누군지 대번에 알아본 것이다.

"날씨가 추운데 웬일로 밖에 계십니까?"

"쓸 만한 물건이 있던가?"

"이번 장삿길은 헛걸음한 셈입니다. 자리에 누워 계신다기에 그저 인사나 드리려고 왔습니다."

"전하의 행차를 기다리고 있네. 먼저 들어가 기다리게."

"예."

장사치가 다시 허리를 깊이 숙였다. 개소문이 가볍게 손을 들어 장사치를 들여보내라는 손짓을 하자, 군사들은 그가 누군지 살피지도 않고 그냥 들여보냈다.

따로 찾는 물건은 없었지만 연개소문의 집에는 장사치들이 자주 드나들었다. 물건을 팔러 오는 사람도 있었고 장사 밑천을 융통하기 위해 오는 사람도 있었다. 그럴싸한 물건이 없는 장사치들도 빈손으로 돌아가는 일은 드물었다. 장사치들은 여기저기 쏘다니며 물건을 사고파는 것이 직업인 만큼 곳곳의 물정을 잘 알고 소문에도 귀가 밝기 마련이다. 직접 내보내는 간세 못지않게 귀한 정보를 가져오기도 한다.

간세뿐 아니라 장사치들까지 폭넓게 활용하는 연개소문의 첩보 수집력은 조정에 못지않았다. 첩보의 내용도 조정에 들어가는 것보다 못할 것이 없었다. 특히 쓸 만한 정보라면 톡톡히 값을 쳐주었으므로 남보다 눈치 빠르고 요령 좋은 장사치들이 물건을 사고파는 것보다 정보 수집에 더 열을 올리는 것도 당연했다.

연개소문은 어디보다 서토의 정세에 모든 정신을 쏟고 있었다. 아무리 말해도 조정의 벼슬아치들이 듣지 않으니 병풍산에서 돌아온 뒤부터 간세들과 함께 장사치들을 부려온 것이다. 이제는 당나라의 움직임을 제 손바닥 들여다보듯 한다고 해도 지나친 말이 아니었다.

요즈음 갑작스럽게 개소문의 집을 드나드는 장사치가 많아졌다. 방금 안으로 들어간 장사치도 여느 장사치가 아니다. 개소문의 집안 아우인 재규다. 그는 벌써 두 해 전부터 장사치로 꾸미고 서토에 드나들었다. 서토의 움직임을 좀 더 잘 알기 위해 눈치 빠르고 머리 좋은 재규를 보낸 것이다.

연재규는 제주에 터를 잡고 장사하며 정보를 모으고 있다. 제주는 하수와 회하가 만나는 곳에서 200리 거리에 있다. 고구려를 침략하는 서토의 오랑캐들이 모이는 곳이 북평인데, 그곳에 이르는 길은 장안에서 하수를 거슬러 올라와 태원으로 지나는 길도 있지만, 군량 등은 물론이고 남쪽에서 올라오는 군사들은 거의 운하를 따라 북평으로 온다.

이세민이 토번 왕에게 딸을 주었다고 한다! 더구나 첩으로 보냈다는 것은 말이 안 된다. 당나라는 벌써 4년 넘게 토번과 싸움을 벌여왔다. 창칼을 맞대고 싸우던 나라에 왕의 딸을 첩으로 보낸다는 것은 있을 수가 없는 일이다.

당나라가 토번에 항복했다? 절대로 불가한 일! 토번의 군사들이 사납다고는 하지만 당나라 군사와 맞서 싸워 이길 수 있는 정도는 아니다. 자신들의 땅에 들어온 당군을 유리한 지형을 이용해 잘 막아내는 정도일 뿐이다. 송주까지 뽐내며 쳐들어가기도 했지만 이정이 군사를 이끌고 달려가자 꼬리를 내리고 도망치고 말았다. 결코 당나라의 적수가 못 되는 것이다.

바로 그것이다! 별것도 아닌 토번에 당나라가 '무조건 항복'이나 마찬가지 조건으로 전쟁을 끝내고 화친하기로 했다는 것은 바로 고구려 도전 때문이다. 고구려에 쳐들어가려면 먼저 뒤에 있는 토번을 무력화시키거나 우호관계를 맺어두어야 했던 것이다.

당나라가 토번과 혼인관계를 맺은 것은 고구려 도전을 위한 사전작업이 분명하며, 그 증거 중의 하나가 바로 당에서 보내온 진대덕이다. 그는 고구려 태자가 당 조정에 입조했기 때문에 답례로 방문한 것이라고 했다. 그러나 그자의 직위가 바로 직방낭중이라는 데 문제가 있었다. 직방낭중(職方郞中)은 지도를 관장하는 벼슬이기 때문에 지형과 지세를 보는 눈이 누구보다 예리하고 정확할 수밖에 없다. 그런 자가 수나라 때 포로로 잡혀왔다가 포로 석방 때 돌아가지 않고 고구려 백성이 되어 살고 있는 자들을 찾아 고향 소식을 전하고 위로한다며 고구려 곳곳을 돌아다니고 있는 것이다. 진대덕이 가는 곳마다 고향을 그리는 수나라 포로들이 찾아와 울음바다를 이루었으므로 이를 구경하는 고구려 백성들까지 모여들어 저자를 이룰 지경이었다. 그러나 고구려 조정에서는 진대덕의 행위나 행방에는 전혀 관심이 없었다.

"수나라 포로들이 수십수백 명씩 찾아와 울어대고 이를 구경하는 사람들까지 모여들어 당 사신이 가는 곳마다 저자를 이룬다지?"

"보내줄 테니 가라고 할 때는 아사달에서 사람답게 살고 싶다며 애원을 하더니, 뭔 꼴이래?"

"지금이라도 늦지 않았으니 얼마든지 가라지. 누가 잡는대?"

"서토는 여자가 부족한 곳이야. 여기서 장가도 들고 아들딸 낳고 사는 재미를 붙였는데, 그게 쉽겠어? 처음에 포로로 잡혔을 때는 혼자 몸이었는데도 서토는 사람 살 곳이 못 된다며 주저앉았던 자들인데?"

어쩌다 관심을 갖는다고 해도 사람이 얼마나 모였다든지,

조상이라도 만난 것처럼 사신들을 붙잡고 울고불고 야단이었다든지 하는 흥밋거리를 넘어서지 못했다.

　벌써 열흘 전부터 연개소문은 찬물이나 마실 뿐 음식은 거의 먹지 못하고 있었다. 답답한 가슴이 울화병으로 터진 것이다. 침을 맞고 약을 써보아도 헛일이었다. 물에 말아 억지로 밥을 넘겼으나 그마저도 토해내기 일쑤였다.

　이세민의 속셈을 말하고 하루빨리 대책을 세워야 한다고 주장했으나 사람들은 들으려고도 하지 않았다. 어쩌면 조정에서 마땅한 대책을 세웠을지도 모른다. 노환으로 오랫동안 바깥나들이를 못하던 동부대인도 그 때문에 조정에 불려나갔다. 조정에 어리석은 사람들만 모여 있는 게 아니다! 아마 좋은 소식이 있을 것이다!

　문득 나발소리가 들리고 북소리가 들렸다. 각종 악기를 든 30여 명의 악대가 풍악을 울리며 앞서 나타나고 뒤이어 완전 무장한 개마군사들의 모습이 보였다. 개마군사 100명이 행렬을 철통같이 호위한 안에는 50명의 기마군사가 있다. 그 안쪽에는 말을 타지 않고 걸어오는 군사들이 있는데 모두 150명이다. 창을 든 군사들은 모두 갑옷 차림이지만 칼이나 도끼를 든 군사들은 갑옷을 입지 않고 가죽옷을 걸쳤다. 모두 날쌔게 움직이기 위해서다. 허리에 화살통을 찬 궁수들의 왼손에는 언제라도 화살을 날릴 수 있게 얹은활이 들려 있다. 오랜만에 보는 동부대인 연태조의 당당한 행렬이었다.

악대가 왼쪽으로 비켜서고 뒤따르던 군사들도 좌악 갈라졌다. 기마군사들이 주위를 경계하고 보병들만 수레를 호위하며 마당으로 들어섰다. 수레의 창문이 열려 있고 대대로의 모습이 보였다.

동부대인은 수레에서 내릴 때에만 곁부축을 받았을 뿐 혼자 걸어서 집 안으로 들어갔다.

"조정에서는 서둘러 장성을 완성하기로 하였다."

"장성이 쓸모없다는 것을 몰라서입니까?"

"10년이 넘게 해온 공사를 그만둘 수 없어서라고 한다. 피곤하구나. 너도 들어가 쉬어라."

연태조가 자리에 누웠고 연개소문은 물러나 제 방으로 돌아왔다.

재규가 일어서며 다시 인사를 차렸다.

"형님답지 않습니다. 젊은 사람이 방 안에 처박혀 있으면 없던 병도 생긴다고 했습니다."

녀석도, 참! 개소문은 입맛만 쩝쩝 다셨다. 아우에게 잔소리를 듣기가 싫은 것이다.

"형님도 이미 들었을 것입니다. 이세민이 토번 왕에게 제 딸을 주었다는 것을."

연개소문이 마지못해 머리를 끄덕였다.

"지금쯤은 곡식까지 토번으로 가고 있을 겁니다. 그것도 한 번에 그치는 것이 아니라 해마다 벼와 조 2만 섬을 보낸다고 합니다."

"그 곡식은 어디서 마련했다더냐?"

개소문의 목소리가 살아났다. 처음 듣는 소린가 보았다.

"토번과 가까운 송주에서 마련한다고 들었습니다."

"지난해에는 풍년이 들었으나 서토는 지지난해까지 거푸 2년이나 가뭄에 시달려왔다. 송주 또한 지난해에는 모처럼 농사가 되었으나 그런대로 여름을 거둬들인 정도다. 먹기도 모자라는 판에 남은 곡식이 있다더냐? 그리고 어째서 흥락창을 열어 썩어가는 곡식을 처리하지 않는 것이냐?"

"흥락창에 대해서는 아직 말이 없었습니다. 우선 송주에서 징발하고 흥락창에서 썩어가는 곡식은 나중에 천천히 송주로 보낼지도 모릅니다."

당나라는 3년째 흥락창의 곡식을 바꾸지 않고 있다. 군량으로 비축해둔 것이라 흉년이 들어도 백성들에게 나눠주지 않았다. 지난해에는 많은 곳에 풍년이 들었지만 웬일인지 흥락창의 오래된 곡식을 바꾸지 않았다. 정신이 온통 딴 데 쏠려 있기 때문이다.

잠깐 생각을 달리는 사이 재규가 말문을 뗐다.

"다시 찾아뵙기가 어려울 것입니다. 앞으로는 제게 사람을 보내주십시오."

뜬금없는 소리다. 이렇게 바람이 스치듯 잠깐 만나는 것도 1년에 두세 번 꼴이 아닌가.

"당주 이세민의 다섯째아들 제왕 이우의 눈에 들게 되었습니다. 건달패들을 모으는 것 같아 잔재주를 조금 보여주었더니 그 자리에서 제 부하가 되라고 하더군요. 이번에도 보내주지 않으려는 것을 탁군에 있는 고향에 다녀오겠다고 핑계를 대서 빠져나온 것입니다."

제왕부에 사는 이우가 벌써 닷새째 저자를 돌아다니고 있었다. 호위군사 대신 저잣거리의 건달패들이 둘러싸고 다녔는데, 따르는 무리가 부쩍부쩍 늘어나는 것으로 보아 힘깨나 쓰는 건달패를 모으는 것이 틀림없었다. 뭔가 있다는 것을 알아차린 연재규는 길바닥에까지 물건을 늘어놓고 이우의 무리가 지나가기를 기다렸다. 아니나 다를까, 무리들이 함부로 밟으며 지나갔다.

"망나니 새끼들아! 내 물건을 망가뜨리고도 네놈들이 무사할 줄 알았느냐?"

장사치가 목청껏 악을 쓰자 멀리 있던 사람들까지 웬일인가 쳐다보았다.

웬 놈이 감히? 돌아선 패거리들의 눈에 놀람과 분노가 이글 거렸다.

그러나 장사치는 계속 소리를 질러댔다.

"모두들 입이 붙었느냐? 어째 대꾸를 못하느냐!"

패거리들은 웬 미친놈인가 했으나 곧 재미있는 놀림감이라 도 발견한 듯 웃음을 흘리며 장사치를 반원형으로 에워쌌다.

장사치도 제법 날래고 억센 몸집이었으나 저잣거리를 휩쓸 고 다니는 왈짜들을 상대하기에는 역부족으로 보였다. 더구 나 이 왈짜들은 관군들의 눈치나 살피며 몰려다니는 패거리 들이 아니다. 두어 달 전, 아니 보름 전까지만 해도 상인들을 골탕먹이다가 관군이 나타나면 꽁지가 빠지게 달아나던 피라 미들이었으나, 이제는 양의 무리 속에 뛰어들어 거침없이 휘젓 는 승냥이떼가 되었다. 전 같으면 먼저 시비를 걸어 욕설을 내 뱉거나 발길질을 하던 군사들이 오히려 공손히 허리를 굽히고 패거리가 지나기만을 기다리는 판이다.

패거리들 가운데는 늘 제왕 이우가 섞여 있었다. 본디 제왕 을 호위하는 것은 제왕부의 군사들이었으나 며칠 전부터 갑작 스럽게 저잣거리의 왈짜들로 바뀐 것이다.

"개망나니 새끼들아! 남의 물건을 망가뜨렸으면 못생긴 마 누라 고쟁이를 팔아서라도 갚아야지. 멍청하게 서서 뭘 어쩌 겠다는 것이냐? 오줌발도 뻗치지 못하는 부실한 물건으로 대

아버지와 아들의 동상이몽

충 뭉개보겠다는 수작이냐?"

장사치의 걸쭉한 욕설에 구경꾼 속에서 킥킥거리는 웃음소리가 일어났다. 그만하면 구경꾼이 모였다고 생각했는지 패거리 가운데 한 놈이 팔을 걷어부치며 나섰다.

"감히 이 어른을 몰라보고 더러운 아가리를 놀리다니, 맞아 뒈지려고 간덩이가 부은 놈이 아니냐?"

척 보니 알 만한 인사다. 엊그제까지 못생긴 낯짝만 믿고 탐나는 물건이 있으면 슬쩍슬쩍 집어가던 주원장이라는 놈이다.

"흥, 네놈이 시궁창의 쥐새끼라는 것을 누가 모르겠느냐? 훔쳐가는 것도 모자라 아까운 물건을 밟고 다니다니, 네놈이야말로 뒈지려고 환장했구나."

말을 마치기가 무섭게 그대로 달려들어 낯짝에 주먹을 꽂아버렸다. 주원장의 코가 으깨져 나가떨어지자 곁에 있던 놈이 팔을 걷고 나섰다. 덩치가 매우 큰 놈으로 처음 보는 인사였다.

"계집들의 노리개나 파는 하찮은 것이 제법 한가락 하는구나?"

두 팔을 벌리며 멧돼지처럼 달려드는 품이 힘꼴깨나 쓰게 생겼다. 슬쩍 옆으로 비켜서며 어깨를 잡아 뒤로 뿌리쳤다. 놈이 제풀에 넘어지며 코를 찧었다. 내버려두어도 될 것을, 장사치 연재규는 일부러 달려들어 사납게 발길질을 해서 피범벅을 만들어버렸다.

"정말 뒈지려고 환장했구나. 나를 만난 것을 저승에 가서 원망해라."

다시 한 놈이 돼지 멱따는 소리를 내며 칼을 뽑아들고 나섰다. 눈초리가 매섭고 날렵한 몸이 한눈에도 칼질로 세상을 살아온 놈 같았다.

질질 끌어 좋을 것이 없다! 연재규는 좌판에 늘어놓은 물건 중에서 활을 잡았다. 장난감처럼 작은 활과 화살이었다. 장사치의 손에 쥔 것이 편전처럼 작은 활이라는 것을 알아본 순간 놈의 얼굴이 밝아졌다. 제대로 된 활과 화살이라도 이처럼 가까운 거리라면 화살을 얹고 시위를 당기는 것보다 칼을 휘두르며 달려드는 것이 훨씬 빠르기 마련이다.

그러나 뜻밖에도, 칼을 휘두르며 달려들던 놈이 목에 화살을 꽂고 나뒹굴었다. 장사치가 활을 들었으나 화살을 얹지 않고 활로 놈의 칼 든 팔을 쳐내며 오른손에 든 화살을 놈의 멱통에 꽂아버린 것이다.

"저런 때려죽일 놈! 비겁하게 목에다 화살을…… 크악!"

무리 가운데서 큰 소리로 욕설을 퍼붓던 놈이 비명을 지르며 고꾸라졌다. 놈의 목에도 어느새 화살이 꽂혀 붉은 피가 콸콸 쏟아졌다.

건달패들은 장사치가 활을 겨냥하는 것도 보지 못했다. 연재규는 허리춤에 활을 내려뜨린 채로 시위를 당겨 화살을 날린 것이다. 장난감처럼 작은 활이라 시위를 조금만 당겨도 팽팽하게 당길 수 있었고, 겨우 대여섯 걸음밖에 떨어지지 않는 거리라 화살이 건달의 목을 뚫고 들어간 것이다.

"얼마든지 덤벼라! 뒈지고 싶어서 눈깔이 뒤집힌 놈은 한 놈도 남김없이 몽땅 다 지옥으로 보내줄 테니!"

장사치가 재촉했으나 감히 나서는 인사가 없었다. 눈 깜짝할 새에 두 놈이 죽어나가는 것을 보았으니 모두들 겁을 집어먹을 수밖에! 장사치의 손에 들린 활에 이미 화살이 얹혀 있었으므로, 누가 입을 벌리기만 하면 겨냥도 없이 날아올 것이 뻔했다. 장사치의 놀라운 재주를 두 눈으로 본 뒤다. 쓸데없이 우쭐대다 아까운 목숨을 날려버릴 바보는 없었다.

모두들 서로 눈치만 살피자 무리 가운데서 지켜보던 이우가 앞으로 나섰다.

"네 이름이 무엇이냐?"

"장삼입니다. 감히 제왕을 몰라뵙고 죽을죄를 지었습니다. 그저 살려만 주십시오."

그제야 알아본 것처럼 장사치가 허리를 굽히며 허둥거리자 이우가 고개를 크게 주억거렸다.

"사람을 둘이나 죽였으니 너는 이제 죽은 목숨이다. 나를 따라오너라."

장사치는 두말없이 뒤를 따라 제왕부로 들어갔다.

어디서 무엇하며 살아왔느냐는 이우의 물음에 연재규는 미리 생각해둔 대로 말했다. 탁군(오늘의 베이징)에 사는 호랑이 사냥꾼의 아들인데 아비가 혼자서 호랑이를 뒤쫓다가 벼랑에 떨어져 죽었다. 형제는 넷인데 어려서 모두 죽고 고향에는 늙은 어미 혼자 살고 있다. 자신은 누구보다 뛰어난 사냥꾼이었지만 더 이상 산짐승을 죽일 수가 없게 되었다. 어미의 꿈에 산신령이 나타나 자신이 만일 한 마리라도 산짐승을 죽였다가는 다른 사람에게 맞아죽을 것이라고 했기 때문이다. 아비 때부터 호랑이를 너무 많이 잡아서 산신령이 노해 형제들이 어려서 죽고 아비도 벼랑에 떨어져 죽었다는 것이다. 그래서 자신은 하는 수 없이 서툰 장삿길에 나섰노라고 하자 이우는 그럴듯하게 여기고 더 묻지 않았다.

이우의 부하가 된 장삼은 사나운 사냥개처럼 굴었다. 이우한테만 허리를 굽힐 뿐 눈에 거슬리는 놈은 누구든 가만두지 않았다. 눈빛이 다르다 싶으면 아무 때나 주먹질과 발길질을 해댔고, 강적이다 싶으면 서슴없이 무기를 뽑아들고 피를 뿌렸다. 제왕 이우도 함부로 날뛰지 말라며 말리는 척하기는 했지만 실제로는 그냥 내버려두었다.

날파람 있고 사납기 짝이 없는 장삼은 곧 건달패의 우두머리가 되었다. 모두들 '장대인'이라 부르며 벌벌 기었다. 사나이가 한번 크게 출세를 했으니 고향에 다녀오겠다고 하자 이우는 하루빨리 다녀오라며 재물까지 두둑하게 챙겨주었다.

"잘했다!"

개소문은 듣기만 해도 신바람이 나는가 보았다.

"건달패를 모으는 것은 그곳뿐이 아니다. 서토 곳곳에서 사냥꾼과 건달패들이 장수들한테 군사훈련을 받고 있다. 이우 곁에 있다 보면 당주 이세민의 목에 칼을 겨눌 때가 올지도 모른다. 제주에 가거든 홀어미가 앓다가 죽어서 늦었노라고 핑계를 대고 늘 곁에 붙어 있어라. 언제 돌아올지 모르니 집안 어른들도 모두 찾아뵙고 떠나거라."

"알겠습니다. 형님께서도 안녕히 계십시오."

"잠깐, 그자의 마음을 좀 더 확실히 얻기 위해선 잔재주를 보여주는 것만으론 부족할 텐데, 혹시 다른 생각이 있느냐?"

자리에서 일어나려는 연재규를 붙잡은 연개소문은 앞으로 해야 할 일을 일러주었다.

"언제까지 건달패의 우두머리 노릇만 해서는 안 되니 때를 보아 건달패와 군사들이 맞서 겨루게 해라. 건달패가 이기면 군사들이나 장수들도 너를 따르게 될 테고, 그러면 이우는 모든 일을 믿고 의논할 것이다."

천지화랑

    때가 되면 다시 오게 될 것이다! 재규가 다녀간 뒤 문득 스승의 말씀이 되살아났다. 누가 가르치지 않아도 저절로 알게 된다. 다시 오거든 신선도인들이 있는 골짜기에 들르지 말고 곧장 하늘못으로 올라가라던 말씀도 골짜기를 떠날 때처럼 선명했다.

    눈에 콩깍지가 씌었다! 연개소문은 깊이 뉘우쳤다. 그동안 건몸 달아 허둥거리다 보니 한밝산을 까맣게 잊고 있었다. 숲에 들어가면 산을 보지 못한다던 말씀도 단지 한밝산만을 두고 한 말이 아니었다.

    나라를 생각하려면 평양을 떠나야 한다! 연개소문은 한밝산에 오르기로 마음먹었다. 물론 골짜기에 들어가 신선이 되거나 도술을 배우기 위해서가 아니었다. 지난날 스승님이 다 이루었다 하신 것은 봄에 나온 나뭇잎이 뜨거운 여름 햇살과 이슬을 먹고 자랄 때가 되었다는 것이었다.

    한밝산에 오르기로 마음먹자 절로 기운이 났다. 몸이 가벼워지고 밥을 넘겨도 토하지 않았다.

　며칠 뒤 개소문은 아버지께 다녀오겠다는 인사를 드리고 나왔다. 병풍산에도 가보고 장성도 둘러보겠다고 핑계를 댄 것이다.

　마당에는 함께 길을 떠날 기마군사들이 수레를 에워싸고 있었다. 수레 안이 방 안보다 따뜻했다. 의자 대신 온돌을 들여놓고 요를 깔았다. 온돌은 군사들이 바오달에서 쓰는 화덕 위에 황토를 덮은 것이니 아랫목에 앉은 것처럼 뜨끈뜨끈했다.

　수레를 타지 않으면 길을 떠나지 못하게 막겠다고 극성이더니 완전히 환자 취급이었다. 개소문도 이럴 때는 어린 안해한테 꼼짝 못하고 당하기 마련이다.

　"부디 몸을 돌보십시오."

　안해가 재로 덮은 화롯불을 들여주며 당부했다.

　"아버지, 먼 길에 편안히 잘 다녀오십시오."

　"형님한테도 건강하라고 전해주십시오."

　둘째 남건과 셋째 남산이 제법 어른스러운 인사를 했다. 큰 아이 남생은 열일곱 살인데 두레에 나가 여동으로 수련을 떠났다. 말이 수련이지 장성 쌓는 곳에 가서 일하는 날이 더 많을 것이다.

　기마군사 열두 명의 호위를 받으며 집을 나서 평양을 떠났다. 여러 날 여행 끝에 압록수에 닿았다. 강물이 녹은 압록수를 건너려면 나룻배를 타야 한다.

강을 건너려는 사람은 많고 나룻배는 많지 않아서 한참을 기다려야 했다. 더욱이 여러 필의 말과 수레를 태우려면 큰 배를 타야 한다. 군사들이 배를 마련하는 사이 수레의 문이 열리고 개소문이 내렸다.

어느새 개소문은 화려한 옷을 벗고 검은 조의로 갈아입었다. 선배의 옷이다. 머리에는 두건을 두르고 까마귀 깃을 꽂았다.

"수레를 끌고 돌아가라. 선배의 스승인 마리가 군사들의 호위를 받아야 할 까닭이 없다."

선배의 스승이라고 해서 군사들의 호위를 받지 말라는 법은 없지만, 연개소문의 성깔을 잘 아는 군사들은 수레를 끌고 평양으로 돌아갔다. 개소문은 사람들 틈에 섞여서 강을 건넜다. 짐이라고는 제물로 쓸 술과 과일 따위가 들어 있는 작은 보따리뿐이다. 짐을 가볍게 등에 메고 기분 좋게 걸어갔다. 개마군사들이 신는 못신을 신었으니 얼음판에서도 거침이 없었다.

사냥꾼들한테 가서 아는 체를 하자 추억을 더듬어가며 반갑게 맞아주었다. 이튿날 아침, 연개소문의 차림새가 달라졌다. 두건에서 까마귀 깃이 보이지 않았다. 늘 허리에 차고 다니던 칼은 물론 패검 하나도 보이지 않고 못신도 가죽신으로 바뀌었다. 대신 등에는 큰 보따리를 지고 있었는데, 사냥꾼들한테 곰가죽과 마른 콩 따위를 얻었기 때문이다.

열여덟 해 만에 다시 돌아왔으나 스승님이 계시던 움막조차 자취도 없이 사라지고 천지화만 무리지어 피어 있었다. 먼눈으로 골짜기를 살피던 연개소문은 산을 타고 오르기 시작했다. 반쯤 오르자 군데군데 눈이 나타나기 시작하더니, 얼마 오르지 않아 무릎까지 차올랐다. 바람도 살을 에는 듯한 칼바람이었다. 잠깐 숨을 고르며 밑을 내려다보니 어느새 골짜기는 안개로 뿌옇게 가려 있다. 골짜기는 늘 맑은 하늘이지만 산에서 내려다보면 언제나 짙은 안개로 가려 있어 밑이 보이지 않는다.

산등성이에 올라서자 한밝산이 한눈에 드러났다.

"아, 아!"

절로 탄성이 터졌다. 하늘은 구름 한 점 없이 파랗고, 새하얀 한밝산은 보석처럼 영롱하게 빛났다. 하늘못을 감싸고 있는 열여섯 봉우리가 한 몸이 되어 파란 하늘을 향해 솟구치는 모습이 황홀하게 아름답다. 흰 눈을 둘러쓴 한밝산이 이처럼 아름다울 줄은 상상도 하지 못했다.

사람들은 일러 말하기를 하늘못에는 밤마다 하늘에서 물을 쏟아부어 물을 채운다고 했다. 더러는 동해의 바닷물이 땅속 길을 통하여 쉬지 않고 끝없이 솟아오른다고도 했다. 하늘못에서 넘쳐흐르는 물이 세 큰 가람의 강물이 되는데, 하루 한시도 그 물이 줄지 않으니 사람의 지혜로써 알 수 없는 일이었다.

하늘못에는 또한 불을 내뿜는 용이 살고 있다고들 했다. 그래서 신선도인들도 함부로 오를 생각을 하지 못한다는 것이다.

푸르르르. 사람 기척에 놀란 까마귀가 떼를 지어 하늘로 날아올랐다. 까마귀는 해를 나타내는 새다. 특히 붉은 해 속에 그려진 세발까마귀는 고구려를 상징한다. 돛단배를 타고 파도를 가르는 해양민족은 조상들이 알에서 태어난다고 하지만, 말을 타고 초원을 누비는 유목민족은 하늘과 소통하는 겨울철새들을 신령스럽게 여긴다. 하늘백성들의 나라 고구려에서는 하늘의 전령자이며 이승과 저승을 넘나드는 까마귀를 특히 신령스러운 짐승으로 여긴다. 그런데 다른 곳에서는 겨울이 아니면 볼 수 없는 까마귀가 한밝산에서는 사시사철 그대로 살고 있는 것이다.

이러고 있을 때가 아니다! 끝없이 이어지는 상념을 애써 추스르고 연개소문은 멧봉우리로 올라갔다. 눈을 그러모아 작으나마 단을 쌓고 제물을 진설하였다. 향을 피우고 술을 따른 뒤 세 번 엎드려 하늘에 절했다. 다시 술을 따르고 천지신명께도 빌었다.

"어리석은 인간이 감히 검스러운 땅에 들어섰습니다. 하오나 개소문은 한인 천제와 한웅 천제 단군 한아비의 자손입니다. 너그러이 용서하시고 부디 맑은 지혜를 얻도록 보살펴주시옵소서."

스승이 일러준 굴은 쉽게 찾을 수 있었다. 서너 길 되는 벼랑의 중간에 사람 하나 들어갈 만한 굴이 있었는데 안쪽은 웬만한 방보다 넓었다. 굴 입구에서는 더운 바람이 불어나오지만 막상 안에 들어서면 바람이 없고 그저 따뜻하기만 했다. 연개소문은 돌멩이를 치워가며 바닥을 골랐다.

먹거리는 하루 한 번씩 마른 콩 한 줌과 쑥 조금을 물에 불렸다가 먹었지만 배고픈 줄을 모르고 기운도 떨어지지 않았다. 눈을 담아 굴 안에 놓으면 절로 녹아 물이 되었다.

휘유-웅. 우-우. 싹. 쏴아아아. 또 한 차례 바람이 휘몰아치며 누리를 휩쓸어갔다. 쩌어엉. 쩡. 뚝. 뚜르르르르. 얼음에 금 가는 소리가 옥구슬처럼 흘렀다. 맑은 햇살 아래 온통 하얀 눈으로 뒤덮인 하늘못은 눈부시게 빛났다.

하늘은 왜 저리도 파란가? 당장에라도 뚝 부러져 튕겨날 듯 아리게 눈을 찌른다.

언제 바람소리가 멎었는가? 아니다! 태초부터 이곳에는 어떤 바람도 소리도 없었다. 하늘못 가득히 넘실대던 푸른 물도, 기지개 켜고 움트는 작은 생명도 한 조각 구름마저도 없었다. 태초부터 있어온 흰 눈과 푸른 하늘만이 영겁의 세월을 가르는데, 어느 틈엔가 무아의 흐름 속에 함께 밀려가는 점 하나가 있다. 그 점 또한 태초부터 제자리를 지킬 뿐이나 어느 순간 순간 그 점은 시간의 흐름을 만들어냈다.

무아의 흐름을 끊어낼 때마다 푸른 하늘과 하얀 눈 속에서 그것은 분명한 이물질이었다. 한 마리 커다란 곰처럼, 검은 곰 가죽을 둘러쓴 채 수십 길 벼랑 위에 앉아 태고의 정적 속에 무심한 눈길을 던진다. 생각도 흐르는 대로 내버려둔 채다. 냇물에 띄운 나뭇잎처럼 급한 물살과 함께 휘돌아 흐르고 기슭에 걸려 멈추기도 했다. 더러는 알 것 같으면서도 생각은 언제나 뿌연 안개 속에 가려져 있었다.

—눈 속에 피는 꽃나무는 봄부터 여름, 가을을 준비하고 겨울을 견디었던 것이다. 그 때는 누가 가르치지 않아도 저절로 알게 될 것이다.

때가 되면 다시 오게 될 것이라던 스승님의 목소리가 아직도 귀에 쟁쟁하다. 신선이 되려고 산에 오른 것은 아니었으나 바라는 마음은 무척이나 큰 것이었다. 무언가 남기신 말씀이 있을 것이라는 생각이었고, 그것은 하늘숨이어야 했다.

그러나……! 무엇인가? 가슴에 응어리로 맺혀 있어 하늘숨을 가로막는 것은…….

눈에 덮인 하늘못은 하얗게 빛나고, 동굴에 들어앉아 있을 때면 바람이 윙윙 울며 지나갔다.

식량을 얻으러 사냥꾼들한테 다녀왔을 뿐 달리 산을 내려간 일은 없었다. 늘 한자리에 앉아 있는 것이다. 그리고 보니 사냥꾼 마을에 내려갔을 때 봄이 시작되고 있었다. 산수유와 살구꽃, 진달래가 무리지어 피어나고 있었다. 오래지 않아 한밝산에도 봄이 시작될 것이다. 몇 길씩 쌓인 두꺼운 눈이 녹으면 그 아래 숨어 있던 온갖 꽃이 아름답게 산을 뒤덮는다고 했다.

얼마나 많은 날이 지났는지 모른다. 한밝산이 저녁놀로 은은히 타오를 무렵, 꾸웅 꾸웅 꾸아아, 문득 엄청나게 커다란 울림이 일어났다.

용이다! 화룡이다! 하늘못 한쪽에서 화룡(火龍)이 일어나고 있었다. 푸아아아— 용틀임을 하며 하늘로 솟구쳐올랐다. 수백수천 길이나 되는 거대한 용이 구름을 일으키며 하늘로 날아오르는 것이다. 용도 구름도 지는 햇살을 받아 거대한 불기둥처럼 타올랐다.

아니다! 용이 아니다! 하늘못의 물이 하늘로 솟아오르는 것이다. 하늘못이 끓어 구름으로 넘치는 것이다. 수백수천 길 하늘로 솟아오른 구름이 한밝산을 뒤덮었다.

개소문은 둘러쓰고 있던 곰가죽을 벗었다. 그래도 몹시 덥고 숯가마 속에 들어앉은 것처럼 땀이 흘렀다. 그러나 그것도 잠시, 갑자기 온몸이 깨져나가는 듯한 극심한 고통과 함께 불이 붙은 불덩이처럼 달아올랐다. 욕심덩어리 육신을 불타는 장작더미에 올려놓고 다비라도 하는 것처럼 온통 열화지옥이다. 어서 자리를 피해야 했지만, 그 생각마저도 아득해지며 마침내 혼절하고 말았다.

시간이 얼마나 흘렀을까. 차가운 냉기와 함께 타는 듯한 누린내가 코를 찔렀다. 화룡의 승천을 본 대가로 온몸의 털이 다 타버린 것인가. 그러나 아니었다. 머리털은 타지 않았고 그 대신 꿀처럼 진득한 액체가 만져졌다. 머리털뿐 아니라 온몸이 끈적끈적한 액체로 덮여 있었다. 지독한 누린내는 바로 그 알 수 없는 액체가 뿜어내는 것이었다.

정신이 돌아오자 잊고 있었던 한기가 몰려와 다시 곰가죽을 둘러쓰고 앉아 아침을 맞았다. 빨리 동굴로 돌아가 눈 녹인 물로 고약한 액체를 씻어내야 했지만, 왠지 그 자리를 떠나기가 싫어서였다.

구름이 걷히자 스멀스멀 하늘못이 살아났다. 파란 하늘이 수억 년 내려앉은 것처럼 새파랗다.

아아! 하늘못이다! 하늘못을 뒤덮고 있던 눈과 얼음이 거짓말처럼 한꺼번에 녹아버린 것이다. 하늘못이 이렇게 한꺼번에 녹는다는 이야기는 스승님한테서도 들은 바 없었다.

한밝산이 서서히 불꽃으로 타올랐다. 해는 먼 바다에서 뜨지만 온 산을 붉게 태우고 있었다.

따뜻한 햇살과 바람만으로 얼음이 녹는 것은 아니다! 언뜻 비켜난 생각은 빠르게 달리고 있었다. 을지문덕과 강이식은 다물얼을 깨우기 위해 경관을 짓고 선배들에게 참배하도록 했다. 왜 하필 선배인가? 뿔뿔이 흩어져 있던 생각들이 문득 한 곳으로 모여들었다.

13세 흘달 단군 천제께서는 571년, 소도를 많이 설치하고 천지화(天指花)를 심었다. 젊은이들로 하여금 글 읽고 활 쏘는 법을 익히게 해 이들을 '국자랑(國子郎)'이라 불렀다. 국자랑들은 머리에 천지화를 꽂고 다녔으므로 '천지화랑(天指花郎)'이라고도 했다.

천지화! 아침에 피었다 저녁에 지는 이 꽃은 하루밖에 못 피지만 여름부터 늦가을까지 쉼 없이 늘 화려하게 피어 있다. 머리에 천지화를 꽂는 것은 하늘의 자손으로 태어났으니 천지화처럼 하루 만에 지는 것을 두려워하지 말고 피어나라는 뜻이 아니겠는가. 한 사람 한 사람이 저마다 천지화로서 고운 꽃을 피우니 천지화는 온 나라에 가득 피어나 즈믄 해를 이어갈 것이다!

마침내, 개소문의 가슴에도 천지화가 피어나기 시작했다. 마음이 바르고 하는 일이 옳으면 어찌 피고 지는 것을 두려워하겠는가.

태왕을 바꿔야 한다! 버르장머리 없는 오랑캐를 응징하기는커녕 백성들을 눈속임하는 엉뚱한 곳에나 정신을 쏟는 무리들이 활개치는 세상이 조금만 더 계속되었다가는 하늘백성들이 모두 바보멍청이가 되어 영영 오랑캐를 눌러 다스릴 수 없게 되고 말 것이다.

하나, 종기를 치료함에 있어서 약으로 다스릴 때에는 빠를수록 좋지만, 바늘을 가지고 치료할 때에는 고름이 꽉 차기를 기다렸다가 터뜨려야 한다. 어설프게 건드렸다가는 오히려 뚱뚱 붓고 덧날 뿐이다.

칼을 뽑아 태왕을 처단했을 때 많은 벼슬아치들이 따르지 않고 백성들이 원망하는 흰 눈으로 보아서는 안 된다. 태왕을 죽이는 사건이 일어나면 서토 오랑캐들은 그날로 군사를 일으켜 아사달에 쳐들어올 것이다. 당주 이세민은 이미 동돌궐을 무너뜨리고 설연타를 세워 발판을 마련했으며, 제 딸을 토번 왕에게 첩으로 주어 뒤를 다져놓았다. 기회만 잡으면 언제든지 고구려에 도전해올 수가 있는 것이다. 태왕과 못된 벼슬아치들을 없애는 것 못지않게 서토 오랑캐를 막는 뒷일이 중요하다. 뒷감당할 자신이 없으면 일을 벌이지 않는 것이 낫다.

하늘못에 황혼이 질 무렵 연개소문은 자리에서 일어섰다.

나는 하늘의 자손으로 천지화랑이 되었으니 천지화로서 활짝 피어날 것이다! 이것이 바로 아사달의 사나이, 천지화랑의 길이다!

연개소문의 혁명

한밝산에서 평양으로 돌아온 연개소문은 북을 치고 소리를 하는 일이 부쩍 많아졌다. 가족이 함께 어울리는 때도 있었지만 혼자서 북을 치고 소리를 하는 경우가 더 많았다. 하루종일 군고청에서 보내는 일도 차츰 많아졌다. 종일 북을 치거나 소리를 했지만 더러는 북을 치거나 소리를 하지 않으면서도 군고청에서 시간을 보내는 것이다. 오락가락하면서 생각에 잠기거나 잠깐씩 눈을 붙이고 코 고는 소리를 내는 일도 적지 않았다.

처음에는 활력을 찾았다고 기뻐하던 가연도 은근히 걱정이 되는 모양이었다.

"전하의 기력이 부쩍 쇠약해지셨습니다. 전하를 대신해서 관부에 나가는 게 어떻습니까? 북을 치거나 소리꾼으로 나서기에도 충분한 경지에 들어선 지 이미 오래입니다."

"아무래도 적성이 맞는 것 같아 그쪽으로 계속 나가볼까 생각 중이오."

"농담이라도 그런 말씀은 마세요. 듣기 어렵습니다."

자신이 먼저 연개소문에게 소리를 권해놓고도 가연은 말리고 있었다.

"너무 걱정하지 마시오. 소리꾼이 되면 여러 가지 좋은 일이 있을 것이니."

연개소문이 짐짓 북과 소리에만 매달리는 이유가 있었다. 그는 전에 없이 자주 사람들을 찾아다녔다. 여러 사람에게 잘 보이기 위한 인사를 하는 것이니 좋고 싫은 사람을 가리지 않았다.

"사람에게 무엇보다 중요한 것이 건강이라는 것을 앓고 나서야 비로소 알았습니다. 북 치는 것을 대수롭지 않게 알았는데, 건강 회복에 크게 도움이 되더군요."

지난날에는 만나는 사람마다 붙들고 나랏일을 걱정했으나 이제는 한 마디도 하지 않았다. 아파서 몸조리를 하고 온 사람답게 날씨 이야기, 건강 이야기만 했고 누가 권하면 서슴없이 북을 치고 노래도 불렀다. 특히 남보다 목청이 크고 좋은 연개소문이 부르는 〈천지음〉이나 〈조선가〉는 인기가 좋았다. 연개소문의 방문을 반기는 사람이 많아졌고 행사를 치를 때 초청하는 이도 생겨나고 있었다.

예인 같은 생활을 하면서 연개소문의 몸가짐도 전에 없이 조심스러웠다. 사람들에게도 모두 깍듯이 대했다. 누구의 눈에도 수줍음 타는 계집아이처럼 매우 얌전했다.

가만히 앉아만 있어도 온몸에서 불을 뿜는 듯하던 연개소문이 아니던가. 말 한 마디라도 지기 싫어하고 끝까지 자신의 주장을 굽히지 않던 개소문이다. 그런 그가 달라도 너무 달라졌으니 금방 사람들의 입에 오르내리기 시작했다.

"개소문이 뒤늦게 철들 줄 누가 알았던 말인가? 정말 내 눈으로 보고도 믿지 못하겠더군."

"사람이 확 달라졌어. 산속에 들어가서 신선공부 한다는 말이 있더니 반은 신선이 된 모양이야."

"신선공부라니? 그자는 광대가 되려는 것일세. 밤낮없이 북이나 두드리고 미친 듯이 소리를 질러대 아랫것들 귀청이 다 터질 지경이라네."

"글쎄, 죽을 때가 되면 사람이 변한다지 않는가. 제 버릇 개 못 준다는데, 개소문이란 놈도 죽을 때가 된 모양이지."

나이 들어 늦게 철이 났다는 사람도 있었다. 처음에는 믿지 못하던 사람들도 날이 갈수록 하나둘 믿기 시작했다. 연개소문을 싫어하는 사람들도 그가 달라졌다는 것만은 인정하게 되었다.

정말 소리에 빠져 나라걱정이 줄어든 것은 아니었다. 그러나 훨훨 타는 불길이 밖으로 내뿜지 않고 안으로 타들어갔으니, 사람들이 알지 못하는 것은 당연했다.

그렇게 한 해가 지났다. 2975년(642) 봄, 개소문의 아비 동부대인 대대로(막리지) 연태조가 돌아갔다. 아비가 죽으면 맏아들이 아비의 벼슬을 잇는 것이 고구려의 관습이다. 연개소문도 마땅히 아비의 지위를 이어받아야 했다. 그러나 아비의 장례를 치르고 석 달이 지나도록 연개소문은 막리지 벼슬에 나가지 못했다. 그를 꺼리는 벼슬아치들이 많았기 때문이다.

"개소문이 많이 달라졌지만 언제 본색을 드러낼지 모르오. 막리지를 이어받고 동부대인의 자리에 오르기에는 마땅치 않소."

"지금이야 아비의 지위를 잇기 위해서 고분고분하지만 언제 이빨을 드러내고 발톱을 세울지 모르오. 막리지가 되어 함부로 날뛰면 막기가 어려울 것이오."

"개소문의 동생인 정토는 얌전하고 착하기로 소문이 났소. 차라리 정토에게 아비의 벼슬을 잇도록 합시다."

"멀쩡한 맏아들을 제쳐두고 작은아들에게 아비의 뒤를 잇게 한 일은 없었소. 차라리 아무도 연태조의 벼슬을 잇지 않도록 하는 게 나을 것이오."

조정에서는 이러쿵저러쿵 의견만 분분했을 뿐 어느 쪽으로도 쉽게 결정하지 못했다. 어느 쪽이나 이미 그런 예가 없었기 때문이다.

연개소문은 초조하게 기다렸으나 조정에서는 자꾸 불길한

소식만 들려왔다. 개소문의 가슴도 바작바작 타들어갔다.

계집만도 못한 것들이 입방아만 찧고 있다니, 큰일이다! 그 것들이 자꾸 찧고 까불러서 좋을 것이 하나도 없다! 예전 같으면 노발대발해서, 웬 놈들이 남의 앞길을 막느냐고 펄펄 뛰며 아가리를 찢어버리겠다고 난리를 쳤을 것이다. 그러나 그럴수록 자신에게 해가 될 뿐이라는 것을 이제는 아는 연개소문은 죽은 듯이 참았다.

참아야 한다! 옛 어른들은 이보다 더한 수모도 잘 참았지 않은가. 한동안 군고청에 박혀서 북을 치고 소리를 하는 것으로 달랬으나 언제까지 그렇게 세월만 보낼 수는 없었다. 기왕 참는 김에 더한 짓도 못할 것이 없었다.

"철이 들지 않아 엉덩이에 뿔난 송아지처럼 못되게 굴었습니다. 이미 제 잘못을 깨달았으니 다시는 여러분께 걱정을 끼치지 않겠습니다."

연개소문은 앉아서 기다리지 않고 벼슬아치들을 찾아다니며 머리를 숙이고 빌었다.

"비록 부족한 점은 많으나 이제부터는 개소문도 여러분의 뜻에 잘 따르겠습니다. 부디 아비의 지위를 이어받게 해주십시오. 만약 옳지 못한 일이 있을 적에는 비록 내쫓더라도 원망하지 않고 달게 받겠습니다."

조정 벼슬아치들의 반응은 차가웠지만 연개소문은 포기하

지 않았다.

"미련하고 둔하지만 제 성품이 나쁜 것을 모르지 않습니다. 그래도 부디 아비의 지위를 물려받을 수 있게 해주십시오. 제가 아무리 못된 놈이지만 대대로 이어온 벼슬까지 끊어버리는 죄를 어찌 감당하겠습니까?"

아비와 가깝게 지냈거나 성품이 모질지 못한 사람들에게는 그 인정에 하소연했다.

"제가 어찌 감히 아비의 낯을 깎는 일을 하겠습니까? 더욱 몸가짐을 조심할 것이니 안심하십시오."

지극한 정성에는 하늘도 감동한다고 했다. 연개소문이 문턱이 닳도록 드나들며 간절히 사정하고 부탁하자 조정 벼슬아치들도 차츰 마음이 바뀌기 시작했다. 사실 성품이 거칠고 모났을 뿐이지 연개소문이 몸가짐을 잘못한 일은 없었다. 나랏일보다는 소리에 빠져 있으니 전처럼 걱정할 일도 아니었다. 뚜렷한 이유도 없이 아비의 벼슬을 이어받지 못하게 하는 것은 명분이 있는 일은 아니었다. 또한 이것이 선례가 된다면 뒷날 자신의 자손들도 연개소문과 똑같은 꼴을 당해 가문이 몰락할지도 모를 일이었다.

마침내 연개소문은 아비의 뒤를 이어 동부대인의 벼슬을 받았다. 과연 동부대인이 된 연개소문은 조금도 모나지 않게 살았다. 미심쩍어하는 사람도 없지 않았으나 개소문의 몸가짐은 늘 한결같았다. 제집에서는 군고청에서 시간을 보냈고, 바깥에서도 누가 소리를 청하면 즐겁게 노래를 불러주었다. 국정에 간섭하는 일이 없었고 누가 의견을 물어도 사양하기 일쑤였다.

어느 날, 조의를 마치고 천궁을 나와 관부로 가는 길에 막리지 윤경이 부르더니 느닷없는 소리를 해왔다.

"장성을 비사성까지 쌓자는 말이 나도는데 동부대인의 뜻은 어떻소?"

"저는 여러분이 결정한 대로 따를 것입니다. 어찌 감히 함부로 나서겠습니까?"

"나도 아직 마음을 정하지 못하고 있소. 천리장성도 다 쌓지 못했는데 다시 일을 벌인다면 백성들이 너무 힘들 것이오. 동부대인의 뜻을 묻는 것이니 아무 거리낌 없이 말해보시오."

연개소문으로서는 처음 듣는 소리였다. 부여성에서 바닷가까지 장성을 쌓는 것만도 무척 힘든 일이다. 더구나 건안성 남쪽은 늪지대가 많아서 바닥도 제대로 다지지 못하고 있다. 그런데 다시 300리가 넘는 장성을 쌓는 것도 쉽지 않은 일이거니와, 무엇보다 비사성까지 장성을 쌓는 게 무슨 뜻이 있단 말인가.

비사성은 여동반도의 끝에 있다. 비사성을 돌아 배를 대면 곧바로 장성 뒤쪽이 되니 장성은 아무런 쓸모도 없다. 사람의 입에서 그처럼 어리석은 소리가 나올 수는 없다. 더구나 백성들의 어려움을 생각한다면 저런 말을 감히 꺼내지도 못할 것이다!

"비사성까지 장성을 쌓아두면 서토 오랑캐들은 감히 고구려 도전을 꿈꾸지 못할 것입니다. 조금 힘이 들더라도 미리 장성을 쌓는 것이 좋겠습니다."

말리기는커녕 적극 찬성이 아닌가?

"하하하. 동부대인의 뜻도 그러하다니 나도 마음을 정하겠소."

마음이 놓인다는 듯 너털웃음을 웃는 윤경의 얼굴이 밝았다.

그렇듯 연개소문은 남 앞에 나서지 않았고 눈에 날 짓은 더욱 조심했다. 누구의 눈에도 제 벼슬이나 지키려는 흔해빠진 벼슬아치로 비쳤다.

예전에는 오랑캐를 토벌하고 서토를 평정해야 한다고 주장했으나 이제는 우스갯소리로라도 그런 말은 입에 담지 않았다. 오랑캐 토벌과 조정에 대한 불만은 개소문의 가슴속에서만 이글이글 타오르고 있었다.

연개소문은 진작 간도 쓸개도 없이 어리석기만 한 태왕과 못된 벼슬아치들을 없애려고 마음먹었으나 정작 일을 어떻게 치러야 할지 좋은 생각이 나지를 않았다.

"어떻게 해야 하는가? 군사를 일으키기도 쉬운 일은 아니나 자칫하다가는 일을 그르치고 많은 사람이 죽고 다칠 것이다."

벼슬아치들을 살펴서 없애야 할 자들을 가려두었으나, 일을 그르치지 않고 감쪽같이 해치울 수 있는 묘안이 떠오르지 않아 늘 걱정이었다. 그러던 어느 날, 연개소문은 눈앞이 탁 트이는 것을 느꼈다.

"그렇다! 큰바람이 일어나듯 큰 산에 비가 내리듯 해야 한다!"

큰바람은 고요함 속에서 일어나고, 깊은 산에 내리는 빗물은 한꺼번에 불어나 모든 것을 휩쓸어가나 곧 맑은 소리를 내며 아무 일도 없었던 듯이 흐른다.

마음을 굳힌 개소문은 고요히 때를 기다릴 뿐 누구에게도 태왕을 치겠다는 말을 비치지 않았다. 군사를 모으는 일은 더더구나 하지 않았다. 때가 오면 조정의 겁쟁이들쯤이야 한칼에 쓸어버릴 것이었다. 개소문은 더욱 몸가짐을 숨기고 스스로를 낮추었다.

그러나 겁 많은 벼슬아치들은 여전히 개소문을 흰 눈으로 보았다. 아무리 얌전하게 굴어도 개소문의 지난날을 잘 아는 그들로서는 그가 눈에 든 가시처럼 껄끄러웠던 것이다.

지진이 일어났다. 이른 아침 집이 흔들리고 선반에 얹어둔 물건들이 바닥으로 떨어질 만큼 큰 지진이었다. 덮개돌의 무게를 이기기 어렵게 기우뚱한 을지문덕의 무덤이 늘 마음에 걸렸던 검모잠은 득달같이 산으로 달려갔다. 다행히도 무덤은 그대로였으나 청동향로가 단 밑으로 떨어져 과꽃 속에 나뒹굴고 있었다. 검모잠은 곧바로 향로를 굴려 단 밑까지 가지고 갔다. 한창이던 과꽃이 마구 부러지고 짓밟혔지만 가연이 마음 아파할 거라는 생각도 잠깐이었다. 간신히 단 위로 끌어올렸지만 세우는 것이 문제였다. 향로를 받치는 긴 다리 때문에 위가 무거운 향로를 세울 수가 없는 것이다. 혼자서는 세우기를 포기하고 집으로 내려오는 수밖에.

"무덤이 멀쩡한데 향로만 밑으로 떨어졌더라고? 그거 참 이상한 일이구나. 언제 무너질지 모르게 기운 무덤이 오히려 무사하고 옆으로 밀어도 끄떡없을 향로만 넘어지다니."

검모잠의 아비도 이 정도 큰 지진은 처음이었다.

"밥이나 먹고 올라가봅시다. 우리 셋이서 힘을 합하면 향로를 세울 수 있을 테니."

아침을 차려놓고 기다리던 어미의 말에 아비가 뜻밖의 소리를 했다.

"아니다. 향로는 내가 사람을 모아다 세울 테니 잠이 너는 밥을 먹는 대로 평양으로 가거라. 아무래도 전하나 아씨한테 무슨 일이 생긴 것 같구나."

"그게 무슨 소리요? 평양에 일이 생기다니?"

"옆에서 밀어도 쉽게 넘어질 향로가 아닌데, 넘어질 것 같던 무덤은 멀쩡하고 향로만 넘어졌다는 것은 전하께서 우리 잠이 한테 더 이상 여기 있지 말라는 조짐을 보여준 것만 같소."

"향로와 우리 잠이가 무슨 관계기에 그런 말씀이오?"

"우리 잠이는 평양에 있는 아씨와 막리지 전하를 위해 무술을 닦고 은신술을 연마해왔소. 평양에 변고가 일어나지 않고서야 어찌 여기 막리지께서 더 이상 향을 올리지 못하게 하신단 말이오?"

아비는 계속해서 작은 것에 얽매여 큰 것을 놓치는 어리석은 짓을 하지 말라고 했다. 처음에는 설마 했으나 정말 그래서였는지도 모르겠다는 생각도 들었다. 막리지의 무덤은 언제든지 돌아와 보살필 수가 있으나 살아 있는 사람에게 무슨 변고가 생기면 후회해도 소용이 없다.

검모잠은 아침을 먹는 대로 짐을 꾸리고는 집 밖으로 나서 말을 세우고 휘파람을 길게 불었다. 세 번째 휘파람을 불 때 맑은 방울소리가 들리더니 해동청 한 마리가 유유히 맴돌기 시작했다. 머리 위를 맴돌던 해동청은 검모잠이 손을 뻗자 즉시 내리꽂히듯 하강해서 그의 손끝에 올라앉았다.

"이제부터는 얼굴을 보기가 더욱 어려울 것이다. 평양까지는 한시도 떨어지지 말고 곁에 있거라."

해동청을 어깨로 옮긴 검모잠은 빠르게 말을 달렸다. 해동청은 달리는 말이 갑갑한 듯 가끔 솟구쳐 날아올랐으나 서너 번 하늘을 맴돈 뒤에는 다시 검모잠의 어깨로 내려와 앉았다.

평양에 도착해 연개소문의 집 앞까지 갔으나 검모잠은 곧바로 집 안으로 들어가지 않았다. 해동청까지 날려보내고 혼자서 주위 풍경을 살피며 한가하게 시간을 보내다가 개소문이 돌아오고 어둠이 내린 뒤에야 은밀하게 담을 넘어 집 안으로 스며들었다.

"전하는? 전하의 안택은 무사하더냐?"

연개소문에 앞서 무두리가 먼저 놀라는 소리를 냈다. 지진이 일어나 향로가 굴러떨어졌다는 말에 무두리가 기겁하는 것도 당연했다. 고인돌을 다시 세운 뒤에 무덤으로 이용하자는 절대다수의 의견을 누르고 그대로 주검을 안치했던 것은 저절로 무너진 다음에 다시 세워도 될 것이라는 을지문덕의 유지를 무두리가 전했기 때문이었다. 그때 무두리가 입을 다물고 있었더라면 사람들은 고인돌을 다시 고쳐 세웠을 것이다. 어째서 잠깐 눈을 감고 있지 못했었는지, 무두리는 가슴을 치고 싶었다.

"꼼꼼히 살폈으나 기울기는 물론 작은 돌 하나까지도 무덤에는 아무런 변화가 없었습니다. 오직 향로만 굴러떨어졌을 뿐입니다. 향로받침대도 아무 이상이 없었습니다."

"휴우, 다행이구나. 정말 다행이야."

무두리는 잠깐 마음이 놓이는 모양이었다.

"제 아비는 평양에 계시는 전하나 아씨의 안위가 걱정이라고 하였습니다. 향로가 굴러떨어진 것은 저더러 더 이상 향을 받들지 말고 평양에 가서 전하와 아씨의 안위를 지키라는 조짐을 보여준 것이라고 하였습니다."

"나는 이 나라의 막리지다. 감히 나한테 무슨 일이 생기겠느냐? 산속에 혼자 두고 왔더니 무섬증이라도 생긴 것이 아니냐? 예쁜 색시와 함께라면 산속도 무섭지 않을 것이다. 어디 마음에 드는 처녀가 있는지 잘 살펴보아라. 내가 나서서 혼례를 치러주마."

안위가 걱정된다는 검모잠의 말을 연개소문은 믿으려 하지 않았다. 곰이라도 때려눕힐 만큼 타고난 장사인 데다 무술도 누구 못지않다. 게다가 중무장한 군사들이 밤낮으로 집 안팎을 지킬 뿐 아니라 집 밖을 나설 때는 300여 군사의 호위를 받는다. 무엇보다 연개소문은 이미 막리지의 지위에 올랐다. 아사달 하늘 아래 누가 감히 막리지에게 칼을 겨누겠는가? 행차 때마다 군사들의 호위를 받는 것도 막리지로서 당연한 갖춰야 할 의장행렬이지 누군가의 칼날이 무서워서가 아니다.

그러나 곁에 있던 무두리의 얼굴은 이미 무겁게 변했다.

"잘 왔다. 우리는 아직 모르고 있을 뿐 지하에 계신 전하께서도 놀라 일어날 만한 일이 생겼는지도 모른다."

"우연한 사고입니다. 여기서는 지진이 일어난 낌새조차 챌 수 없었습니다."

"세상에 우연은 없는 법, 하늘을 나는 새는 물론 개미같이 작은 벌레의 움직임까지도 상세히 살피고 그 뜻을 헤아릴 줄 알아야 한다. 교만이 눈을 가리면 어떠한 조짐이 아니라 저승사자가 코앞에 서 있어도 모르는 법이다."

연개소문을 나무라던 무두리가 선언하듯 말했다.

"잠이는 지금부터 전하의 그림자다. 누구도 전하한테서 검모잠을 떼어놓지 못한다."

"알겠습니다. 그렇게 하겠습니다."

연개소문이 곧바로 대꾸했다. 태왕 천하의 천명이 아니라면 누구의 어떤 말도 들을 필요가 없는 막리지 신분이었지만, 연개소문에게 무두리는 선배 시절부터 세상을 가르쳐온 스승이었고 막리지 을지문덕을 비춰내는 거울이었던 것이다.

문을 닫자 방 안이 어둡다.

"전하께서 관부로 나가신다. 잠아, 더욱 조심하거라."

암흑의 방에 들어선 늙은이가 허공에 던지듯 말했다.

"존, 명!"

낮고 힘찬 대답소리가 울리며 스윽, 한줄기 바람이 천장으로 날아올랐다.

"걱정하지 마십시오, 할아버지."

할아버지? 녀석도!

저도 모르게 피식 나오는 웃음을 깨물었다. 너무 오랜만에 듣는 할아버지란 말 때문이었다. 그러나 명령을 받을 때는 단한 마디도 군소리가 없어야 할 검모잠이 아닌가? 위험해! 순간 늙은이가 발을 굴렀다. 잠깐 급한 바람이 일어났으나 모든 것은 곧 어둠 속으로 묻히고 말았다.

늦었다! 전각 지붕을 타고 넘던 늙은이 무두리는 군고청 용마루에서 멈췄다. 막리지 연개소문이 탄 수레는 이미 대문 밖으로 나섰고, 바깥에서 기다리던 행렬군사들에게 둘러싸인 뒤였다. 섣불리 수레에 다가간다면 오히려 큰일이라도 난 줄 알고 불필요한 소동이 일어날 것이다.

지난밤 무두리는 자다 말고 일어나 집 안을 살피며 돌았고 막리지의 처소에도 몇 번이나 들어가 보았다. 숨소리까지 죽이고 은밀하게 지키는 검모잠이 못 미더워서가 아니었다. 놀라 깨어난 꿈이 너무 사나웠기 때문이었다. 하필 경관이 불타고 무너지는 꿈이라니! 아무리 꿈이었지만 도무지 불안해서 견딜수가 없었다. 10여 일 전에는 지진으로 을지문덕 전하의 고인돌 앞 향로가 굴러떨어져 연개소문의 안위가 걱정된다며 검모잠까지 평양으로 올라오지 않았는가.

연개소문은 누구보다 경관과 인연이 깊은 사람이다. 을지문덕이 남긴 신물을 들고 경관을 찾았던 것도 경관이 불타기 직전의 일이었다. 한두 달만 늦게 찾아왔더라도 은신술을 조금도 익히지 못해 경관에 들어가지 못한 채 경관이 불타는 것을 지켜보기만 했을지도 모른다.

아직 얼굴을 드러내지 않은 검모잠은 조정이 있는 천궁까지는 들어가지 못하지만 종일토록 중성 안에 있는 동부대인 관부에서 연개소문을 지킬 것이다.

하루이틀은 재우지 않아도 되는데…… 후회를 해보지만 이미 늦었다. 만에 하나 녀석이 경계를 누그러뜨린다면? 아니다! 하늘이 두 쪽 나도 그런 일은 없을 것이다.

무두리는 애써 불안한 가슴을 억눌렀다.

"장군, 그만 내려오셔서 차를 드시지요."

가연이다. 감나무에 몰래 올라갔다가 들킨 아이처럼 멋쩍었으나, 막상 마당으로 날아 내려서는 무두리는 날개를 접는 두루미처럼 당당하고 멋스러웠다.

"뒤뜰에 아니 가십니까? 햇살이 좋습니다."

"얼굴이 더 밝습니다, 장군."

"아직도 과꽃이 한창입니다."

아직도 멋쩍은 무두리는 얼른 가연이 애지중지하는 과꽃으로 화제를 돌렸다.

으음! 뒤통수를 맞았다! 무두리가 초조한 시간을 보내는 사이 천궁에 들어갔다가 관부로 돌아온 연개소문은 신음을 깨물고 있었다. 그렇게 자신을 굽히고 고분고분 입안의 혀처럼 굴었는데도 끝내 저들의 눈 밖에 나고 만 것이다.

얼떨결에 천명을 받고 조정에서 물러났으나 천궁을 나와 관부에 돌아온 뒤에도 개소문의 얼굴은 무겁기만 했다. 생각할수록 큰일이었다. 여느 사람이라면 장성에 감독관으로 가는 것이 나쁘다고만은 하지 않을 것이다. 오히려 공을 세울 수 있는 기회이기도 했다. 장성은 거의 완성되었고 이런저런 부대시설을 갖춘다 해도 3~4년이면 충분할 것인데 역사에는 장성을 완성한 사람으로 기록될 테니 말이다. 그러나 공을 세울 기회를 주기 위해서 내보내는 것이 아니라 눈앞에 두기 껄끄러워서 멀리 밀어내려는 것임을 모르지 않았으니 개소문은 속이 타지 않을 수 없었다.

이제 평양을 떠나면 다시 돌아오지 못한다! 평양을 떠나는 것이 아쉬워서가 아니라 평양을 멀리 떠나서는 큰일을 할 수가 없기 때문이다. 설혹 여동군까지 끌어들여 모두 제 편으로 만든다고 해도 그 먼 곳에서 평양까지 와 장안성을 치고 천궁을 친다는 것은 엄두도 내지 못할 일이었다.

"천궁에 비상경계령이 내려졌소. 간밤에 숙직을 한 군사들은 아예 나오지도 못했고 비번인 군사들까지 모두 급히 들어오라는 명령이 떨어졌다고 야단이오."

"괘씸한 놈들. 겁 없이 저질러놓고 이제는 간이 떨리는가 보구려."

"고정하시오, 전하. 너무도 뻔한 허세. 저들이 감히 무슨 짓을 하겠소?"

"멀쩡한 사람을 당장 내일 아침에 변방으로 떠나라고 윽박지르는 놈들이오. 우리가 아무리 서둘러도 이것저것 정리하고 준비하려면 밤을 꼬박 새워도 이틀은 걸릴 것이 아니오?"

"급한 것만 처리하고 당장 필요한 것만 챙기면 될 것이오. 그보다 열병식은 어떻게 하시겠소?"

"번거롭게 그건 무엇하려고? 내일 아침 식사를 마치는 대로 곧장 떠날 것이오."

연개소문이 언짢다는 듯이 대꾸하자 선도해가 고개를 저었다. 선도해는 을지문덕과 강이식이 쌓은 경관이 불타기 직전인 2964년(631) 정초까지 1만 군사를 이끌고 경관을 지키던 장수였다. 경관을 지키던 부대가 해체된 뒤 남부욕살 고혜진의 여동군 소속으로 있었으나, 지난봄 동부대인이 된 연개소문의 청에 따라 장안성에 들어와서 그의 으뜸 호위장수가 된 것이다. 무술이 높고 은신술에 밝을뿐더러 뜻이 곧고 생각이 깊어 믿을 수 있는 사람이었다.

"전하께서 동부대인 지위에 오른 뒤 처음으로 하는 행차가 아니오? 오랫동안 돌아오기 어려운데 맘이 내키지 않더라도 열병식은 하고 가야 뒤탈이 없을 거요."

열병식도 하지 않고 축 처진 어깨로 떠났다가는 사람들의 말밥에 올라 좋을 것이 없다는 것이다.

"장군이 알아서 준비하시오."

만사가 귀찮다는 듯 연개소문의 대꾸는 매우 심드렁했다.

"알겠소. 집으로 돌아가 생업에 열중하고 있는 군사들에게 소집령부터 내리겠소. 가능한 대로 많은 군사들에게 알리고 밤길을 달려서라도 내일 아침 날이 밝는 대로 성안으로 들어오도록 조치하겠소."

마지못해 치르는 열병식이지만, 그래서 더욱 최대한 많은 군사를 모아 성대하게 치러야 한다고 선도해는 생각했다.

아무리 비상경계령이 내렸다고 해도 뭔가 빈틈이 없지 않을 것이다! 그 빈틈을 찾아서 쐐기를 박아야 한다! 바깥이 떠들썩했으나 연개소문은 방 안을 서성이다 말고 장승처럼 버티고 서서 깊은 생각에 잠겼다. 내일이면 평양을 떠나야 하는데 멍하니 앉아서 당할 수도 없는 노릇이었다.

그렇다! 하늘이 내려준 기회다! 연개소문의 낯빛이 환하게 밝아졌다. 다시 좁은 방 안을 맴돌기 시작했지만 아까보다는 훨씬 활기찬 걸음이었다. 가끔 책상 앞에서 걸음을 멈추고 붓을 들어 뭔가를 적어넣기도 하고 머리를 저어가며 북북 그어대기도 하는 것이 여느 때의 모습 그대로였다.

"장군, 내일 열병식에 동원할 수 있는 군사는 얼마나 되겠소?"

"3천 명쯤이오. 군사들이 밤길을 달리기에는 한계가 있을 것이기에 사방 60~70리 안에 있는 자들만 모이게 하였소."

반이 넘게 장성 쌓는 일에 동원되었다고 해도 아직 동부대인에 속한 군사는 만 명이 넘는다. 그러나 식읍이 멀리까지 흩어져 있어 모두 평양으로 불러들이려면 닷새도 모자란다.

"외성 바깥에 군막을 치고 솥을 걸어 밤길을 달려온 군사들을 모두 먹이고 쉬게 하였으니 안심하시오."

"잘하였소, 장군. 그리고 열병식은 성대하게 치러야겠지만 초청장만큼은 여기 명단에 적힌 자들한테만 보내시오."

열병식 준비를 하다 불려온 선도해는 연개소문의 엉뚱한 소리에 걱정스러운 낯빛을 감추지 못했다.

"전하, 소인배가 많은 조정이오. 초청받지 못한 자들은 두고두고 전하를 원망할 것이오."

"걱정 마시오, 장군. 초청받지 못했어도 보기 싫은 놈의 꼴을 안 보게 되었으니 별로 서운해하지도 않을 것이오."

연개소문이 건네준 명단을 살피던 선도해가 알 수 없다는 낯빛으로 물었다.

"전하, 어째서 전하와 가까운 사람들은 하나도 보이지 않는 것이오?"

"가까운 사람들이니만큼, 단을 크게 만들기 어려워 몇몇만 초청한 것으로 알고 이해해줄 것이오."

"그래도 100여 명은 너무 적지 않겠소? 단 만들기가 그리 어려운 것도 아니니 200명 정도로 합시다."

"좋아서가 아니라 마지못해서 하는 열병식이니만큼 간소하게 치르는 것을 누구나 쉽게 이해해줄 것이오."

"그렇다면 다른 사람은 몰라도 태대로 장상원과 북부욕살 고태우는 전하에게 제일 불만이 많고 선동하기 좋아하는 소인배들이니, 그 두 사람에게도 초청장을 보내야 할 것이오. 특히 여동으로 가기 싫은 고태우는 평양에 눌러붙을 핑계만 찾고 있는데, 얼씨구나 좋다 하고 요란하게 전하의 험담을 늘어놓고 다닐 것이오."

"남들은 다 초청받았는데 개소문과 사이가 나쁜 자신들만 초청받지 못했다며, 개소문 그놈 참 소인배라고 장안성이 들썩하게 떠들어대는 것, 내가 노리는 것이 바로 그것이오."

"......?"

"그래야만 초청장을 받은 자들이 더욱 좋아할 것 아니오.

좋아서 으쓱거리는 만큼 경계심이 풀어지는 줄도 모르고, 개소문이 자신들한테 아부하는 것으로 알고 우쭐댈 것이오."

선도해가 뜨악해했으나 연개소문은 시원한 대꾸를 하지 않은 채 초청장을 보내게 했다. 물론 미리 점찍어두었던 대로 연개소문이 떠나는 것을 앓던 이 빠진 듯 시원해하는 자들만 초청했다. 그가 떠나는 것을 아쉬워하는 사람들은 오히려 그 열병식을 보는 것조차 불편할 것이다. 유독 불평불만이 많은 자 몇몇을 명단에서 뺀 것은 자신에게 비우호적인 자들만 초청되었다는 낌새를 채지 못하게 하려는 안전장치였다.

내일 아침 일찍 떠나기 전에 열병식을 하고 작별인사를 드리고자 하니 부디 오셔서 자리를 빛내주시오. 조의에 늦지 않도록 서둘러주시오.

조의에 늦지 않도록 열병식을 일찍 끝내겠다고 한 것도 태왕을 생각해서가 아니었다. 열병식이 있는 날에는 조의가 늦어지는 것도 어쩔 수 없는 일이다. 하지만 굳이 이른 시각으로 잡은 것은 그만한 까닭이 있어서였다. 열병식은 중성 남문인 정양문 앞에서 치러진다. 장안성에 사는 벼슬아치들 가운데 정양문을 통해 중성으로 드나드는 사람이 많으니 시각을 늦게 잡았다가는 애매한 사람이 화를 당하게 된다.

동부대인 연개소문이 태왕 천하의 천명을 받고 평양을 떠나기에 앞서 의례적으로 군사를 모아서 하는 열병식이다. 새벽부터 나오라고 했대서 초청을 받고도 거절할 만큼 간 큰 사람이 그 안에는 없었다. 무슨 꼬투리를 잡아 물어뜯으려 들지도 모른다는 생각도 없지 않았다.

"그자가 무슨 일을 꾸밀지도 모른다. 잘 지켜보아야 한다."

더러는 연개소문의 속셈을 헤아려보기도 했으나 기껏해야 개소문이 외성 바깥으로 나가기까지는 마음을 놓을 수 없다는 것쯤이었다. 이들은 사람을 풀어서 연개소문과 곁사람들의 움직임을 샅샅이 지켜보았다.

많은 눈과 귀가 연개소문에게 모아졌으나 별다른 낌새는 보이지 않았다. 동부대인 관부에서는 함께 장성으로 떠날 사람들의 명단이 작성되었고 다들 떠날 준비에 바빴다. 연개소문의 집에는 때 아닌 소 울음소리 말 울음소리가 시끄럽게 들리며 수레가 모여들었다. 모두들 이리 뛰고 저리 달리며 짐을 챙기느라 밤늦게까지 떠들썩했다.

집 안에 사람이 많이 드나들고 바쁠수록 허점이 드러나기 마련이다. 모두들 장성으로 떠날 준비를 하느라 이리저리 바쁘게 뛰었지만 막리지의 호위군사들은 여느 때와 다름없이 죽 늘어서서 집 안팎을 지키고 있었다.

장수 둘을 거느리고 말을 몰아 순찰을 돌던 선도해의 머릿속은 매우 복잡했다. 방금 지나온 북쪽 길 건너 막리지 윤경의 집 회랑 지붕 용마루에서도 대가리만 내놓고 연개소문의 울안을 넘겨다보는 그림자가 여섯이나 있었다. 그래도 놈들은 나은 편이다.

버드나무 밑에 들어서던 선도해의 몸이 휘청 기울었다. 뒤따르던 장수들이 놀라 몸을 날리려는 순간 선도해는 몸을 바로 세웠다.

"등자끈이 풀어졌소."

"옛?"

놀란 대꾸에 선도해가 몸을 돌려 뒤를 보면서 웃는 소리를 냈다.

"하하하, 별것 아니니 군사들을 나무라지는 마시오."

선도해의 말에 장수들의 낯에도 웃음기가 돌았다. 어쩌면 잠깐 균형을 잃고 떨어질 뻔했던 것이 열없어서 등자 핑계를 댔을 것이다.

웃는 소리로 얼버무렸지만 선도해의 머릿속은 몹시 어지러웠다.

간덩이가 부은 놈들! 여름내 시원한 그늘을 만들어주던 나뭇잎이 아직 떨어지지 않고 그대로였지만 은신술에 누구보다 밝은 선도해의 눈을 가릴 수는 없었다. 사마귀처럼 나뭇가지에 붙어 있는 자가 셋, 죽은 가지가 삭아서 생긴 구멍에 들어가 목을 내밀고 있는 자까지 보태면 적어도 네 명은 되겠다.

연개소문의 집 담 곁에 있는 나무에까지 올라가 울안을 살피는 것은 목숨을 포기한 자살행위나 마찬가지가 아닌가. 쥐새끼 같은 놈들!

하지만 선도해는 손을 쓰지 않았다. 아무 눈치도 채지 못한 것처럼 멈추지 않고 말을 몰아 그대로 지나쳤다. 막리지를 살해하려고 숨어드는 것이 아니고 다만 눈으로 살피기 위한 것이라면 큰 위험은 없는 것이다. 연개소문의 당부가 다시 귓전을 울렸다.

"오늘 밤에는 여기저기 기웃거리는 자들이 많을 것이오. 하지만 저들이 창칼을 휘두르며 덤벼든다면 모를까 웬만하면 모른 척하고 넘어가시오. 쓸데없이 소란을 피우는 일이 없도록 조심하시오."

여느 때처럼 한 바퀴 순찰을 돌고 난 선도해는 호위군사들을 모이게 했다.

"전하께서는 내일 아침 열병식을 마치는 대로 성을 나설 것이다. 집안사람들이 잠도 자지 못하게 바쁠 터이니 호위군사들도 함께 도와야겠다. 오늘 밤에는 호위 편제를 주간 호위 편제로 바꾸고 남은 군사들은 모두 함께 집안사람들을 돕도록 해라."

선도해는 부러 큰 소리로 명령을 내리고 자신도 몹시 바쁜 것처럼 곧바로 대문 안으로 들어갔다.

"전하께서 장군님을 찾으십니다."

군사 하나가 달려나오며 연개소문의 명령을 전했다.

낮부터 일찌감치 짐을 꾸려놓은 개소문의 처소는 매우 조용했다. 서책과 문서를 묶은 짐이 널려 있어 어수선할 뿐 곳곳에 밝힌 촛불만 조용히 타고 있었다.

돌부처처럼 굳게 닫혀 있던 개소문의 입이 열렸다.

"더는 기다릴 수가 없소. 당주 이세민은 우리 조선을 치기위해 만반의 준비를 하고 있는데 우리는 쓸모없는 장성이나 쌓으며 국력을 낭비하고 있소. 내일 아침에 쓸모없는 것들을 깨끗이 치워버릴 것이오."

쓸모없는 것들? 깨끗이 치워버려? 느닷없는 소리에 선도해는 대꾸하지 못했다. 초청장을 받는 자들이 하나같이 연개소문을 싫어하는 자들이어서 의문을 품긴 했지만 이렇게까지 큰 뜻이 숨어 있을 줄은 정말 짐작조차 하지 못했다. 웅웅웅, 머릿속에서 천둥이 울었다.

"열병식을 시작하기 직전에 오랑캐 종자나 다름없는 것들을 모두 없애고 천궁으로 들어갈 것이오. 장군은 정양문이 닫히지 않게 해주시오."

"전하, 지금 제정신이오? 조정 벼슬아치들을 죽이고 천궁까지 휩쓸다니?"

"장군은 저 버러지만도 못한 것들을 언제까지 참고 지켜보아야 한다는 말씀이오?"

마른하늘에 날벼락이라더니!

"천궁에 비상경계령이 내린 것을 잊은 것이오? 저들이 덫을 놓고 기다리는데 범의 아가리에 머리를 들이밀겠다는 말씀이오?"

"나를 잡으려고 종일토록 군사를 모아놓고 기다리는데 모른 척하고 가지 않는다면 그것도 예의가 아니겠지요."

"전하, 농담할 때가 아니오. 저들은 전하에게 추방령을 내려 놓고 스스로 불안해서 그랬을 뿐이오."

"나도 생각이 있는 사람, 어찌 아무 대책도 없이 범의 굴에 들어가겠소?"

"그러시었소? 군사는 언제 준비하셨소? 나는 전혀 눈치채지 못했소."

더 이상 허둥거리고 있을 때가 아니다. 비로소 정신을 차린 선도해가 물었으나 연개소문의 대꾸는 또 엉뚱했다.

"군사는 아직 하나도 없소. 처음으로 장군에게 말하는 것이오."

그럴 것이다. 연개소문이 모반을 한다면 가장 먼저 속내를 드러내보일 사람은 선도해와 무두리 두 사람밖에 없다. 그러나 준비된 군사 하나도 없이 모반을 하겠다니? 그것도 내일 아침에!

선도해는 저도 모르게 설레설레 고개를 저었다.

"태왕 건무는 물론 조정 벼슬아치라는 것들도 거의가 죽어 마땅한 자들이오. 전하께서 서토 오랑캐나 다름없는 것들을 죽이겠다고 하면 모든 장수와 군사들이 앞다투어 나설 것이오. 하지만 아무런 준비도 없이 이처럼 갑작스럽게, 바로 내일 아침에 군사를 일으킨다는 것은 어불성설이오."

미리 장수들에게 말하지도 않고 갑작스럽게 열병식 자리에서 군사를 일으킨다는 것이 말이나 되는 소린가? 모든 장수와 군사들이 한마음으로 따른다고 해도 그렇다. 내일 아침 열병식에 참가할 연개소문의 군사는 겨우 3천 명에 지나지 않는다. 그 작은 군사로 만 명이나 되는 군사들이 총동원되어 비상 경계를 하고 있는 천궁을 친다는 것은 꿈속에서도 불가능한 일이다. 들판에서 하는 전투라면 가능하겠지만 철옹성 같은 천궁의 성벽을 넘는다는 것은 3만 군사를 동원해서도 며칠은 걸릴 것이다. 더구나 반란 소식이 전해지면 장안성을 향해 벌떼같이 모여들 군사들은 또 어쩔 것인가?

"내일 아침 열병식이 끝나는 대로 장안성을 나서서 평양을 떠나야 하오. 이번에 떠나면 다시는 평양으로 돌아오지 못할 것이오."

연개소문의 굳은 마음을 짐작한 선도해도 애써 마음을 다 잡았다.

"모두가 수십 명에서 수백 명씩 호위군사들을 거느리고 다니는 사람들이오. 우리 3천 군사만으로는 중성 안으로 들어서기도 어렵소."

선도해가 잠깐 말을 끊고 연개소문을 쏘아보았다.

"전하께서는 조정 벼슬아치들이 정양문 앞에 모이기 전에 미리 천궁으로 들어가야 될 것이오. 모두들 내일 아침 열병식이 있을 것을 알고 있을 테니 누구도 우리 군사들을 의심치 않을 것이오. 저들이 비상경계를 하고 있다고 해도 내가 은신술과 무예에 능한 자들을 모두 동원한다면 잠깐 동안은 정양문과 정해문의 통로를 장악할 수 있을 것이니 전하께서는 싹쓸바람처럼 천궁까지 휘몰아쳐가도록 하시오."

물러설 수 없다는 것을 깨달은 선도해는 그 자리에서 작전을 세웠다. 수많은 호위군사들을 거느린 조정 벼슬아치들이 정양문 앞에 모이기 전에 매듭을 짓자는 것으로, 나무랄 데 없는 계책이었다. 그러나 연개소문은 고개를 저었다.

"천궁을 손에 넣고 머저리 태왕을 죽이는 것만으로 될 일이 아니오. 저들이 군사를 동원한다면 우리는 꼼짝없이 독 안에 갇힌 쥐 꼴이 되고 말 것, 버러지만도 못한 벼슬아치들을 먼저 없애 뒤를 깨끗이 한 뒤에 천궁으로 들어갈 것이오."

"군사들이 적어도 수만 명은 있어야 할 것인데, 어찌……"

선도해가 말끝을 흐렸다. 내일 아침 열병식장에 모일 수 있는 연개소문의 군사는 겨우 3천 명 정도밖에 안 될 것이다. 다른 곳도 아닌 정양문 앞에서 수많은 벼슬아치들과 호위 군사들을 제거하고 천궁까지 친다는 것은 상상조차 할 수 없는 일이 아닌가. 눈앞에서 드잡이판이 벌어지면 정양문을 지키는 군사들은 곧바로 북을 울려 변고를 알리고 군사를 모으며 문부터 닫아버릴 것이다. 기습공격이 아니고서는 3천 정도의 적은 군사로는 천궁은커녕 중성 안에도 들어서지 못한다.

"화살이 무서운 것은 날카로운 화살촉 때문이 아니오. 칼날에 견줄 수도 없는 한낱 쇠붙이일 뿐이지만 엄청 빠르기 때문에 수백 걸음 떨어진 곳에 있는 사람의 목숨도 앗아가는 것이오."

느닷없이 무슨 선문답을 하자는 것인지 알 수가 없다.

"개돼지 같은 것들을 처형한 우리 군사들은 한걸음에 천궁까지 들어갈 것이오. 정해문을 열고 기다릴 사람은 마련되었으니 장군은 정양문을 맡아주시오."

너무 갑작스러운 소리라 선도해는 얼른 갈피를 잡지 못했다. 선도해가 혼란스러워하는 사이 막리지는 마치 따로 누가 듣기라도 하듯 허공에 대고 명령을 내리고 있었다.

"내가 하는 말을 잘 들었으면 정해문은 네가 맡아라. 한 치라도 실수가 있어서는 안 될 것이다."

이건 또 뭔가?

선도해는 놀란 얼굴빛을 감추지 못했다. 선도해의 눈을 벗어나 은밀하게 막리지를 호위하는 사람이 있다고 해도 무두리뿐이다. 그러나 무두리는 막리지에게 스승이나 다름없는 사람, 막리지가 함부로 해라를 하며 명령을 내릴 수는 없다.

"모습을 드러내고, 장군께 인사 올리거라."

둘 말고는 달리 사람이 없는 방이었으나 곧 대꾸하는 소리가 들려왔다.

"존, 명!"

낮고 딱딱 끊는 듯한 소리가 웅웅 허공을 울렸다.

말하는 사람이 어디 있는지 모르게 하는 수법! 대들보? 아니, 등 뒤다!

소리 나는 곳을 빠르게 짚어가던 선도해가 멈칫했다. 바로 왼쪽 두 걸음도 떨어지지 않은 곳에서 소리 없이 어둠이 뭉치는 것이다. 선도해의 놀란 눈이 차츰 크게 벌어졌다.

놀랍다! 도대체 무슨 수법인가? 그림자가 천천히 검은 옷을 입은 사람의 모습으로 바뀔 때에야 선도해는 그림자의 숨결과 심장이 뛰는 것을 느꼈다.

선도해에게 허리를 굽혔던 사람이 천천히 몸을 폈다. 크고 깊은 눈에 반듯하고 우뚝 솟은 코, 몸에서 풍기는 씩씩한 기품

만 아니라면 서돌궐 여인으로 느껴질 만큼 아름다운 얼굴.

"아니, 그대는?"

"장군님, 그간 건강하셨습니까?"

"검모잠, 참으로 놀랍구나! 귀신도 속을 것이다. 언제 그만한 재주를 익혔느냐? 평양에는 언제 온 것이냐?"

선도해가 이것저것 한꺼번에 물었다.

"열흘이 좀 지났습니다. 이제야 인사를 올리게 되었음을 용서하십시오."

막리지의 안전을 위해 은밀하게 움직여야 하는 그림자였으므로 선도해에게도 아는 척하지 못했었다는 뜻이다.

"열흘이…… 그렇다. 그 재주라면 열흘이 아니라 열 달이 지났어도 들키지 않았을 것이다."

"검모잠이 천궁으로 들어가는 정해문을 맡을 것이오. 장군은 정양문 문루에 올라가 있다가 때가 되면 성문을 지키는 군사들을 베어 성문이 닫히지 않게 하시오."

연개소문이 선도해의 주의를 돌렸다. 선도해도 검모잠 때문에 잠깐 흐트러졌던 생각을 추슬렀다.

벌써 열흘 전에 병풍산에 있던 검모잠까지 불러올렸다? 막리지는 오래전부터 모반을 준비하고 있었다!

"못난 것들이 데리고 다니는 군사들은 걱정할 것이 없소. 어린아이들이라면 모를까, 군사들은 열병식 따위에 관심이 없으니 주인만 데려다놓은 뒤 거의 돌아가버릴 것이오."

많은 군사를 거느리고 중성에 들어서는 것은 법으로 금지되어 있다. 으뜸 벼슬인 막리지들의 호위군사도 중성 안에서는 50명을 넘지 못하므로 군사들은 중문 앞 너른 마당에서 기다리거나 제집으로 돌아가기 마련이다. 더구나 열병식이라도 있을 때면 너른 마당을 비워야 하고 행사장에서 거치적거려서도 안 된다. 한시도 곁을 떠나지 않고 주인을 지키는 호위군사들도 열병식장을 떠나지 말라는 특별명령이 없다면 미리 중성 안에 있는 관부에 가서 주인이 오기를 기다리기 마련이다.

혼자서 많은 생각을 해두었던 연개소문이다. 선도해와 검모잠에게 내일 아침에 해야 할 일을 차근차근 일러주었다. 큰일을 위해서는 일찍 쉬어야 한다. 연개소문은 그림자처럼 따르며 곁을 지키던 검모잠까지 물러가서 쉬게 했다.

두 사람이 나간 뒤 문득 천장에서 꾸짖는 소리가 들렸다.

"간이 부었구나. 그따위 서툰 솜씨로 감히 하늘을 베겠다고?"

흠칫 놀란 연개소문이 벌떡 일어서며 앞으로 날아갔다. 선도해가 섰던 자리다.

"안에 계신 줄 몰랐습니다, 장군님."

보이는 것은 아무것도 없지만 개소문은 제가 앉아 있던 곳에 대고 머리를 숙였다. 고개를 들자 고리눈을 부릅뜬 무두리의 모습이 보였다.

병풍산에서 처음 만났을 때는 물론 가연과 혼인하고 가시 집살이를 할 때에도 늘 엄하기만 했던 무두리다. 연개소문은 지난봄 돌아간 아비의 뒤를 이어 동부대인에 오른 뒤에도 무 두리에게는 스승을 대하듯 늘 공손했다. 무두리는 안해 가연 을 길러주기도 했지만 무엇보다 막리지 을지문덕의 모습을 비 춰주는 거울이었기 때문이다.

"정말 몰랐느냐?"

"예, 정말입니다. 어찌 거짓으로 아뢰겠습니까?"

"모반에만 정신이 팔려 눈이 어두워졌구나."

무두리의 목소리에서 노여움이 묻어났다.

"물러가 쉬라는 소리에 잠은 두말없이 쉬러 나갔다. 내일을 위해서 쉬라고 했지만 그 아이가 그럴 인사냐?"

연개소문은 대꾸 대신 버릇처럼 머리를 숙였다. 언제 자는 줄 모르는 검모잠이다. 깊은 밤에도 잠을 자지 않고 곁을 지키 는 것처럼 자다가 부르면 곧바로 대답해왔다.

"정해문은 천궁으로 들어서는 문, 잠은 정해문을 빼앗아 지 키지 못한다."

"날랜 군사 스무 명이 도울 것입니다. 더구나 장군님을 빼고 검모잠을 따를 사람은 없습니다."

"검모잠의 은신술은 나보다 낫다. 내가 아무리 조심해도 녀석은 곧 눈치를 채버린다."

아마 그럴 것이다. 허튼소리가 없는 무두리다.

"내가 가끔씩 네 뒤를 따랐더니 녀석에게 못된 버릇이 생기고 말았다. 내가 있는 쪽은 늘 비워두는 것이다. 심심풀이로 하는 일이라 내버려두었지만 이런 큰일을 앞에 놓고 보니 마음 놓을 수가 없다. 내일 천궁을 점령할 때 그 못된 버릇이 나온다면 큰일이다."

단단히 타이른다고 해도 짧은 시간에 못된 버릇을 바로잡기는 어렵다. 갑작스럽게 일어난 반란군은 시간이 흐르면 맥이 풀리기 마련이다. 성을 넘느라 머뭇거려서 좋을 것이 없다.

마침내 연개소문도 무두리에게 검모잠을 데리고 정해문을 지켜달라고 부탁할 수밖에 없었다. 그러나 무두리는 걱정이 많았다.

"정양문 앞에서 100여 명이나 되는 벼슬아치들을 해치우는 것은 쉬운 일이 아니다. 호위군사들이 없다고 해도 조정 벼슬아치들 거의가 다 제 몸을 지킬 만큼은 무예가 높은 자들이 아니더냐. 하나둘이라면 몰라도 많이 놓치면 엄청난 혼란이 올 것이다. 무슨 복안이 있느냐?"

"밤을 새워 단을 만들고 그 밑에 은신술에 능한 군사들을 숨겨둘 것입니다."

"숨겨두는 군사들이 수십 명은 될 것인데 눈치채는 자들이 하나도 없겠느냐? 군사들이 공격할 때까지 저들의 주의를 흩뜨려놓을 방도는 있는 것이냐?"

"준비가 덜 된 것처럼 군사들이 부산을 떨어대면 눈치채지 못할 것입니다."

"언제까지 군사들이 소란을 피울 것인데? 저들이 모이는 동안에는 서로 인사를 하느라 딴 생각을 하지 못하겠지만 군사들이 계속 시끄러우면 오히려 의심을 하게 될 것이다."

갑작스러운 반란이다. 별다른 계책도 없이 내일 아침에 100여 명이나 되는 조정 벼슬아치들을 벤 다음 천궁까지도 장악해야 한다. 군사를 동원하기는커녕 아직까지 심복장수들한테도 속내를 드러내지 못한 판국이다. 조정 벼슬아치 태반을 쓸어버리고 태왕 천하까지 베어야 하는 엄청난 반란이다. 아무리 심복장수요 길러온 군사들이라고 해도 치밀한 계획과 완벽한 준비도 없이 선뜻 자신과 가족들의 목숨까지 내맡기고 반란에 동참해줄지도 의문이다. 단 밑에 숨겨두는 군사들이 발각될지도 모른다는 것은 미처 생각하지도 못했다.

고구려의 역대 태왕들은 사냥대회에서 단 한 번도 구경꾼으로 참여한 적이 없었다. 언제나 앞장서서 말을 달리며 군사를 지휘하고 화살을 날려 직접 사냥을 해왔다. 그런 만큼 조정 벼슬아치들도 무예에 능해 거의가 제 한 몸을 지킬 정도는 되었다. 남달리 무예가 높은 자들도 많았으니 그중에서 은신술까지 익혀둔 사람은 또 얼마나 될 것인가.

감히 무장을 갖추고 조정에 나갈 수는 없다. 하지만 태왕궁이 아니라면, 높은 벼슬아치들의 경우 천궁 안에서도 허리에 찬 칼 하나쯤은 예사롭게 허용되고 있었으니, 관부가 있는 중성 안에서야 태반이 버릇처럼 무장을 갖추고 다닌다. 다른 사람도 아닌 눈 안의 가시처럼 껄끄럽게 여기던 연개소문이 공개적으로 군사를 모아서 치르는 열병식이다. 평소에는 귀찮아서 칼을 차고 다니지 않았던 사람들까지도 오히려 허리에 칼을 차고 나올 가능성이 높은 것이다. 단 위의 벼슬아치 중에서 단 한 사람이라도 수상쩍은 낌새를 챘다면 한순간에 사태는 건잡을 수 없게 되어버린다. 군사 동원에만 신경을 쓰고 있었던 연개소문으로서는 또 하나 피할 수 없는 거대한 복병을 만난 셈이다.

"군사들이 칼을 뽑아들 때까지는 벌거벗은 여자들을 동원해서라도 저들의 관심을 끌어야 한다. 저들이 아무 낌새를 채지 못하도록 이목을 다른 곳으로 모을 수 있는 방도를 찾아야 한다."

말을 마친 무두리가 연기처럼 사라졌다. 잠깐 머리를 숙였던 연개소문이 자리로 올라가 앉는 대신 뒷짐을 지고 방 안을 왔다 갔다 하기 시작했다. 깊은 생각은 오히려 움직이면서 하는 것이 좋다고 여기는 연개소문의 버릇이다.

심복들을 모두 불러 모반계획을 밝히고 군사 동원과 거사에 대한 중지를 모으는 것이 원칙이지만, 그럴 겨를이 없다. 저들은 동원할 수 있는 모든 눈과 귀를 동원해서 연개소문과 부하들의 일거수일투족을 샅샅이 살피고 있을 것이다. 섣부르게 움직이다가 조금이라도 수상쩍은 낌새를 보였다가는 당장 저들의 공격을 받아 전멸당하고 말 것이다. 연개소문에게 평양을 떠나 장성으로 가라는 무모한 명령을 내린 자들이 눈을 감고 귀를 막은 채 태평세월을 보내고 있지는 않을 테니 말이다.

또 있다! 어째서 여태 그 생각을 하지 못했을까? 미리 정양문을 접수한다고 해서 되는 일이 아니다. 중성 성벽에 200보마다 설치되어 있는 성루는 어찌할 것인가? 성벽에는 깃발만 날리고 경계군사들이 드문드문 서 있을 뿐이지만 성루에는 변고를 알리기 위한 북과 징이 걸려 있다. 중성 성루에서 북과 징이 울리면 천궁에도 전파되고 중성 안 관부에 있던 군사들이 모두 달려오게 된다. 천궁 성벽처럼 100보마다가 아니고 200보마다 설치되었다고 좋아할 수도 없는 노릇이다.

"어떻게 한다?"

밤새 그치지 않을 것 같던 발걸음이 저도 모르게 멎었다. 눈을 감고 '후우!' 한숨을 토해냈다. 천 길 벼랑 끝에 선 듯 위태롭고 만 길 나락으로 떨어지듯 아득하다.

"시간이 없다!"

단 하루만이라도 시간이 있다면 뭔가 방도를 찾아낼 것이다. 저들도 그것을 잘 알기에 내일 아침 평양을 떠나도록 명령한 것이다. 어떤 핑계를 대도 통하지 않을 것이다. 설혹 연개소문이 풍을 맞아 쓰러진다고 해도 수레에 태워 평양을 떠나게 하고 말 것이다.

"조금이라도 시간을 벌 수 있었으면!"

그러나 해결할 수 없는 일이라면 빨리 포기하고 잊는 것이 상책이다. 잠시 멎었던 걸음을 다시 옮기기 시작했다.

"바보짓이다. 벌써 너무 많은 시간을 낭비했다."

쓸데없는 궁리를 하느라 흘려보낼 시간이 없다. 우선 급한 일부터 처리해야 한다. 연개소문은 생각을 멈추고 바깥으로 나가 큰 소리로 명을 내렸다.

"짐을 꺼내 수레에 실어두어라. 그리고 그대는 정토한테 다녀오거라. 정토에게 내가 여동에 가 있는 동안 집을 지켜야 하니 대충 짐을 꾸려서 가족들과 함께 오라고 일러라."

연개소문은 가시집살이를 하고 있는 동생 정토를 불러들이게 했다. 정토의 아이가 자라 가시집살이를 면하려면 두어 해는 더 기다려야 했지만, 형이 오래 평양을 비우는 마당이니 가시집에서도 이해해줄 것이다. 아니, 그렇게 해야 누구의 눈에도 개소문이 정말 오랫동안 평양을 비울 준비를 하는 것으로 비칠 것이었다.

연개소문이 곁에 있던 장수에게 나직한 소리로 명을 내렸다.

"내일 열병식은 모두 가벼운 차림으로 치른다. 무거운 철갑옷은 모두 수레에 실어두고 군사들은 가능한 한 가벼운 투구만 쓰게 하라. 개마군사들도 가죽으로 만든 갓옷에 가벼운 투구만 쓰고 나오게 하라. 특히 장수들은 모두 비단전포에 화려한 의장용 투구를 착용하라고 일러라."

밤새 불을 밝히고 사람들이 바쁘게 들락거렸으나 모두가 먼 길을 떠나기 위해 채비를 차리는 것이었을 뿐이었다. 수레마다 가득가득 짐이 실리고 짐승들은 여물을 배불리 먹었다. 연정토도 바삐 짐을 챙겨 가족들과 함께 돌아왔다. 누구의 눈에도 평양을 떠날 만반의 준비를 갖추는 것으로 보였다.

뼈가 울리는 소리

날이 밝았다. 중성 남문인 정양문 앞이 새벽부터 시끌벅적했다. 열병식을 위해 몰려든 동부대인 연개소문의 군사들로 북적거렸고, 정양문 바로 앞에는 조정 벼슬아치들이 열병식을 내려다볼 수 있게 커다란 단이 마련되었다. 단상에서는 조반을 거르고 오기 마련인 손님들을 위해 찻물을 끓이고 다과상을 준비하는 하녀들이 바쁘게 움직였다. 초대받은 벼슬아치들이 하나둘 모습을 드러내자 김이 오르는 떡시루를 가득 실은 수레를 끌고 숨 가쁘게 달려온 말이 헉헉 더운 김을 뿜어냈다.

선도해는 경관을 지키던 군사들 가운데 몸이 날래고 은신술에 밝은 군사 서른 명을 뽑아 중성 안에 있는 동부대인 관부에 가서 기다리게 했다. 이들은 장성으로 떠나는 동부대인 연개소문의 짐을 챙기러 간다며 관복 차림에 수레까지 끌고 갔으므로 아무런 의심도 받지 않고 안으로 들어갔다.

바쁜 것은 연개소문의 군사들뿐이 아니었다. 이날은 조정 벼슬아치들도 새벽부터 일어나 부지런을 떨어야 했다. 열병식을 보고 조의에 나가려면 서둘러야 한다. 연개소문이 아무리 준비를 일찍 마쳐도 자신들이 참석하지 않으면 열병식을 시작할 수가 없다. 열병식이 늦어지면 조의까지 늦어지므로 태왕 천하께 죄를 짓는 일이다.

게으른 자들은 아침도 먹지 못했으나, 연개소문이 멀리 떠난다니 끼니를 걸러도 배가 부르고 묵은 체증이 내려간 것처럼 시원했다. 날이 밝기가 바쁘게 달려나온 자들도 많았다. 느닷없이 쫓겨나게 된 연개소문이 못된 짓이나 하지 않을까 걱정하던 자들도 자신들의 눈귀를 통해 수상쩍은 낌새가 조금도 없다는 것을 확인하고 나왔으니 마음 푹 놓고 여느 때처럼 호위해온 군사들을 돌려보냈다. 평소처럼 칼을 차지 않고 맨몸으로 나온 자들도 많았다.

평소에 휴대하지 않던 칼까지 차고 온 자들 중에는 끝까지 마음을 놓지 못하고 열병식이 끝날 때까지 한쪽에서 기다리라고 명령을 하는 자들도 있었으나 많지는 않았다. 보고받은 대로 열병식장에 모여 있는 연개소문의 군사들은 창이나 칼을 들고 투구만 썼을 뿐 철갑으로 중무장한 군사들이 보이지 않았기 때문이다. 기마대는 물론 개마군사들조차 철갑옷으로 무장하지 않고 훈련용 투구만 착용했으며, 장수들도 모두 화려한 비단전포에 보석으로 장식한 의장용 투구만 착용하고 있었으니 도무지 의심할 건더기가 없었던 것이다.

"고맙습니다. 이른 아침부터 수고를 아끼지 않고 이렇게 자리를 빛내주시니 고맙기 이를 데 없습니다. 어서 위로 오르십시오."

"먼 길을 떠날 분한테 비하면 수고랄 것이 있겠습니까? 다만 반가운 얼굴을 오래 뵙지 못할 듯해서 서운할 따름입니다."

단 아래에 서서 손님을 맞는 주인이나 초대받고 온 손님이나 서로가 깍듯이 인사를 차렸다. 단 위에 오르면 뜨거운 차를 따르고 떡과 과자를 대접하는 하녀들로 분주하지만 초대받은 손님들은 자기들끼리 더 반갑다.

"어서 오시오. 보고 싶은 얼굴이 안 보이기에 한참이나 찾았소."

"아이쿠, 조의에는 늘 지각하시는 분께서 오늘은 새벽부터 웬 부지런이오? 숨겨둔 여자라도 만나려는 것이오?"

"에끼, 여자는 무슨! 정들었던 우리의 동부대인이 여동으로 떠나는데 어찌 아쉬운 마음이 없겠소? 그 아쉽고 섭섭한 마음에 밤잠도 설치다가 날이 밝기가 바쁘게 달려왔소이다."

거의가 조반을 거르고 온 사람들이라 부지런히 먹고 마시면서도 말잔치가 더 풍성했다. 10년 묵은 체증이 쑥 내려가는 기쁨에 배고파 먹는 음식보다도 서로 눈짓을 하며 의미 있게 나누는 덕담이 더 즐겁다. 따뜻해지는 햇살처럼 밝은 아침이 될 것이라는 생각에 모두들 즐겁게 떠드는 것이다. 열병식장에는 3천여 군사가 늘어서 있고 30여 장수가 앞에서 지휘를 하고 있지만 따로 마련된 지휘대에는 장수가 보이지 않았다. 대신 연개소문이 화려한 비단갑주를 입고 있는 것으로 보아 그가 몸소 지휘대에 올라 열병식을 치를 모양이었다. 연개소문이 직접 군사를 지휘해 열병식을 치르는 것은 평양을 떠나면서 조정 벼슬아치들에게 스스로 몸을 낮추는 행동이었으므로 그 또한 즐거움을 더해주었다.

연개소문이 선도해를 부르더니 뭐라고 일렀다. 선도해가 곧바로 연개소문의 호위장수 한 사람과 함께 기마군사 30여 명을 데리고 정양문 안으로 달려 들어갔지만 이들을 눈여겨보는 사람은 없었다. 정양문 통로를 지키는 군사들도 창을 세우며 길을 터주었다.

중성에 들어선 선도해와 군사들은 동부대인 관부로 들어갔다. 일찍 들어와 수레에 짐을 옮겨싣던 30여 명도 하던 일을 멈추고 모였다. 이들은 모두 선도해가 추려뽑은 자들로 모두가 몸이 날래고 연개소문과 선도해에 대한 충성심도 믿을 만했다.

"동부대인 전하께서는 여동으로 가시지 않는다. 조금 뒤 열병식장에 모인 군사들을 이끌고 오랑캐나 다름없는 것들을 모두 처형할 것이다."

너무도 뜻밖의 말에 군사들은 놀라 입이 딱 벌어졌다. 오랑캐나 다름없는 것들을 처형한다니? 조정 벼슬아치들을 모두 죽인단 말인가?

"그 못나고 못돼먹은 것들은 우리 동부대인 전하를 늘 눈엣가시처럼 여겨왔다. 저들은 몰래 여동군에 명령을 내려 압록수를 건너는 동부대인 전하와 군사들을 모두 죽이라고 하였다. 우리 모두 압록수를 떠도는 원혼이 되고 말 것이다. 어제 아침부터 천궁에는 비상경계령이 내려졌다는 것을 여러 군사도 모두 잘 알고 있을 것이다."

아직 놀란 입을 다물지 못한 군사들의 귀에 선도해의 비분강개한 목소리가 잇달아 꽂혔다.

"저들이 우리를 압록수에서 죽이려고 하는 것은 평양의 백성들이 가만있지 않을 테니 여동군과 불화가 생겨 서로 죽인 것으로 꾸미려는 수작이다. 한 가지 다행스러운 것은, 천궁군사들도 이 수작에 가담했기 때문에 태반이 천궁을 떠나 압록수에 가 있다는 것이다."

오히려 천궁군사들이 반으로 줄었으니 연개소문의 군사들이 천궁에 들어가 태왕을 처형하는 것도 식은 죽 먹기라고 둘러댔다. 천궁군사들에게 비상경계령이 내려졌다는 소문만 들었을 뿐 그 내용이나 진행상황에 알 수가 없는 군사들로서는 선도해의 말을 그대로 믿을 수밖에.

조의를 입은 무두리가 선도해의 앞으로 나서자 군사들은

버릇처럼 머리를 숙였다. 무두리가 동부대인 연개소문에게 어떤 대접을 받고 있는지 모르는 사람이 없었던 것이다.

"사나이는 죽는 자리를 가려야 한다고 했다. 우리는 하늘백성의 나라 조선을 지키는 고구려 군사들이다. 우리가 멍청하게 압록수까지 가서 개죽음을 당하고 만다면 서캐들이 몰려와 우리 아사달을 짓밟을 것이다. 우리 부모형제는 물론 후손들까지 서토 오랑캐의 종으로 떨어지고 말 것이다. 원한에 사무친 혼백은 저승길도 가지 못할 것이거니와 무슨 낯짝으로 조상님들을 뵐 것이냐?"

군사들의 낯빛이 모두 숙연해지고 눈빛이 날카로워졌다.

"꾸물거릴 시간이 없다. 전하께서는 곧 군사를 이끌고 달려올 것이다."

선도해의 명령을 받은 몇몇 군사들은 잽싸게 관복으로 갈아입었다.

나중에 온 30여 명의 군사는 선도해를 따라 중성 남문으로 가고, 미리 관부에 들어와 있던 군사들은 조의를 입은 무두리를 연개소문의 수레에 태우고 천궁으로 갔다. 평소에도 갑옷과 투구로 무장한 채 천궁에 들어갈 수 있는 것은 상급 장수들로 한정되어 있다. 비록 막리지를 곁에서 지키는 호위군사라고 해도 군사들까지 무장을 하는 것은 허용되지 않는다. 평소 철갑옷으로 완전무장을 갖춘 채 천궁을 드나들던 호위장수도 비단전포에 화려한 의장용 투구 차림이었고, 나머지는 아예 관복 차림이거나 가벼운 투구만 착용함으로써 천궁군사들의 경계를 누그러뜨리려는 것이었다.

정해문 앞에 이르자 30여 명이나 되는 군사들이 성문 앞을 지키고 있는 것이 보였다. 평소보다 두 배나 많은 수다. 성문은 활짝 열려 있었으나 어둑한 통로 안에도 군사들이 줄지어 지키고 있을 것이 뻔했다. 어제부터 천궁군사들에게 비상경계령이 내려졌다는 것이 실감되었다.

스무 걸음쯤 앞에서 수레를 세우자 성문 앞에 서 있던 군사들 가운데서 두 명이 달려왔다. 막리지의 수레 앞에서 군례를 올리기는커녕 창을 고쳐잡고 공격 자세를 취했다. 천궁군사들은 태왕 천하의 안위를 지키는 군사들이다. 비록 제일 낮은 군졸이라고 해도 무예와 충성심은 물론 출신성분까지 샅샅이 확인하는 특별한 선발과정을 거쳐 발탁되었다. 모두가 일당십의 무예에 일당백의 기백을 갖췄다. 근무 중에는 태왕 천하를 제외한 누구에게도 한쪽 무릎을 꿇는 군례를 올리지 않는다. 어느 구석진 곳에서라도 바늘귀만 한 빈틈도 허용되지 않기 때문이다.

수레의 문이 열리자 천궁군사들의 눈이 날카롭게 빛났다. 수레와 깃발은 틀림없는 동부대인의 수레였는데 수레에서 내린 사람은 뜻밖에도 검은 비단옷을 입은 조의선인이었기 때문이다.

수레의 주인이 바뀐 뜻밖의 상황에 천궁군사들의 자세가 금방이라도 공격할 것처럼 낮아졌다. 그러자 동부대인의 호위 장수가 큰 소리로 조의선인의 신분을 밝혔다.

"신크마리는 동부대인 전하를 대신해서 태왕 천하와 천후께 예물을 올리러 가는 것이다."

천궁군사들도 선배가 아니었던 사람은 없었다. 비록 막리지에 견줄 바는 아니지만 신크마리는 선배들의 으뜸 스승으로 까마득하게 높은 신분이다. 더구나 막리지 동부대인의 수레를 타고 왔으며 자신들에게도 낯이 익은 호위장수가 모시고 있지 않은가. 비록 막리지를 대하듯 창을 세우고 한쪽 팔을 가슴에 대는 경례는 올릴 수 없었지만 몸을 바로 하고 잠깐이나마 머리를 숙였다. 나름대로 신크마리에게 예를 갖춘 것이다.

동부대인의 신표를 건네준 무두리와 다섯 사람이 예물상자를 들고 천궁군사의 뒤를 따라가는 사이, 호위장수와 다른 사람들은 수레와 함께 모두 성문에서 30여 걸음 떨어진 곳으로 자리를 옮겼다. 겨우 몇 사람만 안으로 들어가고 호위장수와 호위군사들 거의가 아예 천궁으로 들어가지도 않고 수레와 함께 바깥에서 기다리는 모양새로 천궁군사들의 경계를 누그러뜨리려는 것이다.

무두리 일행이 다가가자 성문 통로를 지키던 자들이 다시 막아섰다. 어제부터 누구도 무장을 갖춘 채 천궁에 들이지 말 것이며 특히 동부대인과 그 호위장수들은 품속까지 엄밀히 수색하라는 특별명령이 하달되었기 때문이다. 상자 또한 천하와 천후께 올리는 예물이지만 어제부터 비상근무를 하고 있는 만큼 더욱 철저하게 경계를 해야 했다. 더구나 예물의 주인은 비상경계 명령을 내리게 만든 장본인인 연개소문이 아닌가.

커다란 상자의 뚜껑을 열자 푸른 유리로 만든 병 하나와 붉은 유리로 만든 잔 여섯 개가 보였다. 작은 상자에는 금으로 만들고 온갖 보석으로 치장한 용이 들어 있었다. 아마도 금과 보석으로 만든 용은 천하에게, 유리병과 유리잔은 천후에게 갈 것이다. 눈동냥 귀동냥에 누구보다 밝은 정해문 군사들이었지만 '후욱!' 숨이 막혔다. 값어치로 치면 얼마나 될까? 용을 구입하는 데도 거금을 들였겠지만 유리병과 유리잔에 훨씬 비싼 가격을 치렀을 것이다. 엄청난 재물을 들여 이처럼 귀한 예물을 바치는 것은 눈 밖에 나서 변방으로 쫓겨가는 연개소문이 마지막으로 자신의 충성심을 보여주려는 것이다.

"물건을 꺼내고 상자만 위로 올려보내라. 수문장께서 몸소 확인할 것이다."

문루에서도 잘 보이는 위치에서 뚜껑을 열었으므로 선물 내용은 확인했으나 위험한 물건은 없는지 상자까지 확인하겠다는 것이다. 천하와 천후께 올리는 물건인 데다 유리로 만든 물건이 깨지기라도 하면 큰일이다. 무두리 일행은 관복을 벗어 겹으로 펼치고 그 위에 보자기를 편 다음 조심스럽게 하나씩 물건을 꺼냈다.

위에서 내려온 밧줄에 상자를 묶어 올려보내고 일행에 대한 몸수색이 시작되었다. 조의를 입은 신크마리까지 몸수색을 했으나 수상쩍은 물건은 나오지 않았다. 상자에도 아무 문제가 없는 듯 그대로 내려오고 통과명령이 떨어졌다.

선물을 다시 갈무리하고 벗었던 관복을 입은 다음 안내하는 천궁군사의 뒤를 따라갔다. 성문은 언제나처럼 활짝 열려 있었으나 통로 양쪽 입구를 지키는 군사들의 눈초리는 매서웠다.

"신크마리는 여기서 기다리시오."

성문 통로를 빠져나온 뒤 문루로 오르는 계단 앞에서 일행을 기다리게 하고 신표를 든 군사가 문루로 올라갔다. 정식으로 정해문을 지키는 장수의 허락을 받아야 하는 것이다.

"장현이와 용명이는 천궁에 처음 온다고 했지? 앞으로 자주 올 것이니 서로 얼굴을 익혀두면 앞날이 좋을 것이다."

나무를 깎아 만든 인형들처럼 근엄한 표정만 짓고 사는 천궁군사들이지만 멀뚱멀뚱 얼굴만 쳐다보는 것도 멋쩍고 지루한 일이다. 신크마리의 말에 문루 계단을 지키던 천궁군사들의 얼굴에 웃음이 번졌다.

쓸데없는 잡담은 금지되어 있지만, 천궁군사들도 천궁을 드나드는 벼슬아치들의 호위군사 얼굴을 익혀두어서 나쁠 일도 없었다. 천궁 바깥에서 만나면 나름대로 으스댈 수도 있고 술이라도 한잔 대접받을 수 있을 테니 말이다.

"장현이라 합니다."

"용명입니다. 앞으로 잘 부탁합니다."

막리지의 호위군사들이 예의바르게 합장을 하고 머리를 조아리자 천궁군사들도 웃음 띤 얼굴로 고개를 끄덕여 통성명을 대신했다. 연개소문을 따라 장성으로 떠나지 않는다면 며칠 안 되어 서로 마주 앉아 통성명할 수 있는 화기애애한 자리가 마련될 수도 있는 사이였다. 마침 문루로 올라갔던 자가 내려왔다.

"안으로 드시라는 허락이 내렸습니다. 저를 따라오십시오."

"너희들은 여기서 기다리고 있거라."

"다녀오십시오."

신크마리의 명령에 네 사람이 허리를 굽히며 대답했다. 무두리는 상자를 든 두 사람만 데리고 천궁으로 들어가고 검모잠 등 네 사람은 계단 곁에 서 있었다.

"이자의 재주는 여자를 후리는 것입니다. 사실 무예솜씨는 볼 것이 없지만 우리 호위대장님께서 특별히 그 재주를 높이 산 것이지요. 가만히 서 있기만 해도 여자들이 줄줄이 몰려드니 우리도 저자에 나가면 이자 덕분에 늘 꽃밭입니다."

낯이 익은 동부대인 호위군사의 말에 처음 보는 자가 정말 여자보다 더 황홀하고 매혹적인 웃음을 흘려냈다. 꽃미남 중의 꽃미남, 정말이지 같은 사내들의 눈에도 혼이 달아날 지경으로 아름다운 사내였다.

"사람의 팔자는 손금에 나타난다고 합니다. 손금을 보면 재물운도 여자운도 알 수 있지요."

손금으로 여자운을 봐주겠다는 소리에 천궁군사 하나가 선뜻 손을 내밀었으나 아름다운 사내에게 손을 맡기는 순간 모두 온몸이 뻣뻣이 굳어버렸다. 너무 순식간의 일이었으므로 곁에 있던 자들도 아무런 낌새를 채지 못하고 차례로 당해버렸다.

문루 계단을 지키는 천궁군사들을 잠재운 검모잠이 어둑한 성문 통로 안으로 걸어들어갔으나 계단 밑의 사람들은 모두 똑같은 자세를 유지하고 있었다. 통로 끝에 서 있던 자들이 심심풀이 삼아 쳐다보고 있었지만 그들도 수상쩍은 눈치를 채지 못했다. 관복을 입은 사내 하나가 자신들 앞으로 다가오는 것을 보았지만 볼일이 있어 되돌아가는 것이려니 하고 있다가 차례로 뻣뻣이 굳은 장승이 되었을 뿐이다.

문득 성벽 밑에서 시끄러운 소리가 들렸다. 동부대인의 수레를 끌고 온 말 두 마리가 사납게 날뛰는 것이다. 사람들의 눈길이 절로 수레 쪽으로 쏠렸다. 곁에 있던 사람들이 모두 달려들어 날뛰는 말을 진정시켰다.

아무 일도 아니었다. 그사이 바로 자신들의 발밑 통로에서 무슨 일이 일어났는지 문루에서 구경하던 천궁군사들은 아무런 낌새도 채지 못했다.

중성 남문으로 되돌아간 선도해는 군사들을 성루로 오르는 계단 곁에서 기다리게 한 뒤 성루로 올라갔다. 군사 넷이 뒤따라 올라갔으나 무장도 하지 않은 이들의 움직임에 눈길을 주는 사람은 없었다. 성루에 올라가니 군사들이 빽빽하게 들어서 있었다. 하지만 다행스럽게도 모두들 바깥쪽만 내다보고 있었다. 군사 네 사람은 징과 북이 있는 곳에 가서 서고, 선도해는 앞쪽으로 나가 열병식을 구경했다. 곧 피를 부르는 열병식이 시작될 것이었다.

너른 마당이 군사들로 가득 찼다. 열병식을 위해 줄지어 서 있는 군사들 말고도 주인의 명을 받았거나 심심풀이 삼아 구경하려는 군사들도 천여 명이나 되었다.

모여들던 손님들의 발길이 띄엄띄엄 사이를 두기 시작했고 북적거리던 열병식장도 차츰 조용해졌다. 단 아래에서 손님을 맞이하던 연개소문도 한숨 돌리며 주위를 둘러보았다.

다행이다! 초청하지 않은 얼굴은 하나도 보이지 않는다. 죽일 필요가 없거나 죽여서는 안 되는 벼슬아치가 나타나면 따로 경고를 해줄 수도 없고, 단숨에 해치워야 하는 살육의 도가니에서 그들만 구해낼 방도도 마땅치 않았기 때문이다. 더 지체했다가는 초대받지 않았어도 부지런한 벼슬아치들이 나타나 원치 않는 살육까지 해야 된다. 초대한 자들이 다 모이지 않았더라도 나중에 해결하면 된다.

또다시 수레를 앞세운 행렬이 나타났지만 연개소문은 손님 맞이를 중지하고 단 위로 올라갔다. 음식도 말잔치도 차츰 시들해지던 때였으므로 단 위에 오른 연개소문에게 시선이 모아졌다.

연개소문은 누구에게랄 것 없이 크게 합장을 하고 머리를 숙이더니 허리춤에서 뭔가를 뽑아냈다. 칼인가 싶어 잠깐 긴장했던 사람들도 공작의 꼬리깃으로 만든 부채라는 것을 알고는 저도 모르게 웃는 얼굴이 되었다.

팔을 들어 화르륵 부채를 펼쳐 보인 연개소문이 인사말 대신 〈천지음〉을 뽑어냈다.

"음, 아~ 아~ 아……."

팔을 들고 춤을 추는 것 같은 과장된 몸짓은 더욱 사람들의 시선을 사로잡았다. 어찌나 목청이 큰지 〈천지음〉 소리만으로 귀한 유리잔까지 깨뜨려버렸다는 연개소문이다. 사람들 틈이라 낮은 소리로 시작했으나 바로 앞에 있던 사람들은 범종 속에 들어앉은 듯 커다란 울림에 두 손으로 귀를 가려야 했다.

벌써 식이 시작되었나? 아직 식의 시작을 선포하지도 않았고 대장이 지휘대에 오르기도 전이다. 갑작스러운 〈천지음〉 소리를 따라 급하게 소금, 대금이 울고 둥기둥 거문고가 울렸다. 맨 먼저 신호를 받아 악대들에게 전파하는 징잡이는 제 차례를 놓쳐 어쩔 줄 모르고, 잠깐 당황했던 300여 고수들은 고개를 끄덕이며 몸을 흔들다가 곡조를 찾아 보조를 맞추기 시작했다.

"오~ 오~ 오~ 우~ 우~ 우……."

갑작스럽게 큰 소리로 놀라게 해서 미안하다는 듯 사람들에게 허리를 굽혀 인사한 개소문이 단을 내려가자 부하장수가 보석으로 화려하게 장식한 의장용 투구를 씌워주고 허리에도 보석으로 치장한 칼을 채워주었다. 동부대인 연개소문이 직접 칼을 차고 지휘대에 올라 열병식을 지휘하려는 것이다. 단을 내려가면서도 노랫소리를 그치지 않았던 연개소문은 지휘대에 오르지 않고 앞으로 몇 발짝 더 가더니 계속 〈천지음〉을 불렀다. 대신 연개소문을 따르던 두 개의 붉은 깃발이 좌우로 어지럽게 흔들리더니 깃봉을 맞대어 세모꼴로 높이 섰다. 대장이 장수들을 부르는 신호. 대열 앞에 서 있던 30여 장수들이 재빨리 달려와 연개소문 앞에 섰다. 대장으로부터 행사중 필요한 지시사항이 마지막으로 내려지는가 보았다.

장수들이 달려와 명을 기다렸으나 연개소문은 몸을 출렁이고 두 팔을 내저으며 신바람 나게 〈천지음〉 소리에 빠져 있었다. 그 여유로움과 신바람에 새벽부터 바삐 움직였던 장수들도 귀가 멍멍한 가운데도 고개를 끄덕이고 입을 달싹거리며 대장이 뿜어내는 〈천지음〉 가락에 몸을 맡겼다. 뒤에서 바라보던 벼슬아치들 중에는 오늘은 춤과 노래까지 곁들여 잔치 같은 열병식이 될지도 모른다는 기대감에 무희들을 찾아 두리번거리는 자들도 있었다.

　신바람 나게 부르던 〈천지음〉도 춤추던 동작도 끝났다. 개소문이 활기 넘치는 얼굴로 고개를 주억거리며 장수들을 둘러보았다. 그러고는 모여선 장수들에게 내려지는 서릿발 같은 명령.

　"저 뒤에 앉아 있는 놈들은 조선의 신하가 아니다. 간도 쓸개도 없이 그저 서토 오랑캐처럼 사람질을 못하는 짐승들일 뿐이다. 오늘 이 자리는 우리가 평양을 떠나는 열병식 자리가 아니라 더러운 짐승들을 한꺼번에 없애는 처형장이다. 장군들은 저놈들이 놀라지 않게 천천히 다가가 한칼에 쓸어버려야 한다."

　장수들은 크게 놀랐다. 모두들 하늘 한가운데 던져진 듯. 그러나 흔들림은 없었다. 목소리는 낮았으나 연개소문의 한 마디 한 마디가 하늘의 푸름이 스미듯 장수들의 가슴 깊이 스며들었다. 연개소문의 맑게 타는 눈을 들여다보는 장수들의 눈도 함께 타오르고 있었다. 한 마디 대꾸도 다짐도 없었다.

"〈조선가〉를 부르다가 칼을 뽑아드는 것이 신호다. 내가 칼을 뽑아들면 저들이 놀라지 않게 천천히 다가가 곧바로 처형하라."

막리지 연개소문이 뒤로 돌아서서 지휘대로 올라가는 사이 장수들도 뒤따라가서 단 앞에 나란히 늘어서고 있었다.

식을 시작하기에 앞서서 사람들에게 인사라도 하려는가? 식전부터 느닷없이 〈천지음〉을 시작했던 연개소문이다. 또 무슨 재미있는 짓이라도 하려는가 하는 생각에 서로 마주 보며 눈웃음을 나누고 고개를 끄덕이던 벼슬아치들의 눈에 다시 〈천지음〉을 부르며 부채를 들고 춤을 추는 연개소문의 모습이 들어왔다. 같은 〈천지음〉이었으나 조금 전과는 비교도 되지 않게 크고 웅장한 목소리였다. 저 앞에 마주 서 있다가는 고막이 찢어지고 말 것이다.

"음~, 아~ 아~ 아~ 오~ 오~ 오…… 조선나라 고구려, 천하 주인 고구려, 하늘백성 나~라……."

조금 전에 계속 〈천지음〉으로 여는소리를 해서였는지 이번에는 여는소리가 매우 짧았고 바로 〈조선가〉를 시작했다. 힘차게 북을 치는 고수들과 현을 타는 악대들은 물론 줄지어선 군사들도 '고구려, 고구려 나~라' 하면서 후렴구를 부르고 몸을 조금씩 흔들며 박자를 맞추기 시작했다.

여는소리나 〈조선가〉의 핵심은 음의 장단이나 높낮이로 부르는 기교가 아니라 산천을 압도하듯 힘차게 뿜어내는 기백이다. 막아서는 적병을 풀잎처럼 깔아뭉개고 드넓은 벌판을 질풍처럼 휩쓸어가는 천군개마대의 위용을 힘찬 북소리로, 하늘백성 조선나라 천하주인 고구려의 숨결을 장엄한 울림으로 뿜어내는 것이다.

남달리 체구가 크고 허리통이 굵어 우렁우렁 큰 목소리로, 〈천지음〉의 명창으로 소문난 연개소문이다. 정양문 앞에서 군사를 모아 당당하게 열병식을 치르는 동부대인의 위용까지 더해져 〈조선가〉의 벅찬 감동이 그대로 가슴에 전해지고 있었다. 단 위에 앉아 구경하던 벼슬아치 중 몇몇도 몸을 조금씩 흔들며 낮은 소리로 〈조선가〉를 따라불렀다.

"푸른 하늘 붉은 해, 푸른 산천 붉은 땅, 맑은 햇살 온 누리…… 우~ 우~ 우~ 우~ 우…… 천하만물 모두 다, 온 세상을 품 안에, 천하제일 겨레여……."

천하주인 하늘백성들의 평온을 위하여, 조선나라 고구려의 영광을 위하여 연개소문은 혼신의 힘을 다해 불러냈다. 듣는 이들도 벅찬 감동을 '모두 다', '품안에', '겨레여' 하는 후렴구를 함께 부르고 여는소리 〈천지음〉도 따라하며 토해내고 있었다.

다시 한 번 '조선나라 고구려' 하고 〈조선가〉를 반복하던 연개소문이 칼을 뽑아 부채와 함께 만세 부르듯 들어올렸다.

단 앞에서 함께 몸을 흔들며 〈천지음〉과 〈조선가〉를 따라 부르던 장수들이 단 위로 다가서고 있었으나 모두들 음악에 취해 특별히 주의를 기울이는 사람은 없었다. 10여 보 앞까지 천천히 다가가던 30여 장수가 갑자기 내달리기 시작했다. 타고난 소리꾼이라며 연개소문의 노래에 취해 있던 벼슬아치들의 눈이 동그래졌다. 열병식을 치르던 장수들이 느닷없이 칼을 뽑으며 빛살처럼 단 위로 날아든 것이다.

본능적으로 몸이 움츠러든 순간, 사람들은 이미 영문도 모르고 이승을 떠나는 혼이 되었다. 목구멍이 찢어지는 듯한 외마디 소리와 함께 피가 튀었다. 피보라가 단을 덮었다.

"무슨 짓이냐?"

담이 크고 날파람 있는 벼슬아치들은 의자를 박차고 일어서 곧바로 칼을 뽑아들고 맞서기 시작했다. 그러나 허리에 칼을 차고 있었을 뿐 칼을 뽑아 휘두를 마음의 준비는 전혀 되지 않은 상태였다. 잠에서 막 깨어난 것처럼 연개소문의 노랫소리에서 깨어났으니 언제 호흡을 가다듬을 수도 전의를 불태울 수도 없었다. 몸이 전혀 풀리지 않은 상태에서 본능적으로 칼을 휘둘렀으니 승패는 이미 결정된 뒤였다.

열병식을 위해 줄지어선 3천여 군사들은 제 눈앞에서 벌어지는 광경을 믿을 수가 없었다. 벌건 대낮에 꿈을 꾸는 것만 같았다. 자신들의 장수들이 열병식을 관람하기 위해 단 위에 앉아 있는 조정 벼슬아치들을 향해 칼을 뽑아들고 무참히 살육을 해대는 것이다.

그런데도 300여 고수들이 울리는 〈조선가〉의 북소리는 변함없이 열병식장을 뒤흔들고, 지휘대의 대장 막리지 연개소문이 혼신을 다해 부르는 〈조선가〉는 절정에 달해 있었다. 믿을 수 없는 놀라운 광경에 오히려 〈조선가〉의 후렴구를 부르는 목소리가 높아졌을 뿐이다. 아예 후렴구가 아니라 〈조선가〉 전체를 대장과 함께 부르는 자들도 있었다. 감히 상상조차 할 수 없었던 엄청난 광경을 바라보면서도 3천여 군사들은 전혀 동요하지 않았다. 가슴을 둥둥 울리는 북소리와 혼신을 다해 토해내는 뜨거운 숨결에 너무 오랜 세월 차갑게 식어 있던 천하 주인의 붉은 피가 뜨겁게 뜨겁게 용솟음치며 흐르기 시작하고 있었다.

정식으로 열병식 선포는 하지 않았지만 막리지가 직접 지휘대에 올라 〈조선가〉를 부른다. 모든 악대는 연주를 시작했고 명창으로 소문난 연개소문의 선창에 흥겨운 것은 열병식을 치르는 군사들뿐이 아니었다. 더러는 주인의 명을 받아, 더러는 심심풀이로 바깥쪽으로 비켜서서 열병식을 구경하던 군사들도 절로 몸을 흔들며 후렴구를 넣거나 〈조선가〉 전체를 따라 부르고 있었다.

갑작스럽게 장수들이 단 위로 날아가는가 싶더니 칼을 휘둘러 피바람을 일으키고 있었다. 단 위의 주인들이 위험에 처했으니 자신들도 칼을 뽑아들고 달려가야 했으나 자신도 모르게 연단 위와 〈조선가〉를 부르는 군사들, 지휘대의 연개소문만 번갈아 갈마보았다. 뭐가 뭔지 도통 이해할 수가 없었기 때문이다.

장수들이 단 위에서 칼을 휘두르는데도 지휘대의 연개소문이나 열병식을 치르는 3천 군사들은 아무것도 보지 못하는 것처럼 계속 〈조선가〉만 신나게 부르는 것이다. 주인을 위해 칼을 뽑아들었던 군사들도 막상 앞으로 달려가지는 못했다. 차츰 누구도 함부로 움직여서는 아니 될 것 같은 생각이 들었던 것이다. 단 위의 벼슬아치들과 30여 명의 장수들만 싸우는 것이 공정한 경기처럼 생각되기도 했다. 함부로 칼을 빼들었다가는 공정한 경기를 방해했다는 죄로 〈조선가〉를 부르고 있던 3천 군사가 한꺼번에 자신에게 달려들 것만 같았다.

칼을 뽑아들고 달려가던 10여 명이 단 위에 오르지도 못하고 단 아래서 날아온 화살에 맞아 고꾸라지는 것도 보았다. 단 밑에 매복한 군사들이 많은 것이다. 자기편이나 마찬가지인 군사들이 맥없이 당하는 것을 보면서도, 사리분간 못하고 함부로 날뛰는 무모한 자들은 당해도 싸다는 엉뚱한 생각까지 들었다.

구경하던 군사들은 열병식을 치르는 군사들처럼 뜨거운 숨소리로 〈조선가〉를 부를 수는 없었지만 살육으로 여는 축제를 막아내지도 못하고 말았다.

사태의 불리를 깨달은 20여 명이 단에서 뛰어내려 달아났으나 곧 뒤에서 날아온 화살에 맞아 쓰러졌다. 단 밑에 몸을 숨기고 있던 군사들이 활을 쏜 것이다. 눈 깜짝할 사이에 100여 명이 아무 영문도 모르고 이승을 떠났다.

단 위의 '짐승'들을 처치한 장수들이 피 묻은 칼을 들고 제자리로 돌아왔다. 살육은 이미 끝났지만 지휘대의 연개소문은 노래를 마저 불렀다.

"천하만물 모두 다, 모두 다, 온 세상을 품 안에, 품 안에, 천하제일 겨레여, 겨레여."

노래를 끝마친 연개소문이 양손에 들고 춤추던 부채와 칼 끝을 높이 들어 맞대자 악대들도 연주를 멈추고 한순간 열병식장이 조용해졌다.

"성스러운 땅 아사달에 사는 하늘백성들은 들어라. 천하주인 고구려의 용맹한 군사들은 들어라."

지휘대에 선 동부대인 연개소문의 우렁찬 목소리가 다시 한 번 열병식장을 흔들었다.

"오늘 이 자리는 오랑캐 같은 짐승들을 처단하는 처형장이며 천하주인 조선나라 고구려의 영광을 되찾는 축제장이다.

머저리 태왕 건무를 처단하고 천하주인 고구려의 영광을 되찾아야 한다. 천하주인 고구려의 영광을 위한 축제를 열어야 한다."

이미 눈앞에서 피를 본 군사들이다. 죽느냐 사느냐 하는 마당에 망설일 수가 없었다. 태왕을 죽이지 못하면 나중에 연개소문의 부하군사라는 죄만으로도 잘잘못을 가리기도 전에 억울하게 역적으로 몰려 죽게 된다.

내가 살기 위해서라도 건무를 죽여야 한다! 더구나 태왕 건무는 서토 오랑캐를 응징할 줄 모르는 바보 머저리가 아닌가.

"머저리 태왕을 죽여라!"

"건무를 죽여라!"

군사들의 외침이 파도처럼 일어났다. 여태 지켜보기만 했던 3천 군사들도 피 끓는 소리로 고함치며 창칼을 흔들었다.

연개소문이 칼을 높이 들어 공격신호를 보내자 둥, 둥, 둥 북소리가 급하게 울리고 발 빠른 기마대와 개마군사들이 먼저 정양문 안으로 달려 들어갔다. 뒤를 이어 창칼을 든 군사들이 싹쓸바람처럼 내달렸다.

비명은 정양문 문루에서도 동시에 일어났다. 장수들이 단위로 날아가는 것을 본 선도해가 붉은 수건을 들어올리자 징과 북 곁에서 기다리던 군사들이 칼을 뽑아든 것이다. 선도해의 군사들은 징과 북을 지키는 군사들을 번개같이 찍어버리고 계속 칼을 휘둘러 북을 찢어버렸다. 군사들은 함부로 징이 울리지 못하게 몸으로 안고 바닥으로 끌어내렸다.

선도해와 군사들은 닥치는 대로 찍어넘겼다. 연개소문의 군사들이 쉽게 중성 안으로 들어올 수 있도록 남문을 지키는 것도 중요했지만 천궁에 알려지는 것을 막는 것도 못지않게 중요했던 것이다.

열병식장과 문루에서 피바람이 일어나자 계단 밑에 서 있던 선도해의 군사들도 칼을 뽑아들고 닥치는 대로 베어넘겼다. 통로를 지키는 군사들이 모두 쓰러지자 10여 명만 남아서 성문이 닫히지 못하게 지키고 나머지는 문루로 올라가 함께 싸웠다.

안팎으로 일어난 어처구니없는 일에 정양문을 지키던 군사들은 정신이 싹 달아났다. 여기저기서 상대방의 얼굴을 확인할 새도 없이 칼에 맞아 쓰러졌다. 한 길이 넘는 큰북은 울어보지도 못하고 걸레처럼 찢어졌고, 바닥에 떨어진 징도 군사들의 주검으로 덮여버렸다.

어떤 주검

　열병식이 시작되고 얼마나 지났을까. 문득 행사장의 악기 소리와는 다른 불협화음이 들려왔다. 무슨 변고가 생기면 정양문의 북과 징이 울리기 마련이겠으나 분명 정양문 문루에서 급변을 알리는 징소리나 북소리는 아니었다. 아무래도 중성 성벽의 성루에서 울리는 북과 징소리 같았으나, 중간을 가로지른 언덕과 줄지어선 건물들 때문에 높이 솟은 정해문 문루에서도 중성 성벽이나 성루는 보이지 않았다. 높게 우뚝 선 정양문 문루만 보였으나 눈을 크게 뜨고 노려보아도 사람들의 움직임까지 볼 수는 없었다. 해가 솟은 지 얼마 되지 않았지만 남쪽으로 길게 누운 시월의 햇살 때문에 정양문은 희부연 그림자로만 보일 뿐이다.

　무심코 들으면 행사장에서 일어나는 소리로 지나칠 정도였으나 귀를 곤두세우면 아무래도 중성 성루에서도 급하게 징과 북을 울려대는 것 같았다. 멀쩡한 날 아침에 무슨 일이 일어날 것이라고는 어림짐작조차 할 수 없는 일이지만 이날은 달랐다.

어제부터 비상경계령이 내려진 상태다. 조정의 미움을 받아 평양을 떠나게 된 연개소문이 혹시라도 딴 생각을 품을까 봐 내려진 경계령이었다. 그러나 생각해보면 벌건 대낮에 연개소문이 3천 정도의 적은 군사로 반란을 일으킨다는 것은 상상도 할 수 없는 일이었다. 연개소문의 명으로 태왕 천하와 천후께 귀한 예물을 바치러 온 일행이 눈앞에 있고 행사장에서 들리는 북소리와 징소리도 전혀 변동이 없었다. 무슨 일이 일어났다면 악대들의 연주부터 중단되거나 어지러워졌을 것이다.

그러나…… 비상경계령까지 내려진 마당이다. 아무리 작은 것이라도 그냥 지나칠 수는 없다. 군사를 보내 알아보기 전에 정해문 성문부터 닫아걸어야 한다. 정해문은 연개소문의 군사들이 열병식을 치르고 있는 정양문에서 넓은 대로를 통해 태왕 천하가 계시는 천궁으로 들어서는 문이다. 무슨 일인지 알고 나서 다시 여는 게 열 번 백 번 옳은 일이다. 설혹 문을 닫은 것이 실수였다고 해도 그 누구도 잘잘못을 따지지는 못한다.

정해문의 수문장 준복이 문을 닫으라는 명령을 내리자 곁에 있던 장수가 크게 소리를 질렀다.

"성문을 닫아라!"

"군사들은 어서 문을 닫아라!"

장수들이 재촉했으나 잽싸게 안으로 달려들어가 성문을 닫아야 할 군사들이 움직이지 않았다.

"야, 이놈들아! 어서 성문을 닫지 않고 뭘 하느냐?"

아래다 대고 소리쳤으나 성문 바깥에 있는 군사들은 갑자기 귀머거리가 된 듯 쳐다보지도 않았다. 오히려 동부대인의 수레 곁에 있던 자들이 우르르 달려오더니 성문 통로로 뛰어들었다. 천궁군사들을 대신해서 성문을 닫아주려는 것인가?

"야, 이 개새끼들아! 네놈들이 성문을 닫으란 말이다!"

소리치던 장수가 악을 쓰며 물그릇을 집어던졌다. 픽 하고 물그릇 깨지는 소리가 나더니 물그릇에 맞은 군사가 힘없이 쓰러졌다. 아무리 홧김에 던졌다고는 하지만 투구를 쓴 군사가 물그릇에 맞아 쓰러진다는 것은 있을 수 없는 일이었다. 더 기막힌 것은 다른 군사들이 곁에서 무슨 일이 일어나는지 전혀 모르는 것처럼 가만히 서 있는 것이었다.

"큰일이다! 북을 울려라!"

놀라 외치며 칼을 뽑아들던 준복의 눈이 크게 벌어졌다. 땅에서 솟아난 것처럼 갑자기 낯선 얼굴이 눈앞에 나타난 것이다. 그뿐이었다. 준복의 몸이 무너져내리고 준복의 칼이 빛살을 뿜으며 춤추기 시작했다.

징채와 북채를 잡던 군사들은 귀신의 낯짝도 보지 못하고 저승길을 떠난 지 오래였다. 준복이 문을 닫으라고 명령을 내리는 소리와 함께 검모잠이 군사들의 혈도를 찍어버린 것이었다. 소란이 일어나는 것을 조금이라도 늦춰보려고 때를 가늠하고 있던 무두리가 준복의 칼을 빼앗아 휘두르자 검모잠도 모습을 드러내 북을 찢어버린 뒤 군사들을 베어넘기기 시작했다. 계단 밑에 서 있던 관복 차림의 군사들도 뻣뻣이 굳은 천궁군사들의 병장기를 빼앗아 들고 문루로 달려올라갔다.

수레를 지키고 있던 연개소문의 군사들은 성문을 닫으라는 소리를 신호로 수레 속에 숨겨두었던 병장기를 꺼내들고 성문 통로로 뛰어들었으나 눈에 보이는 천궁군사는 모두 인형처럼 뻣뻣이 서 있을 뿐이었다. 계단 아래 서 있던 군사들도 모두 문루로 올라갔으므로 이들이 문루로 오르는 계단과 성문 통로를 지키게 되었다.

살육은 정해문 문루에서 일어났으나 정작 변고를 알리는 북소리는 문루에서 100여 보나 떨어진 동쪽 성루에서 일어났다. 둥, 둥, 둥, 둥, 둥, 둥, 급하게 울리는 북소리에 놀란 천궁군사들의 눈에는 문루의 드잡이질보다 문루 양쪽 성루의 군사들이 정신없이 깃발을 흔들어대는 모습이 더욱 크게 보일 정도였다.

마침 어제부터 비상경계령이 내려져 바깥에 나가 있던 군사들까지 모두 천궁에 들어와 대기 중이며, 다행스럽게도 아침 근무교대까지 모두 마쳤다. 성벽뿐 아니라 각 전각까지 모두 요소요소에 적절하게 배치되어 있는 것이다. 게다가 근무를 마치고 쉬러 돌아온 군사들까지도 아침식사를 거의 끝냈을 시각이었다. 천궁이 공격당하는, 감히 상상도 못했던 상황이 발생했으나 장수들은 조금도 당황하지 않았다. 모든 것이 더할 나위 없이 완벽하게 준비된 상황, 오히려 평소 받은 훈련을 점검하고 공을 세울 기회가 온 것으로 알고 기뻐했다.

연개소문의 군사들이 천궁을 에워싸고 공격해온다는 보고에 금군대장 소부손수는 웃음부터 터뜨렸다.

"크하하하, 개소문이 죽으려고 환장을 했구나. 겨우 3천 군사로 무엇을 어쩌겠다고? 3천이 아니라 3만이 몰려와도 천궁의 방어는 끄떡없다. 곱게 여동으로 가서 장성이나 쌓을 것이지. 반나절도 못 버틸 놈들이 반란은 무슨 반란이냐?"

사실 아무리 많은 대군이 몰려와도 철옹성인 천궁을 쉽게 뚫을 수는 없다. 한나절도 안 되어 평양 외곽의 군사들까지 모여들어 안팎으로 협공을 하면 군사가 아무리 많아도 독 안에 들어간 쥐 꼴이 되어 섬멸당하고 만다.

"당황하지 마라. 성벽의 방비는 이미 완벽하다. 쓸데없이 동요하는 자는 베어버린다."

"모두 자기가 맡은 곳으로 달려가서 철통같이 지켜라. 단 한 놈이라도 적군을 성벽에 오르게 한다면 그곳을 지키는 모두에게 죄를 물을 것이다."

일당십 일당백의 천궁군사들이 난공불락의 철옹성 천궁을 지키는 것이다. 단 한 놈이라도 성벽 위에 오른다면 천궁군사들의 명예는 땅에 떨어지고 만다. 소부손수가 싸움의 승패가 아닌 명예에 더 관심을 갖는 것도 어쩌면 당연했다.

소부손수가 정해문의 급박한 정황을 아예 짐작조차 못하고 느긋했던 것은 적들이 천궁을 사방팔방에서 에워싸고 공격해 온 것으로 오인했기 때문이었다. 보고하는 자들로서도 정해문 문루가 아닌 양쪽 성루에서 공격을 알리고 있으니 오인하는 것이 어쩌면 당연한 일이었다.

"칠성문에도 전령을 보내 경계를 늦추지 말라고 해라. 지세가 험한 것만 믿고 태만하다가 오히려 당하기 쉬운 법이다."

소부손수는 계속해서 곳곳으로 경계를 독려하는 전령을 보냈다. 그 시각 이미 정해문은 무두리에 의해 거의 장악되어가고 있었지만 그런 사정에 대해서는 아무런 보고도 받지 못했을뿐더러 짐작조차 하지 못했다. 정해문에 배치된 군사는 300여 명, 절반으로 나누어 교대로 경계를 서고 있지만, 마침 지금은 대기하는 모든 군사들까지 무장을 해제하지 않고 있을 시각이다. 다른 데도 아닌 가장 중요한, 그래서 방비가 어디보다 철저한 정해문이 안에서부터 어이없이 붕괴될 것이라고는 미처 상상할 수조차 없었기 때문이다.

"뭐, 정해문에서 변고가 일어나?"

도대체 믿을 수가 없는 보고였으나 한참 뒤에야 소부손수는 사태의 위급을 알게 되었다. 정작 중요한 곳을 놔두고 엉뚱한 곳에 군사를 배치한 실수를 깨닫는 데도 긴 시간이 필요치 않았다.

"모든 군사를 정해문으로 집결시켜라. 전각에 배치된 모든 군사를 정해문에 모이게 하고 각 성루에도 군사를 절반만 남기고 모두 정해문으로 모이라고 일러라."

상황 변화에 따라 지원군으로 보내려고 남겨두었던 1천여 명을 이끌고 정해문으로 달렸다. 천궁에 소속된 만여 명의 군사가 모두 완전무장을 갖추고 대기하고 있었음에도 거의가 요소요소에 분산 배치되어 있었으므로 오히려 가용할 군사가 거의 없었던 것이다. 게다가 제자리를 사수하라는 금군대장의 계속된 독려는 정해문을 가까이에서 지원해야 할 군사들에게 족쇄가 되고 있었다.

정해문 동쪽 성루에서 군사를 지휘하고 있던 우듬지는 문루의 소란이 병변으로 판단되는 순간 급하게 북을 울려 외적의 침입 사실을 천궁 안으로 전파했다. 이어 성루와 성벽에 올라와 있던 군사를 이끌고 문루 구원에 나섰으나 문루로 가는 길은 이미 통행불가 상태였다. 전날 비상훈련 때 적이 성벽에 올라오더라도 문루가 공격당하지 않도록 차단벽을 설치했기 때문이다. 성벽은 뚫리더라도 적병이 줄이나 사다리를 타고 성벽을 넘어야 하는 등 많은 장애가 있지만, 문루가 뚫리면 성문 통로를 통해 수많은 군사들이 밀물처럼 들어오기 때문에, 방어하는 입장에서 성루와 문루는 그 중요도가 천양지차다.

중요하기 짝이 없는 문루에서 감히 상상도 못했던 변고가 일어났지만 언제까지 한탄만 하고 있을 수도 없었다. 성루의 군사들이 성벽을 내려가 다시 계단을 통해 문루로 올라가야 하는데, 문루 아래는 이미 반란군에게 점령당했다. 밀고 올라가더라도 좁은 계단이 발길을 붙잡는 장애물이 될 것이다.

우듬지의 군사들은 성벽을 통해 문루로 올라가려고 했으나 두 길이 넘는 높은 차단벽이 절벽처럼 가로막았다. 하나씩 못을 빼 분해하지 않고는 밀어 넘어뜨릴 수도 없이 단단한 차단벽을 넘으려면 반드시 사다리가 필요했지만, 성벽 위에서 성루를 지키는 군사들에게는 처음부터 사다리 따위 공성장비는 없었다.

"자기 위치를 사수하라는 대장군의 명령입니다. 단 한 놈의 적이라도 성벽에 오른다면 모두에게 죄를 묻겠다고 했습니다."

"걱정 마라. 적병은 아직 보이지도 않는다. 어서 문루를 구해야 한다."

제자리를 사수하라는 계속되는 명령에도 우듬지에게는 문루를 구할 생각밖에 없었다.

"차단벽에 기대어 차례로 어깨를 밟고 올라서라."

무기를 내려놓은 군사들이 차단벽을 향해 서로 어깨를 걸고 늘어섰다. 아래쪽에 일고여덟 명이 늘어서고 그 위로 다시 군사들이 올라가 서로 어깨를 걸었다. 아래쪽에 또 일고여덟 명이 어깨를 걸고 늘어서서 계단을 만들었다. 그 어깨들을 밟고 군사들이 서너 명씩 차단벽을 넘어가기 시작했다.

"서두르지 말고 조심해서 넘어가라. 힘들어도 끝까지 버텨야 한다."

생각대로 차단벽을 넘을 수 있게 되자 신바람이 났던 우듬지는 너른 대로 언덕에 갑작스럽게 기마군사들이 나타나 달려오자 힘이 쏘옥 빠져버렸다.

"모두 자기 자리로 돌아가라. 한 놈도 성벽을 오르지 못하게 하라!"

그제야 금군대장의 명령이 귓속에 들어온 듯 '각자 위치 사수'를 명령했다. 반란이 평정되고 자신들이 용케 살아남는다 해도 자신이 맡은 성루로 반란군이 기어올라 성벽을 넘었다가는 반드시 책임을 추궁당할 것이었다.

양쪽 성루에서 변고를 알리는 북소리가 일어나자 가까이에 있던 천궁군사들이 창칼을 거머잡고 달려나오기 시작했다. 아직은 조직적인 움직임이 아니라 위급을 깨닫고 개별적으로 달려나온 군사들이었으나 무두리의 군사들은 숨 돌릴 새도 없이 칼을 휘둘렀다. 관복 차림으로 갑주를 갖춰입은 천궁군사들을 맞아 싸우는 것이 쉽지 않았기 때문이다.

갑작스럽게 악기소리가 요란해지고 수천 군사들의 함성까지 들려왔다.

"성공이다! 더러운 짐승들이 모두 처형되고 군사들이 달려올 것이다!"

신들린 듯 칼춤을 추던 무두리는 그것이 승리를 축하하는 함성이고 총공격을 알리는 신호임을 직감했다. 문루의 천궁군사는 열댓 명밖에 남지 않았고, 무슨 까닭인지는 몰라도 차단벽을 넘어오는 군사도 더는 없었다. 남은 자들이 무예가 뛰어났으므로 모두 없애는 데 시간이 좀 걸리는 것일 뿐이다. 하나 더 해치우는 사이 악대들의 연주소리가 사라지고 군사들의 함성이 가깝게 들리는 것 같았다. 바쁜 움직임을 잠깐 멈추고 바라보는 무두리의 눈에 대로 중간 언덕 위에 나타난 기마군사들의 모습이 보였다.

"저것은?"

이제는 되었다 싶은 생각에 한숨 돌리며 성문 안쪽을 내려다본 무두리는 깜짝 놀랐다. 문루로 오르는 양쪽 계단에는 주검으로 막아놓고 겨우 버티고 선 형국이었을 뿐, 문루 밑에는 온통 천궁군사들뿐이었다. 계단을 지키는 군사들만 남았을 뿐 데려온 군사들은 모두 성문 통로로 밀려들어간 것이다.

문루의 적들만 베고 있을 때가 아니다!

"하아!"

맑은 기합소리를 지르며 공중제비로 날아내린 무두리가 천궁군사들의 어깨를 밟으며 성문 통로로 뛰어들었다. 통로를 지키는 무두리의 군사는 겨우 다섯 명만 남았다. 너덜너덜 찢긴 이들의 관복은 이미 피범벅이 되었고, 한 팔을 베여 대롱거리는 자도 있었다. 주춤주춤 뒤로 밀려나며 안간힘을 다해 창을 휘두르지만 언제 쓰러질지 모르는 상황이었다. 그 처참한 광경에, 악전고투하는 부하들을 격려하는 대신 분노가 먼저 폭발했다.

"이놈들!"

무두리의 성난 칼이 빗살처럼 천궁군사들을 공격했으나, 온몸을 갑주로 감싼 천궁군사들이라 갈대 베듯 한꺼번에 휩쓸어버리지 못했다. 이리 뛰고 저리 날아가며 찌르고 베었지만 너무 더뎠다.

난전을 치르는 중에 기마군사들이 함성을 지르며 이미 코앞에 다가왔는데, 천궁군사들 또한 성문에 새까맣게 달라붙었다.

성문이 닫히면 끝장이다! 성문이 닫히고 빗장이 걸리면 안에 있는 군사를 모두 베어도 아무런 쓸모가 없다. 무두리는 천궁군사들을 공격하는 대신 성문 끝으로 날아가 섰다.

쿠르르. 내리꽂히는 매처럼 성문이 날아들었다.

하앗! 칼을 내던진 무두리가 닫히는 성문 끝을 잡고 찰싹 몸을 붙였다.

우두둑! 뼈가 부서지고 피가 튀었다.

성문이 닫혔다. 그러나 천궁군사들은 빗장을 하나도 지르지 못했다. 성벽과 성문 틈새에 걸레처럼 짓이겨진 무두리의 주검이 걸려 성문이 완전히 닫히지 못한 것이다. 주검을 꺼내려면 다시 성문을 열어야 하는데 어느새 반란군이 밀려와 있었다. 성문을 열고 자시고 할 틈이 없었다. 한 군사가 달려들어 무두리의 주검을 잘라냈으나 틈새에 낀 주검 조각은 빼내지 못했다.

정해문 앞에 다다른 연개소문의 군사들은 채 닫히지 않은 성문을 미는 한편, 검모잠이 내려뜨린 밧줄을 잡고 성루로 기어올랐다. 오래지 않아 성루를 빼앗고 성안으로 들어가기 시작했다.

천궁군사들은 힘껏 성문을 밀었으나 문이 닫히기는커녕 오히려 조금씩 뒤로 밀리기 시작했다. 어느새 문루를 넘어온 반란군의 함성에 놀라 기운이 빠진 것이다.

와아! 함성 속에서 성문이 열리고 반란군들이 물밀 듯 밀려들어갔다.

연개소문의 군사들은 정해문을 통과해 천궁에 들어섰으나 얼마 못 가서 철벽처럼 버티고 선 소부손수의 군사들에게 막히고 말았다. 소부손수의 집결명령을 받은 군사들이 가까운 데서부터 속속 모여들고 있었다. 시간이 지날수록 절벽이 높아지고 철벽이 두꺼워지는 것이다.

연개소문은 말을 몰아 앞으로 나갔다.

"소부손수, 그대는 누구의 신하인가? 간도 쓸개도 없는 머저리 건무의 부하인가, 천하주인 조선나라 고구려의 신하인가?"

"개소문, 그대는 이 나라 최고의 막리지 신분으로 감히 군사를 몰고 천궁에 들어와 겁박하고 있다. 그대가 바로 용서받을수 없는 대역죄인이란 말이다."

"우리는 지금 조선나라 고구려의 영광을 되찾는 축제를 벌이고 있다. 정의로운 군사를 막아선다면 대역죄인 소부손수를 하늘도 땅도 용서치 않을 것이다. 지금 길을 열어준다면 그대와 그대의 부하들 누구도 피를 흘리지 않을 것이다. 그대가 조선나라 고구려의 신하라면 도탄에 빠진 나라를 구하고 조선나라의 영광을 되찾는 자랑스러운 벼슬아치가 되어라. 하늘을 우러러 한 점 부끄럼 없는 싸울아비, 천지화랑임을 잊지 마라."

서로 대적해서 말씨름을 하는 사이 소부손수의 뒤에는 천궁군사들이 계속 모여들고 있었다. 아직은 이쪽이 더 많지만 시간이 흐를수록 깊은 수렁에 빠지게 된다. 적장을 향해 속속 겨누어지는 수십수백의 화살들.

검모잠이 휘파람을 길게 불어내자 맑은 방울소리를 울리며 해동청이 나타났다. 갑작스럽게 해동청이 등장해 빙빙 돌자 하늘을 쳐다본 천궁군사들은 절로 눈을 찡그렸다. 수천 군사들이 갑옷에 투구로 무장을 갖추었기 때문에 겁날 것이 없었지만 누군가에 의해 조종당하는 해동청이 나타났으니 은연중 불길한 느낌이 들었던 것이다.

해동청을 불러내 조금이나마 주의력을 분산시킨 검모잠은 소부손수와의 거리와 늘어선 군사들을 가늠해가며 천천히 걸음을 옮기기 시작했다. 비록 온몸에 피를 뒤집어쓰고 손에는 칼을 들었으나 그래도 전포가 아닌 관원의 복장, 누구의 눈에도 문득 겁이 난 관원이 화살이 집중된 연개소문한테서 슬슬 멀어지는 듯한 모양새여서 특별히 경계하는 눈은 없었다. 열댓 걸음 멀어졌다 싶은 순간, 검모잠이 휘익 휘파람을 불며 왼팔을 쳐들었다. 하늘을 맴돌던 해동청이 지상으로 내리꽂히는 순간 검모잠이 기합소리와 함께 시위를 떠난 살처럼 날아갔다.

갑작스러운 휘파람 소리에 검모잠을 쳐다본 군사들이 해동청의 공격을 직감하고 반사적으로 얼굴을 가리며 검을 치켜올렸다.

"하-아!"

맑은 기합소리와 함께 빛살처럼 날아갔다. 연개소문과 말씨름으로 신경전을 벌이고 있던 소부손수는 해동청의 공격으로 알고 저도 모르게 하늘을 향해 칼을 휘둘렀다. 그러나 헛손질임을 깨닫고 정신을 차렸을 때 피를 뒤집어쓴 자객의 칼끝이 자신의 턱밑에 닿아 있음을 알게 되었다. 손에 칼을 들고 있었지만 소부손수는 눈앞에 나타난 적을 베지도 찌르지도 못한 채 망연자실 서 있기만 했다.

전광석화처럼 너무도 순식간에 벌어진 돌발사태에 놀란 장수들이 검모잠의 몸에 칼을 들이댔으나 그들도 막상 찌르거나 베지는 못했다. 불나방처럼 날아든 자객이야 천 갈래 만 갈래로 흩어버릴 수 있지만, 그 순간 금군대장도 자객의 칼에 저승길을 달릴 것이기 때문이다.

소부손수를 죽이는 것은 주먹을 쥐는 것보다 쉽다. 그리 되면 금군대장의 죽음으로 천궁군사들은 일단 사기가 꺾이겠지만, 그들을 제압하기 위해 연개소문의 군사들은 또 엄청난 힘을 쏟아야 한다. 더욱이 천궁군사들은 갑옷으로 단단히 무장을 갖췄지만 이쪽은 조정 벼슬아치들을 속이고 몸놀림을 빨리 하기 위해 투구조차 제대로 착용하지 못한 상태. 전열을 갖추고 철벽처럼 막아선 군사들을 흩어버리고 달려가기는커녕 오히려 몰살을 당할 수도 있는 상황이었다.

소부손수를 단칼에 베지 않고 기다리는 검모잠에게 연개소문은 현명한 명령을 내려야 했다. 연개소문은 천천히 칼집에 칼을 꽂고 부채를 빼들었다. 설마 칼을 놓고 부채를 들어 자신에게 쏟아질 화살을 막겠다는 것인가?

부채는 춤사위로 이어지고 개소문은 입을 열어 노래를 부르기 시작했다. 눈을 감고 한껏 입을 벌리며 죽을힘을 다해 부르고 있었으나 이상하게도 마주 서 있는 소부손수의 귀에는 노랫소리는커녕 아무 소리도 들리지 않았다. 위험에 처한 자식을 구하려고 수십수백 리 밖에서도 죽을힘을 다해 외치는 어미의 비명처럼. 천리만리 먼 곳에 있는 자식의 귓속으로도 똑똑히 파고들게 온몸으로 외치는 그 소리가 오히려 곁에서는 하나도 들리지 않는 것처럼.

무슨 일인가? 마주 선 군사들도 눈에 보이지 않는 듯 무아지경으로 춤을 추며 입만 벙긋거리는 개소문을 보며 소부손수도, 곁에 있는 장수들도 잠시 혼란에 빠져들었다. 이 정도의 거리라면 고막이 터져나갈지도 모른다. 입을 벌리는 시늉만 하다가 갑자기 큰 소리로 천궁장수들의 귀청을 터뜨려버릴지도 모른다. 장수 된 체면에 차마 귀를 가리지는 못하고 잔뜩 긴장하고 있는데 문득 〈천지음〉이 들려왔다. 눈앞에 있는 연개소문이 〈천지음〉을 내고 있는 것이 분명했지만, 이상하게도 누군가 아주 멀리서 〈천지음〉을 부르고 있는 것만 같았다.

"아~ 아~ 아~ 아~ 아……."

노랫소리는 천천히 다가왔다.

"오~ 오~ 오~ 오~ 오~ 우~ 우~ 우~ 우~ 우……."

이제는 연개소문이 코앞에서 노래 부르고 있는 것이 확실했지만, 귀청이 아픈 것보다도 이상하게 온몸이 절로 떨리는 듯한 느낌이 들었다. 근처에 있는 군사들뿐 아니라 그곳에 있는 수천 군사들의 귀에도 똑똑하게 〈천지음〉 소리가 들렸고 절로 몸이 떨렸다.

죽을힘을 다하면 꼬리뼈가 펴진다고 했다! 말안장에 앉은 채로 춤을 추며 하는 소리였지만, 풍전등화에 처한 조선나라 고구려를 위한 열망으로 꼬리뼈가 펴지고 마침내 온몸의 뼈가 울리기 시작한 것이다.

목을 베라는 명령도, 위협해서 이쪽으로 끌고 오라는 명령도 아니었다. 급박한 상황에서 연개소문은 다시 한 번 〈천지음〉을 토해내고 있었다.

"오~ 오~ 오~ 오~ 오~ 우~ 우~ 우~ 우~ 우……."

당장이라도 피보라를 흩뿌려댈 급박한 상황이었지만 갑자기 터져나오는 〈천지음〉을 군사들은 몸으로 함께 들었다. 혼신을 다해 온몸의 뼈로 우는 〈천지음〉이 군사들의 몸을 함께 울리는 것이다.

〈천지음〉이 한 번 더 반복된 뒤에 〈조선가〉가 시작되었다.

"음 - 아~ 아~ 아~ 아~ 아…… 조선나라 고구려, 천하주인 고구려, 하늘백성 나~라."

연개소문의 군사들은 전해지는 몸의 파동을 따라 창을 들어 땅을 찍고 발을 굴러 박자를 맞추며 함께 〈조선가〉를 부르기 시작했다. 수천 군사가 함께 부르는 거대한 합창이 시작된 것이다.

"오~ 오~ 오~ 오~ 오~ 푸른 하늘 붉은 해(붉은 해), 푸른 산
천 붉은 땅(붉은 땅), 맑은 햇살 온 누리(온 누리)…… 예~ 에~
에~ 에~ 에~ 천하 만물 모두 다(모두 다), 온 세상을 품 안에(품
안에), 천하제일 겨레여(겨레여), 음 – 아~ 아~ 아~ 아~ 아……
조선나라 고구려(고구려), 천하주인 고구려(고구려), 하늘백성
나~라(나~라)."

끝없이 계속될 것만 같던 〈조선가〉였지만 연개소문이 두 팔
을 한껏 들어올렸다 내리며 소리를 끝내자 노랫소리가 멈추고
조용한 침묵이 깔렸다.

함께 몸의 파동을 느끼며 합창을 듣던 소부손수도 진정되
었다. 침묵의 시작과 함께 자신을 향한 수많은 시선 속에서 금
군대장 소부손수는 이제 자신이 무언가 대답해야 할 차례라
는 것을 깨달았다.

"나는 금군대장이다. 칼을 치워라!"

목에 칼을 들이댄 자객을 향해 당당하게 명령을 내리는 것
이다. 제 몸에 들이댄 천궁장수들의 칼은 그대로였으나 검모
잠은 아무런 다짐도 받지 않고 먼저 천천히 칼을 거두었다. 검
모잠의 칼날에서 놓여난 소부손수가 말 잔등 위로 올라서더
니 뒤돌아서서 천궁군사들을 한눈에 쓸어보았다.

"우리는 모두가 자랑스러운 조선의 군사다. 천궁군사들은 지
금부터 모두 창을 세우고 칼을 거두어라. 동부대인의 군사들

에게 길을 터주어라."

뜻밖의 명령에 놀란 장수들과 군사들을 향해 소부손수가 더욱 크게 외쳤다.

"간도 쓸개도 없는 머저리는 이미 태왕이 아니다. 머저리 건무를 지켜야 할 아무런 이유가 없으니 모두 병장기를 거둬들이라는 것이다. 무엇들 하느냐? 천궁군사들은 당장 창을 세우고 칼을 거두어라."

연개소문이 앞장서고 군사들이 뒤를 따랐다. 태왕궁을 지키고 있던 군사들은 문을 닫아걸고 결사항전 의지를 불태웠으나 구름처럼 밀려오는 반란군의 기세에 삽시간에 풀이 죽었다. 연개소문과 나란히 금군대장까지 나타난 것이다. 소부손수는 물론 곁에 있는 천궁장수들도 무장을 그대로 갖추고 있는 것을 보면 금군지휘부도 이미 반란군과 한통속이었음이 불을 보듯 뻔했다. 저항했다가는 아무도 알아주지 않는 개죽음을 당할 뿐이라는 사실도.

"문을 열어라!"

금군대장의 한마디 명령에 막아섰던 군사들이 비켜서고 태왕궁의 육중한 문도 넓게 열렸다. 태왕궁을 지키던 군사들은 여전히 창칼을 치켜들고 있지만 이미 전의를 상실하고 구석으로 비켜났다. 연개소문의 군사들은 이제 달리지 않고 나름 대오를 갖추며 대전을 향해 나갔다. 창칼을 들고 옹기종기 모여 있는 천궁군사들 곁을 지나면서도 곁눈조차 주지 않았다.

연개소문이 반란을 일으켰다는 너무도 놀라운 소식과 너무도 빠른 태왕궁 입성에 당황한 건무는 군사들이 들이닥치자 용상으로 올라갔다. 조선의 모든 백성들에게 천명을 내리던 용상에 앉아 권위를 세워보겠다는 것인가?

"술을 가져오너라."

건무의 명은 간단했다. 이왕 죽을 바에야 천하를 호령하던 태왕답게 독주를 마시고 품위를 지키며 죽겠다는 것.

"건무, 너는 이미 오래전부터 이 나라의 태왕이 아니었다. 독주를 마시거나 시신을 보존할 수도 없으며, 막리지 연개소문의 손에 죽을 자격조차 없다. 너같이 비천한 자는 이름 없는 군사의 손에 비명횡사하는 것이 옳다."

연개소문의 질책이 끝나자마자 검모잠이 용상에 앉은 건무를 끌어내렸다. 건무는 반항하려 했으나 몸이 굳어 움직일 수 없었고 혀도 굳어 말이 나오지 않았다. 무엇에 걸려 넘어진 것처럼 앞으로 고꾸라진 건무의 목에서 피가 튀었다. 한 마디 사설도 없이 한칼에 깨끗이 목을 베어버린 것이다.

"건무를 죽였다!"

"쓸개 빠진 놈을 죽였다!"

지켜보던 군사들이 환호성을 터뜨렸다.

"건무가 죽었다. 고구려 만세!"

군사들은 이리 뛰고 저리 내달리며 등신 머저리 같은 태왕 건무가 죽었음을 알리고 함께 기뻐했다.

이제부터, 역사의 흐름을 제자리로 돌려야 한다! 연개소문은 죽은 건무의 아우 태양왕의 아들 보장을 태왕으로 세우고 새로운 사람들로 하여금 조정을 이끌도록 했다. 그는 또 서토 오랑캐들이 헛된 꿈을 꾸지 못하도록 국경을 봉쇄하고, 장사치들도 함부로 밖으로 나가지 못하게 했다.

새로 온 누리를 다스리는 천하의 보위에 오른 태왕은 장성 쌓기를 그만두고 동원된 백성들을 돌려보내라는 천명을 내렸다. 반란을 일으킨 연개소문이 잠깐 백성들을 다독거리기 위해 늘어놓는 말잔치가 아님이 틀림없었다. 다시는 장성을 쌓는 등 쓸데없는 일로 백성을 괴롭히지 않을 것이며, 버릇없이 날뛰는 서토 오랑캐를 응징할 것임을 확실히 하자 사람들의 놀라움은 곧 기쁨으로 바뀌었다. 그동안 태왕 건무와 조정 벼슬아치들의 못난 짓에 넌덜머리를 내고 있던 고구려 백성들이었다. 모두들 만세를 부르며 새로운 태왕 천하와 대막리지에게 충성을 다짐했다. 태왕과 조정 벼슬아치 100여 명을 죽인 엄청난 정변이 일어났으나 아무런 혼란도 없었다.

서캐 토벌, 서토 평정

7만 5천 북여동군에 비상이 걸렸다. 북부욕살 고태우가 평양의 변란을 전하고 비상경계령을 내린 것이다. 평양에 변란이 일어났으면 별동군인 여동군은 즉시 평양으로 내달려야 했으나, 비상경계령을 내린 고태우는 이동 준비만 철저히 하라고 다그칠 뿐 당장 떠날 생각이 없는 듯 보였다.

"요동성주 고승학, 백암성주 손대음 등은 나와 절친한 사이다. 평양으로 가는 것보다는 열수를 건너 저들과 합세해야 할 것이다."

"예?"

"이미 늦었다. 연개소문이란 놈이 태왕 천하마저 시해했으니 놈의 군사들이 여기까지 몰려올지도 모른다. 하지만 철옹성인 요동성과 백암성에 들어가 있으면 제아무리 연개소문이라도 감히 우리를 어쩌지 못할 것이다."

벌써 이틀이나 지났다. 어째서 빨리 출동명령을 내리지 않느냐고 묻던 좌군대장군 고연수는 그제야 태왕이 시해되었다는 것을 알았다.

"전하, 개소문과 함께 모반한 자들은 누구누구입니까?"

"아사달 하늘 아래 그런 미치광이를 따라 반란을 일으킬 놈이 어디 있겠느냐? 정양문 앞에서 열병식을 하던 놈들이 갑작스럽게 벼슬아치들을 죽이고 천궁에 들어가 태왕 천하를 시해한 것이다."

변란 소식을 듣자마자 정신없이 도망쳐온 고태우가 아는 것은 별로 없었다. 특별한 동조자 없이 동부대인 연개소문이 단독으로 군사를 일으킨 것이라면 반란군은 1만을 넘기 어렵다. 설혹 2~3만이라고 해도 천궁까지 장악하는 것은 쉬운 일이 아니다. 어쩌면 지금쯤 반란이 진압되었을 가능성도 컸다. 아니라 해도 천궁까지 반란군에게 넘어갔을 확률은 높지 않다. 국경으로 도망칠 계획을 세웠으면서도 여태 미루적거리고 있는 것은 고연수도 연개소문의 반란이 실패로 끝날 것이라는 기대감 때문이었다.

설혹 저들의 모반이 성공했다고 해도 그렇다! 최정예 여동군이 겨우 반란군 따위를 피해 달아나다니! 북여동군에서도 많은 군사들이 장성 쌓기에 동원되었지만 아직 2만여 명이 본영에 남아 있다. 고연수는 말도 안 되는 소리라고 대들었으나 아무리 조카라고 하더라도 항명하는 자는 군령으로 다스리겠다는 소리만 듣고 물러나왔다.

북여동군 좌군대장군 고연수는 고태우의 조카로, 평양에서 살다시피 하는 고태우를 대신해 북여동군을 지휘해왔다. 이제 마흔다섯의 젊은 장수 고연수는 자신의 군사만이라도 이끌고 평양으로 달려가고 싶었으나, 아직은 때가 아니었다. 내색하지 않고 기다리다가 출동명령이 내리고 고태우가 먼저 떠난 다음 뒤를 지키며 따라가는 척하다가 군사를 빼돌리는 수밖에 없었다. 고연수는 장성 쌓기에 동원되고 남은 휘하 군사 7천 명만을 이끌고 평양으로 달려가야 하는 것이다. 답답한 마음으로 말을 달리는데 문득 뒤에서 따라오는 자가 있었다.

"그대가 좌군의 대장군 고연수인가?"

말을 세운 고연수는 기가 막혔다. 갑자기 나타난 자는 너무도 젊은 나이, 여자인지 남자인지 분간도 가지 않을 만큼 아름다운 얼굴에 검은 조의를 입은 조의선인이었다. 허리에 쌍결매듭을 맨 조의선인이 아니라 신크마리라고 해도 대장군에게 함부로 말을 놓는다는 것은 상상도 할 수 없는 일이었다.

먼저 말에서 내린 조의선인이 또다시 믿기 어려운 소리를 내뱉었다.

"나는 태왕 천하의 천명을 받들고 온 칙사다. 여동군 장수는 예를 갖추라."

태왕 천하의 칙사라는 소리에 고연수도 말에서 내렸으나, 예의를 갖추는 것은 그것으로 끝이었다. 고연수의 두 손은 이미 칼집과 칼자루를 잡고 있었다. 연개소문이 태왕을 시해한 것이 사실이라면, 자신의 눈앞에 나타난 이자는 칙사가 아니라 반드시 척살해야 하는 반란군의 일당일 뿐이다.

"천하께서는 반란군을 진압하시었는가? 혹시, 그대는 연개소문의 잔당이 아닌가?"

"아니다. 둘 다 틀렸다."

정체를 알 수 없는 칙사란 자가 고개를 흔들며 웃었다.

"나는 대막리지의 호위무사로서 새로 보위에 오른 태왕 천하의 천명을 받고 온 칙사다."

반란군의 일당이라면 더 이상의 대화는 무의미했다. 고연수는 번개같이 날아가며 칼을 뽑아 베었다. 분명히 베었다. 놈이 두 조각으로 나뉘는 것도 보았다. 그러나 그림자를 벤 듯, 손아귀에 전해지는 느낌이 없었다.

"훌륭한 솜씨다. 고태우의 목쯤은 쉽게 벨 수 있을 것이다."

비아냥거리는 소리를 향해 짓쳐들었으나 또 허탕이었다.

"대장군이란 자가 미치광이처럼 날뛰다니, 더 이상 용서하지 않는다."

나비처럼 팔랑팔랑 피하기만 하던 반란군 자객이 멈춰서더니 천천히 칼을 뽑아들었다. 가늠할 수 없는 강적을 만난 고연수는 이제 서두르지 않았다. 수비자세를 함께 갖추고 숨을 고르며 진중하게 적과 맞섰다.

"아무 생각도 할 줄 모르는 자가 대장군이라니, 네놈의 상투부터 잘라 훈계하겠다."

순간 자객의 몸이 날아올랐고 고연수도 튀어오르며 마주 칼을 휘둘렀다. 속임수다 싶은 순간 뒤돌아서며 다시 칼질을 했으나 이번에는 속임수가 아니었다. 어느새 상투가 잘려나갔고 묶었던 머리가 흘러내려 시야를 가렸다.

"대막리지께서 군사를 일으킨 것은 서토의 개돼지 같은 것들을 치워버리고 조선나라 고구려의 영광을 되찾으려는 것이다. 오랑캐의 눈치나 보는 것들은 고구려의 태왕도 신하도 될 자격이 없다. 알아듣게 말했는데도 계속 항거한다면 그대의 무덤에는 서토의 개돼지 아무개라는 묘비명이 새겨질 것이다. 대장군 고연수, 그대는 계속 항거하여 자손만대 추악한 오명을 남기려는가?"

고연수는 갑작스럽게 전의를 상실했다. 잘린 상투 따위 때문이 아니다. 서토의 개돼지라는 말 때문이었다. 빈말이 아닐 것이다. 연개소문이 이미 오래전부터 서캐 토벌과 서토 평정을 주장해왔다는 것을 모르는 장수는 없었다.

"고태우, 그자는 여동군의 욕살로서 여동이 아닌 평양에서만 살다시피 해왔으니 그 무거운 죄 죽음으로 물 수밖에 없게 되었다. 태왕 천하께서는 여동군 장수의 손으로 고태우를 척살하라는 천명을 내리셨다. 대막리지 전하는 고태우의 조카인 그대 고연수가 가장 적임자라고 하셨다. 여동군의 손으로 서토의 개돼지 고태우를 척살했다는 대의명분을 세울 것이며, 사사롭게는 조카의 손으로 숙부를 베어야만 고씨 일족의 멸문지화를 피할 수 있는 명분도 얻을 수 있을 것이다. 북여동군 좌군대장군 고연수, 그대가 여동군의 대장군으로서 고태우를 척살하라는 천명을 받들라."

여동군 욕살을 여동군 장수의 손으로 척살하는 것만이 여동군의 혼란을 막을 수 있다. 고연수가 거부해도 칙사는 다른 자를 찾아서 똑같은 명을 내릴 것이다. 평양에만 머무는 고태우가 여동군에 나타나는 것은 1년에 두어 달 정도밖에 안 된다. 장수들의 불만이 많은 데다가, 태왕이 시해당하는 변란이 일어났는데도 곧장 달려가지 않고 멀리 달아나 제 한목숨이나 구할 생각밖에 없는 한심한 자다.

"새 태왕은 어느 분이신가?"

"태양왕 전하의 자제 보장공께서 보위에 오르셨다."

"좋다. 내가 천명을 받들겠다."

태양왕도 먼발치에서 몇 번 뵌 적이 있을 뿐이다. 전하의 아들은 이름조차 기억에 없었으나 고연수는 서슴없이 새 태왕 천하의 천명을 받들기로 작정했다. 태왕이 누구건 오래전부터 강력하게 서캐 토벌 서토 평정을 외쳐온 연개소문이라면 믿어도 좋을 것 같았다.

고연수는 그길로 본영으로 돌아가 장수들을 소집했다. 연개소문의 자객이 나타났다는 소리에 모두 무장을 갖추고 속속 모여들었다. 자객에게 상투를 잘린 좌군대장군 고연수는 투구나 모자도 쓰지 않고 일부러 맨머리를 드러내고 있었다. 상투를 앉히기 위해 배코를 친 자리가 하얗게 드러나고 함부로 흘러내린 머리가 이마는 물론 눈까지 가린 우스꽝스러운 모습이었으나, 고연수를 바라보는 장수들은 웃음 대신 비장한 각오를 다졌다.

　아직 100여 명밖에 모이지 않았으나 언제까지 기다리고 있을 수는 없었다. 욕살 고태우를 따라 대장군들이 모두 단상으로 올라가 자리에 앉았고 언제나처럼 좌군대장군 고연수가 맨 먼저 앞으로 나섰다.

　"우리는 모두 대조선국 고구려의 장수다. 서캐를 토벌하고 서토를 평정하는 데 앞장서야 할 여동군 장수다. 구호 준비!"

　처음부터 목청을 높인 고연수가 칼을 빼들었다. 분위기를 띄우는 연설도 없이 구호를 외치기에는 너무 일렀으나, 상투가 잘린 고연수의 모습에 사태가 심상치 않음을 느끼고 있던 장수들은 일제히 칼을 빼들었다.

　"서캐 토벌, 서토 평정!"

　"서캐 토벌, 서토 평정!"

　"서캐 토벌, 서토 평정!"

손에 든 칼을 내지르며 구호를 외치는 장수들의 목소리가 들썩하게 높아지며 열기가 올랐다.

"짐승만도 못한 오랑캐들이 경관을 불태우는 만행을 저질러도 서캐 토벌에 나서지 못하고 오히려 장성을 쌓아 국력을 낭비하는 것은 무엇 때문인가? 하늘백성들이 모여사는 아사달이 번번이 서토 오랑캐들한테 침범을 당하는 것은 무엇 때문인가? 그것은 바로 우리 안에 숨어 있는 오랑캐의 개돼지들이 너무 많기 때문이다."

고연수는 언제나처럼 서캐 토벌을 먼저 말했다. 평양에서 변란이 일어난 마당에, 반란군의 자객한테 상투까지 잘린 대장군이 너무 변죽만 울리고 있다 싶을 때였다. 고연수의 입에서 너무 뜻밖의 소리가 쏟아져나오고 있었다.

"개돼지들의 횡행에 참다못한 평양에서는 의로운 군사들이 들불처럼 일어나 오랑캐의 개돼지들을 모두 척살하였다. 사사건건 서캐들의 눈치나 살피던 머저리 태왕 건무가 맨 먼저 척살되었고, 조정을 쥐고 흔들던 개돼지들도 모두 척살되었다."

변란이 일어난 것만 알았지 태왕과 조정 벼슬아치들까지 모두 살해되었다는 소리는 처음이다. 사실이라면 연개소문의 군사만으로는 절대 불가능한 일, 고연수의 말대로 모든 군사들이 들불처럼 일어난 것이리라. 모두들 머저리 태왕과 간신배들이 왕창 죽어주기를 고대하고 있었던가? 저도 모르게 듣는 가승이 후련해졌다.

"우리 여동군은 무엇하고 있었는가? 평양에서 군사들이 일어나 서캐의 개돼지들을 척살하고 있을 때 우리 여동군은 오히려 국경 너머로 도망칠 준비나 하고 있었다. 무엇 때문인가? 당당하게 아사달을 지켜온 우리 여동군이 오히려 서토로 도망치려고 했던 것은 무엇 때문인가? 그것은 바로 이 자리에 있는 저 고태우가 서캐의 개돼지였기 때문이다."

고연수가 시퍼런 칼끝으로 자리에 앉아 있는 북부욕살 고태우를 가리켰다.

삽시간에 벌어진 사태, 지켜보던 장수들도 태반이 뭐가 뭔지 얼른 분간이 가지를 않았다. 분명히 좌군대장군 고연수가 반란군 자객의 습격을 받아 상투까지 잘렸다고 했다. 그런데 고연수는 마치 스스로 반란군이라도 된 것처럼 말하고 있지 않은가.

고연수가 북여동군을 지휘해온 것은 바로 북부욕살 고태우의 조카였기 때문이다. 혈족인 고연수는 고태우에게 누구보다 가까운 심복부하였으니 그가 국경 너머로 도망치려고 했다는 것도 공연한 의심이나 험담이 아닐 것이다. 장수들이 모두 평양으로 달려가자고 해도 고태우는 여태 미루적거리며, 다시 돌아오지 않을 사람처럼 이동준비만 챙기지 않았던가? 정말 고태우는 반란군에게 잡혀 죽을까 봐 아예 국경 너머 서토로 도망치려고 했을지도 모른다. 생각을 짚어가던 장수들은 저도 모르게 고개를 끄덕이며 고연수의 말에 공감하고 있었다.

사태의 급변을 가장 늦게 알아차린 것은 당사자인 북부욕 살 고태우였다. 고연수를 절대적으로 신임해온 고태우는 이날 도 평소처럼 별다른 생각 없이 그저 자리를 지키고 있었다. 누 구보다 능력 있고 충성스러운 조카 연수가 알아서 모든 일을 다 해결하고 진행할 것이기 때문이었다. 고태우가 '서캐 토벌 서토 평정'에 그닥 찬성하는 것은 아니었지만, 고구려 사람들 이라면 누구나 입버릇처럼 말하고 군사들은 행사 때마다 당 연하게 구호를 외치는 것이므로 오늘도 그저 그러려니 했다. 함께 단상에 앉아 있던 대장군들이 모두 일어서서 칼을 빼들 고 구호를 외칠 때에도 그저 쳐다보는 눈들 때문에 마지못해 자리에 앉은 채로 칼 대신 불자(拂子)처럼 생긴 작은 지휘봉을 까딱까딱 흔들며 입만 벙긋거렸을 뿐이다. 대여섯 번에 그치 던 구호 복창이 20여 차례나 계속되어도 반란군의 자객에게 상투까지 잘린 고연수가 조금 흥분해서 그런 줄로만 알았다.

그런데 이제 한 몸처럼 여겼던 조카 연수가 삼촌인 자신한 테 서토로 도망치려고 했다는 등 말도 안 되는 누명까지 씌우 고 있는 것이다.

"이 자리에서 저 서토의 개돼지 고태우를 척살해야 한다. 7만 5천 북여동군의 명예에 똥칠을 한 서토의 개돼지 고태우를 척살해야 한다."

고연수가 계속해서 열변을 토하는 사이 고태우는 제 목숨이 바람 앞의 등불이 되었다는 것을 인정하지 않을 수 없게 되었다. 또한 서토가 아닌 요동성과 백암성 등으로 피신하려고 했다는 변명이 먹혀들 상황이 아니라는 것을 깨닫는 데에도 긴 시간이 필요치 않았다. 변명이 통하지 않는다면 일단 도망치는 것이 상책이다.

고태우는 거듭되는 사형선고를 피해 달아나려고 벌떡 일어섰으나, 그것으로 끝이었다. 구호를 외치던 장수들의 날카로운 칼날이 빛살처럼 에워쌌다. 수족처럼 부리던 부하장수들이 주인의 목에 칼날을 들이댄 어이없는 상황.

"이놈들, 내가 누군 줄 모르느냐? 죽고 싶어 환장했느냐?"

평생을 발아래 두고 군림해온 위세로써 호통을 쳐보았지만 말 그대로 최후의 발악일 뿐이었다. 대장군들은 오히려 그가 누군지, 어떤 자인지 잘 알기 때문에 살려둘 생각이 없었던 것이다. 친조카인 고연수가 앞장서 '서토의 개돼지'라고 부르며 사형선고를 내린 마당이다.

칼을 치켜든 고연수가 다가오자 대장군들이 칼을 치우며 자리를 내주었고, 고연수는 한칼에 죄 많은 목을 베어버렸다.

사신 김춘추

고구려 태왕이 막리지 연개소문의 칼에 죽었다는 놀라운 소식이 전해졌다. 신라 조정에는 곧바로 연개소문이라는 사람에 대해 여러 소문이 나돌았다. 비록 스스로 태왕으로 나서지는 않았으나 제 멋대로 허수아비 태왕을 세우고 조정 벼슬아치들을 임명하여 나라의 권력을 한 손에 쥐고 흔든다고 하니 고구려는 이미 연개소문의 나라나 마찬가지였다.

"그처럼 포악하고 싸움 잘하는 사람이 고구려를 다스리게 되었으니 우리 신라로서는 큰 걱정이 아닐 수 없소."

"연개소문이 서토의 오랑캐에 맞서기 위해서 군사를 길러야 된다고 했다지만 언제 우리 신라로 눈을 돌려 쳐들어올지 모르는 일이오."

쓸데없이 일삼아서 해보는 걱정이 아니었다. 지난해 백제의 임금이 된 의자는 올해 7월에 몸소 군사를 이끌고 쳐들어와서 대야주의 40여 성을 빼앗아갔는데, 고구려의 연개소문은 태왕까지 죽여버렸다고 한다. 병변을 일으켰어도 한동안 목숨은 살려둔 채 선위하는 식으로 다음 태왕을 세우는 것이 당연한 절차이고 마땅한 도리다. 아무리 미워도 몇 년 동안은 살려두었다가 모반을 획책했다든가 병들어 죽었다는 어설픈 핑계라도 만들어내 제거해야 하는 것이다. 그런데도 연개소문이란 자는 독주를 마시고 자결하겠다는 지극히 당연한 요구마저 거절하고 기어이 칼로 목을 내리쳤다고 하니, 그 얼마나 포악하고 무서울 것인가?

신라 조정에는 어두운 그늘이 드리웠다. 그러나 오직 한 사람 김유신만은 입을 다물고 두 귀를 곤두세우고 있었다.

하늘이 무너져도 솟아날 구멍이 있다! 배는 바람을 이기지 못해 물속에 처박히지만 뱃사람은 돛을 올려서 강물을 거슬러 오르고 바다를 달린다. 오히려 바람의 큰 힘을 빌리는 것이다. 무슨 일을 만나든 두려워하지 말고 거기서 이로움을 찾아내야 한다.

남들이 연개소문에 대해 걱정만 하고 있을 때 김유신은 솟아날 구멍을 찾고 있었다. 아무리 생각해도, 신라로서는 고구려에 연개소문 같은 사람이 나타난 것은 큰 일이 아닐 수 없었다. 개인적으로 봐도, 자신이 가꿔온 삼국통일의 꿈을 한낱 물거품으로 만들어버릴 수도 있는 존재였다.

그러나 걱정만 하고 있을 수는 없다! 연개소문이 커다란 멧부리로 우뚝 솟은 사나이라면, 나 김유신 또한 아무도 꿈꾸지 못한 큰 뜻을 품은 사나이가 아닌가. 생각에 생각을 거듭한 끝에 김유신은 김춘추를 고구려에 보내 연개소문을 만나보도록 해야겠다고 마음먹었다. 춘추는 같은 남자들도 빠질 만큼 훤하고 잘생긴 사내다. 바탕이 착한 데다 왕족의 몸으로 아쉬운 것 없이 자라 하는 짓도 맺힌 곳 없이 시원스럽다. 춘추를 본 사람은 누구나 좋은 느낌을 갖는다. 첫눈에 마음에 든 사람에게는 너그러워지는 것이 인지상정이다.

바로 그것이다! 연개소문에게 앞으로 신라의 주인이 될 춘추의 착한 모습을 심어주어야 한다. 군사를 얻지 못해도, 고구려와 군사동맹을 맺지 못해도, 개소문과 춘추가 만나게 하는 것만으로도 만족할 일이었다. 또한 춘추도 바깥바람을 쐬면서 차츰 그릇이 커지고 군센 사나이가 될 것이다.

보름이 넘게 입을 다물고 있던 유신이 춘추를 찾았다.

"폐하께 고구려에 사신으로 보내달라고 하십시오. 이번에는 들어주실 것입니다."

"이번에는 들어주실 것이라고요?"

춘추가 믿기지 않는다는 듯이 물었다.

"틀림없이 들어주실 겁니다. 지난번에 거절하신 것은 공에게 나쁜 일이 생길 것을 걱정해서였습니다. 이제는 공이 아무 탈 없이 돌아올 수 있게 되었으니 보내지 않을 까닭이 없습니다."

"어째서 그렇게 생각하시오?"

"개소문이 태왕을 죽인 뒤 허수아비 태왕을 세우고 스스로 대막리지가 되었으나 고구려의 모든 사람이 그를 따르지는 않을 것입니다. 오히려 많은 사람이 태왕을 죽인 그를 두려워하고 멀리할 것이니, 아무리 개소문이라고 해도 속으로는 근심이 되지 않을 수 없는 일입니다. 이때 우리 신라가 고구려에 사신을 보낸다면 누구의 눈에나 우리가 개소문의 반란을 옳다고 여겨서 축하하는 것으로 비칠 것이니 개소문은 크게 감격할 것입니다. 고구려 조정이 이미 개소문의 손에 들어간 마당에 이를 서둘러 인정하여 우리 신라의 은혜를 생각하게 해두는 것이 옳은 일입니다."

유신의 말을 듣고 생각해보니 정말 그럴듯했다. 고구려는 지방 호족들의 힘이 큰 나라다. 개소문이 태왕을 죽이고 권력을 쥐었으니 호족들이 곱지 않은 눈으로 지켜보고 있을 것이다. 이때 신라가 앞장서 이를 인정하고 다가간다면 개소문은 언제까지라도 신라의 은혜를 잊지 못할 것이다. 배고플 때 한 술 밥이 배부를 때 쌀 한 섬보다도 나은 법이다. 또한 연개소문이 서토의 오랑캐에게 굽실거리는 자들을 미워하여 반란을 일으켰다면, 나중에라도 당나라와 싸우기에 바빠서 백제나 신라를 돌아볼 틈이 없을 것이다. 그리고 일이 자칫 잘못되어 신라의 사신이 눈에 거슬린다 해도 제 나라에 찾아온 사신에게까지 흉잡힐 일은 하지 않을 것이다.

"내일 조정에 나가 폐하께 사신으로 보내달라고 말씀드리겠습니다. 이번에는 나 스스로도 자신이 서는군요."

다음 날 춘추는 어렵지 않게 폐하와 조정의 허락을 얻었다. 지체 없이 준비를 갖춰 사간 훈신 등과 함께 고구려에 사신으로 갔다.

평양에 닿은 춘추는 유신이 일러준 대로 곧바로 대막리지 연개소문의 집을 찾았으나 점잖게 거절당했다. 태왕 천하에 앞서 사신을 만날 수 없다는 것이었다.

"꼭 미리 드릴 말씀이 있다고 전해주시오."

쉽게 물러설 수는 없는 일이었으므로 춘추는 한 번 더 자신을 타이르며 부탁했다. 한참을 기다려 얻어들은 대답은 '빈관으로 모시도록 했으니 그냥 빈관으로 가달라'는 말뿐이었다.

"대막리지 전하께서는 벼슬아치들과 함께 나랏일을 의논하고 계시므로 누구도 만날 수 없습니다. 내일 낮에 대막리지 관부로 찾아뵙도록 하십시오."

그러나 춘추는 돌아서지 않고 연개소문을 만나게 해달라고 다시 부탁했다.

─어떤 일이 있어도 개소문을 먼저 만나야 합니다. 첫머리부터 개소문을 다잡지 않으면 안 됩니다.

유신의 당부도 당부려니와 스스로 생각하기에 먼저 개소문을 만나는 것이 옳았다. 춘추는 추위에 몸을 떨면서도 쉽사리 돌아설 수가 없었다.

마침내 땅거미가 지고 어둠이 내렸다. 차림새를 보아 제법 벼슬이 높은 사람이 나왔으나 그는 김춘추에게 인사는커녕 무척 아니꼽다는 듯이 위아래를 훑어본 후 퉁명스럽게 지껄였다.

"안에는 많은 사람들이 모여 나랏일을 의논하고 있습니다. 여기서 이러고 계시면 대막리지 전하보다도 다른 사람들이 더 짜증을 낼 것입니다."

무엇이? 추위에 퍼렇게 얼었던 춘추의 얼굴이 벌겋게 달아올랐다. 한마디 하려고 했으나 이미 문마저 굳게 닫혀버렸다.

고구려의 신하가 아닌 떳떳한 한 나라의 사신이다! 저들이 신라를 어떻게 알기에 이렇듯 건방지게 군단 말인가? 연개소문의 집 앞에서 이를 갈고 있는 김춘추에게 한 무리의 사람들이 수레를 끌고 나타났다.

"태대로 전하께서 신라 사신이 오시기를 기다린 지 이미 오래입니다. 사신께서는 어서 빈관으로 드십시오."

고구려의 태대로 개금이 자신을 맞이하기 위해 기다리고 있다고 한다. 문 앞에서 밤새 기다린다 해도 개소문을 만날 수는 없을 것 같았으므로 춘추는 자신을 맞으러 나온 사람들의 뒤를 따라 빈관에 들고 말았다.

"먼 길을 오느라 수고하시었소. 신라에서 손님이 오셨다는 말을 듣고 여러 벗들이 이리 모여 기다리고 있었소이다."

빈관에는 고구려 조정의 벼슬아치들이 많이 모여 있었고, 태대로 개금이 앞에 나서서 춘추를 반갑게 맞아들였다.

"고맙습니다, 태대로 전하. 전하와 여러분이 이처럼 맞아주시니 몸 둘 바를 모르겠습니다."

모두 인사를 나누고 나자 잔치가 시작되었다.

"반갑습니다. 앞으로도 자주 만날 수 있기를 바랍니다."

껄끄러운 기분을 떨쳐버리기라도 하듯 춘추는 거푸 술잔을 비웠다. 여러 사람들과 서로 얼굴을 익히며 잔치를 즐겼다.

다음 날 날이 밝자마자 연개소문의 사자가 김춘추를 찾아왔다.

"밤을 새워 나랏일을 의논하던 대막리지 전하께서는 매우 급한 일로 이미 천궁에 들어가셨습니다. 태왕 천하께서 신라 사신을 부르셨으니 아침을 기다려 천궁으로 들라 하셨습니다."

어느새 태왕이 신라 사신을 부르도록 했단 말인가? 또 한 번 따돌림을 당하고 말았다는 느낌에 이를 갈았으나, 그렇다고 사신으로 온 사람이 태왕이 부른다는데 가지 않을 수도 없는 일이었다. 천궁에 들어가기 전에 대막리지의 관부로 찾아갔으나, 개소문은 관부에 들르지 않고 곧바로 천궁으로 들어갔다고 했다.

태왕이 사는 천궁은 월성보다 몇 배나 더 컸고, 지키는 군사들은 싸움터에 서 있는 것처럼 사나운 눈으로 신라 사신을 노려보았다. 당장이라도 창으로 찌르며 덤벼들 것만 같아 춘추는 괜히 불안해졌다. 길 안내를 맡은 관원에게 대막리지 전하가 계시는 곳을 물어보았지만 그는 대답하지 않고 고개를 저으며 입에다 손가락을 세웠다. 춘추는 한 커다란 집의 방 안에 들어가 조정에서 부를 때까지 차나 마시며 하릴없이 기다려야 했다.

마침내 춘추는 고구려 조정으로 안내받아 나갔다. 걱정했던 것과 달리 신라 사신을 맞은 태왕 천하는 매우 기뻐했다.

"어서 오시오. 신라 사신을 만나게 되니 반갑기 그지없소이다."

뒷날 신라의 대들보감으로 알려진 김춘추다. 몇 안 되는 성골로, 그의 할아비가 진지왕이며 진평왕은 그의 외숙이기도 하다. 어쩌면 여왕 대신 신라의 왕이 됐어야 했을 사람이다. 그런 인물이 사신으로 왔다는 것만으로도 고구려 조정은 춘추를 반갑게 맞을 수밖에 없었다. 더구나 이때 사신이 왔다는 것은 반란으로 천하의 보위에 오른 보장을 신라에서도 인정하고 있음을 뜻하는 것이니 얼마나 고맙겠는가. 그러고 보면 유신의 생각이 오히려 쓸데없는 걱정인 듯했다. 태왕은 신라 왕의 안부를 물은 뒤에도 여러 사람의 이름까지 들먹이며 깊은 관심과 호의를 보였다.

연개소문한테 업신여김을 받았다고 해서 제게 맡겨진 일까지 그르칠 수는 없는 일이었다. 춘추는 환하게 웃는 낯빛으로 태왕에게 천하의 보위에 오른 것을 축하하고 고구려와 신라의 화평을 이야기했다.

"언제까지 묵은 일을 들춰가며 서로를 흰 눈으로 보아서는 아니 됩니다. 저희 신라 임금님께서도 이제부터라도 두 나라가 서로 사이좋게 지내야 한다고 말씀하셨습니다."

태왕은 춘추가 고구려에서 군사를 빌리는 것에 대해 말했을 때에도 군사에 관한 것은 나중에 조정에 뜻을 물어 처리할 테니 그리 알라며 웃는 낯으로 대답했다.

일이 잘 풀린다는 생각에 기쁜 마음으로 고구려 조정에서 물러나온 춘추는 사신으로서 더할 나위 없는 대접을 받았다. 고구려 조정의 여러 벼슬아치들과도 사귀는 등 바쁘게 며칠을 보냈다. 뒤에도 대막리지 연개소문은 만나지 못했으나 그의 오른팔로 일컬어지는 막리지 선도해가 몸소 빈관에까지 찾아와 앞날의 실례를 사과하고 가슴 깊은 곳에서 우러나는 친절을 보였다. 춘추는 개소문에 대하여 나쁜 감정을 풀고 나랏일에 바쁜 그를 이해하려는 생각까지 들었다.

그러나 열흘이 넘도록 고구려 조정에서는 춘추를 다시 부르지 않았다. 조바심이 나서 이 사람 저 사람 붙잡고 언제쯤 다시 태왕 천하 앞에 나갈 수 있을지 물었으나 그들의 대답은 한결같았다.

"천하께서는 나랏일을 돌보느라 매우 바쁘십니다. 틈이 나는 대로 사신을 부르실 것입니다."

반란을 일으켜 태왕을 죽이고 오른 보위였으므로 여러 가지 살필 일이 많으리라. 더욱이 지방의 많은 호족들이 두 손을 들어 환영하지만은 않을 것임은 미리 생각했던 바이기도 했다.

다시 열흘이 지났다. 춘추는 태왕을 다시 만나기는커녕 고구려의 실권자인 개소문마저 만나지 못했음을 뒤늦게 뉘우치며 선도해가 다시 찾아오기를 기다리지 않고 그의 집으로 찾아갔다. 막리지 선도해는 이미 춘추와 여러 번 만나며 호의를 보여왔으므로 집에까지 찾아온 춘추의 손을 잡아끌며 반갑게 맞았다. 집안사람들에게 귀한 손님이 오셨으니 잔칫상을 마련하라 이르고 가까운 벗들을 불러 춘추와 인사를 나누게 하는 등 신라 사신을 맞이하는 데 조금도 모자람이 없었다. 미리 준비라도 하고 있었던 듯 곧바로 큰 잔치가 시작되고 사람들은 끝없이 잔을 들어 권했다.

잔치가 끝난 뒤 춘추는 크게 취했으나 가까스로 정신을 차려 선도해에게 사신으로 온 자신이 너무 헛된 나날을 보내고 있다고 하소연했다.

"제가 태왕 천하를 뵙고 온 지 스무 날이 넘었으나 아직 다시 부르신다는 말씀을 듣지 못하고 있습니다. 여러 사람에게 물어도 그저 기다리라는 대답뿐이니 안타깝기 그지없습니다. 이 몸이 어서 돌아와 들려줄 좋은 소식을 기다리실 서라벌의 임금님과 백성들을 생각하니 불안하여 잠을 이루기도 어렵습니다. 간절히 부탁하오니 막리지 전하께서는 부디 거절하지 말아주십시오."

춘추의 부탁을 차마 거절하지 못하겠다는 듯이 선도해가 마침내 입을 열었다.

"며칠 전 백제의 사신이 다녀갔습니다."

무엇? 여태 마신 술이 쭈뼛 일어선 머리칼을 타고 날아가버렸다.

"그렇게 놀랄 일은 아닙니다."

춘추의 넋 나간 얼굴을 보고 선도해가 웃는다.

"백제다물 왕의 축하인사를 전하는 것이었을 뿐, 백제 사신은 신라에 대해 아무런 말도 하지 않고 돌아갔습니다. 신라에 무슨 나쁜 일은 없을 것입니다."

선도해가 위로했으나 춘추는 눈앞이 캄캄했다. 백제는 다물국으로서 충성을 맹세하는데 신라는 오히려 다물국이 되기를 거절하면서도 군사를 빌려야 하는 처지다. 춘추는 물에 빠진 사람이 지푸라기라도 붙잡듯 선도해를 붙들고 매달렸다.

"대막리지 전하의 신임을 받는 막리지 전하께서는 반드시 저를 도와주실 수 있을 것입니다. 오늘 전하께 찾아온 것은 대막리지 전하와의 만남을 부탁드리고자 함이었습니다."

그러나 선도해는 머리를 저었다.

"대막리지 전하께서 귀공을 만나지 않는 것은 아무런 도움도 줄 수 없기 때문입니다. 만일 전하께서 신라와 손잡기를 권한다면 오히려 조정의 공론은 신라에 불리하게 돌아갈 것입니다."

"이 춘추로서는 막리지 전하의 말씀을 곧이듣기가 어렵습니다. 대막리지 전하께 그만한 힘이 없다면, 이 춘추뿐 아니라 그 누구도 믿으려 하지 않을 것입니다."

"물론 조정의 벼슬아치들 가운데서 대막리지의 뜻에 반대하고 나서는 사람은 많지 않을 것입니다. 그럴 사람은 이미 죽었거나 쫓겨났으니까요."

"그러니 더더욱 전하의 말씀을 이해할 수 없습니다. 대막리지 전하의 뜻을 거스를 사람이 없을 것이라 하면서도, 대막리지 전하가 신라와 손잡는 것을 조정에서 반대할 거라는 것은 무슨 말씀입니까?"

사람을 앞에 놓고 놀리는 것인가? 두 눈을 부릅뜨고 한 마디 한 마디 힘주어 말하는 춘추는 노여움으로 시뻘겋게 타오르고 있었다.

선도해 또한 또박또박 말을 이었다.

"전하께서 권력이나 탐내는 사람이었다면 이미 스스로 태왕 천하의 보위에 올랐을 것입니다. 전하께서 못난 태왕을 죽이고 많은 벼슬아치들을 처형하신 것은 고구려 조정에 자신의 허수아비를 세워두기 위함이 아니었습니다. 조정의 벼슬아치 된 몸으로서 참으로 이 나라를 사랑하지 않고 대막리지의 눈치나 보는 사람이라면 언제라도 옷을 벗긴 채 쫓겨날 것입니다."

아무래도 이야기가 서로 겉돌고 있었다.

"나는 백제의 침략을 막기 위해 고구려에 왔으나 고구려는 신라가 다물이 아니라며 백제를 편들고 있습니다. 궁지에 몰린 우리가 백제를 막기 위해 당나라와 손잡는다면 고구려는 어쩌시겠습니까?"

춘추는 저도 모르게 불쑥 내뱉었다. 당나라와 손잡고 고구려에 맞설 수도 있다는 엄청난 소리였으나, 선도해는 조금도 놀라는 눈치가 아니었다.

"셋으로 나뉘어 있으나 삼신의 피를 이어받은 우리는 모두 한 겨레붙이입니다. 형제간에 다툼이 있다고 하여 들짐승을 집안으로 불러들이는 일은 없을 것입니다."

"웬만한 다툼이 아닙니다. 백제는 이미 대야주의 40여 성을 빼앗아갔으며, 서라벌까지 노리고 있습니다. 나라의 운명이 바람 앞의 등불 같은데 이것저것 가릴 것이 무엇이겠습니까? 만일 우리가 중원에 있는 중국 군사를 빌려온다면 고구려도 곤란해질 것입니다."

내친김이다. 고구려에서 뜨뜻미지근하게 나온다면 신라는 당나라의 힘을 빌릴 수밖에 없다고 밀어붙였다.

"중원? 중국 군사?"

갑작스럽게 선도해의 얼굴에서 웃음기가 사라지고 두 눈이 이글이글 불타기 시작했다.

"오랑캐들이 사는 서토를 중원이라고 하고 그들의 나라를 중국이라고 하다니, 신라인들은 모두 오랑캐 족속이라는 말이 아닌가? 우리는 여태 신라를 우리와 같은 피를 이은 겨레붙이로 알고 있었는데, 신라인들이 오랑캐 족속이었다면 우리는 지금부터 오랑캐신라의 오랑캐들을 토벌하고 신라를 평정하여 우리와 같은 온전한 사람이 사는 땅으로 만들어야 하겠다."

말투까지 싹 달라졌다. 눈앞에 있는 사람을 그대로 씹어먹을 듯 무서운 얼굴, 그 사나운 모습에 춘추는 기가 질렸다.

"우리는 한시도 세 나라가 한 핏줄이라는 것을 잊어본 적이 없다. 옛날 백제에서 태왕 천하를 살해하였으므로 우리는 피눈물을 머금고 천하의 주검을 고국원에 장사지냈지만, 뒷날 백제 왕을 죽이는 것으로 그쳤을 뿐 백제나라는 없애지 않고 그대로 두었다. 내일 당장 신라가 국력을 다해 평양으로 쳐들어온다고 해도 강한 군사로 막아낼 뿐 신라의 존폐는 생각조차 하지 않을 것이다. 하지만 만에 하나, 신라가 삼국정립을 저버리고 형제간의 다툼질에 들짐승까지 끌어들인다면 우리는 먼저 신라를 쳐서 그 부끄러운 이름을 없애버릴 것이다."

너무도 무서운 일, 감히 상상조차 할 수 없었던 일이다. 신라를 없애버리겠다! 삼국정립(三國鼎立)을 저버린 신라는 존재할 수가 없다! 겨레붙이끼리의 다툼질에 서토 오랑캐를 끌어들이면 아예 신라를 없애버리겠다! 천하를 호령해온 고구려가 창끝을 신라로 돌리고 전력을 다해 군사를 일으킨다면 신라는 몇 달이나 버틸 수 있을까? 서토를 몽땅 차지했던 수나라도 고구려에 도전했다가 망해버렸다!

"용서하십시오, 전하! 제가 그만 술기운에 헛소리를 지껄이고 말았습니다."

벼락을 맞은 듯 춘추가 허둥거렸다.

"오랑캐를 끌어들이다니요? 결코 그런 일은 없을 것입니다. 서로 싸우고 다투더라도 삼국정립은 지켜져야 합니다. 막리지 전하, 부디 제 실수를 용서하십시오."

춘추가 싹싹 빌자 선도해도 노기를 누그러뜨렸다.

"그대의 애타는 마음을 몰라서가 아니다."

하지만 한번 달라진 말투는 바뀌지 않았다. 한 나라의 사신이 아니라 철없는 아랫사람을 나무라는 듯했다.

"그러나 어떤 경우에도 해서는 안 될 말이 있다. 다시는 오랑캐 따위를 가지고 조선나라 고구려를 저울질하려 들지 마라."

선도해는 다시 한 번 쐐기를 박았다. 거칠게 술잔을 비울 뿐 춘추에게 곁눈도 주지 않았다. 마침내 무거운 침묵을 견디지 못한 춘추가 먼저 입을 열었다.

"사신으로 온 사람이 대막리지 전하를 만나지도 못했다 하면 누구도 믿지 않을 것입니다. 대막리지 전하의 얼굴이나 한 번 뵙게 해주십시오."

사정사정 매달리자 선도해는 대막리지보다도 다시 태왕 천하를 만날 수 있게 힘써보겠다며, 대단한 선심을 쓰듯 말했다.

선도해를 찾아가 만나고 닷새 후 춘추는 다시 고구려 조정에 나갈 수 있었다. 신라를 도와달라고 여러모로 살펴서 말했으나, 차라리 아무 말도 하지 않은 것만도 못하게 되었다.

"지난날 신라는 백제와 손잡고 마목현과 죽령 땅을 훔쳤습니다. 이 기회에 잃어버린 땅을 되돌려받아야 합니다."

"신라는 고구려의 다물국이면서도 조공을 바치기는커녕 늘 딴짓만 해왔습니다. 신라 매금과 조정 벼슬아치들을 바꿔야 할 것입니다."

매금은 다물국 신라의 임금을 낮춰 부르는 말이다. 신라 임금과 조정 벼슬아치들까지 마음대로 바꾸겠다는 것이다. 지난 날 신라가 훔쳐간 땅을 내어놓아야 된다는 것쯤은 아무것도 아니었다. 마침내 태왕 천하까지 춘추로서는 감당하기 어려운 말씀을 내렸다.

"마목현과 죽령은 본래 우리의 땅이나 신라가 다시 다물로서 충성을 다하겠다면 되찾아오지 않고 그대로 두겠소. 신라 매금은 다물왕으로서 더욱 충성을 보여야 할 것이오."

혹 떼려다 혹 붙인 꼴이 되었다.

"신은 신라 임금의 명을 받들어 군사를 빌리러 왔습니다. 태왕 천하께서는 신라를 백제의 침략에서 구해주십시오. 임금님의 명을 받아 사신으로 온 사람이 감히 마음대로 처리할 수 없는 일이 있습니다. 태왕 천하께서는 이를 깊이 헤아려주시고 부디 어려움에 빠진 신라를 도와주십시오."

"매금의 명을 받은 사신이니 매금을 대신하여 나랏일을 처리할 수 있을 것이오. 신라 사신은 이 일에 대하여 깊이 생각해보시오."

춘추는 내쫓기듯 조정에서 물러났다.

이날 밤 춘추가 묵고 있는 빈관에는 한 사람도 찾아오지 않았다. 군사를 빌려주기 싫어서 핑계 삼아 해보는 공갈이 아닐지도 모른다. 태왕과 많은 벼슬아치의 피를 뒤집어쓰고 이루어진 고구려 조정이었기에 신라 사신을 매우 고맙게 여기며 받아줄 것으로 생각했었다. 그러나 생각과는 다르게 고구려 조정은 이미 안정을 되찾았기에 신라 따위는 눈에 보이지도 않는지도 모른다.

그렇다면? 춘추는 저도 모르게 한숨을 내뿜었다.

"반란을 일으킨 지 겨우 두 달이 지났을 뿐이다. 이처럼 짧은 시간에 누구의 눈치도 보지 않을 만큼 안정을 시켰다면 개소문이란 자의 능력은 참으로 대단한 것이다."

엄청난 일을 겪고도 나라가 쉽게 안정된 것은 미운 짓만 골라서 하는 태왕과 못된 벼슬아치들을 죽였기 때문이다. 그러나 이를 모르는 춘추는 다만 개소문의 뛰어난 솜씨로만 여겼으니 까마득하게 높은 벼랑 앞에 선 것처럼 눈앞이 캄캄했다. 춘추는 뜬눈으로 밤을 하얗게 새우고 말았다.

이튿날 해가 저물기를 기다려 빈관을 나서던 춘추를 고구려 군사들이 막아섰다.

"밤낮없이 도적들이 날뛰기 때문에 바깥나들이는 위험합니다."

"놀이 삼아 나들이를 가려는 것이 아니오. 선도해 막리지 전하를 만나러 가는 길이오."

"그렇다면 저희에게 말씀하십시오. 그대로 전해드리겠습니다."

"우리도 모두 제 한 몸쯤은 지킬 수 있는 사람들이오. 그대들이 함께 나서준다면 더욱 고맙겠소."

"그것만은 안 됩니다. 만일 신라 사신에게 무슨 일이 생긴다면 저희는 목이 열 개라도 모자랍니다."

"막리지 전하를 만나려는 것은 두 나라의 나랏일 때문이오."

"저희는 나랏일은 모릅니다. 다만 이곳에 계신 신라 사신을 도적들로부터 잘 지키라는 명령을 받았을 뿐입니다."

쇠귀에 경 읽기라더니, 두억시니같이 버티고 선 고구려 군사들은 꿈쩍도 하지 않았다. 춘추는 하는 수 없이 선도해에게 꼭 만나뵙고 드릴 말씀이 있다고 서찰을 보내는 수밖에 없었다. 그러나 선도해에게서는 아무런 대꾸도 없었다. 빈관을 지키는 군사들은 선도해의 집에 찾아가 그 집을 지키는 군사들에게 서찰을 건네주었을 뿐 더는 알 수가 없다고 잡아뗐었다. 춘추는 자신이 갇힌 것을 인정하지 않을 수가 없었다.

고구려 벼슬아치들이 춘추를 찾아오기는커녕 누구를 찾아가 만날 수도 없게 되었다. 빈관을 지키고선 군사들을 통해 그동안 사귀었던 여러 사람에게 서찰을 보냈으나 모두가 꿩 구워 먹은 자리였다. 되어가는 꼴을 보아서는 볼모로 잡힌 신세에 다름 아니었다. 다시 신라에 돌아가는 것도 어렵게 된 것이다.

자신의 목이 달아난다고 해도 신라가 다시 고구려의 다물이 될 수는 없는 일이다. 춘추는 먹고 자는 일도 잊다시피 하며 온갖 생각을 다 했으나 뾰족수를 찾지 못한 채 하루하루가 헛되이 지나갔다.

날이 갈수록 또 하나의 불안이 목을 조여왔다. 춘추가 서라벌을 떠나기에 앞서 유신은 굳게 다짐했었다.

─만일 공이 무사히 돌아오지 못한다면 나는 평양을 치고 태왕이 있는 천궁까지 짓밟아버릴 것입니다. 벗의 등을 밀어 남의 나라에 보낸 사람이 어찌 밝은 하늘 아래 살아 있기를 바라겠습니까.

두 사람이 춘추의 귀국을 두 달 안으로 정했으니, 유신은 더 이상 기다리지 못하고 군사를 일으킬 것임에 틀림없다. 신라에서 으뜸가는 장수인 김유신이 목을 걸고 군사를 일으킨다면 신라가 온통 싸움의 소용돌이에 휘말리고 말 것이다. 더구나 여왕 폐하께서도 춘추를 끔찍이 아껴온 터이다. 유신을 말리기는커녕 오히려 부추겨가며 온 나라에 싸움명령을 내리고 말 것이다.

이 몸 하나로 하여 신라가 싸움판으로 내몰리고 만다면, 이 춘추는 천 번 만 번을 죽어도 그 죄를 씻지 못하리라. 춘추는 군사를 일으키는 유신의 모습이 떠올라 잠을 이룰 수가 없었다. 이제 고구려의 군사를 빌리거나 두 나라가 손잡는 일 따위는 아무것도 아니었다. 자신이 어서 서라벌에 돌아감으로써 고구려와 싸움이 일어나지 않도록 해야 했으나, 빈관에 갇혀 있는 몸이고 보니 어찌 할 방법이 없었다.

"어찌 되었든 저들과 만나서 이야기를 해야 하는데 귀머거리나 다름없는 군사들을 시켜 우리에 가둬두고 벼슬아치들은 코끝도 내밀지 않으니 어쩔 수가 없게 되었습니다. 이제 제가 나가 저들의 칼에 죽으면 마지못해서라도 고구려 조정에서 높은 벼슬아치를 보내올 것이니 그때 말씀드리십시오."

사간 훈신이 목숨을 던지겠노라며 나섰으나 춘추는 어린아이가 떼를 쓰는 것처럼 어리석은 일이라며 듣지 않았다. 사신으로 온 사람이 한낱 군사들과 피를 흘리며 싸운다는 것은 왕족으로 곱게 자란 춘추의 자존심이 허락하지 않았던 것이다.

김유신 대 연개소문

김춘추의 사정을 전해들은 김유신은 깊은 생각에 잠겼다. 짐작 못할 바는 아니었다. 연개소문이 신라는 다시 고구려의 다물이 되거나 죽령 땅을 내어놓으라고 윽박질렀을 테고, 고지식한 김춘추는 안 된다고 버텼을 것이다. 자신의 생각이 잘못되었던가?

"개소문이라는 자는 생각보다 그릇이 작은 사내다. 그렇다면……."

유신의 생각은 여기서 멎었다. 잔뜩 찌푸린 얼굴로 굳어져 숨소리도 들리지 않았다.

얼마나 지났을까?

"나랏일이 걱정이다!"

한숨이 깊은 것은 붙잡혀 있는 춘추를 걱정해서가 아니었다. 어째서 나랏일이 걱정이란 말인가?

"듣던 대로 그릇이 큰 사내라면 오직 오랑캐 토벌과 서토 평정에만 힘을 쏟을 것이니, 신라나 백제를 돌아볼 틈이 없을 것이다. 그러나 이처럼 못난 사내라면 만만한 나라들을 괴롭히는 것으로 제 힘을 뽐내려 들 것이다. 다물도 아니고 아예 고구려 땅으로 만들어버릴지도 모른다. 그렇게 된다면 백제보다 우리 신라가 더 위험하다."

바로 그것이었다. 고구려에서 연개소문이라는 자가 태왕과 많은 벼슬아치들을 죽이고 권력을 한 손에 쥐었다는 것을 알았을 때 놀랍고 두렵지 않을 수 없었다. 그러나 날이 가면서 차라리 연개소문 같은 자가 최고권력자로 등장한 것이 잘된 일이라고 생각하게 되었다. 그것은 사내다운 사내라면 오로지 오랑캐 토벌과 서토 평정에 나설 뿐 한 핏줄을 나눈 겨레붙이를 못살게 굴지는 않을 것이었기 때문이다. 그래서 서둘러 춘추를 보내 태왕이 바뀐 것을 축하하고 연개소문과 낯을 익히게 하였던 것이다. 춘추를 가두어두는 따위 못난 짓을 하리라고는 미처 생각지도 못했었다.

이튿날 아침. 무척 고달프게 되었다고 내뱉는 유신의 눈에 핏발이 선 것을 보면 밤잠을 제대로 이루지 못한 모양이었다.

"그나저나 춘추공부터 돌아오게 해야 한다. 걱정 많은 폐하의 귀에 들어가면 나한테 먼저 불똥이 튈 것이다."

춘추에 대한 여왕의 사랑은 꽃보다 붉고 극약보다 진했다. 친아비 용수와 양아비 용춘, 아기 때부터 품에 안고 길러온 정들이 뒤엉켜 차마 잠자리로 불러들이지만 못할 뿐이다. 오히려 눈앞에 두고도 이룰 수 없는 그 애틋한 사랑을 어찌 여느 부부의 사랑에 견주겠는가. 배 아파 낳은 자식에 대한 어미의 마음과 남녀의 뜨거운 사랑을 모두 합친 것이 바로 춘추에 대한 여왕의 마음이다.

이날 밤, 월성 동쪽에 있는 황룡사 명부전에는 환하게 불이 밝혀져 있었다. 모두들 잠들고 빈 마당을 비추던 석등마저 꺼진 늦은 시각인데 서른세 명이나 되는 스님들이 참선이라도 하듯이 반쯤 눈을 감고 앉아 있는 것을 보면 절에 무슨 일이라도 있는가 보았다.

낮에 왕궁에서 사람이 왔었다. 나라에 변고가 있어 큰 기도를 올려야 된다고 했다. 매우 중요한 일이라 아무도 모르게 이루어져야 하니 서찰에 적힌 스님들만 모두 명부전에 모여 있으라는 것이었다. 서찰에는 스님네들 이름만 적혀 있었을 뿐 다른 말은 없었다.

문득 문이 열리고 촛불이 흔들리자 시왕(十王)들의 그림자가 움직였다. 절 문을 지키는 사천왕이 나한전에 무슨 볼일이라도 있는 것인가? 슬며시 문을 열고 들어선 것은 뜻밖에도 긴 칼을 차고 갑주로 무장한 장수였다. 그는 스스럼없이 스님들 앞에 가서 의젓하게 버티고 섰다.

스님들 앞에서 오체투지 삼배는커녕 합장조차 않고 뻣뻣

이 선 채로 감히 머리를 끄덕여 인사를 대신하는 자는 누구인가? 그러나 스님들은 어렵지 않게 그를 알아보았다. 여왕이 절에 올 때마다 그림자처럼 곁을 따르던 김유신이었다.

무슨 일인가? 무슨 일이 일어났기에 이처럼 늦은 밤에 갑주를 갖추고 나타났는가? 여왕을 모시고 올 때는 갑옷은커녕 칼자루도 보이지 않던 김유신이다. 게다가 무슨 좋지 않은 일이라도 있는 것처럼 잔뜩 찌푸리고 있다.

마침내 김유신이 입을 열었다.

"고구려에 사신으로 갔던 춘추공이 볼모로 붙잡혀 있소. 폐하께서는 군사를 내어 춘추공을 구하라고 하시었소. 이미 가려뽑은 군사들이 은밀하게 길을 떠났으나 폐하께서는 마음을 놓지 못하여 이곳 스님들도 춘추공이 탈없이 돌아오도록 부처님과 여러 나한님들께 기도를 올리라 하시었소."

김유신이 투구를 벗어 지장보살 앞의 단에다 올려놓았다.

"함께 평양에 가는 군사가 모두 만 명, 춘추공을 구하지 않고는 한 사람도 살아 돌아오지 않을 것이오. 부디, 저들의 극락왕생을 빌어주시오."

비로소 스님들을 향해 깊게 머리를 숙인 김유신이 바람처럼 바깥으로 나갔다.

김춘추가 볼모로 붙잡혀 있다니? 만 명이나 되는 군사들이 평양으로 쳐들어가다니? 스님들은 도무지 종잡을 수가 없었다. 그러나 눈앞에서 번쩍이는 것은 김유신이 지장보살에게 바치고 간 투구가 아닌가. 김유신이 투구를 벗어 제물로 올린 것은 자신의 머리를 올려놓은 것이나 다름없다. 김춘추를 구하지 못한다면 김유신은 절대 살아 돌아오지 않을 것이다. 1만이나 되는 그의 군사들도.

누가 죽어 명복을 비는 것이 아니고 나라의 변고 때문에 기도를 올려야 한다고 해서 가득 부풀었던 궁금증이 한꺼번에 풀렸다.

명부전(冥府殿)은 저승중생의 명복을 비는 곳이다. 저승을 관장하는 염라대왕 등 십대왕(十大王)이 모셔져 있고 지옥중생이 모두 해탈할 때까지 성불하지 않겠노라며 스스로 지옥에 들어간 지장보살이 있다. 이곳에서 전장에 나가는 사람들을 위해 빈다는 것은 저들이 살아 돌아오기를 이미 포기했다는 뜻이다. 그래서 미리부터 그들의 저승길을 빌고 명복을 비는 것이다.

"이제부터 불공을 올릴 터이니 모두 준비하여 모이시오."

엄숙히 올려야 하는 불공이므로 저마다 가사장삼으로 차리고 오라는 것이다.

큰스님이 밖으로 나서자 모두들 제 처소로 돌아갔다. 이때 부도 스님은 자기 방으로 들어가지 않고 어느 방 앞으로 가더니 슬며시 문을 열고 들어갔다.

얼마 지나지 않아서 부도 스님이 다시 나오더니 서둘러 자기 처소로 돌아가서 장삼을 입고 가사를 두른 후 돌아왔다.

조금 뒤, 어둠 속에서 문이 열리며 한 스님이 나왔다. 두 스님이 바쁜 걸음으로 바깥담 쪽으로 가더니 한 스님이 훌쩍 담을 넘었다.

"나무아미타불."

돌아선 스님도 걸음을 재촉해 명부전 쪽으로 갔다. 명부전 문이 여닫히며 불빛이 쏟아지고 걸음을 서두는 스님들의 그림자가 보였다.

"……?"

불이 꺼진 석등 곁을 지나던 부도 스님이 흠칫 놀라는 순간, 스님의 몸이 허공을 짚으며 넘어졌으나 어둠 속에서는 아무런 소리도 들리지 않았다.

잘못되었다! 한참이 지난 뒤 한 장수가 뒷덜미를 두들겨서야 깨어난 부도 스님은 이내 자신에게 덮친 위험을 깨달았다.

"아직 죽지 않았다. 엄살 부리지 말고 일어나거라."

칼날처럼 날카로운 쇳소리가 온몸을 훑고 지나갔다. 일렁거리는 횃불에 둘러선 나무들이 살아 움직이는 것 같았다.

깊은 산속일 것이다! 부도는 마음을 단단히 먹고 천천히 일어나 앉았으나, 횃불에 비치는 싸울아비들 가운데 김유신이

서 있는 것을 본 순간 자지러질 듯이 놀라고야 말았다.

저자의 덫에 걸고 말았다! 자신이 김유신에게 붙잡혀 있다는 사실쯤은 아무것도 아니었다. 김유신의 손에 놀아나서 거짓 정보를 보내고 만 것이 분명했다. 진중하게 따져보지 않고 급한 마음에 저지른 한순간의 판단착오가 고국 고구려에 얼마나 큰 피해를 끼치게 될 것인가? 당장 덕창의 평양행을 저지해야 했으나 이자들의 손아귀에서 빠져나간다는 것 자체가 불가능한 노릇이다. 열 번 죽어도 모자랄 자신의 목숨 따위가 문제가 아니었다.

"그대는 새 태왕 보장을 잘 아느냐?"

"모른다."

"연개소문은?"

"내 나라를 떠난 지 이미 스무 해가 넘었다."

"처음 그대를 보냈던 자는 연개소문에게 죽었느냐?"

애써 마음을 굳히고 있었으나 또다시 부도의 눈빛이 흔들렸다.

이자가 얼마나 알고 있단 말인가? 그러나 말하지 못할 것도 없다.

"그렇다."

"그대는 보장과 개소문이 원수인데도 어째서 스스로 그들의 부하가 되었느냐?"

"지나친 말은 삼가라. 나는 누구의 부하가 아니다."

부도가 깨진 쇳소리를 냈다.

"아까 담을 넘은 자는 덕창이라 부를 것이다. 지난번에 평양에 갔다온 것은 그들에게 줄을 대기 위한 것이지 않았느냐?"

"역대 풍월주 중에서도 제법 날리던 화랑이었다더니, 턱없이 잘난 척 으스대는 것도 대단해서 제법 볼만하구나."

부도가 길게 비웃었으나 칼자루를 쥔 김유신이 성을 낼 까닭은 없었다.

"스스로 원수인 그들에게 줄을 대고서도 그들의 부하가 아니라는 건 앞뒤가 맞지 않는 소리다. 그래서 나에게도 쉽게 속아넘어간 것이 아니냐?"

부도도 가만히 있지 않았다.

"그대 또한 남을 속이는 솜씨는 좋으나 생각머리는 그만 못한 것 같다. 나는 고구려 사람이고 그들은 태왕 천하이며 대막리지 전하다. 신라 사람들은 제 아비나 자식을 싸움터로 끌어내 죽였다 하여 나라와 임금을 원수로 여기느냐?"

"으음!"

부도의 호된 핀잔에 김유신이 신음을 깨물었다. 둘러선 사람들도 낯이 뜨거워졌다.

한참이 지나서 김유신의 입이 열렸다.

"그대는 고구려의 자랑스러운 신하였다. 그대를 나무라지 않겠다."

한 장수가 작은 칼을 건네주자 칼을 받아든 부도는 서슴없이 제 가슴에서 한줄기 붉은 꽃을 피워냈다.

"신라의 김유신이 김춘추를 돌려달라고 결사대 만 명을 이끌고 오고 있다 하오."

태왕 천하의 말에 조정에 있던 사람들은 크게 놀랐다. 여느 때라면 만 명 정도의 군사는 외눈 하나 깜박거릴 것도 못 된다. 그러나 고구려의 변란 소식이 전해지면 서토 오랑캐들이 얼씨구나 하고 고구려 도전에 나설 것이 불을 보듯 뻔한 판이다. 쓸데없이 신라군과 토닥거리느라 힘을 낭비할 여유가 없었다. 하지만 나라끼리의 싸움이란 하기 싫다고 그만둘 수 있는 게 아니었다.

"곧바로 군사를 보내 막아야 합니다."

"군사를 보내지 않아도 신라군이 물러가게 할 수 있습니다. 김춘추 때문에 오는 것이라면, 그를 볼모로 삼으면 됩니다."

신라군을 막을 의견이 많이 나왔으나 쉽게 결정이 나지 않았다. 잠자코 있던 대막리지 연개소문이 앞으로 나섰다.

"김춘추 때문에 신라군이 온다는 것은 있을 수 없는 일입니다. 아마도 말이 잘못 전해졌을 것입니다."

"소식을 가져온 사람은 오래전부터 충성을 다해온 믿을 만한 사람이오. 그르지 않을 것이오."

"유신이라는 자가 춘추를 내어달라고 응석을 부리는 것입니다. 이 나라가 신라의 위협에 넘어갈 나라도 아니거니와, 춘추에게 무슨 일이 생기면 유신은 감히 그 죄를 감당할 수조차 없는 사람입니다. 멀쩡한 춘추의 목을 걸고 어찌 함부로 섣부른 짓을 하겠습니까? 제 딴에는 고구려의 간세를 거꾸로 이용했노라 뽐내고 있을 것입니다."

듣고 보니 대막리지의 말이 옳았다.

"우리에게 함부로 공갈하다니 괘씸합니다. 건방진 놈의 버릇을 단단히 가르쳐야 합니다."

"김유신이란 자가 당장 만 명의 군사를 이끌고 평양에 와서 목숨으로 값을 치르고 춘추를 찾아가지 않으면 춘추의 목을 베어 소금에 절여 보내겠다고 해야 합니다. 신라 조정이 불붙은 벌집처럼 시끄러울 것이고 김유신이란 자도 여러 사람의 비난을 받아 낯을 들지 못할 것입니다."

"이번에 아주 본때를 보여주어야 앞으로도 감히 딴마음을 먹지 못할 것입니다."

사람들은 잠깐이라도 김유신에게 속은 것이 무척 억울했다. 그러나 대막리지 연개소문의 생각은 또 달랐다.

"어린 사람이 부리는 어리광은 받아주어야 합니다. 무엇보다 신라 사신을 가지 못하게 할 명분이 없습니다. 김춘추가 신라 조정의 대들보이기는 하지만 우리의 다물이 되는 것은 물론 죽령 땅에 대해서도 말할 권한이 없습니다. 우리야말로 아무것도 얻는 것이 없으면서 신라 사신을 가두었다는 비난을 받게 됩니다. 만에 하나 오랑캐가 몰려왔을 때 신라가 감히 불장난을 치려고 든다면 신라라는 이름은 영원히 사라지고 백제다물은 동쪽바다까지 닿는 넓은 영토를 갖게 될 것입니다."

김유신의 죄를 따지지 말고 김춘추를 돌려보내자는 것이다. 신라가 오랑캐와 더불어 도전하는 일이 생기더라도 백제에게 막아내도록 하면 된다. 신라 땅을 모두 준다고 하면 백제는 전력을 다해 신라를 공격해서 고구려를 도울 것이다.

마침내 고구려 조정에서는 김춘추를 돌려보내기로 결정했다.

그러나 바깥에서 이러한 일들이 벌어지고 있는 줄 모르는 김춘추는 피가 마르는 듯했다. 보다 못한 훈신이 춘추의 허락도 받지 않고 나섰다. 때를 보아 담을 넘을 수도 있는 일이었으나 이미 죽기로 작정한 몸이다. 떠들썩하게 일을 벌이는 것이 낫다고 여긴 훈신은 대문을 활짝 열고 나갔다. 지키던 군사들이 창을 들고 막아서자 훈신은 선뜻 칼을 뽑아들었다.

"신라 사신의 명령을 받고 선도해 막리지 전하를 찾아가는 길이다. 비키지 않으면 모두 베어버리겠다."

훈신이 칼을 높이 쳐들자 경계군사들은 한 걸음 뒤로 물러섰다.

"잠깐 참으시오. 그대의 뜻을 전해주겠소."

지키던 군사들이 놀랐나 보다. 군사 하나가 달려가더니 곧바로 책임자로 보이는 장수가 나타났다. 그 장수는 바깥에서 벌어진 소동에 놀라 뛰쳐나온 김춘추에게 정중하게 예를 갖췄다. 이미 막다른 골목에 배수진을 쳤다고 생각한 춘추는 큰 소리로 고구려 장수를 나무랐다.

"한 나라의 사신을 볼모로 잡아두는 것이 고구려의 예법인가? 이런 치욕을 당하고도 우리가 살 수 있겠는가? 오늘 이 자리는 오직 강한 자만이 살아남을 것이다."

훈신은 이미 칼을 빼들었고 뒤쫓아나온 춘추 또한 죽음을 무릅쓴 모습이었다. 큰일이라도 치를까 봐 겁이 났던지 고구려 장수는 고분고분하게 나왔다.

"도적들이 날뛰는 판에 나쁜 일이 생길까 싶어 빈관을 잘 지키라고 했는데 군사들이 잘못 알아들었나 봅니다. 무슨 일이 생기더라도 나무라지 않겠다면 저분 한 사람만은 우리가 막지 전하께 모셔다 드리겠습니다. 사신께서는 그만 고정하시고 안으로 들어가십시오."

눈 가리고 아웅 하는 짓이 뻔했다. 그러나 일이 잘 풀리는 마당에 구태여 지난 일을 트집을 잡을 일도 없었다. 춘추는 빈

관으로 들어갔고 훈신은 고구려 군사들의 호위를 받으며 선도
해에게 갔다.

칼까지 빼들었던 훈신의 꼴이 우습게 여겨질 정도로 선도
해는 훈신을 반갑게 맞이했다. 겉치레 대접이 아니라 다음 날
신라 사신을 만나겠다는 약속까지 해주었다. 그것도 남몰래
춘추만을 부르는 것이 아니라 아무 거리낌 없이 사신 일행을
모두 부르는 당당한 초대였고 성대한 환영이었다.

이튿날 저녁 잔치가 무르익기를 기다려 춘추는 선도해에게
유신과의 일을 이야기하며 하루빨리 자신이 신라로 돌아갈
수 있게 해달라고 부탁했다. 선도해도 시침을 뚝 떼고 앉아서
춘추의 이야기를 다 들었다.

"지금 이 순간에도 김유신이 군사를 휘몰아서 달려오는 소
리가 들리는 듯합니다."

"낭비성의 일 뒤로 범 같은 장수의 이름을 계속 듣고 있습
니다. 김유신 장군은 귀공처럼 지난날에도 신라 으뜸 선배인
풍월주였다지요. 대막리지 전하께서도 귀공과 김유신 장군을
신라의 으뜸 선배로 꼽고 계십니다. 이 선도해도 그러한 장수
와 언제 함께 만나서 술잔이라도 나눌 기회가 있다면 영광이
겠습니다."

선도해는 당장에라도 군사를 일으켜 몰려올지도 모르는 김

유신을 오히려 그리워하듯 말했다. 그러나 김춘추에게는 연개소문과 선도해가 김유신과 한판 싸움이라도 벌이겠다는 소리로 들렸다.

"막리지 전하, 신라는 작은 나라이나 김유신은 큰 장수입니다. 서로 많은 군사가 죽고 다칠 것입니다. 두 나라가 서로 싸워서는 안 되지 않습니까."

"신라와 싸우겠다는 생각은 한 번도 해본 일이 없습니다. 귀공을 지키기 위해 김유신 장군이 군사를 일으키겠다고 한 것이라면 그가 군사를 일으킬 까닭은 어디에도 없습니다. 귀공이 신라 땅에서까지 많은 군사의 호위를 받아야 할 것으로 생각하지는 않습니다."

아니, 그럼? 춘추는 그제야 비로소 선도해의 말뜻을 알아차렸다.

"고맙습니다. 대막리지 전하께도 잘 말씀드려 이 몸이 빨리 돌아갈 수 있도록 도와주십시오. 막리지 전하의 은혜에 다시 한 번 감사드립니다."

춘추의 간곡한 부탁에 선도해는 빙긋 웃으며 말했다.

"대막리지 전하의 뜻도 모르면서 이 선도해의 마음대로 나랏일을 말하겠습니까? 전하께서는 귀공이 아무런 얻는 것도 없으면서 왜 일찍 돌아가지 않는지 모르겠다고 하셨습니다."

이것은 또 무슨 소린가? 어쨌거나 반갑기 그지없는 일이다.

저들의 마음이 바뀌기 전에 어서 돌아가야 한다!

범의 아가리에서 벗어났다는 생각에 사신으로 와서 얻은 것이 아무것도 없다는 것까지는 생각하지 못해서가 아니었다. 조금 더 늦게 돌아가더라도 개소문을 만나 나중에 신라가 백제를 칠 때에 백제를 돕지 않겠다는 약속만이라도 받아두어야 했다. 그러나 만에 하나라도 유신이 군사를 일으켜 고구려 국경을 넘는 일이 생긴다면 신라는 쓸데없이 감당할 수 없는 적을 만들어 싸우는 꼴이 된다. 차라리 자신이 신라에서 중요시되지 않는 사람이었더라면 좀 더 기다려 개소문을 만나 웬만큼은 얻어낼 수 있었을 것이다. 유신의 우정이 오히려 무거운 짐이 되고 여왕 폐하의 보살핌이 이렇게 자신의 발목을 잡을 줄은 미처 생각지도 못했었다. 나갈 수도 물러설 수도 없이 강요되는 오직 하나의 선택.

"그렇다면 일이 바쁘니 내일 아침에 바로 떠나겠습니다. 돌아가서도 막리지 전하의 은혜는 잊지 않을 것입니다."

내친김에 작별인사까지 했으나 선도해는 고개를 저었다.

"먼저 조정에 나가 귀국 허락을 받으셔야 합니다. 조정에 나가거든 신라에 돌아가서 신라 임금께 다물에 대한 일을 잘 말씀드리겠노라 하십시오. 누구도 귀공의 말씀 한마디로 신라가 다시 다물이 될 것으로 생각하지는 않을 터이니 뒷날에도 귀공을 탓하지는 않을 것입니다."

누구나 춘추 자신이 다물에 대하여 말할 수 없음을 알고 있었다? 뒷날에도 자신을 탓하지 않을 것이라는 것은 바로 등을 치고 배를 어루만져주는 수작이다. 춘추는 비로소 똑똑히 깨달았다.

개소문은 처음부터 춘추 자신을 갓난아기 어르듯 가지고 놀았던 것이다. 그러고 보면 한 나라의 사신이 도착한 바로 다음 날 태왕을 만날 수 있었다는 것부터가 있을 수 없는 일이었다. 대막리지쯤 되는 자가 자신과 유신의 관계를 모를 리 없었고 사신으로 떠나오기 전 무슨 이야기를 했으리라는 것 또한 얼마든지 짐작할 수 있었을 것이다. 개소문이 미리 짐작하고 있었다면, 유신의 다짐은 우정이요 호의가 아니라 춘추를 옭아매는 덫이 될 수밖에 없었다. 약속한 날짜가 되면 춘추의 손발을 꽁꽁 묶는 덫!

그래서 개소문은 느긋하게 이리저리 날짜를 끌며 춘추 자신이 스스로 그 덫에 걸려 옴짝달싹 못하게 되기만을 기다렸던 것이다. 개소문이 거절했을 때, 훈신이 빈관에서 그랬던 것처럼 칼을 빼들고 소동을 벌여서라도 만나야 했다. 신라 화랑의 기백을 보여주어야 했던 것이다. 그런데 반가이 맞아주는 태왕과 날마다 베풀어주는 잔치에 깜빡 속아 개소문을 만날 기회를 놓친 것이다.

이제는 모든 것이 너무 늦었다! 그렇다고 저들에게 기죽은 꼴을 보일 수는 없다. 마지막까지 깨끗이 속아주리라! 춘추는 선도해에게 높이 잔을 들어 권했다.

이튿날 춘추는 천궁에 들어가 태왕을 만날 수 있었다. 일 처리가 빠른 것으로 보아서는 마치 춘추가 찾아오기를 기다리고 있었던 것 같았다. 춘추는 돌아가는 대로 신라 임금에게 다물에 대하여 말씀드리겠노라고 했다. 고구려 조정에서는 어서 서라벌로 돌아가 좋은 소식을 보내달라며 잔치까지 베풀어 주었다.

춘추가 신라 땅에 들어서자 국경에까지 나와 있던 우역(郵驛)의 역원들은 다음 우역을 향하여 바람같이 말을 달렸다. 역원들은 춘추를 걱정하는 여왕과 유신의 서릿발 같은 명령을 받았던 것이다.

이세민의 고육책

한가하게 책을 보고 있던 이세민에게 급히 할 말이 있다며 찾아온 이정이 정말 황당한 소리를 지껄였다.

"황상, 낙양과 정주에서도 혜성이 나타났다고 합니다."

"혜성이 나타나? 병부상서, 너무 걱정하지 마시오. 혜성은 나쁜 것들을 쓸어버리는 빗자루이니 오히려 좋은 징조일 수 있소."

혜성(彗星)을 치우기(蚩尤旗)라고도 하는 것은 전쟁의 신(軍神)인 치우천왕(蚩尤天王)에게 제사를 지낼 때 무덤에서 뻗쳐 오르는 붉은 기운을 가리키는 것으로, 혜성은 전란이나 역병 등 천재지변을 예고하는 별이다. 그러나 이정한테서 혜성이 나타났다는 소리를 들은 이세민은 대수롭지 않은 일이라고 흘려버리려고 했다. 조금만 이상한 조짐이 있어도 고구려와 싸우지 못하게 들고 나서는 이정이 무슨 소리를 하려는지 뻔히 알만했던 것이다.

"혜성이 하늘을 지나간 것이 아닙니다. 혜성이 사람의 모습으로 나타났습니다."

"또 사람의 모습으로? 그렇다면……?"

이세민이 저도 모르게 말꼬리를 흐렸다. 혜성이 하늘에 나타나나 사람의 모습으로 나타나나 어차피 좋은 일은 없었다. 사람의 모습으로 나타나면 어린아이들 틈에 섞여 다니며 동요를 가르치는데 너무 딱 들어맞는다.

〈고구려군가〉가 그랬고 〈사망가〉가 그랬다. 그때마다 관원들은 고구려 간세들이 어리석은 백성들을 현혹시키기 위해 꾸민 것이라고 둘러댔지만, 정말 노래를 퍼뜨린 것이 고구려 간세들이라고 확신하는 관원은 없었다. 그렇게 믿고 싶었을 뿐.

혜성이 땅에 내려온 것으로 믿고 싶지 않은 것은 이정도 마찬가지였다. 혜성이야 장안에서도 이미 나타났었다. 사람들에게 입을 다물도록 엄명을 내렸었는데 낙양과 정주에서도 똑같은 일이 일어난 것이다. 더구나 혜성이 나타나 한 일도 비슷했다. 이미 나라 곳곳에서 똑같은 일이 일어난 이상 더는 묻어둘 수 없다고 여겼을 뿐이다.

장안에 나타난 혜성은 이렇게 모습을 드러냈다. 시월 중순, 겨울의 문턱에 선 쌀쌀한 날씨였지만 저잣거리는 장을 보러 나온 사람들로 매우 붐볐다. 서시(西市)는 동시(東市)와 함께 장안에서 가장 큰 저자였으므로 먼 서역에서 온 장사치들까지 뒤섞여 종일 흥청거렸다.

눈이라도 내릴 듯 잔뜩 찌푸린 날씨지만 아이들은 집 안에서만 놀지 않았다. 금광문 쪽으로 흘러내리는 시냇가의 버드나무 아래 한 무리 아이들이 모여 있었다. 무슨 재미난 일이라도 있는지 오줌을 갈기러 냇가로 내려섰던 어른들도 곁에 서서 구경하고 있었다.

저자를 돌며 좀도둑을 지키는 군사들은 별로 할 일이 없었다. 붉은 전포를 입고 날카로운 창을 들고 어슬렁거리기만 해도 좀도둑들은 오금이 저리기 마련이니까. 날씨도 쌀쌀하고 해서 몰래 얻어마신 술 몇 잔에 적당히 취했다. 오줌을 갈기러 냇가로 가던 웅칠과 소보는 웬일인가 해서 사람들 뒤에 섰다. 갑자기 나타난 두 군사의 모습에 구경하던 사람들이 흠칫 놀라며 뒤로 물러났다.

무슨 구경거리인가 했더니, 한 무리 아이들이 모여 노래를 배우고 있었다. 한 아이가 한 토막씩 앞서 부르면 다른 아이들이 뒤따라 부르는 것이다. 노래를 가르치는 아이는 열두어 살쯤으로 낡은 베옷을 걸치고 있었지만 어딘지 모르게 함부로 범접할 수 없는 기운이 서려 있었다. 평범한 모습이었지만 눈을 맞추려 들면 아이의 얼굴에서 뿜어져나오는 광채 때문에 오히려 얼굴이 잘 보이지 않았다. 목소리도 맑고 맑아서 천상의 소리를 듣는 것 같았다.

이렇게 좋은 노래를 배우지 않았다가는 두고두고 후회할 것이다. 웅칠과 소보도 따라서 노래를 배웠다. 창을 든 군사들이 함께 노래를 배우자, 슬그머니 꽁무니를 빼려던 사람들도 다시 앞으로 다가서며 입을 벌리고 함께 불렀다.

밤에는 눈비 내리더니 날 밝으니 찬바람 부네.
죄지어 죽은 몸은 묻힐 곳도 없어
흩어진 해골들만 풀숲에 나뒹구네.
서글픈 내 혼백은 언제나 스러질까.
텅 빈 해골에는 빗물만 고이고
바람이 불면 서러운 흐느낌이 절로 일어나네.
고향에는 늙은 부모 어린 자식,
밭은 어이 갈고 김은 누가 매나.
걱정은 끝이 없고 고향은 꿈속에서도 만 리인데
또 낯선 해골이 굴러와 고향을 묻네.

노래를 부르던 사람들은 저도 모르게 눈시울이 붉어졌다. 땅에 묻히지도 못하고 풀숲에 나뒹구는 해골들이 차라리 혼백마저 스러지기를 노래하는 광경이 눈에 보이는 것만 같았다. 백골이 되어 흩어져서도 부모 생각 자식 걱정에 시름 깊은 원혼들의 애처로움이 가슴을 쳤다. 어느새 노래를 익혔는지 합창소리가 들썩하게 높아졌다.

서시 군사들을 다스리는 장수 설장추가 20여 명의 군사를 이끌고 다가왔으나 노래에 정신이 팔린 사람들은 아무도 눈치채지 못했다. 잠깐 노래를 듣던 설장추는 저도 모르게 서글픈 곡조에 끌려들었지만 곧 머리를 흔들었다. 어딘지 이상했다. 아이들이 부를 만한 노래가 아니라고 생각하니 더욱 수상쩍었다. 뜻을 새겨보니 아무래도 조선에 가서 죽은 군사들의 원혼이 부르는 노래 같았다. '죄지어 죽은 몸은 묻힐 곳도 없어 흩어진 해골들만 풀숲에 나뒹구네' 하는 소리는 '하늘백성이 사는 조선은 검스러운 땅이니 죄지어 죽은 몸은 묻힐 곳도 없다네' 하는 〈사망가〉와 똑같다. 다시 생각해보니 불순하기 짝이 없는 노래다.

설장추는 얼굴에 슬픈 빛을 띠기 시작한 군사들을 데리고 뒤로 물러났다.

"어떤 일이 있어도 저 못된 꼬마를 붙잡아야 한다. 막고 나서는 놈은 사정없이 죽여버려라."

엄하게 다그쳐서야 군사들은 정신이 돌아왔다. 큰 상을 주겠다는 소리에 눈빛이 번쩍였다.

설장추와 군사들은 노래를 가르치는 아이의 뒤로 돌아갔다. 포위가 끝나자 군사 하나가 소년의 뒷덜미를 낚아챘으나 아이는 미끄러지듯 빠져나갔다. 군사들이 와 달려들었으나 소년은 바람처럼 빠져나왔다.

"이놈!"

설장추는 제 앞으로 달려오는 소년을 향해 창을 던졌다. 창이 소년의 가슴으로 날아갔고 소년은 창을 피하지 못했다. 창은 정확히 소년의 가슴을 꿰뚫었으나 막상 비명을 지르며 넘어진 것은 뜻밖에도 뒤따라오던 군사였다. 큰길로 올라간 소년은 마침 금광문 쪽으로 달려가는 장사꾼의 수레 위로 뛰어오르더니 그대로 모습을 감췄다.

삐유우- 뒤따라 달리던 군사의 손에서 우는살이 날았다.

둥, 둥, 둥, 둥. 우는살이 날아오르자 성문에서도 급작스럽게 북이 울렸다. 성문을 지키는 군사들은 오가는 사람들을 모두 움직이지 못하게 막고 성문까지 닫아걸었다.

군사들이 달려들어 수레는 물론 짐까지 풀어헤치며 샅샅이 뒤졌으나 소년은 보이지 않았다. 영문 모르고 붙잡힌 장사치들만 눈이 휘둥그레졌다. 수레에 뛰어든 소년을 보지 못했다는 것이다. 혹시나 싶어 사납게 닦달했으나 장사치들한테서는 끝내 아무런 혐의도 찾아내지 못했다. 하기야 설장추도 제가 던진 창이 소년의 가슴을 꿰뚫는 것을 두 눈으로 똑똑히 보았다. 다만 제가 던진 창이 사람을 뚫고 지나갔다는 것과, 창에 가슴을 맞은 소년이 아무렇지도 않았다는 것을 믿기 어려웠을 뿐이다.

성문까지 닫아걸고 법석을 떠는 통에 소문만 크게 나고 말았다. 차라리 소년을 내버려두고 그때 그곳에 모인 사람들을 붙잡아두는 것이 더 나았다고 후회했지만 이미 엎지른 물이었다.

사람들은 그 소년이 혜성의 화신이었다고 했다. 혜성은 무슨 일이 있으면 사람의 모습으로 나타나 어린아이들에게 동요를 가르치기 때문이다. 〈고구려군가〉나 〈사망가〉도 어린아이들이 골목에서 부르는 것을 어른들이 듣고 배우지 않았던가.

소문은 가랑비처럼 장안 거리거리에 스며들었다. 관원들은 고구려 간세들이 어리석은 백성들을 현혹시키기 위해 꾸민 짓이라고 둘러댔지만, 정작 관원들 중에도 노래를 퍼뜨린 것이 고구려 간세라고 믿는 사람은 없었다.

장안 사람들에게 입을 다물도록 엄명을 내렸었는데, 낙양과 정주에서도 똑같은 일이 일어난 것이다.

"황상, 혜성이 내려와 수나라 군사들의 주검이 부르는 노래를 가르치고 있으니 매우 불길합니다. 이제라도 여러 왕과 장수들에게 명령을 내려 장사들을 흩어버리십시오."

"결국 그 말씀을 하려던 것이었소? 병부상서는 내가 하는 일이 모두 그렇게 못마땅한가 보구려."

저도 모르게 귀가 쫑긋해서 혜성이 나타난 이야기를 듣고 있던 이세민의 낯빛이 싹 바뀌었다.

"건달패들이 없어져서 살기 좋은 세상이 되었다는 소리는 듣지 못했소? 백성들은 이제 군사들이 지키지 않아도 마음놓고 밤길을 다니고 있소. 산에 숨어사는 도적도 저절로 없어졌으니 얼마나 좋은 일이오?"

"황상, 혜성이 인간세상에 내려오는 것은 매우 드문 일입니다. 하늘의 무서운 경고를 받아들이지 않으면……."

"시끄럽소! 병부상서야말로 쓸데없는 소리는 하지 마시오! 당장 나가서 해괴한 소문을 퍼뜨리는 놈들이나 잡아들이시오!"

이세민이 벌컥 성내며 밖으로 나가버렸다.

하릴없이 물러난 이정은 소문을 잠재우기에 온 힘을 다했으나 〈주검의 노래〉는 이미 들판의 불길처럼 번지고 있었다. 그렇다고 철없는 어린아이들까지 모두 잡아들일 수도 없는 일이었다.

어수선한 시간이 흐르고 있었다. 그렇게 달포쯤 지났을까. 당나라 조정에 급보가 날아들었다. 고구려 연개소문이 반란을 일으켜 태왕과 조정 벼슬아치들을 죽였다는 놀라운 소식이었다. 오래전부터 군사를 길러온 당나라한테는 하늘이 내려준 기회였다.

그러나 뜻밖에도 이세민은 아무런 조처도 하지 않았다. 답답해진 병부상서 이정은 이도종과 함께 이세민을 찾아갔다.

"마침 생각지도 못했던 기회가 왔습니다. 어서 탁군에 군사를 모으고 고구려를 쳐야 합니다."

"고구려 소리를 듣기만 해도 간이 콩알만 해지는 사람이 갑자기 기회가 왔다니, 그게 무슨 말씀이오? 두 달 전에는 혜성이 사람의 모습으로 나타났다며 불길한 징조라고 하지 않았소?"

"막리지 개소문이 반란을 일으켜 태왕과 조정의 벼슬아치들을 모두 죽였습니다. 고구려의 모든 백성이 놀라고 개소문을 미워할 것인즉 지금 곧바로 군사를 일으키면 평양까지 쉽게 얻을 수가 있습니다."

"황상, 우리는 이미 전쟁 준비를 완벽하게 끝냈고 저들은 엄청난 혼란에 빠졌습니다. 하늘이 내려주신 기횝니다. 구려하를 건너 평양까지 한달음에 짓밟아버리겠습니다."

이세민은 가장 귀여워하던 딸 문성공주까지 희생시켜가며 오래전부터 전쟁 준비를 해왔다. 언제라도 싸울 준비가 되어 있었다. 다만 이정과 위징, 저수량 등 몇몇 부하들이 죽자고 반대하니 실행에 옮기지 못했을 뿐이다. 그런데 고구려는 절대이길 수 없다며 말리던 이정까지 군사를 일으키자고 찾아왔으나 이세민은 딴소리를 했다.

"개소문이 누구를 죽였건 우리가 아랑곳할 일이 아니오. 나는 설연타 족장 이남에게 신흥공주를 보낼 생각이오. 강하왕은 신흥공주를 시집보낼 준비나 해라."

"엣? 신흥공주를 이남한테?"

이도종이 놀라 머리를 흔들었다.

"말도 안 됩니다. 신흥공주는 아직 열네 살 어린 나이인데 이남은 벌써 예순이 다 된 늙은이입니다."

"장손후도 나에게 시집올 때 열네 살이었다. 여자 나이 열넷이면 그리 어리다고 할 수도 없다."

"황상과 황후를 비교할 수는 없습니다. 설연타의 무리는 들짐승이나 다름없습니다. 어린 공주를 들짐승이나 다름없는 늙은이에게 던져줄 수는 없습니다."

이도종이 펄쩍 뛰며 말렸으나 이세민은 한마디로 쐐기를 박아버렸다.

"들짐승이나 다름없는 토번 왕 송찬간포에게 문성공주를 보낸 것도 그대 강하왕이 아니냐? 시끄럽게 떠들지 말고 곧바로 설연타로 달려가서 내 딸 신흥공주를 받아들일 준비를 하라고 일러라."

문성공주를 들먹이자 이도종은 찍소리도 못하고 그저 속으로만 골머리를 굴렸다. 문성공주를 송찬간포에게 준 것은 토번을 다독거려 뒷걱정 없이 고구려를 치기 위해서 이세민이 꾸며낸 일이었지만 겉으로는 이도종이 제안한 것으로 되어 있었기 때문이다.

그러나 다시 생각해보니 문성공주의 일이 잘못되었다고 탓하는 것이 아니라 그때와 똑같은 상황이라는 뜻이 아닌가? 아니나 다를까!

"신흥공주는 눈에 넣어도 아프지 않을 만큼 귀여운 내 딸이다. 설연타는 나무 한 그루 없이 늘 먼지바람이 부는 삭막한 곳이다. 고생을 모르고 자란 어린아이가 얼마나 외롭고 쓸쓸하겠느냐. 이번 혼사에는 내가 몸소 호위군사 30만을 이끌고 신흥공주를 보살필 것이며, 이남한테는 어린 신부한테 잘해주겠다는 다짐을 받을 것이다."

이남을 장안으로 불러들여 혼사를 치르는 것이 아니다. 이세민이 그 먼 길을 몸소 가겠다는 것이다. 더구나 혼례식에 가는데 30만 군사라니? 이남이 겁을 먹고 똥을 싸겠다!

"돌아오는 길에 탁군에 들러 사냥대회를 열 것이오. 병부상서는 몸이 날랜 군사들을 빠짐없이 탁군에 모아 사냥대회가 조금도 차질 없게 하시오. 그리고 30만 군사 중 설연타에 가는 군사는 기마군사 10만으로 하고, 나머지 20만은 먼저 탁군으로 가서 기다리게 하시오."

너무도 뚱딴지같은 소리였으나 못 알아듣는 사람은 없었다. 이세민이 고구려의 정변을 모르는 척하고 있는 것은 독한 추위가 조금이라도 누그러지기를 기다리며 은밀하게 군사를 움직이려는 것이다.

"황상의 깊은 뜻을 받들어 모시겠습니다."

이정과 이도종은 신바람이 나서 이세민 앞을 물러나왔다.

이도종은 몇몇 장수만 데리고 바람같이 달려나갔다. 겨우내 쌓인 눈 때문에 길이 미끄럽고 칼바람이 몰아쳤지만 추운 줄도 모르고 달렸다.

설연타 족장 이남은 느닷없는 이도종의 방문에 정신이 어지러웠다. 이세민이 열네 살짜리 어린 딸을 주겠다니 믿어지지 않았다. 더구나 이세민이 호위군사 30만을 거느리고 몸소 찾아와 혼례식을 치르겠다니, 더럭 겁부터 났다.

"황상의 뜻을 곱게 받아들이시오. 설연타를 치는 데 30만이나 되는 군사가 필요하다고 생각하는 것이오?"

이도종이 차근차근 설명했다. 설연타는 앞으로도 예전처럼 당나라의 번국일 뿐이다. 만약 다른 뜻이 있다면 자신이 10만 명만 데려와도 설연타는 감히 막아내지 못한다. 호위군사 30만 명은 서토를 다스리는 당왕의 체면치레일 뿐이라고 납득시켰다.

토번 왕 송찬간포는 문성공주를 첩으로 받아들이고 나서 해마다 벼와 조를 2만 섬이나 받아 챙기고 있다. 그야말로 꿩 먹고 알 먹고 꿩집 가져다 불까지 때는 셈이다. 굴러온 복을 마다하고 화를 자초했다가는 설연타는 쑥밭이 되고 말 것이다. 이미 거느린 처첩만 해도 스무 명이 넘는다. 새로 맞은 신부가 어리다고 아쉬워할 것도 없다. 이남은 이세민의 딸 신흥공주와 혼인한다는 소문을 내고 떠들썩하게 잔치 준비를 시작했다.

"위징이 죽어?"

갑작스러운 소식에 이세민은 깜짝 놀랐다. 모두들 한시바삐 고구려를 쳐야 한다고 나서는 이때에도 위징은 고구려 도전을 말리는 단 한 사람이었다. 어제까지도 그는 궁성에 들어와 늙은 신하의 마지막 소원이라며 고구려 도전을 말렸다. 유난히 쿨룩거리는 모습에 늙은이가 궁상을 떤다고 눈을 흘겼었는데, 이렇게 가버릴 줄은 몰랐다.

그나저나 신흥공주를 앞세우고 30만 군사를 이끌고 떠나는 마당에 전해진 위징의 죽음을 어떻게 받아들여야 할지 모르겠다. 군사들이 길을 나서는 와중에 전해진 사람의 죽음은 불길한 것이지만, 고구려 도전을 반대하는 사람은 이제 하나도 없다는 뜻이기도 했다. 어쨌거나 늙은 신하의 죽음에 슬퍼하는 모습을 보여야 했다. 이세민은 부하들이 모두 들을 수 있게 큰 소리로 말했다.

"아, 아! 위징은 나를 비춰주는 거울이었다! 나는 이제 거울을 잃었다!"

잠깐 비통한 모습을 보여준 뒤 곧바로 출발하라고 명령을 내렸다. 위징을 조문하러 사람도 보내지 않았다.

왕궁을 나서자 늘어선 것은 군사들뿐이었다. 볼만한 구경거리였지만 매섭게 추운 날씨 탓인지 백성들은 집 안에 틀어박혀 나다니지 않았다. 딸을 시집보내면서 왕이 스스로 데려다준다는 것도 우스운 이야기였지만, 이세민은 그만큼 신흥공주를 사랑하기 때문이라고 둘러댔다.

정변이 일어나 어수선한 틈을 타 고구려에 도전하는 마당에, 무슨 자랑이라고 장안이 떠들썩하게 출전의식을 치르고 싶지 않아서가 아니다. 조선은 하늘백성의 나라, 고구려군의 무서움은 상상을 초월한다. 연개소문의 반란으로 나라가 온통 혼란의 소용돌이에 빠졌겠지만, 당나라가 쳐들어온다는 소식이 전해지면 자기들끼리의 원한은 잠시 접어두고 당군을 막기 위해 단단히 뭉쳐버릴 것이기 때문이다. 고구려가 대책을 세우기 전에 바람같이 휘몰아가야 했다.

바늘귀만 한 실수도 안 된다! 단 하루라도 고구려의 경계심을 늦춰야 한다! 어린 신흥공주를 늙은 이남에게 주는 것은 바로 그 때문에 어쩔 수 없이 선택한 고육책이었다.

아비의 발목을 잡은 왕세자의 반란

장삼이라는 가명으로 제왕 이우 곁에서 살고 있는 연재규는 잠자리에서도 뒤척이는 일이 많아졌다. 평양에 가서 연개소문을 만나고 온 지도 벌써 두 해가 다 되어간다. 아비의 뒤를 이어 막리지에 오른 연개소문한테서 연락이 왔으나 밑도 끝도 없이 '함부로 움직이지 마라. 웬만한 일이면 연락도 하지 마라'는 말뿐이었다.

그동안 연재규는 연개소문이 가르쳐준 대로 해서 이우의 심복부하가 되었다. 건달패들은 제 욕심이 커서 그렇지 몸이 잽싸고 머리가 잘 돈다. 군사훈련을 시킨 뒤 군사들하고 붙여놓으니 군사들이 쩔쩔맸다. 나중에는 장수들도 감히 장삼이라는 이름을 부르지 못하고 '장대인'이라며 재규를 따르게 되었다.

초겨울에 접어들자 나라 곳곳에 혜성이 나타났다는 소문이 돌더니 제주에서도 〈주검의 노래〉가 불리기 시작했다. 어린아이들뿐만 아니라 어른들에게도 은밀한 유행가가 되었다. 해골이 되어 나뒹굴면서도 고향에 두고 온 늙은 부모와 어린 자식을 못 잊어 애태우는 군사들의 심정이 그대로 전해졌기 때문이다.

건달패들도 〈주검의 노래〉를 곧잘 불렀다. 감정이 격해져 눈물을 흘리는 자도 적지 않았다. 건달패라고 해서 모두 몹쓸 불효자는 아니겠지만, 그동안 제 밥벌이를 제대로 하지 않았을 것은 뻔한 일이었다. 말썽꾸러기들이 〈주검의 노래〉를 부르며 온순해졌고 부모에게 효도를 하겠다고 다짐했다. 건달패가 나랏밥을 먹는 군사가 되었으니 스스로 떳떳하다는 생각도 있었다.

곧 고구려에 도전할 것이다! 혜성이 나타났다는 소문과 함께 〈주검의 노래〉가 갑작스럽게 번지자 재규는 마침내 고구려 도전의 때가 다가왔다고 여겼다. 그때가 언제인지 어떻게 움직여야 하는지 궁리를 하느라 밤잠도 제대로 자지 못하고 있는 것이다.

다행스럽게 섣달이 되도록 군사를 일으킬 조짐이 없었다. 눈이 내리고 너무 추우면 군사들을 움직일 수 없기 때문이다. 그런데 이게 웬일인가. 연개소문이 반란을 일으켜 태왕과 조정 벼슬아치들을 모두 죽였다는 소식이 전해졌다. 막리지 연개소문의 반란을 일으킨 것은 시월이었으나 당나라에 전해진 것은 동짓달도 지나고 섣달에 들어서였다. 정보의 중요성을 누구보다 잘 알고 있는 연개소문이 철저한 보안을 유지했기 때문이다.

그러나 새해가 되어 정월도 다 지나도록 장안에서는 아무런 움직임도 없었다. 설이 지나자 건달패가 몇이나 되는지, 군사훈련은 얼마나 돼 있는지 조사해갔을 뿐 아직 군사를 일으키라는 명령은 내려오지 않았다.

재규 자신은 이미 이우의 심복부하가 되어 있다. 당 조정에서 일어나는 일이라면 보름도 안 되어 자신도 알 수가 있었다. 왕세자 이승건이 곧바로 제왕 이우에게 소식을 보내주기 때문이다. 그렇다 해도 이승건 또한 당나라가 가만히 앉아 있지만은 않을 것이라고 했을 뿐 막상 언제 고구려에 쳐들어갈 것인지는 모르고 있었다.

고구려는 지금이 가장 어려운 때다! 반드시 이세민의 발목을 붙잡아야 한다! 오늘도 건달패들을 이끌고 들에 나와 군사훈련을 하고 있었지만 자꾸 성 쪽으로만 눈길이 쏠렸다. 군사 하나가 말을 타고 달려오는 것이 보였다. 재규는 저도 모르게 의자에서 일어나 말에 올랐다.

"장대인, 제왕께서 부르십니다. 조정에서 사자가 왔습니다."

"그래, 제왕께서는 무엇하고 계시느냐?"

"사자를 접대하고 계십니다. 빨리 대인을 불러오라고 하셨습니다."

다행이다! 도둑이 제 발 저린다더니, 늘 그 꼴이다. 모반이 들킨 게 아니다! 군사를 동원하라는 명령이다!

말을 달려 가보니 목연귀라는 자가 이세민의 심부름꾼으로 와 있었다. 그는 이세민이 신흥공주의 혼사를 위해 이미 설연타로 떠났으며 봄을 맞아 탁군에서 사냥대회를 열 것이라고 했다. 군사들은 물론 건달패까지 모두 탁군으로 모이라는 것이다. 닷새 안에 모든 준비를 마치고 떠나야 한단다.

그날 밤 재규는 이우를 몰래 찾아가 한 가지 계책을 일러주었다.

이튿날 이우는 장삼의 말에 따라 마지막으로 사냥대회를 열었다. 탁군으로 사냥대회를 가기 전에 마지막으로 사냥 실력을 점검한다는 명목이었다.

이우는 설대정과 목연귀를 자신 곁에 있게 했다. 사냥이 시작되자 앞장서 말을 달리던 이우가 산길을 오르다가 말이 놀라는 통에 땅에 떨어지고 말았다. 허리를 다쳐 수레를 타고 제왕부로 돌아온 이우는 줄곧 자리에 누워 있었다. 머리까지 잘못되었는지 밤잠을 못 자고 가끔 헛소리도 하는 등 크게 앓았다. 아무리 약을 쓰고 침을 꽂아도 효과가 없었다. 제왕부의 군사가 움직이지 못하게 되자 목연귀는 포기하고 이세민한테 돌아갈 수밖에 없었다.

목연귀는 돌려보냈지만 재규의 걱정은 끝나지 않았다. 이세민 곁에는 늘 승냥이 같은 장수들이 득시글거리고 있다. 목숨이 아까워서가 아니라 이우의 심복 정도로서 이세민을 죽이기란 쉽지 않다. 이우는 아무 의심 받지 않고 이세민 가까이 다가갈 수 있지만 제 목을 걸고 아비인 이세민을 죽일 까닭은 없다. 이우가 이승건과 함께 모반을 하는 것은 자신이 황제가 되기 위해서지 남을 위해서가 아니다. 이승건이 혼자서라도 반란을 일으키면 다행이지만 용기를 내지 못하고 주저앉을지도 모른다.

어떻게 생각해도 이우가 탁군으로 따라가서는 안 된다! 성공을 하든 실패를 하든, 반드시 뒤에서 반란을 일으켜야 한다! 연재규는 스스로에게 일렀다. 고구려에 도전하는 이세민의 발목을 움켜잡을 수 있는 것은 이우와 이승건의 반란뿐이라고.

천천히 하수를 거슬러 올라가면서 군사들의 동원 상태를 점검하고 있던 이세민의 눈이 사납게 빛났다. 다른 곳에서는 모두 탁군을 향해 군사들이 길을 떠났으나 제주에 있는 이우의 군사만 움직이지 않고 있었던 것이다.

"제왕이 군사를 움직이지 않는 것은 무엇 때문이냐? 제왕은 나중에 오더라도 군사들은 먼저 보내야 하지 않느냐?"

서릿발 같은 호령이 내렸지만 이우한테 다녀온 목연귀는 우물쭈물 대꾸를 하지 못했다. 제 눈으로 이우가 말에서 떨어져 자리에 눕는 것을 보았지만 아무래도 꾀병 같다는 느낌을 지울 수가 없었다. 하필 군사를 동원하라는 명을 받은 다음 날 사냥에 나갔고, 약과 침이 듣지 않는다는 게 믿어지지 않았던 것이다.

"허리가 끊어지기라도 했단 말이냐? 당장 가서 제왕을 탁군으로 데려오너라."

이세민이 호위장수 권만기를 돌아보며 명령을 내렸다. 권만기는 30여 명의 부하만 데리고 바람처럼 말을 달려갔다.

행군 도중에도 틈틈이 군사훈련에만 정신을 쏟던 이정은 이레가 지난 뒤에야 우연히 권만기가 이우를 데리러 간 것을 알게 되었다.

"다른 사람도 아닌 권만기가 군사를 서른 명이나 데리고 간 것은 잘못입니다. 권만기는 강직하고 결 사납기로 소문난 장수입니다. 좋은 말로 달래지 않고 윽박지르다 뜻하지 않은 사태를 불러올지도 모릅니다."

"뜻하지 않은 사태라니? 그게 무슨 소리요?"

"황상의 명령을 받고도 곧바로 움직이지 않고 꾸물거렸다면 제왕에게 다른 뜻이 있는지도 모릅니다. 설혹 다른 뜻이 없더라도 황상께서 몸소 호위장수를 보내 문책한다면 제왕은 크게 두려워할 것입니다."

"으음!"

이세민이 신음을 깨물었다. 왕위를 차지하기 위해 형제를 죽이고 아비를 쫓아낸 이세민이다. 이정의 말을 듣는 순간 자신이 무슨 잘못을 저질렀는지 금방 알아챘던 것이다.

"어쩌면 좋은가?"

"곧바로 대장군 이세적을 보내야 합니다. 그에게 조정의 군사를 움직일 수 있는 조서를 내리고 일이 잘못되었을 때는 얼마든지 조정의 군사를 동원하게 하십시오."

옳게 여긴 이세민은 이세적을 불러 사정을 설명하고 빈틈없이 처리하라고 일렀다.

목연귀가 돌아간 지 한 달도 안 되어 금군 군사들이 들이닥쳤다. 권만기가 데리고 온 군사는 서른 명밖에 안 되었지만, 이세민을 그림자처럼 따르며 호위하는 금군의 위세는 몹시 사나웠다. 제왕부에 들어서자마자 곧장 조서를 쳐들고 제왕 이우의 침실로 들이닥친 것이다.

"황상의 명령이 내렸으면 수레를 타고라도 달려가야 할 터인데 제왕께서는 어찌 자리에만 누워 계시는 것이오? 군사들은 뒤에 오더라도 제왕께서는 나와 함께 탁군으로 갑시다."

"알았소. 오늘은 너무 늦었으니 내일 아침에 길을 떠나겠소."

"황상께서 곧바로 데려오라고 하셨으니, 제왕은 밤길을 달려서라도 탁군으로 가야 하오. 곧바로 스스로 수레에 오르지 않는다면 우리 군사들이 무례를 범할 수밖에 없으니 용서하시오."

강직하고 결 사납기로 소문난 권만기다. 다짜고짜 윽박지르는 품이 우격다짐으로라도 끌고 갈 태세다. 해가 얼마 남지 않은 것을 핑계로 하룻밤만이라도 시간을 끌며 대책을 세우려고 했으나 그마저 통하지 않게 되었다.

"큰일이다! 어찌해야 좋으냐?"

이우보다 더 답답한 가슴을 치는 것은 연재규였다.

"황상께서 부르셨으니 시간을 다투어 달려가야 합니다. 수레를 천천히 몰게 하면 허리 아픈 것도 견딜 만할 것입니다. 어서 일어나 옷을 갈아입고 수레에 오르십시오."

장삼이 눈짓을 보내며 말하자 이우는 마지못해 일어나 옷을 갈아입었다. 권만기도 얼굴을 펴고 뒤로 물러났다. 이우를 억지로 끌고 가지 않게 되어 다행인 것이다.

수레를 끌어내고 준비를 하는 동안 이우는 부하장수들을 불러 곧바로 군사를 모아 탁군으로 달려오라고 이르며 이런저런 주의사항을 일러주었다.

이우가 수레에 올랐다. 권만기와 금군 군사들이 앞장서고 이우의 군사들은 수레를 호위하며 뒤를 따랐다. 막 출발신호를 보내려는데 두 손에 구리거울을 받쳐든 장삼이 권만기한테 다가갔다.

"뭐냐?"

"제왕께서 드리는 선물입니다."

누가 선물 따위를 바란다더냐? 말 위에 앉은 권만기가 성난 얼굴로 내려다보았다. 느닷없이 구리거울에서 반사된 밝은 빛을 쏘인 권만기가 눈살을 찌푸렸다. 순간, 권만기의 몸이 움찔 떨렸다. 거울을 들어올리던 장삼이 갑자기 뛰어오르며 주먹을 날린 것이다. 거의 동시에 곁에 있던 권만기의 부하장수가 거울에 맞아 비명을 질렀다. 권만기의 군사들이 창을 고쳐 잡았으나 장삼도 칼을 빼들고 피보라를 뿜어냈다.

"쳐라!"

"모두 죽여라!"

미리 장삼의 명령을 받았던 건달패들도 창칼을 휘두르며 달려들었다. 권만기가 데려온 금군 군사들은 제대로 저항도 못해보고 모두 쓰러지고 말았다.

"큰일 날 뻔했습니다. 저리 사납게 제왕을 붙잡아가려는 것을 보니 아무래도 우리의 모반계획이 들켰나 봅니다. 호랑이 등에 올라탄 셈이 되었으니 각오를 단단히 해야 합니다."

마지못해 수레에 올랐던 이우다. 심복부하 장삼의 말에 모반이 드러났다고 쉽게 믿었다.

"하지만 진짜 걱정은 장안에 있습니다. 나라 곳곳에 혜성이 나타나 〈주검의 노래〉를 가르쳤다는 소문이니, 고구려에 쳐들 어간 우리 당군은 반드시 크게 패할 것입니다. 용기 있게 행동 하는 사람만이 황제가 될 수 있습니다. 황태자가 장안을 손에 넣고 주무르기 전에 장안에 들어가야 합니다."

아비 이세민한테는 두려운 생각이 있지만 맏형 이승건한테 는 지고 싶은 마음이 없는 이우였다.

먼저 먹는 놈이 임자다! 이우는 서슴없이 반란을 선포했다.

"황상께서는 본 왕에게 태자와 함께 장안을 지키라는 황명 을 내리셨다. 어서 장안으로 가자!"

이튿날 아침 이우는 건달패는 물론 군사들까지 모두 데리 고 장안으로 떠났다. 그러나 이우의 4만여 반란군은 닷새도 못 가서 이세적이 이끄는 10만 군사에게 길을 막히고 말았다. 이세적은 권만기를 따라잡지 못하자 제주까지 뒤쫓기를 포기 하고, 양주(강소성 양주)와 선주(안휘성 선성)에서 올라온 군사 들을 모아 기다리고 있었던 것이다.

"이세적의 군사들은 급히 끌어모은 오합지졸입니다. 사냥과 싸움으로 단련된 우리를 당할 수 없습니다. 적의 뒤로 돌아가 기습공격을 할 것이니 저들의 싸움새가 흩어지거든 곧바로 공 격하십시오."

연재규는 건달패로 이루어진 결사대를 이끌고 이세적군의

뒤로 돌아가 먼저 공격을 시작했다. 건달패는 매우 용감하게 달려들었으나 이세적군의 철벽수비에 막히자 뿔뿔이 흩어지고 말았다. 도망치는 것도 재빨라서 바닷가의 게처럼 흔적도 사라져버렸다. 이우는 단 한 번도 싸움터에 나서본 일이 없는 사람이었다. 이제나저제나 이세적군의 싸움새가 흩어지기를 기다리다가 물밀 듯이 밀려오는 이세적군을 보고 놀라 혼이 달아나버렸다. 이우는 군사를 제대로 움직여보지도 못하고 사로잡힌 몸이 되었다.

이우를 사로잡은 이세적은 기겁을 하고 말았다. 왕세자 이승건이 반란군의 주모자라는 것을 알았기 때문이다. 이우가 엉겁결에 이승건한테 안다미씌우는 것이 아니었다. 사로잡힌 건달패는 물론 군사들까지 모두 이승건과 이우가 함께 모반했노라고 증언한 것이다.

이세적은 장안으로 군사를 몰아가며 이세민에게 급보를 전했다. 딸의 혼례식을 마치고 구려하로 떠나려던 이세민은 자신보다 늙은 사위 이남한테서 술을 받아 마시고 있었다. 이세적의 보고를 받은 이세민이 술잔을 떨어뜨렸다. 놀라 까무러치지 않은 것만도 다행이었다.

"화, 황상, 혹시 장안에 무슨 일이라도?"

멋도 모르고 놀라 허둥대는 이남을 보고서야 이러고 있을 때가 아니라는 것을 알았다.

"탁군으로 간다."

곧장 구려하로 가기로 되어 있었지만 이세민의 얼굴이 질린 것을 보고 심상찮은 일이 생겼음을 짐작한 이정은 아무것도 묻지 않고 곧바로 군사를 탁군으로 돌리게 했다.

얼마 후, 까닭을 알고 보니 탁군으로 갈 일도 아니었다.

"대장군의 보고가 사실이라면 곧바로 장안으로 가야 합니다. 탁군으로 돌아가면 괜한 시간낭비입니다."

"태자와 제왕 우의 반란 소문은 이미 퍼질 대로 퍼졌을 거요. 예정대로 탁군에서 사냥대회를 열어 철없는 자식들의 일이 아무것도 아니라는 것부터 보여주어야 할 것이오."

"미처 생각하지 못했습니다."

이정은 탄복했다. 이처럼 다급한 소용돌이 속에서도 정신을 잃지 않고 정확한 판단을 내리는 사람은 천에 하나 만에 하나도 찾아보기 어려울 것이다.

"병부상서는 서둘러 장안으로 돌아가시오. 이세적과 함께 철없는 망나니들을 소리 없이 처리하고 백성들을 잘 다독이시오."

"황상, 쉽지 않은 일입니다. 태자의 모반이 사실이라면 이미 여러 벼슬아치들과 뛰어난 장수들의 가족들까지 볼모로 잡았을 것입니다."

"바보가 아니라면 응당 그랬을 테지. 좋소. 그렇다면 태자에게 양위를 한다는 조서를 내려줄 터이니 방현령 등 여러 조정 대신들을 잘 설득해서 태자를 황위에 오르게 하시오. 그 일을 맡을 사람은 병부상서밖에 없소."

"옛?"

너무 놀란 이정이 외마디 소리를 냈다.

"내가 비록 적은 군사로 몸을 일으켜 당나라를 세우고 서토의 황제가 되었으나 어찌 스스로 영웅이라고 하겠소? 호랑이는 죽어 가죽을 남기고 사람은 죽어 이름을 남긴다고 하였으니, 내 살덩이가 찢기고 뼈가 바스러진다고 해도 반드시 조선나라 고구려를 정복하여 만고불멸의 역사에 내 이름 석 자를 전하게 할 것이오."

이세민의 목소리는 비장했다.

"나는 탁군에서 군사를 모아 고구려로 갈 것이오. 태자는 아직 철없는 아이, 병부상서와 여러 대신들은 내가 뒷걱정 없이 고구려와 한판 승부를 벌일 수 있도록 새로운 황제를 잘 모셔야 할 것이오."

어떤 일이 있어도 고구려를 칠 기회를 잃지 않겠다는 것이었다. 아아, 역사에 길이 빛날 영웅이다! 이정은 이세민을 새삼스럽게 우러러보았다. 그러나⋯⋯.

"황상, 아니 됩니다. 뭐라고 좋은 말로 달래도 태자께서는 믿지 않을 것입니다. 고구려 정복이 끝나면 자기 차례가 될 게 뻔하다고 믿고 황상의 신하와 군사를 없애려고 갖은 짓을 다 할 것이 명약관화합니다. 태자는 이미 황위에 눈이 멀었습니다."

열 번 옳은 소리였다. 모반을 일으킨 자는 누가 무슨 말을 해도 곧이듣지 않을 것이다. 고구려 도전의 큰 뜻을 아는 자라면 이처럼 발목을 잡는 일은 애초에 시작도 하지 않았을 것이다.

"짐승들의 왕인 호랑이는 한 골짜기에 두 마리가 살지 않소. 새끼가 자라면 다른 골짜기로 내보내지만 새끼가 떠나지 않으면 스스로 다른 산으로 옮겨가 혼자 사는 법이오."

이세민의 목소리는 밝고 힘이 넘쳤다.

"스스로 황제가 되겠다고 나서는 아들을 자랑스럽게 여길지언정 나무라지 않겠소. 나는 하늘이 내려준 이 기회를 놓치지 않고 평양으로 가서 태왕이 될 것이오. 아비인 나는 태왕이 되어 천하를 다스리고, 내 아들은 황제가 되어 서토를 다스릴 것이니, 그 얼마나 장하고 아름다운 일이오?"

"황상, 그러한 생각은 황상 같은 영웅이나 하는 것입니다. 황상의 크고 깊은 생각을 조금이라도 이해하고 따를 장수나 조정 벼슬아치는 하나도 없습니다."

"나는 죽어도 여한이 없다고 했소. 황궁에 들어앉아 호의호식하고 벼슬아치들의 낯간지러운 소리나 듣는 생활에 지쳤소. 사나이로 태어나 싸움터에서 죽는 것도 자랑스러운 일이오."

"황상, 대장군들 가운데도 황상의 큰 뜻을 이해할 사람은 없습니다. 고구려를 치려면 먼저 장안으로 돌아가셔야 합니다. 혼란에 빠진 장안을 바로잡고 고구려 정복에 나서도 늦지 않습니다.”

이정이 악착같이 반대했다. 아닌 게 아니라 냉정히 생각해보니 그의 말이 옳았다. 어리석은 자식이 아비를 두려워하여 끝내 뒤를 물고 늘어진다면 험난한 전쟁터에서 오도가도 못하는 신세가 될 것이다. 연개소문이 아무리 뛰어난 자라고 해도 1년 안에 고구려 백성들의 민심을 얻는다는 것은 절대 불가능한 일이다. 몇 달쯤 늦는다 해도 그다지 불리하지는 않으리라.

이세민은 군사들을 그대로 탁군에 모이게 하고 자신은 설연타에 데려왔던 기마군사 10만을 이끌고 바람같이 달려갔다. 모반한 이승건이 조금이라도 뿌리를 내릴 기회를 주지 않아야 한다. 밤잠을 못 자고 걱정하며 달려갔으나 장안은 뜻밖에 조용했다. 느닷없이 들이닥친 이세민의 행렬에 오히려 놀란 모습이었다. 마중 나온 이승건을 잡아 묶고 죄를 따지자 억울하다며 펄펄 뛰었다.

이틀이 지나서야 이세적이 도착했다. 40만이나 되는 대군을 모아 오느라고 늦은 것이다. 이유는 물론 이세적이 잡아온 건달패와 군사들이 모두 이승건과 이유가 함께 반란을 일으켰다고 주장했지만, 막상 이승건한테서는 뚜렷한 증거가 나오지 않았다. 이승건에게는 천만다행으로, 가운데서 다리를 놓았던 음홍지는 붙잡히지 않고 일찌감치 멀리 도망쳐 꼭꼭 숨어버렸다. 이승건은 끝까지 모르는 일이라고 뻗대며 모진 놈 때문에 애먼 사람이 죽게 되었다고 미친 듯이 울부짖었다.

아니 땐 굴뚝에 연기가 날 까닭이 없다! 고구려 도전에 나서다 말고 돌아온 분풀이로 이승건을 죽여버리려고 했으나, 이정과 방현령 등 부하들은 죽여서는 안 된다고 말렸다. 부하들이 하도 시끄럽게 구니 이세민도 승건을 멀리 검주(사천성 팽수)로 귀양 보내는 것으로 마무리를 지었다. 하루빨리 미뤄둔 고구려 도전에 나서야 했기 때문이다. 서둘러 넷째아들(장손왕후 소생으로는 둘째아들) 이태를 세자로 삼았으나 뜻하지 않은 말썽이 일어나고 말았다.

이승건의 모반으로 생각지도 못했던 세자가 된 이태는 기쁨을 참지 못하고 말했다.

"저는 오늘 같은 날이 있을 줄 진작 알았습니다. 만약 저에게 자식이 있다면, 제가 죽는 날 제 자식들을 죽여서라도 진왕에게 황위를 물려주겠습니다."

이세민이 아홉째아들 이치를 사랑하는 것을 잘 알았으므로 아비의 비위를 맞추려고 한 말이었다. 지나치게 똑똑했던 이태는 혓바닥을 잘못 놀려 그만 입안에까지 굴러들어온 복을 뱉어버린 셈이 되고 말았다.

뱀의 쓸개나 독은 입에 넣자마자 꿀꺽 삼키고 배를 두드리면 그만이다. 그런데 이태는 몸에 좋으니 맛도 좋을 것이라고 이빨로 깨물고 혀끝으로 맛을 보아버린 것이다. 똑똑하고 입안의 혀처럼 비위를 맞춰주는 이태를 좋아한 데다 머릿속에는 온통 고구려 생각뿐인 이세민은 그냥 덮어두고 위왕 이태를 왕세자로 세워놓고 어서 빨리 군사를 몰아갈 궁리밖에 없었다. 그러나 미주알고주알 따지기 좋아하는 손무위, 방현령 등이 가로막고 나섰다.

"위왕이 그렇게까지 말한 것은 그가 정말 원하는 것은 태자의 자리가 아니라는 뜻입니다. 제 자식까지 죽이는 사람이 무엇을 가리겠습니까? 위왕의 속셈은 황상의 자리입니다. 젊은 황상께서 돌아가실 때까지 기다리지 못할 것이 뻔합니다."

정신이 번쩍 든 이세민은 가슴이 뜨끔했다. 참으로 두렵고 떨리는 일이 아닐 수 없었다. 이태도 승건처럼 젊은 아비가 죽기를 기다리지 못하고 반란을 일으킬 것이라는 말이 아닌가. 자신도 아비 이연을 내쫓고 황위에 오르지 않았던가. 물론 그 시기는 자신이 고구려와 한창 전쟁을 벌이고 있을 중대한 때가 될 것이다.

"위왕의 마음이 황위에 있다면 황위를 물려주겠다. 태자 책봉식 대신 황제 즉위식을 준비하라. 나는 상황으로 물러날 것이며 곧바로 고구려에 가서 태왕이 될 것이니 위왕이 황제가 되는 것이 오히려 당연한 일이 아니겠느냐?"

이세민이 황제 자리에서 물러나겠다고 하자 부하들이 벌떼같이 일어났다. 이미 이정으로부터 이세민의 속셈과 그 위험성에 대해 경고를 받았던 것이다.

"하나의 하늘에 두 개의 해가 있을 수 없습니다. 위왕이 황위에 오르면 처음에는 감격하겠지만 곧바로 황상을 먼저 제거하려고 할 것입니다. 위왕은 자신의 안전을 도모하기 위하여 전쟁 중인 고구려와 내통해 황상이 다시 돌아오지 못하도록 할 것입니다."

"황상, 어리석은 저희는 저희들 자신마저 믿지 못합니다. 황위에서 물러나 고구려로 가시려거든 저희의 자식들을 모두 볼모로 데려가십시오. 그렇지 않고는 저희도 무슨 짓을 저지를지 모릅니다."

터무니없는 공갈이 아니었다. 이태도 고구려 도전이라는 원대한 꿈보다 서토 황제라는 현실적인 자리가 탐이 날 것이다. 자신의 황제 자리를 반석에 올려놓기 위해서는 강력한 힘을 가진 아비와 아비의 신하들을 먼저 제거하는 것이 순서다. 서토에는 피바람이 불어닥칠 것이며, 서토에 남은 가족들 걱정에 잠 못 이루는 당나라 군사들은 힘도 써보지 못하고 고구려군의 날카로운 창에 찔려 쓰러질 것이다. 사나이 대장부의 큰 뜻을 이해 못하는 어리석은 것들 때문에 이세민은 뜻을 굽히지 않을 수 없게 되었다.

이세민은 이태를 제쳐놓고 셋째아들 이각을 왕세자로 세우 겠다고 했다. 그러나 그것도 마음대로 되지 않았다. 이각의 어 미 양비는 본디 유문정의 첩이었는데 이세민이 한눈에 반해 자신의 첩으로 삼았던 것이다.

유문정은 태원에서 군사를 일으킬 적에 남 앞서 이세민을 도왔던 자인데, 함께 반란을 일으켰던 배적과 사소한 일로 등 지게 되었다. 유문정은 진양궁감으로 있던 배적이 자기보다 높 은 지위에 있는 것을 보고 사람은 운이 좋아야 한다고 지나는 말로 했던 것인데 배적은 아니꼽게 생각하고 가슴속에 묻어둔 것이다. 유문정이 군사를 거느리고 반란군 설거와 싸우다 속 임수에 걸려 많은 군사를 잃었을 때였다. 배적은 유문정이 설 거와 짜고서 저지른 짓이라고 죄를 씌웠다. 유문정은 모반죄를 쓰고 갇히는 몸이 되었다.

유문정의 젊은 첩 양씨는 매우 예쁘고 똑똑한 여자였다. 양 씨는 이세민을 찾아가 유문정이 두 마음을 품을 사람이 아니 라며 살려달라고 빌었다.

이세민도 유문정을 모르지 않았다. 응당 아비 이연에게 말 해 풀어주어야 했고 또 그렇게 할 생각이었으나, 양씨를 본 순 간 마음이 바뀌고 말았다. 눈앞에 있는 예쁘고 매력적인 여자 를 갖고 싶어진 것이다. 이세민은 양씨한테 모반죄는 왕이 다스리는 것이지 자기 권한 밖의 일이라고 잡아뗐다. 양씨를 돌려보낸 뒤에는 손을 써서 유문정의 모반이 사실이라고 주장하는 증인까지 만들어냈다.

유문정은 너무 젊고 예쁜 첩을 둔 죄로 이세민한테 아낌없는 충성을 바치고도 죄 없이 죽임을 당했고 자식들까지 모두 죽었다.

"지난 일은 하루빨리 잊어버리는 것이 그대의 몸에도 이롭다. 그대는 죽은 아이보다 더 튼튼하고 똑똑한 아들을 낳을 것이다."

양씨가 다시 찾아와 젖먹이 아이만이라도 살려달라고 빌었으나 이세민은 들어주지 않았다. 이세민은 양씨를 붙잡아두고, 죽여 없앤 유문정의 아이를 대신해서 제 아이를 낳아 기르게 했다.

양씨는 이세민의 사랑을 받아 양비로 높여졌고, 양비는 이세민한테 셋째아들 각과 여섯째아들 음을 낳아주었다. (이세민의 첩 가운데 비妃의 호칭을 받은 양楊씨는 셋이었다.)

이음은 이세민을 닮아 볼품이 없었으나, 이각은 아비를 닮지 않고 제 어미를 닮아 생김새부터 하는 짓까지 여느 아이와 달랐다. 장손씨가 낳은 아들이 아니라서 처음부터 왕세자가 되지 못하였을 뿐, 어느 모로 봐도 여러 왕자들 가운데서 가장 나았다. 잘생긴 외모뿐 아니라 강직한 성품에 박학다식하고 일처리 능력도 조정 벼슬아치들 모두 인정하는 바였다. 왕세자 순위에서 이태가 제외된 지금으로서는 당연히 영순위가 되었다.

그러나 이각의 왕세자 책봉에 조정 벼슬아치들이 맹렬하게 반대하고 나섰다. 이세민의 뜻대로 이각을 왕세자로 세워야 한다고 주장하는 사람은 뜻밖에도 그동안 사사건건 반대하고 발목을 잡아왔던 이정과 울지경덕 정도였다.

장손무기와 그를 따르는 몇몇 사람들이야 장손왕후 소생인 이치를 옹호하고 나서는 것이 당연하겠으나 이도종이나 이세적 같은 사람들까지 이각을 반대하니 참으로 답답한 노릇이었다.

"진왕은 내가 가장 귀엽게 여기는 아들이기는 하지만 너무 어질고 착하기만 해서 황제의 그릇이 못 된다. 무룡태는 착하기만 할 뿐 결국 쓸모없는 바보 머저리일 뿐이다. 어질고 점잖으면서도 하는 일은 매섭고 끝맺음이 깨끗한 오왕이 어느 모로 보나 가장 좋은 황제의 재목이다. 그대들도 모두 오왕을 좋아하고 아껴오지 않았는가?"

"황상께서 부덕한 수를 무너뜨리고 대당을 세운 지도 어언 25년이나 되었습니다. 천하는 이미 안정되었고 백성들은 태평성대를 노래하고 있습니다. 세상이 어지러울 때의 황제는 반드시 영웅호걸이어야 하지만, 오늘 같은 태평성대에는 오직 어질고 덕이 많은 군자여야 합니다. 난세의 영웅이 태평성대에는 오히려 위험이 될 수도 있습니다. 이는 황상께서 전국 곳곳에 학교를 세우고 무보다 문을 장려해오신 것과 똑같은 이치입니다."

"나도 안다. 그러나 진왕은 사리판단도 제대로 하지 못할 만큼 어리석어서 오히려 스스로 나라를 어지럽게 하고 말 것이다."

"진왕은 그렇게 어리석지 않습니다. 아직 나이가 어려서 자신의 주장을 내세우지 않기 때문에 어리석어 보일 뿐입니다."

"내 뜻을 그리도 모르겠느냐? 내가 이 자리에서 피를 쏟고 죽어야만 나를 믿겠느냐?"

답답한 신하들을 설득하기에 지친 이세민이 마침내 초강수를 두기로 작정했다.

"칼을 가져오라. 차라리 내 손으로 자결을 하고 말 것이다."

시종이 보검을 가져오자 이세민은 서슴없이 칼을 뽑았다.

"자, 이제 나는 죽을 것이니 어디 그대를 마음대로 해보아라."

이세민이 목에다 칼날을 꽂았으나 그보다는 능구렁이 신하들의 몸놀림이 더 빨랐다. 이도종이 달려들어 칼 든 팔을 잡았고 울지경덕이 완력으로 칼을 빼앗았다.

"오왕이야말로 황제의 재목입니다. 황상께서 창업하신 대당을 천 년 반석 위에 올려놓을 사람은 오왕뿐입니다."

이세민의 칼을 빼앗은 울지경덕이 강력하게 이세민을 편들고 나섰다.

"어리석은 황제는 신하들이 마음대로 할 수가 있으나 영민한 황제는 교활한 신하들의 농간에 넘어가지 않습니다. 저들이 오왕을 꺼리는 것은 영민한 황제 모시기를 꺼리기 때문입니다."

이정은 한걸음 더 나가 오왕을 반대하는 자들을 강력하게 비난했으나 장손무기 등도 당하고 있지만은 않았다.

"강단 있고 능력 있다고 믿었던 제왕과 태자가 모반을 하였습니다. 오왕처럼 뛰어난 사람은 오히려 앞일을 짐작할 수가 없습니다. 호랑이가 굴을 비우면 여우가 둔갑술을 익힌다고 했습니다."

"교활한 신하들이야말로 오왕을 내세우는 자들입니다. 오왕을 태자로 세운 뒤에는 태자의 반란이 무서워 고구려와 싸울 수가 없다고 말릴 것입니다. 황상의 가슴속에 당이 있다면 오왕을, 당이 아닌 고구려가 있다면 진왕을 태자로 세우셔야 합니다."

"태자를 믿을 수 없다면 황상께서는 고구려에 갈 수가 없을 것입니다."

진왕 이치를 내세우는 자들은 고구려 도전을 대가로 흥정을 시도했다. 그러고 보니 오왕 이각을 왕세자로 내세우는 자들은 모두가 고구려 도전을 반대하는 이들이다. 결국 당의 앞날을 걱정하고 이세민을 편들기 위해서가 아니라 고구려 도전을 막기 위해서 똑똑한 이각을 왕세자로 세우려는 것뿐이다.

당의 앞날이냐, 고구려 도전이냐를 놓고 저울질하던 이세민은 결국 고구려 도전을 선택했다.

"진왕이 모질지 못한 것은 바탕이 어질기 때문이다. 함부로 큰소리를 치지 않는 것은 모든 일에 꼼꼼하기 때문이며, 남 앞에 나서지 않는 것은 욕심이 없기 때문이다. 내가 늘 가까이 곁에 두고 잘 가르친다면 참으로 훌륭한 제왕이 될 것이다."

이세민은 입이 마르게 칭찬을 해가며 못난 이치를 왕세자로 삼았다. 마음 놓고 고구려와 싸움을 벌이려면 어떤 경우에도 아비의 왕위를 노리지 못할 만큼 못난 이치야말로 후계자로 알맞았던 것이다.

그러나 이세민은 끝내 고구려 도전의 군사를 일으키지 못하게 되었다.

"그대들은 이치를 태자로 세우면 곧바로 고구려로 쳐들어가겠다고 하지 않았느냐? 이제 와서 안 된다니 말이나 되느냐?"

이세민이 펄펄 뛰었으나, 늙은 부하들한테서는 이미 고구려와 싸울 생각이 사라진 지 오래였다.

"고구려는 이미 안정되었습니다. 고구려에는 예전과 다름없이 장사치들이 드나들고 있습니다."

"연개소문이 태왕을 죽이고 수많은 벼슬아치들을 죽였으나 고구려 백성들은 도리어 기뻐하고 있습니다. 고구려 군사들은 이제야말로 서토를 발아래 두고 다스려야 한다고 떠들어댄다고 합니다."

"멋모르고 쳐들어갔더라면 큰일날 뻔했습니다. 오히려 탁군에 모인 우리 군사들이 제왕과 태자의 모반에 놀라 웅성거리고 있습니다."

입막음을 하느라고 했는데 어느새 군사들까지 다 알아버린 것이다. 하기야 이세적이 40만 대군을 이끌고 장안으로 달려가며 모반한 태자를 잡아야 한다고 떠들었으니 아는 사람이 없을 까닭도 없었다.

오직 고구려에 도전하고픈 마음만으로 장손무기 등의 뜻에 따라 이치를 왕세자로 세웠으니, 뒷날 이세민은 두고두고 땅을 치고 가슴을 쥐어뜯으며 뉘우치게 되었다.

진왕 이치는 어수룩할 뿐만 아니라 이세민이 이때 걱정했던 것보다 훨씬 더 못난이였다. 큰마누라 장손 씨의 아들이라는 것 말고는 내세울 것이 아무것도 없었다. 뒷날 이치는 왕이 되어서도 여자의 치마 속에서 기어나오지 못했다. (당고종 이치의 안해로 남편을 깔아뭉개고 절대권력을 휘둘렀던 무측천도 처음에는 아비 이세민의 첩이었다. 3023년 무측천은 아예 당나라를 뭉개버리고 주周나라를 세워 서토사 유일한 여왕으로 등극했다. 3038년 장간지의 반란이 성공해서 다시 당나라를 이었으니 망정이지, 아니면 나라를 세운 지 72년 만에 당나라는 역사 속으로 사라지고 말았을 것이다.)

고구려에 온 당나라 사신

"그대에게 충성할 기회를 주겠다. 무엇으로 보답하겠느냐?"

"……?"

이세민이 꿇어 엎드린 사농승 상리현장을 내려다보며 밑도 끝도 없는 소리를 내뱉었다. 궁에서 집으로 돌아가던 길에 따로 이세민에게 불려 들어온 상리현장은 무슨 영문인지 알 수가 없었다. 무엇인가 은밀하고 매우 중요한 일임에는 틀림없었으나 왠지 꺼림칙한 생각이 떠나지 않았다.

지난봄 제왕 이우의 반란에 걸려 세자의 자격을 빼앗기고 귀양살이를 하고 있는 이승건에게 무슨 일이 일어났는지도 모른다. 아니면 다른 왕자들이 또 모반을 꾸미고 있단 말인가?

"그대는 목숨을 바쳐 충성을 보여야 할 것이다."

이세민의 메마른 목소리가 나직이 울렸다.

목숨을 바쳐라? 목숨을 걸라는 것은 일이 잘못되었을 때 책임을 혼자 뒤집어쓰고 죽으라는 것이다. 상리현장은 서슴없이 이세민을 말리고 나섰다.

"아니 됩니다. 비록 여느 백성이 되었지만 승건 왕자는 황상의 핏줄입니다. 아무리 큰 잘못이 있다 해도 너그러이 용서해야 합니다."

상리현장은 엉뚱한 일에 끼어들어 죽고 싶지 않았다. 일이 잘 이루어진다 해도 끝에 가서 돌아오는 것은 왕자를 죽인 죄밖에 없다. 언젠가는 뒤탈이 나게 마련이니 가장 어진 체하며 이승건의 목숨을 비느니만 못했다. 그러나 약아빠진 현장도 이때만은 헛다리를 짚은 모양이었다.

"쓸데없는 일은 함부로 들추지 마라. 고구려 개소문이라는 자가 하도 흉악하다기에 그대의 목숨을 걱정한 것이다."

그렇다면? 이승건에 대한 일이 아니라니 저승 문턱을 넘다가 꿈에서 깬 듯 한시름 놓였다. 그러나 고구려에 생각이 미치자 현장은 소스라치게 놀라고 말았다.

"고구려와 싸우다니, 말도 안 됩니다. 개소문이 난을 일으킨 지 이미 한 해가 지났습니다. 영악한 개소문은 벌써 오래전에 정권을 장악했습니다. 더구나 혜성이 내려와 〈주검의 노래〉를 가르친 뒤로 백성들은 더욱 조선나라 고구려를 무서워하고 있습니다. 황상께서 다시 군사를 일으키고자 하여도 조정에서는 모두 들고일어나 악착같이 반대할 것입니다."

아랫사람을 나무라듯이 상리현장의 입에서 곧바로 안 된다는 말이 쏟아져나왔다. 그러나 이세민은 되레 흐흐흐 웃었다.

"혜성이 어쩌고 어째? 감히 내 앞에서 그런 해괴망측한 소리를 입에 올리고도 살아남을 줄 알았더냐?"

"옛?"

상리현장이 저도 모르게 비명을 올렸다.

"제가 언제? 아이쿠! 저는 정말 아무 말도 하지 않았습니다!"

정신이 하나도 없었다. 펄쩍 뛰며 그저 아무 소리도 하지 않았노라고 우겼다. 목에 칼이 떨어져도 뻗대고 보아야 한다. 그런데 또다시 이세민의 웃음소리가 높아졌다.

"크흐흐흐. 바로 보았다. 그래서 그대의 충성이 필요한 것이다. 아직 늦지 않았으나 더 이상 꾸물거리다가는 영영 때를 놓치고 말 것이다."

이세민의 말은 상리현장에게 고구려에 군사를 보낼 구실을 찾아오라는 것이었다. 지난여름 똑똑하고 듬직한 이각 대신 어수룩한 이치를 왕세자로 세우기만 하면 당장에라도 고구려에 쳐들어갈 듯 시끄럽게 굴던 부하들이었다. 그러나 제놈들의 소원대로 이치를 왕세자로 세우고 나자 언제 그랬더냐 싶게 입을 싹 씻어버렸다. 늙은이들은 노망이라도 든 것처럼 모르쇠를 부르며 조선나라 고구려와는 싸울 수 없다고 버텼다.

이세민은 쌍지팡이를 짚고 나서는 늙은 부하들의 입에 물릴 재갈이 필요했던 것이다.

"그대가 바보가 아니라면 내가 언제부터 고구려를 치려고 준비를 했는지 모르지 않을 것이다. 또한 어떻게 해야 하는 줄도 알고 있을 것이다. 내일 조서를 줄 터이니 고구려에 가거라."

상리현장의 머리가 팽팽 돌았다. 이세민이 고구려에 도전하기로 마음을 굳혔다면 누가 무어라고 해도 듣지 않을 것이다. 함부로 앞에 나서서 잘난 척하다가는 큰코다칠 것이 뻔하다. 더구나 조심성 없이 이세민 앞에서 혜성과 〈주검의 노래〉를 입에 올렸으니 이미 죽은 목숨이다.

이세민의 명령에 따르지 않고 나서서 반대를 하는 것은 이세민으로부터 큰 신임을 받는 사람이거나 그저 아름다운 이름이나 남기고 죽으려는 어리석은 사람들의 몫이다. 명예를 앞세우고 굵고 짧게 살겠다는 사람들의 문제지 자기처럼 남의 눈치나 살펴가며 가늘고 길게 살고자 하는 사람이 나설 일은 아닌 것이다. 또한 싸움에 져서 나라가 쫄딱 망하더라도 싸움터에 나간 장수들의 책임이지 싸움을 말리지 못한 사람의 잘못은 아니다!

"황상의 높으신 뜻은 어디서나 빈틈없이 이루어질 것입니다."

차라리 덮어놓고 이세민의 뜻을 따르는 것이 낫다고 생각한 상리현장은 곧바로 발라맞추는 소리를 입에 올렸다.

2977년(644) 정월. 평양에 도착한 상리현장은 태왕이 있는 천궁으로 가지 않았다. 대막리지 관부로도 가지 않고 곧바로 연개소문의 집으로 찾아갔다. 어둠이 내린 뒤에야 관부에서 돌아온 대막리지한테서 빈청으로 들라는 연락이 왔다.

"황상께서는 매우 기분이 언짢으시오. 어찌하여 고구려에서는 신라의 조공길을 막는 것이오?"

상리현장은 인사말을 끝내기가 바쁘게 작은 나라의 신하를 나무라는 말투로 단 위의 연개소문을 윽박질렀다. 연개소문은 성질이 급하고 포악한 자라고 들어왔다. 현장은 '황제를 위하여 죽으면 그야말로 자손만대에 빛나는 죽음이 아니겠는가?' 하고 스스로 간덩이를 키웠던 것이었다. 말번지기가 전하는 소리를 듣고 어이없어할 법도 한데, 개소문에게서 아무런 대꾸가 없자 현장은 절로 신바람이 났다.

"신라는 볼모를 맡기고 조공을 거르지 않는데 고구려에서는 조공을 바치기는커녕 신라의 조공길까지 막고 있으니 이 무슨 짓이오? 황상의 노여움을 무슨 수로 감당하려는 것이오?"

무슨 소리를 지껄여도 연개소문이 잠자코 입을 다물고 있자 현장은 간덩이가 한껏 부풀었다. 호랑이 염통을 삼킨 하룻강아지처럼 앞뒤를 모르고 함부로 들까불었다.

"황상께서는 똑똑히 말씀하시었소. 만일 고구려가 황상의 말씀을 듣지 않고 또다시 신라를 괴롭힐 때에는 곧바로 군사를 보내어 고구려를 칠 것이오."

그때까지 입을 다물고 있던 연개소문이 옆을 돌아보고 무어라 이르는 것이 보였다. 곧 한 장수가 함지박에 물을 반쯤 담아 현장에게 가져왔다.

"무엇이냐?"

현장이 영문을 몰라서 묻자 그 장수는 또렷한 오랑캐말로 말했다.

"고구려 싸울아비는 칼을 더럽히는 것을 좋아하지 않는다. 네놈은 스스로 목을 깨끗이 씻어서 내 칼을 더럽히지 않도록 해라."

바로 상리현장의 목을 잘라내겠다는 것이 아닌가. 상리현장은 깜짝 놀랐으나 오히려 목소리를 높였다.

"이것이 무슨 짓이오? 나는 황제의 명을 받고 고구려에 온 당나라의 사신이오. 대막리지께서는 어찌 이리 무례할 수가 있는 것이오?"

연개소문에게 삿대질을 해가며 나무랐으나 곁에 있던 장수는 코웃음을 쳤다.

"그래도 된다. 예의범절을 모르는 짐승들한테는 그래도 돼."

"대막리지, 나는 당나라에서 온 사신이오. 짐승이라니 너무 지나친 무례가 아니오?"

"소나 말뿐이 아니다. 사람의 예의범절을 모르는 놈들 또한 짐승일 수밖에 없다. 또 네놈은 무엇을 근거로 저 사람을 대막리지라고 하느냐? 대막리지 전하께서 무슨 할 일이 없어 너같은 도적놈을 만나시겠느냐? 하하하."

장수가 크게 웃었다.

"무엇?"

앞에 있는 사람이 대막리지 연개소문이 아니라면 자신이 무슨 덫에 걸린 건지도 모른다. 상리현장은 더럭 겁이 났으나 자신이 이세민의 사신이라는 것만은 잊지 않았다.

"그대들은 어찌하여 당나라 사신을 놀리는가? 황제의 사신을 놀리고도 무탈할 줄 아는가?"

상리현장이 크게 호통을 치자 껄껄거리던 장수의 웃음이 뚝 멎었다. 제까짓 놈들이 감히 뉘 앞에서 흰소리를 치겠는가 싶어 상리현장은 어깨가 으쓱했으나 그것도 잠깐이었다. 고구려 장수는 허리에 찬 칼을 쑥 뽑아들더니 획획 찬바람을 일으키며 어지럽게 허공을 잘랐다.

"바른대로 말해라. 당나라 사신은 어디에 있느냐?"

날카로운 칼날이 섬뜩하게 목젖을 파고들었다. 혼이 달아난 상리현장이 덜덜 떨다가 가까스로 정신을 차려 옆을 돌아보았다. 군사들이 벌떼처럼 달려들어 함께 온 사신들을 모두 잡아묶고 있었다.

"만일 네놈들이 당나라 사신들을 죽였다면 나는 네놈들을 모두 갈가리 찢어 죽일 것이다."

낮도깨비를 만나도 이렇지는 않을 것이다! 장수의 잇단 호통소리를 듣고서야 상리현장은 비로소 무엇인가 커다란 오해가 있다는 것을 알았다. 이들은 어디서 당나라 사신 일행이 도적들의 손에 잡혀갔다고 들은 것이다. 그래서 자신들을 도적의 무리로 보고 잡아 묶으려는 것이다.

"그럴 리가 없소이다. 내가 바로 당 황제의 명령을 받고 사신으로 온 사농승 상리현장이오."

큰 소리로 오해를 풀려고 했으나 오른쪽 볼때기에서 번쩍하고 번갯불이 일었다. 눈앞이 캄캄하고 숱한 별이 날아다닌다.

"시끄럽다! 주둥이를 닥치지 않으면 때려죽이고 말 것이다."

말뿐이 아니다. 칼을 거두는가 싶었으나 이번에는 왼쪽 볼때기에 불벼락이 떨어졌다.

"그만하시오. 자세히 알아보지도 않고 사람부터 치는 법이 어디에 있소? 고구려에서는 이래도 된다는 말씀이오?"

"그래도 된다고 했다. 예의범절도 모르고 짖어대는 짐승들한테는 그저 몽둥이가 약이다. 네놈들의 험한 주둥이부터 손을 본 뒤에 무슨 소린지 들어보는 것이 순서가 아니겠느냐?"

또다시 오른쪽 따귀에서 번갯불이 일어났다.

"그만하란 말이오. 어찌 이럴 수가 있소?"

큰 소리로 대들었으나 아예 때려죽이기로 작정했는지, 이번에는 아무 대꾸도 없이 앙가슴에 모진 발길질이 들어왔다.

"헉!"

상리현장의 몸이 동그랗게 말렸다. 이어서 어지럽게 내지르는 사나운 발길질에 상리현장은 짐승처럼 울부짖으며 온몸을 벌레처럼 비틀었다. 옆구리에서 갈빗대가 부러지는 소리가 나더니 창자가 토막토막 끊어지는 것만 같았다.

거들먹거리고 있을 때가 아니다. 살아야 한다! 잘못하다가는 고구려 장수의 발길질에 말 못하고 맞아죽은 귀신이 될 것이다! 그러나 상리현장의 입에서 새어나오는 것은 처절한 비명소리였을 뿐, 소나기처럼 내리퍼붓는 발길질에 한마디도 말소리를 낼 수가 없었다.

한참이 지나서야 제풀에 지쳤는지 볏짚을 넣고 진흙을 짓이기듯 자근자근 짓밟던 고구려 장수의 발길질이 뜸해졌다.

"살려주시오. 살려주시오."

한 마리 벌레처럼 축 늘어졌던 상리현장이 젖 먹던 힘을 다하여 살려달라는 소리를 내질렀다.

"내가 잘못했소. 살려주시오."

"이제야 말 같은 소리가 나오는구나. 어디 무슨 소린지 알아듣게 지껄여보아라."

상리현장은 때를 놓칠세라 품속을 뒤적이며 목청껏 소리를 높였다.

"여기에 당 황제께서 고구려 대막리지 전하께 보내는 조서가 있소."

"흥, 그것이 바로 네놈들이 당나라 사신들을 해쳤다는 증거가 아니겠느냐?"

아까처럼 그 자리에서 바로 덤터기 씌우는 소리가 들렸으나, 그래도 더 이상 발길질은 날아오지 않았다.

"그럴 리가 없소이다. 나는 수십 년 동안 황제를 모셨으니 당나라 조정의 일을 물어도 막힘이 없을 것이오. 만일 가짜 사신이라면 당장에 그 증거가 드러날 것이오."

비로소 살길을 찾은 듯이 상리현장의 목소리에 기운이 넘쳤다. 재빨리 눈을 두리번거렸으나 보이는 것은 몇몇 군사들뿐, 모두 밖으로 나가고 없었다.

"그 함이 대막리지 전하께 가는 것이라면 우리가 함부로 열어볼 수 있는 것이 아니오. 그대의 손으로 전하께 올리시오. 당나라 사신이 오다가 도적에게 붙잡혔다는 소문이 있는 판에 어찌 대막리지 전하께서 함부로 사람을 만나겠소? 다행히 그대가 가짜 같지는 않다는 의견이니, 나중에 대막리지 전하께서 틈이 나면 그대를 부를 것이오."

웬만큼 오해가 풀린 듯 비로소 상리현장에게 말 대접을 해주었다. 또한 꽁꽁 묶였던 일행들의 오랏줄도 풀어주게 했다.

그날 밤 끙끙 앓고 있는 상리현장에게 한 군사가 넌지시 말

오국지 3

해주었다.

"우리가 그대를 믿을 수 없었던 것은 당나라 사신들이 도적들에게 붙잡혔다는 소문도 있었지만, 대막리지 전하를 대하는 그대의 말투가 한 나라의 사신이라기에는 도저히 믿을 수 없게 형편없었기 때문이오. 아까는 우리가 나서서 그대를 시험하였으므로 괜찮았지만 대막리지 전하께서는 성품이 불같으시니 한칼에 목이 날아가지 않도록 조심해야 할 것이오."

비로소 상리현장은 무엇이 잘못되었는가를 똑똑히 깨달았다. 이자들의 거친 행티로 보아, 말 한마디 삐끗 잘못했다가는 얼마든지 자기들을 때려죽이고 도적들의 짓으로 꾸밀 수도 있음을. 그리 되면 연개소문은 아예 당나라 사신을 보지도 못했노라 둘러대고 도적 잡는 흉내나 내면서 어물쩍 넘겨버릴 것이다.

까딱하면 아까운 목숨만 버리게 된다! 그렇다고 전쟁을 일으킬 핑곗거리를 찾지 못하면 황상의 명령을 거스르게 된다! 상리현장은 온몸이 쑤시고 떨어져나가는 듯한 아픔을 참지 못해 밤새 신음소리를 내며 끙끙 앓았다.

다음 날 아침, 대막리지에게 불려나간 상리현장은 미리부터 몸을 낮추고 엉금엉금 기다시피 앞으로 나가서 바닥에 엎드려 절부터 올렸다.

"대막리지 전하, 평안하시었습니까? 소인 상리현장이 문안

드립니다.”

일어서서 고개를 들고 대막리지를 바라보니 어제 본 사람과
는 너무나 달랐다. 검게 빛나는 숱 많은 구레나룻에 번쩍이는
눈, 큰곰처럼 우람한 몸집은 어제 만난 사람과 비슷했으나, 오
늘 대막리지는 말없이 앉아 있음에도 천군만마를 휩쓸어가는
듯한 기상과 위풍이 넘쳤다. 범과 맞닥뜨린 토끼처럼 주눅 든
현장은 저도 모르게 다시 무릎을 꿇고 엎드렸다.

“저희 황제께서 대막리지 전하께 보내는 조서입니다.”

현장은 조심스럽게 서찰이 든 함을 받쳐올렸다. 어제처럼
어릿광대 노릇으로 건방지게 굴다가는 살아남을 수 없다는 두
려움이 앞섰다.

황제의 조서만으로도 연개소문은 펄펄 뛸 것이다! 개소문
이 이세민의 조서를 내던지기만 하여도 일은 이루어진 것이
니, 상리현장으로서는 한껏 공손한 체하다가 돌아가서 잔뜩
부풀려 전하기만 하면 될 것이었다.

말번지기가 함을 받아서 열고 큰 소리로 서찰을 읽었다.

“신라는 볼모를 맡기고 조공을 거르지 않는데 그대는 백제
와 더불어 각기 좋은 병장기를 갖춘 군사를 일으킨다니, 만약
또다시 신라를 괴롭힌다면 내년에는 내가 몸소 군사를 일으
켜 고구려를 칠 것이다.”

말도 안 되는 소리! 잘못 듣지 않았나 싶어 제 귀를 쑤시거

나 성이 불끈 치밀어 발을 구르는 것은 둘러선 사람들이었다. 정작 불벼락을 내려야 하는 대막리지 연개소문은 그저 가볍게 눈살을 찌푸렸을 뿐이다.

"저들도 듣게 하라."

말번지기는 다시 오랑캐말로 이세민의 서찰을 읽었다. 연개소문이 마치 남의 일이라도 말하는 것처럼 심드렁하게 물었다.

"당주 세민이가 나에게 전하는 말이 맞느냐?"

당주? 세민이라고 함부로 이름을 부르는 것도 그렇지만 당왕이라고도 하지 않고 도적떼 꼭지를 부르듯 그냥 당의 주인이라고만 한다. 뭐라고 반박을 해야 했지만 또 무슨 벼락을 맞을지 모른다. 상리현장은 꾹 참고 제 할 말만 했다.

"그렇습니다. 황제께서는 고구려가 힘이 없는 신라를 치는 것에 대해 큰 걱정을 하고 계십니다."

"그 말이 사실이냐?"

"그렇습니다, 대막리지 전하. 황제께서는 두 나라가 서로 사이좋게 지내기를 바라고 계십니다."

"그렇다면 비록 오랑캐일지라도 당주 세민은 어질고 덕이 많은 사람임에 틀림없구나."

연개소문한테서 종잡을 수 없는 소리가 쏟아졌다. 오랑캐라고 짐승 취급을 하면서도 덕이 많은 사람일 것이라고 칭찬하는 알쏭달쏭한 소리였다.

고구려가 신라를 친다는 것은 말도 안 되는 억지다. 도저히 있을 수가 없는 황당무계한 헛소리였다. 연개소문에게는 신라나 백제를 치거나 괴롭힐 까닭도 생각도 전혀 없었다. 북평에까지 군사를 이동시켰다가 제 자식들의 반란으로 겨우 돌아갔던 이세민이 다시 군사를 일으키려고 기를 쓰고 있으나 현명한 부하들의 반대로 숨을 죽이고 있을 뿐이다. 당나라와 결전을 앞두고 있는 마당에 한가하게 신라와 투덕거릴 까닭이 전혀 없었다.

무엇보다 반란을 일으켜 정권을 장악한 지 겨우 1년, 연개소문은 혹시라도 자신을 반대해서 들고일어날지도 모르는 국내의 적들을 감시하기에 더 바쁜 마당이다. 설혹 신라를 치고 싶은 마음이 굴뚝같다고 해도 아직은 긁어 부스럼을 만들 때가 아니다.

말도 안 되는 헛소리였지만, 그렇다고 오랑캐한테까지 이러쿵저러쿵 말해주어야 할 까닭은 어디에도 없었다.

"예부터 어진 사람의 말에 귀를 기울이라 하였으니 당주 세민의 말을 귀담아듣겠다."

"황제께서도 크게 환영할 것입니다. 소인이 먼저 대막리지 전하께 감사를 올립니다."

연개소문이 고분고분 이세민의 말에 따를 것이라고는 꿈에도 생각지 못했다. 상리현장은 되레 도깨비에게 홀린 듯, 무엇이 어떻게 되어가는 셈판인지 종잡을 수가 없었다.

아니다! 이것이 아니다! 얼떨결에 절을 올린 상리현장은 허리를 세우며 일이 크게 잘못되어가고 있다는 생각을 떨칠 수가 없었다. 황상께서는 고구려를 칠 명분을 찾아오라 하셨다! 황상의 조서로서도 안 된다면 무엇으로 저자의 성질을 건드려야 하는가? 상리현장은 갑자기 머리가 어지러워지는 것을 느꼈다.

어제처럼 함부로 건방을 떨다가는 찍 소리도 못하고 죽을 것이니 그야말로 개죽음이다. 그렇다고 이대로 돌아갔다가는 이세민의 명령을 어기게 되는 셈이다. 죽음을 무릅쓰고 대들어야 한다는 생각이 없는 것도 아니었으나, 아직도 온몸이 떨어져 나가는 듯한 아픔에 상리현장은 다시 오금이 얼어붙었다.

설마 죽이기까지야 하겠는가. 그러나…… 도무지 각단을 잡을 수 없어 어쩔 바를 모르고 있는 상리현장에게 연개소문이 물었다.

"그런데 나로서는 모를 것이 몇 가지 있으니 대답하여보라. 어찌하여 그대의 나라는 수라고 하지 않고 당이라고 하느냐?"

"대막리지 전하, 수 황제 양견과 그의 아들 양광은 매우 포악한 자들이었습니다. 함부로 군사를 일으키고 여러 가지로 백성을 괴롭혔으므로 곳곳에서 반란이 일어났습니다. 25년

전 고조께서는 태원에서 의로운 군사를 일으켜 수를 멸하고 당을 세웠습니다."

"그쯤은 이미 알고 있다. 위로 조선에 죄를 짓고 아래로 백성을 괴롭히는 자는 벌을 받아 마땅하다. 하지만 너희들은 어찌하여 태왕 천하의 천명도 받지 않고 함부로 당주 세민을 황제라고 일컫느냐? 황제는 태왕 천하께서 서토를 다스리는 자에게 내리는 벼슬이라는 것을 모르느냐?"

황제라는 호칭을 써서는 안 된다고? 현장은 울컥 부아가 치밀었다. 당나라가 서토의 주인이 된 지 이미 오래다. 서토는 아사달보다 몇 배나 크고 인구도 그만큼 많다. 언제까지 고구려의 눈치를 보아야 할 까닭이 없다. 무엇보다 왕후장상에는 씨가 없다. 아무나 힘 있는 놈이 나라를 세우고 왕이 되는 것이다. 수 양견도 태왕으로부터 다물왕으로 승인을 받았을 뿐이지 서토를 모두 다스리라는 천명까지 받았던 것은 아니다. 아무나 힘 있는 자가 서토를 다스리는 황제가 되는 것이다.

말대꾸를 하지 않으면 이세민이 황제가 아니라고 인정하는 꼴이 된다. 그렇다고 대막리지의 말이 틀렸다고 대들 수도 없었다. 함부로 입을 놀리다 맞아죽으면 죽는 놈만 손해다. 할 말을 찾지 못해 비지땀을 흘리는 상리현장에게 추상같은 질책이 쏟아졌다.

"태왕 천하로부터 너희 당의 무리가 수나라의 뒤를 잇는 다물국으로서 서토를 다스리라는 천명을 받지 못하면 너희들은 언제까지고 천하의 백성을 괴롭히는 비적의 무리에 지나지 않는다."

당의 무리? 비적? 대막리지는 당을 나라로 인정하지도 않고 아예 비적의 무리라고 불렀다.

"수의 양견과 양광은 다물왕으로서의 맹세를 저버리고 감히 고구려를 향해 군사를 일으키고 백성들을 괴롭혔으니 그 죄는 죽어 마땅하다. 그러나 너희는 스스로 의로운 군사를 일으켰다고 하나 그것도 거짓말이다. 현무문의 사건이란 무엇이냐? 당주가 되기 위해 제 형제와 피붙이를 몽땅 죽이는 것이 세민이란 자의 덕이라더냐?"

현무문 사건? 당나라 관원들로서는 끝까지 감추고 싶은 부끄러운 사건이다. 머리를 숙이고 있는 현장에게 계속해서 대막리지의 질책이 쏟아졌다.

"제 딸을 주어가며 토번 왕을 달래고, 돌궐 왕에게 딸을 주는 것을 핑계로 군사를 일으킨 것을 모를 줄 아느냐? 이우는 조선의 위엄에 고개 숙일 줄 아는 어질고 현명한 자였는데 무슨 핑계로 죽였느냐? 비적의 무리들이 감히 조선에 대해 흉측한 생각을 품다니, 하늘의 응징을 받을 것이다. 서토 백성들이 즐겨 부르는 노랫말대로 너희들은 죽어도 묻힐 곳이 없단 말이다."

상리현장은 바닥에 엎드린 채 온몸이 얼어붙었다. 가만히 있어서는 안 된다! 말대꾸를 해야 한다! 하지만 잘못 입을 놀렸다가는 맞아죽을 판이다. 아직도 온몸이 욱신욱신 아프다. 다시 한 번 매를 맞는다면 장안으로 돌아가서 이세민의 칭찬을 받는다 해도 평생을 꼼짝도 못하고 누워 앓다가 죽을 것이다.

덜덜 떨기만 하는 꼴을 내려다보던 대막리지가 상리현장을 가까이 불렀다. 현장이 바짝 다가서자 말번지기 한 사람만 남겨놓은 연개소문이 소곤거리듯 말했다.

"그대는 이제 크나큰 공을 세웠다. 약삭빠른 생쥐가 그대를 보내면서 감히 조선나라 고구려에 도전할 핑곗거리를 찾아오라지 않더냐?"

흐윽! 현장의 등골에 뼈를 얼리는 비수가 들어박혔다.

"늙은 쥐가 덫에 걸리지 않는 것은 늘 앞뒤를 살피며 조심스럽게 움직이기 때문이다. 가엾게도 세민이란 자는 그 나이를 먹고도 아직 생쥐 티를 벗지 못하고 불구덩이 속으로 뛰어드는구나."

탄식하듯 내뱉는 소리였으나 현장의 귓구멍에서는 우레가 웅웅 울었다.

"가서 그 얼빠진 생쥐한테 일러라. 귀싸대기 같은 똥개를 믿고 범 사냥에 나서는 것이 아니다. 함부로 건방떨지 말고 늙은 부하들의 말대로 쥐 죽은 듯이 엎드려 있어야 한다. 서토의 짐 승들이 감히 조선에 대해 흉측한 마음을 품는다면 하늘은 물론이거니와 나 또한 용서치 않을 것이다."

상리현장은 숨이 턱턱 막히고 눈앞이 캄캄했다. 어떻게 대막리지의 앞을 물러났는지도 몰랐다. 일이 이루어졌으니 더 머물러야 할 이유도 없거니와 무슨 꼴을 보게 될지도 모른다! 상리현장은 허겁지겁 평양을 빠져나왔다.

참으로 무서운 사람이다. 당나라를 제 손바닥 들여다보듯 하고 있다. 고구려 개마대보다 더 무서운 존재다. 고구려 도전 이라니? 수나라 때처럼 모든 군사들이 떼죽음을 당하고 말 것이다! 말려야 한다! 아아, 그러나 황상은 결코 고구려에 도전할 뜻을 버리지 않을 것이다!

탄식하던 상리현장은 장안이 가까워지면서 생각을 고쳐먹었다. 어찌 되었든 내가 맡은 일은 다 이루었다. 나는 황상에게 충성을 다했다. 황상의 수염을 잡아뽑아도 괜찮은 놈들은 언제나 따로 있으니 황상을 말리는 것은 그들이 알아서 할 일이다.

상리현장은 기운을 내 장안으로 달려갔다.

적이 들어올 도로를 만들다

대막리지 연개소문은 요동성주를 서둘러 바꿔야 된다고 생각했다. 요동성주 고승학은 머리가 좋고 담이 컸으나 어려서부터 몸이 튼튼하지 못했다. 나이도 환갑에 이르렀을뿐더러 자리에 눕는 일이 많았다. 성주의 자식인 영호는 서른이 넘었으나 성을 다스리기에는 모자랐다. 성주의 아우 승연도 한 사람의 싸울아비로서는 모자람이 없었으나 군사를 다스림에 있어서 당의 대군을 맞아 요동성을 지키기는 어려웠다. 고승학의 공이 많았음을 모르지 않으나, 요동성은 무척 중요한 성이다.

고승학의 가계로 내려오던 요동성주를 바꾸면 여동성의 백성들과 군사들이 달가워하지 않을 것이다. 그러나 머지않아 당나라가 군사를 이끌고 쳐들어오리라는 것도 불을 보듯 뻔한 일이었다.

"누가 빠른 시일 안에 요동성 백성과 군사들의 마음을 얻어 한마음으로 싸우도록 할 수 있을 것인가?"

곰곰이 생각하던 개소문은 마땅한 사람으로 연재규를 짚었다. 재규는 서토에서 이우의 반란을 드러나게 한 뒤 조정에 들어와서도 대막리시를 따르며 모든 일을 맡아 하고 있다.

"천하께 아뢰어 너를 요동성의 성주로 보내겠다. 알겠느냐?"

"예, 전하. 곧 떠날 준비를 하겠습니다."

연재규는 변방의 성으로 나가라는 말을 거리낌 없이 받아들였다.

"한번 가면 다시 부를 날을 기약할 수가 없다. 몇 해가 될지, 끝내 부르지 못할지 알 수 없다. 내일부터 미리 여러 어른께 인사를 드리도록 해라."

"잘 알았습니다. 조정에 연씨의 입김이 너무 크고 많은 것도 옳지 않다고 여겨왔습니다. 조정에 되돌아올 생각은 하지 않고 백성들과 나라에 좋은 성주가 되겠습니다."

조정에 연씨가 그리 많다고는 할 수 없었다. 대막리지가 제 뜻에 맞는 사람을 골라서 무겁게 쓰다 보니 사람에 따라 흰 눈으로 보는 일도 있음을 이르는 것이다. 연개소문이 쓰게 웃었다.

"내 너에 대한 한 가지 걱정이 있다면 바로 그것이다. 함부로 넘겨짚지 마라. 칼날이 너무 날카로우면 저절로 부러지는 법이다. 내가 너를 요동성주로 보내는 것은 머지않아 당군이 쳐들어올 것이기 때문이다."

"요동성이 어떠한 성인지 잘 알고 있습니다. 절대로 오랑캐의 발길이 닿지 못하게 하겠습니다."

"요동성은 서토 오랑캐들이 온갖 짓을 다해가며 손에 넣고자 하였으나 여태껏 한 번도 내어준 일이 없는 성이다. 요동성을 지키는 방법을 알고 있느냐?"

개소문이 낯빛을 고치고 물었다. 대막리지가 요동성주에게 성을 지킬 방법을 묻고 있는 것이다.

"맞서 싸우지 않는 것입니다."

아무런 반응이 없다. 그렇다면 대막리지는 무엇이라 생각하는 것인가?

"백성과 군사들을 내 몸처럼 아끼고 사랑하는 것입니다."

입을 꽉 다문 대막리지의 부릅뜬 두 눈이 이글거리며 타올랐다. 방 안은 팽팽한 긴장감으로 터질 듯했다.

"나는 네놈에게 요동성을 지키는 방법을 물었다. 어서 말하라."

드디어 대막리지의 분노가 폭발하고 있었다. 아무리 생각을 해봐도 틀린 것은 아니었지만 대막리지의 생각에는 미치지 못하는가 보았다.

"으음!"

연재규의 이마에 맺힌 땀방울이 굴러내리고 방 안은 씩씩거리는 대막리지의 거친 숨소리로 가득 찼다.

"말하라!"

"백성과 군사를 아끼고 적과 싸우지 않는 것입니다."

"이노옴!"

대막리지가 천천히 일어서며 칼을 뽑았다. 칼날이 흩뿌려지며 무시무시한 살기가 온몸을 뒤덮었다.

"나는 네놈에게 어린애도 다 아는 소리를 묻는 것이 아니다. 적과 맞서 싸울 계책을 물었다. 감히 요동성주가 되겠다는 놈이 적과 싸울 아무런 계책도 없이 성을 지키겠다?"

똑바로 연재규의 목을 찔러오던 대막리지의 칼이 울대뼈에 닿아서야 멈췄다.

"사흘 동안 말미를 주겠다. 그럴듯한 계책이 없으면 내 앞에 나타나지 마라."

몇 번을 고쳐 생각해보아도 다른 방법이 없다. 대막리지가 생각하고 있는 계책이 무엇인지는 모르나 적과 싸우지 않는 것만이 성을 지키는 단 하나의 길이다. 연재규는 조금도 흔들림 없이 입을 열었다.

"대막리지 전하. 사흘이 아니라 3년이 지나도 적과 싸울 계책은 생각하지 않을 것입니다. 오로지 백성과 군사를 내 몸처럼 아끼고 사랑하며, 적이 스스로 물러가기만을 기다릴 뿐 결코 맞서 싸우지 않을 것입니다."

처음과 같은 소리였으나 이내 대막리지의 굳은 표정이 풀렸다.

"그렇다. 오직 싸우지 않는 것뿐이다. 싸우려는 자가 있거든 이 대막리지의 칼로 목을 베어라."

연개소문은 거두었던 칼을 거두어 연재규에게 주었다.

이레 후 요동성으로 떠나기 위해 대막리지에게 인사를 하던 연재규는 깜짝 놀랐다.

"전하, 장성 통로마다 설치한 옹성을 없애고 성문까지 모두 떼어버리라고 하셨습니까?"

"그렇다. 요동성의 해자를 넓히고 성벽을 높이는 것도 중요하지만 먼저 그것부터 없애버려야 한다."

"아니 될 말씀입니다. 장성을 지키는 옹성과 성문을 모두 없애버리다니, 전하께서는 헛것에 씌기라도 하신 것입니까?"

옹성이 없으면 성문을 지키기 어렵고 성문이 없으면 아무리 성벽이 높고 튼튼해도 말짱 헛일이다. 겨우내 방문을 활짝 열어놓고 사는 꼴이다. 궁둥이가 익도록 구들이 절절 끓어도 방안은 온통 찬바람이 몰아치고 얼음이 꽁꽁 어는 한데나 마찬가지다.

성문 안에다 너르고 깊은 웅덩이를 파서 성문을 부수고 들어오는 적을 잡는 함정으로 이용하는 수도 있다. 그러나 그것은 어디까지나 하나의 대비책일 뿐 성문을 닫아걸고 지키는 것을 대체할 수는 없는 노릇이다. 설혹 성문 통로마다 함정을 만든다고 해도 옹성과 성문을 없앤다는 것은 말도 안 된다.

성신이 없는 것 아니냐는 막말까지 듣고서도 대막리지는 웃고 있었다.

"그래, 너는 그까짓 장성이 오랑캐를 막는 데 무슨 도움이라도 되는 줄 아느냐? 옹성과 성문뿐 아니라 문루도 모두 헐어버려야 한다."

"물론 한 곳이라도 터지면 천리장성은 아무런 쓸모도 없어집니다. 전하께서 장성 만들기를 반대하셨던 까닭도 그래서입니다. 하지만 그러한 장성도 아주 쓸모가 없는 것은 아니어서, 성문을 닫아걸고 지킨다면 급하게 뛰어드는 적을 막기에는 부족하지 않습니다."

장성의 양쪽 끝인 부여성과 건안성 쪽은 아직 멀었지만 신성에서 안시성까지의 장성은 거의 완공되었다. 어느 쪽이든 적이 몰려오는 지역의 장성은 당장이라도 성벽의 기능을 발휘할 수가 있는 것이다.

"그다지 쓸모도 없는 것이 인마의 통행까지 막고 있으니 오히려 거치적거릴 뿐이다. 알겠느냐? 우리가 옹성과 성문을 없애지 않으면 오랑캐들은 아예 장성 성벽까지 모두 부숴버릴 것이다."

우리가 옹성과 성문을 없애지 않으면 오랑캐들은 장성 성벽까지 부숴버린다? 연재규의 눈이 허공을 쫓았다. 어차피 쓸모

없는 것이라면 오랑캐들이 부숴버리거나 말거나 신경 쓸 일이 전혀 없다. 만들기보다는 훨씬 쉽겠지만 그래도 인마의 통행에 지장이 없을 정도로 장성을 헐어버리려면 적잖은 수고를 해야 한다.

"다른 곳은 옹성을 없애고 성문을 떼어내는 정도로 되겠지만 요동성은 다르다. 요동성 언저리의 통로들은 당군이 떼지어 몰려올 곳이니 통로를 크게 넓혀야 한다. 적어도 서른 개의 수레가 동시에 드나들 정도는 넓혀두어야 나머지 성벽이 안전할 것이다."

갈수록 첩첩산중, 아니 망망대해다. 30대의 수레가 동시에 드나들 정도라니, 아예 장성을 모두 헐어버리라는 말이나 마찬가지다.

오랑캐들이 해야 할 일을 대신 해줄 바보는 없다! 대막리지는 무엇을 염두에 두고 있는 것인가?

"아우는 이번 전쟁의 승부처를 어디로 삼고 싶은가?"

"……."

재규는 계속 침묵을 지켰다. 우리가 먼저 공격하는 것이 아니고 도전해오는 적을 막아내는 것이다. 어디든 적이 몰려오는 곳을 막아야 하고 그곳이 바로 전쟁터가 된다. 요동성은 여동의 길목, 저들은 어디보다 요동성을 함락시키기 위해 전력을 쏟을 것이니 이번에도 요동성이 주요 전쟁터가 될 것이다.

그런데 대막리지는 어디가 승부처가 되겠느냐고 묻지 않고, 어디로 삼고 싶으냐고 묻는 것이다. 아직까지 한 번도 생각해보지 못했던 너무도 뜻밖의 질문이었다.

수백 척의 배를 건조하고 있지만 어차피 바다를 이용한 오랑캐들의 도전에는 한계가 있다. 고구려 해군이 바다를 통째로 내주지 않는 이상 평양을 위협하거나 육상의 적에게 군량과 군수물자 보급을 시도하는 것으로 고구려군의 전력을 조금 분산시키는 정도일 뿐이다.

대규모 전쟁은 어차피 육상으로 이동하는 적의 본군을 따라 이동한다. 요동성 공격에 지친 적들은 안시성으로 가거나 곧장 압록수를 건너 평양으로 향할 것이다.

을지문덕은 압록수를 건너온 오랑캐들을 살수에서 수장시키거나 포로로 사로잡아버렸다. 아무리 어리석은 오랑캐라고 해도 똑같은 장소에서 또다시 몰살을 당하지는 않을 것이니, 살수는 제외된다.

적을 어디로 끌어들여 승부처로 삼아야 하는가? 맞춤한 승부처가 있더라도 오랑캐들이 쉽게 말려들어줄 것인가?

"안시성이다. 안시성이 바로 오랑캐들이 지옥으로 들어서는 저승문이 될 것이다."

재규의 대답을 재촉하지 않고 개소문이 먼저 입을 열었다.

"나는 오랑캐들을 안시성에 묶어두고 겨울이 오기를 기다

릴 것이다. 오랑캐들은 그 더러운 발로 함부로 아사달을 더럽
힌 대가를 혹독하게 치르게 될 것이다."

오래전부터 오랑캐들의 도전을 염두에 두고 있었던 개소문
이다.

"겨울이 올 때까지 안시성에 묶어두려면 먼저 오랑캐들을
그곳으로 유인해야 한다. 그중 한 가지 방법이 바로 안시성까
지 수레가 다닐 수 있는 도로를 만들어주는 것이다. 전쟁이 끝
난 뒤에 건안성에서 남쪽 바닷가까지 연결하면 인마의 통행뿐
아니라 산물을 실어나르는 매우 훌륭한 길이 된다. 그동안 국
력을 기울여 쌓은 장성을 만백성이 자손대대로 이용하는 도
로로 만드는 것이다."

방어용으로 별 쓸모도 없는 장성 쌓는 것을 반대했던 연개
소문이었으므로, 오랜 궁리 끝에 장성을 개조해서 두고두고
만백성이 유용하게 이용할 수 있는 도로로 만들려는 것이다.

부여성에서 건안성에 이르는 1천 리에 이르는 도로가 되겠
지만, 그 폭이 두세 대의 수레가 겨우 다닐 수 있을 정도다. 일
상적인 인마의 왕래나 수레의 통행에는 별 문제가 없지만 많
은 군사들이 움직일 때는 거의 도움이 되지 않는다. 큰 굴곡
없이 반듯하게 다져진 길을 따라 말을 달리면 하루에 수백 리
도 이동할 수가 있지만, 도로 곁으로 곳곳에 수많은 성이 있어
먹을 걱정 잠자리 걱정이 전혀 없는 고구려 군사들에게나 가

능한 소리다.

전투병만 해도 100만 명이 훨씬 넘을 엄청난 오랑캐 군사들의 이동에는 무시해도 좋을 정도밖에 도움이 되지 않는다. 해가 기울기 시작하면 행진을 멈추고 어둠이 내리기 전에 병진을 치고 숙영 준비를 끝내야 하는 군의 특성상 하루 40~50리 이상의 행군은 절대 무리이기 때문이다. 또한 도로 안쪽 곳곳에 늘어서 있는 높다란 고구려 성벽 밑을 지나가다 보면 오히려 기분이 께름칙해지고 잠자리에 들어서도 고구려군의 기습 공격 걱정에 잠자리가 뒤숭숭할 것이다.

다행히도 부여성에서 건안성까지는 장성이 거의 완성되었으니 조금만 손을 보면 쉽게 도로로 전환할 수 있다. 처음부터 도로로 건설한 것이 아니기 때문에 비탈이 심해 계단식으로 성벽을 쌓은 곳은 어쩔 수가 없겠지만, 그리 많은 것도 아니다. 그런 곳은 전쟁이 끝나고 여유가 생겼을 때 에돌아 길을 만들면 된다.

"불청객이래도 손님은 손님이다. 어차피 벌이는 춤판, 주인 된 도리로서 오랑캐들의 눈도 즐겁게 해야 할 것이다."

개소문의 농담에도 재규는 웃지 못했다.

"우리가 애써 만든 도로가 오랑캐들에게 별 도움이 되지 않는다는 것을 알고 부숴버릴 수도 있지 않겠습니까?"

"아우답지 않은 소리를 하는구나. 당주 이세민이 무모하기는 해도 멀쩡한 도로를 파헤쳐 두고두고 악명을 남길 만큼 바보는 절대 아니다. 어린 나이에도 아비의 반대를 무릅쓰고 반란군을 일으켰으며 이후 서토 곳곳의 전쟁터를 돌아다니는 동안에도 패배를 몰랐다. 우리 고구려에 도전하기 위해 두 딸을 선뜻 내놓았고, 그 멀고 험한 토번에도 해마다 2만 섬이나 되는 곡식을 보내주고 있다. 누구보다 기고만장하고 과단성이 있으며 실행력도 뛰어난 자인 것이다. 두고 보아라. 그자는 도로를 파헤치기는커녕 우리가 바빠서 미처 손보지 못한 곳까지 공들여 길을 닦아줄 것이다. 형제를 죽이고 아비를 내쫓고 왕위에 오른 만큼 고달픈 전쟁터에서도 자신의 덕을 자랑해야 할 필요를 모르지 않을 것이다."

연재규는 대막리지가 따로 붙여준 몇 장수를 거느리고 요동성으로 떠났고, 대막리지는 전령을 보내 부여성에서 건안성까지의 장성을 군사용 성벽이 아닌 수레가 다니는 도로로 바꾸도록 했다. 평지를 대충 다듬어서 만든 도로가 아니라, 아예 성벽으로 높다랗게 쌓아서 만든 길이니 어떤 장마나 홍수에도 물에 잠기기는커녕 길이 질척거리지도 않아서 수레의 통행에도 매우 좋을 것이었다.

〈4권에 계속〉

오국지 3